# स्वास्थ्य रामायण

AF647238

पं. विजयशंकर मेहता

MANJUL

मंजुल पब्लिशिंग हाउस

MANJUL

**मंजुल पब्लिशिंग हाउस**

*कॉरपोरेट एवं संपादकीय कार्यालय*

• द्वितीय तल, उषा प्रीत कॉम्प्लेक्स, 42 मालवीय नगर, भोपाल-462 003

*विक्रय एवं विपणन कार्यालय*

• सी-16, सेक्टर 3, नोएडा, उत्तर प्रदेश, 201301

वेबसाइट : www.manjulindia.com

*वितरण केन्द्र*

अहमदाबाद, बेंगलुरू, भोपाल, कोलकाता, चेन्नई,
हैदराबाद, मुम्बई, नई दिल्ली, पुणे

*स्वास्थ्य रामायण*

कॉपीराइट © पं. विजयशंकर मेहता, 2024

यह हिन्दी संस्करण 2024 में पहली बार प्रकाशित

**ISBN 978-93-5543-705-1**

पं. विजयशंकर मेहता इस पुस्तक के
लेखक होने की नैतिक ज़िम्मेदारी वहन करते हैं

मुद्रण व जिल्दसाज़ी : रेप्रो इंडिया लिमिटेड

यह पुस्तक इस शर्त पर विक्रय की जा रही है कि प्रकाशक की लिखित पूर्वानुमति के बिना इसे या इसके किसी भी हिस्से को न तो पुन: प्रकाशित किया जा सकता है और न ही किसी भी अन्य तरीक़े से, किसी भी रूप में इसका व्यावसायिक उपयोग किया जा सकता है। यदि कोई व्यक्ति ऐसा करता है तो उसके विरुद्ध कानूनी कार्रवाई की जाएगी।

# समर्पण

पूज्य गुरुदेव स्वामी अवधेशानंद गिरिजी को समर्पित

देवलोकवासी पूज्य पिताजी स्व. डॉ. वल्लभदासजी मेहता
को अर्पित

माता सुमित्रादेवी की प्रेरणा से अर्धांगिनी आभा
के साथ नमन करते हुए...

# अनुक्रम

# लेखकीय निवेदन

रामकथा शब्द बहुत विस्तृत है। यह कोई कथानक मात्र नहीं, बल्कि इसकी एक-एक पंक्ति में जीवन-मंत्र, जीवन-दर्शन और जीवन-प्रबंधन के सूत्र बसते हैं।

रामचरित की विराट गाथा पर आधारित इस पुस्तक का उद्देश्य है रामकथा के प्रसंगों से स्वास्थ्य के सूत्र निकालना।

यह घोर चुनौतियों का दौर है। खासकर स्वास्थ्य की दृष्टि से। कभी-कभी तो लगता है ज़िंदगी की इस भाग-दौड़ में स्वास्थ्य कहीं खो गया है। बीमारियां रग-रग में पसर गई हैं।

रामकथा के सात कांड (चैप्टर) हैं। इनसे हमने स्वास्थ्य के सात सूत्र बीने हैं, चुने हैं। आज प्रचलित शब्द वेलनेस और हेल्थ के सही व गहरे अर्थ रामकथा के श्लोक, चौपाई और दोहों में समाए हैं।

पुस्तक में श्रीरामकथा के चुनिंदा प्रसंगों के माध्यम से स्वास्थ्य के सूत्र निकाले गए हैं। इस दौर में जबकि बीमारियां हम मनुष्यों को घेरती जा रही हैं, वाल्मीकि का आत्मदर्शन और तुलसी की भावदशा हो सकता है हमारे लिए औषधि बन जाए।

जीवन को नियमित बनाना हो तो रामकथा आचार संहिता, रसानुभूति लेना हो तो काव्य, ज्ञान ग्रहण करना हो तो शास्त्र, भौतिक सफलता के लिए प्रबंधन का पाठ्यक्रम, धर्मभाव से पौथी और स्वास्थ्य की दृष्टि से औषधि है।

पुस्तक में वर्णित प्रसंग केवल कथा का हिस्सा ही नहीं, जीवनरक्षा का जयघोष है। रोग-आरोग्य की दृष्टि से पुस्तक परमात्मा का प्रशस्ति-पाठ है, जिसका स्वर है - भगवान भरोसे का दूसरा नाम है।

रामकथा लिखने, पढ़ने, बोलने और सुनने का अधिकारी वही है, जिस पर रामकृपा हो जाए। यह पुस्तक कृपाफल है। इस पर कुछ भी

लिखना भाग्योदय का आमंत्रण है। पुस्तक में वाल्मीकि और तुलसी हमारे साथ चलते चले हैं।

वाल्मीकि की रामायण रचना मंत्र-पूत है, तुलसी की रामचरित मानस भाव-प्रसूत है। रामकथा की प्रत्येक पंक्ति और पात्र का अपना महत्व है। मेरे सर्वस्व हनुमानजी से तो इसका शब्द-शब्द सुगंधित, सुवासित हो गया है।

रामकथा में हनुमानजी की उपस्थिति, उनकी सक्रियता पढ़कर बुद्धि तृप्त, मन नियंत्रित, चित्त शुद्ध और आत्मा आलोकित हो जाती है। कुल मिलाकर देह का रोम-रोम प्रफुल्लित...।

श्रीराम ने अपने अभियान में जिस जय और शुभ को साधा था, रामकथा उसकी गाथा है। किसी को यदि अपनी भारतीयता की पहचान करना हो, तो श्रीरामकथा की पंक्तियों में उतर जाए।

पुस्तक के कथाक्रम में राम-सीता-लक्ष्मण, हनुमानजी आदि पात्र क्या करते थे, यह बताना महत्वपूर्ण नहीं है। वे क्यों और कैसे करते थे, इस पर चिंतन का प्रयास है।

राम ने जीवन में अपने लिए कभी कुछ नहीं चाहा। जो मिलता, उसे भी बांट देते थे। रामचरित सुनने में सरस, समझने में सरल, पालने पर प्रभावशील, पूजने पर प्रसाद और पढने-सुनने-सुनाने पर सौभाग्य है।

रामायण और रामचरित मानस की शब्द-संपत्ति ने कई सरस्वती साधकों को पूंजीवान बना दिया। लेकिन, इस समय मानवता की सबसे बड़ी पूंजी है उत्तम सेहत। इस दृष्टि से यदि यह पुस्तक आपकी आरोग्य-निर्धनता को कम कर सके या मिटा सके, तो हमारा सौभाग्य होगा।

हमने प्रयास किया है, अब कृपा परमात्मा की...। इस पुस्तक के पठन से यदि आपको लाभ मिले तो हम कृत-कृत होंगे...।

हमारे हनुमान...

**पं. विजयशंकर मेहता**
(हमारे हनुमान परिवार)

गुरु पूर्णिमा
21 जुलाई 2024
विक्रम सं. 2081

# स्वास्थ्य सबसे बड़ी संपत्ति है

मैं जीवन के 80 वर्ष पूरे कर चुका हूं। ईश्वर की कृपा से ख़ूब सफलताएं देखीं। संपत्ति भी अर्जित की। लेकिन, एक निष्कर्ष पर पहुंचा हूं कि सबसे बड़ी पूंजी स्वास्थ्य है।

नई पीढ़ी के बच्चों को मैं विशेष रूप से कहना चाहूंगा कि स्वास्थ्य के प्रति बहुत जागरूक रहें। एक दिन यह शरीर अपनी क़ीमत वसूलता जरूर है।

इन दिनों मैं कई लोगों को मेंटल हेल्थ से परेशान देखता हूं। उन्हें इसके प्रति बहुत अधिक सजग रहना चाहिए।

मैं पूज्य गुरुजी पं. विजयशंकर मेहता (हमारे हनुमान परिवार वाले) को सुनता रहता हूं। उनके शब्द मेरे लिए जीवन-दर्शन बन जाते हैं। उन्होंने हम जयपुर वासियों के लिए विशेष रूप से स्वास्थ्य रामायण विषय पर प्रवचन श्रंखला प्रस्तुत की थी।

इस पुस्तक का साहित्य उन्हीं प्रवचनों का अंश है। श्रीराम के चरित्र से स्वास्थ्य के अनेक सूत्र इस पुस्तक में प्राप्त होते हैं।

ये शब्द सबके लिए जीवन-प्राण बनें, यही मेरी कामना है।

धन्यवाद, शुभ-मंगल।

**मुकुंद गोयल**

चेयरमैन, अनंता होटल ऐंड रिसॉर्ट्स,
जयपुर

# 1

# फ़िजिकल हेल्थ (बाल कांड)

हम मनुष्य तीन तत्वों से मिलकर बने हैं- शरीर, मन और आत्मा। इन तीनों को जितना ठीक से समझ लेंगे, स्वास्थ्य रामायण उतनी ही आसानी से जीवन में उतर सकेगी।

## स्वास्थ्य रामायण क्यों?

रामायण में सात कांड (चैप्टर) हैं और मनोवैज्ञानिकों के अनुसार स्वास्थ्य के भी सात सूत्र हैं।

स्वास्थ्य के इन्हीं सात सूत्रों को हमने रामकथा के सात कांडों से जोड़कर स्वास्थ्य रामायण के रूप में प्रस्तुत करने का प्रयास किया है। आइए, समझते हैं किस कांड में कौन-सा सूत्र मिलता है।

1. बाल कांड – फ़िजिकल हेल्थ
2. अयोध्या कांड – फ़ैमिली हेल्थ
3. अरण्य कांड – सोशल हेल्थ
4. किष्किंधा कांड – इमोशनल हेल्थ
5. सुंदरकांड – प्रोफ़ेशनल हेल्थ
6. लंका कांड – इन्टलेक्चुअल हेल्थ
7 उत्तर कांड – स्प्रिचुअल हेल्थ

हेल्थ और वेलनेस में थोड़ा-सा अंतर है। बीमारी के अभाव का नाम हेल्थ है। स्वस्थ जीवनशैली वेलनेस है। स्वस्थ जीवनशैली यानी बीमारी से लड़ने की व्यवस्था।

जब हमारे शारीरिक और मानसिक स्वास्थ्य के लिए प्रयास एक जैसे होते हैं, तब जीवन में वेलनेस आती है।

## रामकथा का पहला सोपान है बालकांड, यह दो भाग में बंटा है

पहले भाग में वंदनाक्रम है। दूसरे में श्रीराम जन्म, विश्वामित्र के साथ राम-लक्ष्मण का वनगमन, यज्ञरक्षा, राक्षस वध और जनकपुर में राम-विवाह। उसके बाद जनकपुर से अयोध्या वापसी।

## फ़िजिकल वेलनेस

जैसा कि आप पढ़ चुके है, रामकथा के सात कांड से हम स्वास्थ्य के सात सूत्रों को समझते हुए चलेंगे।

इसी क्रम में बालकांड के प्रसंगों के माध्यम से जानेंगे फ़िजिकल वेलनेस। इसमें सारा मामला शरीर के स्वास्थ्य से जुड़ा है।

हमारा शरीर हमारी आत्मा की पैकेजिंग है। यह दो बातों से चलता है- ऊर्जा और कैलोरी।

जब कोई डाइटीशियन हमारा उपचार करते है तो बताते हैं कि कितना परिश्रम करना है और लाइफ़ स्टाइल के अनुसार कितनी कैलोरी हमारे लिए ज़रूरी है।

शरीर और उसकी आवश्यकताएं भी सबकी अलग-अलग होती हैं। किसी स्त्री का शरीर हो, पुरुष का हो। बच्चे का हो, जवान का, या किसी बूढ़े व्यक्ति का हो। यहां हम शरीर से जोड़कर हेल्थ यानी स्वास्थ्य की बात करेंगे।

**जीवन की छः स्थितियां हमारी फ़िजिकल हेल्थ को प्रभावित करती हैं**

1. स्त्री या पुरुष होना 2. भोग-विलास (जीवनशैली) 3. परिश्रम-पुरुषार्थ 4. खान-पान 5. उम्र (परशुराम) और 6. भोग-नींद (गृहस्थी)

इन छः बातों का संतुलन ही स्वास्थ्य है। यदि इनमें संतुलन नहीं बैठा, तो बीमारी किसी न किसी रूप में आकर रहेगी।

## स्वास्थ्य और परमशक्ति

*होइहि सोइ जो राम रचि राखा। को करि तर्क बढ़ावै साखा।।*
(राचमा/बाकां/51/4)

रामचरित मानस में यह पंक्ति तब आई है, जब सतीजी हठ कर गईं कि मैं श्रीराम की परीक्षा लूंगी। शंकरजी ने उन्हें बहुत समझाया, परंतु नहीं मानीं और चल दी राम की परीक्षा लेने।

तब शिवजी आंखें बंद कर बैठ गए और यह पंक्ति रची-

*होइहि सोइ जो राम रचि राखा...*

इसका सीधा-सा अर्थ है किसी भी होनी को लेकर व्यर्थ के तर्क-वितर्क में नहीं उलझें। एक विचार यह भी रखें कि होना वही है, जो भगवान चाहेंगे और जो पहले से तय है।

यह बात हमारे लिए सूत्र है, मंत्र है, साहस देने का वाक्य है। ख़ास तौर पर हेल्थ के मामले में।

हमारे देश में आर्थिक असमानता बड़ी समस्या है। बहुत बड़ी खाई पसरी पड़ी है अमीर और ग़रीब के बीच। बहुत सारे लोग असमर्थ होंगे, कुछ समर्थ होंगे और कुछ ज़्यादा ही समर्थ होंगे, लेकिन बीमारी को लेकर सबको यही महसूस होता है कि एक बार इसका प्रवेश हो जाए तो समर्थ से समर्थ व्यक्ति भी इसके आगे लाचार हो जाता है।

इस लाचारी में यदि इस पंक्ति को दोहराया जाए- '*होइहि सोइ जो राम रचि राखा...*, तो लाचारी ताक़त और साहस में बदल सकती है। ईश्वर ने बहुत कुछ पहले से ही तय कर रखा है। जिस पर हमारा कोई वश नहीं, उसे भगवान के भरोसे पर छोड़ दीजिए।

अच्छा-बुरा, सामान्य-जटिल दौर सबके जीवन में आता और चलता रहता है। ऐसे में सारा खेल धैर्य का है। कठिन समय में ईश्वर से दूर ना हो जाएं, बल्कि उनका साथ बनाए रखें।

कितनी भी विपत्तियां आएं, समस्याएं घेर लें, भगवान को दोष कभी मत देना। हर हालात में उनसे जुड़े रहना। भगवान भरोसे का दूसरा नाम है, और ताक़त का दूसरा नाम भी ईश्वर है।

जिस हिम्मत की ज़रूरत हमें बीमारी के समय होती है, वह उसी के भरोसे से आएगी।

कई लोगों का सवाल होता है कि भगवान से कैसे जुड़ें? भगवान जीवन में आते कैसे हैं? ध्यान रखिए, वासनाएं गिर जाएं तो जीवन में परमात्मा का प्रवेश हो जाता है।

इस बात को एक छोटी-सी कहानी से समझ सकते हैं।

एक पहाड़ी पर एक तीर्थस्थल था। बहुत सुंदर स्थान। बहुत से लोग दर्शन करने जाते और देखते थे कि वर्षों से एक फ़कीर वहीं एक छोटे-से दर्रे में जमा हुआ है।

कई लोग उससे पूछते भी कि आप ऊपर दर्शन करने क्यों नहीं जाते? फ़कीर सबसे एक ही बात कहता- आप लोग चले जाओ, मुझे यहीं रहने दो।

एक बार सारे लोग एक साथ फ़कीर के पास पहुंचे और वही सवाल पूछा। तब फ़कीर ने कहा- मैं जहां रहता हूं, वहीं तीर्थ बन जाता है।

किसी ने पूछा- यह आपके अहंकार की भाषा है या आपको कोई उपलब्धि हुई है?

फ़कीर बोला- मैं नहीं जानता मुझे क्या उपलब्धि हुई है, परंतु एक बात जानता हूं कि जब से मैंने अपनी वासनाएं गिरा दी हैं, तब से ऐसा लगता है कि जहां मैं हूं, वहीं से तीर्थ आरंभ होता है। जहां मैं हूं, वहीं परमात्मा मिल जाता है। फिर मैं पहाड़ पर जाकर क्या करूं।

यह कहानी आज भी हमारे बड़े काम की है। इस दौर में जबकि समाज में अश्लीलता और फूहड़ता पांव पसारे जा रही है, हम जितना वासनाओं को पकड़ेंगे, उतने अधिक परेशान रहेंगे।

ईश्वर को पाना हो तो वासनाओं को गिराने का अभ्यास लगातार करना होगा।

वासनाओं का प्रवेश द्वार हमारा शरीर है। वासनाएं आदतों के सहारे प्रवेश करती है। आदतें, आचरण ठीक रहा, तो वासना के थपेड़ों से बचना थोड़ा आसान हो जाएगा।

यही बात हम बालकांड के प्रसंगों से समझने का प्रयास कर रहे हैं।

## 1. स्त्री-पुरुष की देह

हमारा स्त्री या पुरुष होना हमारे हाथ में नहीं है। यह शुद्ध रूप से भाग्य का मामला है।

वैसे तो अधिकांश बीमारियां शरीर-भेद नहीं देखतीं। परंतु चूंकि स्त्री-पुरुष की जीवनशैली और शारीरिक संरचना भी अलग होती है, इसलिए बीमारी भी दोनों को अलग-अलग ढंग से प्रभावित करती है।

'देह-भेद' के अनुसार हमें ही तय करना है कि शरीर की बीमारियों से सुरक्षा कैसे की जाए।

हमारे यहां शास्त्रों में कहा है - *'निज मन ही, निज तन को खाए।'*

बीमारियां शरीर को होती हैं लेकिन इनके प्रवेश और प्रभाव में बड़ी भूमिका मन की भी होती है। इसलिए काम मन पर करना होगा।

रामकथा (रामचरित मानस) में गोस्वामी तुलसीदासजी ने बालकांड के आरंभ में सुर, असुर, फिर रामजी के पूरे परिवार की वंदना-स्तुति की है। इसे ही वंदनाक्रम कहा गया है।

इसी क्रम में सीताजी की वंदना में उन्होंने बहुत अच्छी चौपाई लिखी है-

जनक सुता जग जननि जानकी। अतिसय प्रिय करुनानिधान की।।
ताके जुग पद कमल मनावउँ। जासु कृपाँ निरमल मति पावउँ।।

राचमा- 1/17/4

राजा जनक की पुत्री, जगत माता, करुणामयी श्रीराम की प्रियतमा जानकीजी के दोनों चरण कमलों को मैं मनाता हूं, जिनकी कृपा से निर्मल बुद्धि पाऊं।

यहां ध्यान देने की बात यह है कि सीताजी की वंदना करते हुए तुलसीदासजी ने उनसे क्या मांगा? लिखा है- मैं उन सीताजी को नमन करता हूं, जिनकी कृपा से निर्मल मति प्राप्त होती है।

इस पंक्ति में 'मति' (बुद्धि) शब्द आया है। तुलसीदासजी ने मां और बेटे, दोनों से मति की बात की है। मां यानी सीताजी और बेटे यानी हनुमान।

यहां श्री हनुमान चालीसा की तीसरी चौपाई भी संदर्भित है।

महावीर बिक्रम बजरंगी, कुमति निवार सुमति के संगी।।

हनुमानजी के लिए कहा गया है वे कुमति को दूर करने वाले और सुमति को देने वाले हैं।

मतलब निर्मल मति सीता से मांगी, सुमति हनुमान से।

फ़िजिकल वेलनेस की दृष्टि से यह बात बहुत महत्त्वपूर्ण हो जाती है कि मति से मन का संचालन होना चाहिए, मन से मति का नहीं।

जिनका मन उनकी बुद्धि का संचालन करता है, वे लोग अशांत, परेशान हो जाते हैं। इसका सीधा असर शरीर के स्वास्थ्य पर पड़ता है।

बुद्ध और बुद्धू में क्या फ़र्क़ है? बुद्ध वे जो बुद्धि से चलते हैं और बुद्धू, जो बुद्धि को चलाते हैं।

मन यदि मति से संचालित नहीं है तो बहुत गड़बड़ होती है। ऐसे में मन स्वतंत्र हो जाता है, और स्वतंत्र मन मानसिक रोग का ख़तरनाक वायरस है।

इस दौर में वे लोग बहुत जल्दी दुखी और परेशान हो जाते हैं, जिनका तन रुका हुआ और मन भाग रहा होता है। यही हमारी अशांति का भी कारण बनता है।

तन रुक गया और मन भागता रहा तो व्यक्तित्व में उदासी, चिड़चिड़ापन, निराशा व क्रोध उतरना स्वाभाविक है।

मन की लोगों ने अपने-अपने ढंग से अलग-अलग व्याख्या की है।

मनोवैज्ञानिक तो इसे आवारा कुत्ते की तरह बताते हैं। पालतू कुत्ता मालिक का कहना मानकर घर में रहता है, परंतु आवारा कुत्ता सड़क पर भागता है। मन के साथ भी कुछ ऐसा ही है।

*जहां पर लगता है दरवाज़े बंद हैं सारे,*
*वहीं से कोई नया रास्ता निकलता है।*

– सूफ़ियान काजी

मन और बुद्धि के सही काम्बीनेशन में एक बात बहुत काम आती है– हास्यबोध।

स्वयं ख़ुश रखिए, वरना मन बुद्धि पर हावी हो जाएगा। परिणाम में हाथ लगेगी सिर्फ़ अशांति।

## • स्वप्न मानव (श्रीराम)

जिस रामकथा से हमें स्वास्थ्य के सूत्र लेना है, वह आरंभ कैसे हुई? यह भी जान लिया जाए...

ऋषि वाल्मीकि एक दिन आश्रम में अपने शिष्यों से चर्चा कर रहे थे। उसी समय नारद पहुंच गए। वाल्मीकि ने नारद से कहा- किसी ऐसे ऐश्वर्य-संपन्न व्यक्ति का नाम बताइए, जो अद्भुत और अनूठा हो।

कोन्वस्मिन साम्प्रतं लोके गुणवान कश्च वीर्यवान।
धर्मश्च कृतज्ञश्च सत्यवाक्यो दृढ़व्रत:।।

(वारा- 1/1/2)

समय संसार में गुणवान, वीर्यवान, धर्मज्ञ, उपकार मानने वाला, सत्यवक्ता और दृढ़प्रतिज्ञ कौन है?

नारद ने कहा - राजा राम अद्भुत और अनूठे हैं।

## • यहां नारद ने 16 बातें रामजी के लिए कहीं

1. ऐश्वर्य का सागर 2. सुसंस्कृत 3. विद्वान 4. शक्तिशाली
5. उदार विचार के 6. सत्यवादी 7. कृतज्ञ 8. निर्दोष चरित्र
9. कल्याणकारी 10. मेधावी 11. सर्वाधिक सुंदर
12. अक्रोधी 13. बड़े-बड़ों को भयभीत कर देने वाले
14. सबको सुरक्षा प्रदान करने वाले 15. भाग्यदेवी का आशीर्वाद प्राप्त और 16. अपने संकल्प को पूरा करने वाले।

ये सोलह गुण जिसमें हैं, उन्हें संसार राम के नाम से जानता है। इतना कहकर नारद चले गए।

राम की विशेषता थी कि वे अपने भीतर विद्यमान इन सारे गुणों को बढ़ाते भी जाते थे। यही राम वाल्मीकि के स्वप्न के मानव थे।

राम के लिए यूं भी कह सकते हैं कि जो अपने को जानता-पहचानता है, दुनिया उसको मानती है। राम को सभी लोग अच्छे लगते हैं। इसीलिए राम सबको अच्छे लगते हैं।

नारद के जाने के बाद वाल्मीकि तमसा नदी के तट पर गए। रामचरित उनके रोम-राम में उतर चुका था।

फिर एक घटना घटती है, जिससे वाल्मीकि का कोमल मन आहत हो जाता है।

पेड़ पर क्रौंच पक्षी प्रणयरत थे। एक शिकारी ने तीर छोड़ा और नर पक्षी मारा गया। उसकी मादा का करुण रुदन देख वाल्मीकि अचानक आवेश में बोल उठे।

दिया तो शाप था, लेकिन वे स्वयं चौंक गए। शब्द सुंदर थे और छंदबद्ध। भले ही तेवर तीखे थे।

वाल्मीकि के शिष्य भरद्वाज ने पास खड़े-खड़े यह घटना देखी और सुनी। वे समझ गए कुछ अलौकिक घट गया है गुरुदेव के मन में।

इस पहले छंद ने संसार को रामायण और रचयिता दोनों दे दिया। कवि की करुणा क्या जागी, दुनिया को रामरस मिल गया। लगा क्यों ना इसी भाषा में रामकथा लिख दूं।

इस प्रकार वाल्मीकि के शाप से रामकथा का जन्म हुआ। तुलसी के अभिशाप से श्रीरामचरित मानस की रचना हुई।

अभिशाप का अर्थ होता है व्यर्थ का दोषारोपण। हेतु जो भी रहा हो, वाल्मीकि और तुलसी ने रामायण व रामचरित मानस देकर संसार को धन्य कर दिया।

## 2. भोग-विलास (जीवनशैली)

तुलसी सीता की वंदना कर हमें मन और बुद्धि की समझ देते हैं। वाल्मीकि राम के सोलह गुणों की चर्चा कर हमें अपने भीतर के गुणों को जगाने की प्रेरणा देते हैं।

हमारी देह की सार्थकता इसी में है कि अपने सद्गुणों को रक्षाकवच बनाकर बीमारियों को दूर रखें। फ़िजिकल हेल्थ का यह पहला चरण होगा।

मनुष्य के शरीर की मांग है भोग-विलास। अधिकांश लोगों ने इसी को जीवनशैली बना लिया है। शरीर में दस इन्द्रियां हैं और वे स्वाभाविक रूप से भोग मांगती हैं।

भोग अनियंत्रित हो जाए तो विलास बन जाता है। आज मनुष्य जिन-जिन बीमारियों से घिरा हुआ है, उनमें से अधिकांश तो विलास का बाय-प्रोडक्ट हैं।

संतान के जन्म के मूल में कहीं न कहीं विलास का भाव होता है, लेकिन यह तप का परिणाम होना चाहिए। फिर लालन-पालन तो भोग-विलास से दूर होना ही चाहिए।

बालकांड के आगे के प्रसंग हमें ये ही सूत्र देते हैं।

रामकथा के बालकांड में पुत्र कामेष्ठि यज्ञ का होना एक महत्त्वपूर्ण घटना है। राम और अन्य भाइयों का जन्म यज्ञ के फल से हुआ था। इस यज्ञ के पीछे की कथा भी महत्त्वपूर्ण है।

सामान्य रूप से तो सब जानते हैं कि दशरथ ने यज्ञ किया। खीर का प्रसाद तीनों रानियों को दिया और चार राजकुमारों का जन्म हुआ।

आइए, थोड़ा विषय की गहराई में प्रवेश करते हैं।

राजा दशरथ के एक मित्र थे रोमपाद। दशरथ की एक पुत्री थी शांता। दशरथजी ने बेटी शांता मित्र राजा रोमपाद को सौंप दी, क्योंकि उन्हें कोई संतान नहीं थी।

एक बार रोमपाद के राज्य में अकाल पड़ गया। इसी समय ब्रह्मा ने कहा आपको ऋष्यशृंग ऋषि से यज्ञ करवाना चाहिए।

ऋष्यशृंग मृगी ऋषि के पुत्र थे। यह नाम इसलिए पड़ा कि जब जन्म हुआ, तब इनके मस्तक पर हिरण के सींग जैसी आकृति थी।

मृगी ऋषि ने पुत्र ऋष्यशृंग का लालन-पालन ब्रह्मचर्य की दृष्टि से किया था। इसलिए ऋष्यशृंग ऋषि ने कभी कोई स्त्री नहीं देखी थी।

राजा रोमपाद ने विचार किया ऋष्यशृंग ऋषि को अपने राज्य में बुलाऊं और पुत्री शांता से विवाह कर दूं तो वे यहां रुकेंगे। इसके लिए उन्हें आकर्षित करना होगा। रोमपाद ने कुछ स्त्रियों को ऋष्यशृंग के आश्रम में भेजा।

चूंकि इससे पहले ऋष्यशृंग ने कोई स्त्री देखी नहीं थी, इसलिए आश्रम में स्त्रियों को देखकर आकर्षित हो गए और उनके कहने पर रोमपाद के राज्य में पहुंच गए।

राजा रोमपाद ने ऋष्यशृंग से निवेदन किया कि आप मेरी पुत्री शांता से विवाह कर लें। निवेदन को स्वीकृति मिली और ऋष्यशृंग का विवाह शांता से हो गया।

इधर राजपुरोहित वशिष्ठ ने दशरथ से कहा- पुत्र कामेष्टि यज्ञ के लिए ऋष्यशृंग ऋषि और शांता को आमंत्रित कीजिए। शांता आप ही की पुत्री है।

दशरथ ने राजा रोमपाद से कहा ऋषि ऋष्यशृंग और शांता को अयोध्या भेज दीजिए। मुझे उनसे यज्ञ करवाना है। दोनों पहुंचे और दशरथ का पुत्र कामेष्टि यज्ञ संपन्न हुआ।

यज्ञ के परिणाम से राजा दशरथ को राम, लक्ष्मण, भरत और शत्रुघ्न जैसी श्रेष्ठ संतानें प्राप्त हुईं।

मन को नियंत्रित किया जाए, तब जाकर रामजन्म का यज्ञ सफल हो पाता है। जीवन में राम तब ही आते हैं, जब चंचल मन को साध लिया जाए। थोड़ा तप कर लिया जाए।

जन्म और मृत्यु के बीच एक घटना घटती है जिसे जीवन कहते हैं। रामजन्म केवल जन्म की घटना है। जीवन क्या होता है, यह समझाते हैं आगे की रामलीला के प्रसंग।

शास्त्रों ने मनुष्य की देह में नौ छिद्र बताए हैं। इन्हीं से अच्छाई बाहर जा सकती है और बुराई भीतर आती है। समझदार व्यक्ति इसका उल्टा प्रयोग कर सकता है।

हम जीवन में जो भी काम करते हैं, उसमें या तो *स्वांत:सुखाय* का भाव होता है या किसी से प्रतिस्पर्धा होती है। या तो हम किसी से बदला ले रहे होते हैं, या किसी को सहयोग कर रहे होते हैं। हमारे सारे क्रिया-कलाप इन्हीं उद्देश्यों के दाएं-बाएं होते हैं।

जीवन में जो भी करें, एक महत्त्वपूर्ण काम और करते चलें, जो है मृत्यु को देखने की तैयारी।

मृत्यु एक ऐसी घटना है जो होकर रहेगी। हम सारे काम उन बातों से जोड़कर करते हैं, जो होने वाली हैं। यहां एक बात भूल जाते हैं कि जीवन का सबसे बड़ा सत्य तो मृत्यु है।

मृत्यु को यदि देखना चाहें तो पहले नौ छिद्रों से जो ज़िंदगी धीरे-धीरे रिस रही है, बह रही है, बाहर जा रही है, उसे देखें और समझें।

इन नौ छिद्रों का शास्त्रों में बड़े सुंदर ढंग से वर्णन किया गया है- आंख, नाक और कान के छह, मल-मूत्र की इंद्रियों के दो, और एक मुख का छिद्र।

इन छिद्रों से लगातार जीवन बाहर जा रहा है, और हम कुछ समझ ही नहीं पाते। इन पर हमें पैनी दृष्टि रखना होगी, जो मिलेगी अष्टांग योग से।

इन छिद्रों को लगातार हमारे भीतर दो चीज़ें देख रही हैं- एक मन, दूसरी आत्मा।

आत्मा जब देखती है तो हम इनका सदुपयोग कर रहे होते हैं, और मृत्यु को देख पाने की क्षमता रख सकते हैं।

जब मन देखता है, तो समझो इनका दुरुपयोग तय है। मन इन छिद्रों से पार जाने के लिए एक सीढ़ी बनाता है। ऐसी सीढ़ी जिसमें अनेक डंडे होते हैं। उन्हीं डंडों के सहारे हम और ऊपर, और दूर जाना चाहते हैं। हालांकि पहुंचते कहीं नहीं हैं, उल्टे उलझ जाते हैं।

मन की छलांग ऐसी ही होती है। उलझाने वाली।

मौत अंतिम सत्य है। जिस दिन आएगी, संभलने का कोई मौक़ा नहीं देगी। योग के माध्यम से शरीर के नौ छिद्रों का सदुपयोग कर लिया, तो मृत्यु के दर्शन करने के लायक़ हो जाएंगे।

इसी में जीवन की सार्थकता होगी। यहीं से हम जीवन को समझकर उसका सदुपयोग कर सकेंगे।

## • निराली थी दिनचर्या

राम का जन्म केवल दशरथ के महल में नहीं हुआ था। जगत के हर घर के आंगन को सराबोर कर दिया था उस दिव्य घड़ी ने। उनकी दिनचर्या की बात की जाए, तो बड़ी निराली थी।

फ़िजिकल वेलनेस में दिनचर्या प्राण की तरह है। इसे दो भाग में बांटकर देख सकते हैं। घर के भीतर की और घर के बाहर की दिनचर्या।

घर के भीतर सहज रहें और बाहर समर्थ रहें। यही उत्तम दिनचर्या के लक्षण हैं।

राम की दिनचर्या पर तुलसी लिखते हैं –

प्रात बेगि उठि रघुनाथा। मातु-पिता गुरु नावहिं माथा।

(राचमा- 1/204/4)

राम सुबह जल्दी उठकर माता-पिता और गुरु के चरणों में मस्तक नवाते हैं।

इस एक पंक्ति में हमारे लिए दिव्य दिनचर्या का संकेत है। घर में माता-पिता के लिए इससे बड़ा सात्विक भोग-विलास और क्या हो सकता है।

अगली चौपाई में घर के बाहर की बात भी कह दी गई।

आयसु मागि करहिं पुरकाजा। देखि चरित हरषइ मन राजा।

(राचमा/बाकां/204/4)

उनकी (माता-पिता-गुरु की) आज्ञा लेकर नगर का काम करते। उनके चरित देख-देखकर राजा दशरथ मन में बड़े हर्षित होते।

घर के बाहर की दुनिया में हमारी दिनचर्या में माता-पिता और गुरु की आज्ञा साथ रहे और वे हमारे कार्य देख प्रसन्न हों, यही सही जीवनशैली है।

इस दिनचर्या के परिणाम से चारों भाइयों के व्यक्तित्व में किस प्रकार निखार आया, इसकी पुष्टि में वाल्मीकि ने भी बहुत अच्छी बात लिखी है।

ते यदा ज्ञानसंपन्नाः सर्वे समुदिता गुणैः।
ह्रीमन्तः कीर्तिमन्तश्च सर्वज्ञा दीर्घ दर्शिनः।

(वारा- 1/18/34)

वे सब बालक जब समझदार हुए, तब समस्त सद्गुणों से संपन्न हो गए। सभी बड़े लज्जाशील, यशस्वी और दूरदर्शी थे।

दिनचर्या, जीवनशैली सही हो तो व्यक्तित्व सद्गुणों से भर जाता है। इसका सीधा संबंध हमारी फ़िजिकल वेलनेस से होता है।

दशरथ की गृहस्थी से हम अपने परिवार के जीवन को जोड़ सकते हैं। घर के सदस्यों से, जीवनसाथी से, बच्चों से कोई काम करवाना इस दौर में बड़ा मुश्किल और चुनौतीपूर्ण हो गया है।

अपने व्यवसाय या घर में जब भी किसी से काम लें तो चार बातों का ध्यान रखें।

**पहली,** काम का बंटवारा ठीक से करें। हमें यह मालूम होना चाहिए कि कौन-सा व्यक्ति, क्या काम कर सकता है। यहां समझ ग़लत हुई तो काम बिगड़ भी सकता है।

**दूसरी,** जिसे काम सौंपा गया है, उस पर भरोसा रखें।

**तीसरी**, स्त्री-पुरुष का भेद नहीं करें।

कई लोग सोचते हैं कि महिला यह काम नहीं कर पाएंगी। बस, यहीं से झंझट शुरू हो जाती है।

ऐसे ही महिलाएं भी कई बार मान लेती हैं कि यह काम पुरुष नहीं सकते। ऐसे में काम हो, ना हो, स्त्री-पुरुष का कलह जरूर शुरू हो जाता है।

**चौथी** बात, जिसे भी काम दें, उसके भीतर दायित्व-बोध का भाव जगाएं। ख़ास तौर पर बच्चों में।

आज बच्चों में दायित्व-बोध का भाव लगातार कम होता जा रहा है। इसीलिए वे सुविधाएं चाहते हैं, लेकिन ज़िम्मेदारी उठाने को तैयार नहीं होते।

घर के छोटे-छोटे काम जो बच्चों के होते हैं, वो या तो घर के बड़े सदस्य कर लेते हैं, या सेवकों से करवा लिए जाते हैं। बड़े घरों में यह प्रयोग आम हो गया है। लेकिन, इसके दूरगामी परिणाम ठीक नहीं होंगे।

इसलिए बच्चों को उनका दायित्व-बोध समझने दें।

बच्चों को कुछ काम अवश्य सौंपें और माता-पिता या अन्य बड़े लोग दूर से उन्हें करते हुए देखें। वे जिस भी प्रकार से करें, उन्हें करने दें। किसी प्रकार का हस्तक्षेप नहीं करें।

घर में पति-पत्नी, बाप-बेटे, भाई-बहन सबके काम करने के तरीक़े अलग हो सकते हैं। यहां मुद्दा तरीक़े का नहीं, बल्कि काम सही और व्यवस्थित रूप से करने का है।

शुरू-शुरू में कुछ गड़बड़ होगी। काम थोड़ा-बहुत बिगड़ भी सकता है। लेकिन, यहां धैर्य रखें। उन्हें समझाएं। फिर मौक़ा दें। यह जीवनशैली फ़िज़िकल वेलनेस को सहारा देगी।

## 3. परिश्रम-पुरुषार्थ

यह घोर परिश्रम का युग है। पहले 7-8 घंटे की मेहनत में दिन पूरा हो जाता था। अब 14 से 16 घंटे काम करते हैं लोग। परिश्रम पूजा की जगह नशा बन चुका है मनुष्य के लिए।

परिश्रम में जब परमात्मा का स्मरण होता है तो पुरुषार्थ बन जाता है। केवल परिश्रम बीमारी देकर अशांत कर जाएगा, लेकिन पुरुषार्थ होकर वह आरोग्य के साथ शांति भी प्रदान करेगा।

अब राम परिश्रम से पुरुषार्थ की ओर चलेंगे।

एक दिन राजा दशरथ अपने मंत्रियों, बंधु-बांधवों के साथ पुत्रों के विवाह के विषय में चर्चा कर रहे थे। उसी समय गायत्री मंत्र के दृष्टा मुनि विश्वामित्र के आने का समाचार मिला।

ये वे ही विश्वामित्र थे, जो पहले राजर्षि के नाम से ख्यात थे। फिर अपनी अद्भुत तपस्या से ब्रह्मर्षि का पद पाया।

विश्वामित्र वन में रहकर जप, यज्ञ, योग करते थे। मारीच और सुबाहु नाम के राक्षस उपद्रव कर इन्हें परेशान करते थे। इनका मानना था राम के बिना ये राक्षस मरेंगे नहीं। इसीलिए राम को लेने आ गए।

लोकमंगल की भावना और लोकहित की साधना में अब विश्वामित्र, राम का प्रवेश कराएंगे। इससे पहले राम गुरु वशिष्ठ के आश्रम में विद्या प्राप्त कर चुके थे।

विश्वामित्र द्वारा राम-लक्ष्मण मांगे जाने पर दशरथ निराश-चिंतित हो गए।

गुरु वशिष्ठ ने उन्हें प्रेरित किया कि यज्ञ से ही आपको पुत्र प्राप्त हुए हैं और विश्वामित्र यज्ञ की रक्षा के लिए ही इनको लेने आए हैं। इन्हें भेज दीजिए। ऐसा करने में इनका कल्याण ही होगा।

गुरु वशिष्ठ के मुख से संतान के कल्याण की बात सुनते ही दशरथ सहमत हो गए और राम-लक्ष्मण को यज्ञ की रक्षा के लिए विश्वामित्र के साथ भेज दिया।

### • शस्त्र विद्या

अब राम के जीवन में शस्त्रविद्या का प्रवेश होगा।

संसार में जितने अस्त्र थे, सब दक्षकन्या जया और सुप्रभा की संतानें थीं। विश्वामित्र उनका मर्म जानते थे।

विश्वामित्र ने राम को दो मंत्र दिये थे- बला और अतिबला। साथ में कुछ शस्त्र भी दिए। ये सारे शस्त्र इतने अद्भुत थे कि मानव देह का रूप धारण कर राम के सामने आए और कहने लगे विश्वामित्र ने हमें आपको सौंपा है।

राम ने शस्त्रों से निवेदन किया, अभी आप अदृश्य हो जाइए। आवश्यकता पड़ने पर जब मैं आपका स्मरण करूं, तब-तब आ जाया कीजिएगा।

यहां हम परिश्रम-पुरुषार्थ से जोड़कर फ़िज़िकल हेल्थ और वेलनेस की बात कर रहे हैं।

हमारे शरीर के पास भी कुछ शस्त्र हैं जिनका उपयोग हमें राम की तरह करना चाहिए। जब आवश्यकता हो, उनका उपयोग कर लें, फिर अदृश्य कर दें।

दस शस्त्र हम मनुष्यों के पास होते हैं। पांच कर्मेन्द्रियां (हाथ-पैर, मल-मूत्र की दो इंद्रियां, कंठ) पांच ज्ञानेंद्रियां (आंख, नाक, कान, त्वचा, जिह्वा)।

इन इंद्रियों का उपयोग हमें राम की तरह शस्त्र के रूप में करना चाहिए। यदि इनका दुरुपयोग किया, तो शरीर एक दिन बीमार-लाचार हो जाएगा।

मनुष्यों की फ़ितरत में है कि अपने पैर चादर से बाहर निकाल लेते हैं। यही कारण है कि हमने प्रकृति की चादर को भी तार-तार कर दिया है। उसे नोचा है, फ़ाड़ा है। उसी की परिणाम हमें रोग-बीमारियों के रूप में मिलता है।

प्रकृति से छेड़छाड़ की क़ीमत पिछले वर्षों में हम महामारी की त्रासदी के रूप में चुका चुके हैं। क्या दौर था वह भी। अपनों का अपनों से मिलना भी अपराध हो गया था। महीनों तक घरों में क़ैद होकर रह गई थी मानवता।

यह प्रकृति का संकेत था कि फ़िज़िकल हेल्थ के प्रति लापरवाह मत बनो। वरना क़ीमत बड़ी चुकानी पड़ेगी।

राम ने शस्त्रों से कहा था जब मैं याद करूं, तब आ जाना और वापस भेजूं तो चले जाना।

ठीक ऐसा ही हमें अपनी इंद्रियों के साथ भी करना है। जब उनका सदुपयोग करना हो तो शक्ति आ जाए। अन्यथा हमारे निमंत्रण के बिना सक्रिय मत होना। ऐसे निर्देश उन्हें देते रहें।

### • जीवन विद्या

विश्वामित्र यदि राम को अपने साथ जंगल नहीं ले गए होते, तो राम केवल महलों में रहने वाले राजपुरुष होते। घर से बाहर निकले तो उनके शरीर ने जीवन का संघर्ष देखा, उनका सामना किया, और जन-जन के राम हो गए।

देह की सुरक्षा और स्वास्थ्य के लिए संघर्ष व परिश्रम जरूरी है। इस शरीर को जितना विश्राम, आराम और सुख-सुविधाएं देंगे, यह उतना ही भोगेगा और स्वयं बीमारियों को आमंत्रण देगा। इससे जितना संघर्ष कराएंगे, यह उतना ही स्वस्थ और चैतन्य होगा।

राम-लक्ष्मण के जीवन में विश्वामित्र का आना, यानी संघर्ष को ठीक से समझना। इस प्रसंग को बच्चों के लालन-पालन में परिश्रम और पुरुषार्थ से जोड़कर देखें।

आज हमारे बच्चों के जीवन में ज़रा-सा संघर्ष आया कि या तो वे टूट जाते हैं या बिखर जाते हैं। टूटने और बिखरने में अंतर है। टूट गए तो फिर जुड़ जाएंगे, लेकिन बिखर गए तो व्यक्तित्व के टुकड़े समेटना मुश्किल हो जाएगा। इसलिए उन्हें संघर्ष से जूझना सिखाइए।

ऐसे कई लोग हैं, जो संघर्ष में बिखर जाते हैं। आज लालन-पालन में जिस प्रकार से माता-पिता की ओर से लाड़-प्यार मिल रहा है,कई बच्चों को तो अहसास ही नहीं है कि संघर्ष होता क्या है।

माता-पिता हर पल बच्चों को सुख देने के लिए तैयार रहते हैं। संतानों के जीवन का 75 प्रतिशत संघर्ष तो माता-पिता ही पूरा कर देते हैं।

इस दौर में तो हर माता-पिता बच्चों की शिक्षा में कोई कसर नहीं छोड़ना चाहते। अपने सामर्थ्य से आगे बढ़कर, स्वयं कष्ट उठाकर संतान को पढ़ा रहे हैं। उनका करियर बनाने के लिए रात-दिन परिश्रम कर रहे हैं। फिर बच्चों के लिए संघर्ष बचा ही क्या?

कुछ संघर्ष हमें संतानों के लिए भी छोड़ना चाहिए। बच्चों को इस बात का अहसास होना चाहिए कि हमें जो सुख-सुविधाएं मिल रही हैं, ये हमारा अधिकार नहीं, बल्कि माता-पिता का उपकार है।

आज कई बच्चे तो सबकुछ मिल जाने के बाद भी बाइक और मोबाइल जैसी सीमित ज़रूरतों की चीज़ों के लिए माता-पिता से लड़ लेते हैं। उन्हें अपमानित कर देते हैं।

ऐसे बच्चों को स्वयं अपने आपसे पूछना चाहिए क्या यह सब ठीक है? जीवन में कुछ अच्छा करने का संकल्प दृढ़ हो, तो करियर तो इन चीज़ों के बिना भी बन सकता है।

कभी किसी पेड़ की डाली पर बने किसी पक्षी का घोंसला देखिएगा। सुबह-सुबह परिंदा अपने छोटे-से बच्चे को धक्का दे देता है। उसके बाद वह बच्चा पेड़ से गिरता नहीं, बल्कि आसमान में उड़ने लगता है। तब उस बच्चे को पता चलता है-

यदि बड़ों ने धक्का दिया नहीं होता।
आज मैं आसमान में आया नहीं होता।।

ठीक है, हम बड़े हैं। बच्चों की ढाल बनकर उनके साथ चलना हमारा कर्तव्य है। लेकिन, ज़िंदगी के दरिया में कभी-कभी उनको खुद भी हाथ-पैर चलाने दीजिए। जीवन का संघर्ष वे तब ही समझ पाएंगे।

जीवन में जब संघर्ष आता है तो लोग उसे अपना दुर्भाग्य मानने लगते हैं। दुर्भाग्य और संघर्ष दोनों अलग-अलग चीज़ें हैं। दुर्भाग्य परेशान करता है, संघर्ष व्यक्तित्व को तराशता है।

लालन-पालन के दौरान पांच बातें बच्चों को अवश्य सिखाएं। परिश्रम, ईमानदारी, सहनशीलता, सहयोग की वृत्ति और परिणाम के प्रति बेफ़िक्र (अनासक्त) होना।

इससे बच्चे परिपक्व होंगे अपना जीवन संवारने में। यही उनकी सही फ़िजिकल वेलनेस होगी।

## 4. खान-पान (जीवनशैली)

आहार हमारी फ़िजिकल वेलनेस का आधार है। यदि आहार शुद्ध नहीं तो हम असुर हो जाएंगे। अन्न का ही परिणाम होते हैं हमारे भीतर के सद्गुण और दुर्गुण। दुर्गुण यानी भीतर के राक्षस।

यदि आहार-शुद्धि नहीं रखी, खान-पान पर संयम नहीं रखा तो भीतर के ये राक्षस हमारी फ़िजिकल वेलनेस को नकारात्मक ढंग से प्रभावित करेंगे।

अन्न का फ़िजिकल हेल्थ सें बड़ा गहरा संबंध है। जिन्हें इसे साधना हो, उन्हें अन्न के प्रति बहुत सावधान रहना पड़ेगा।

आजकल खान-पान के इतने साधन हो गए कि मनुष्य इसे लेकर ज़रा भी गंभीर नहीं है। कहां से अन्न आ रहा है, क्या खाया जा रहा है, इसके प्रति बहुत सजग और सतर्क रहना होगा।

अन्न के मामले में शरीर से जोड़कर चार बातों का ध्यान ज़रूर रखना चाहिए।

पहली, अन्न जिस धन से आया है, वह धन कहां से आया?

ग़लत तरीक़े से कमाया हुआ धन और उससे लाया गया अन्न परिवार के सदस्यों की मानसिकता बिगाड़ देगा।

अन्न का संबंध धन से है और धन का संबंध शुद्ध आय से होना चाहिए। ग़लत और भ्रष्ट तरीक़े से कमाए गए धन से लाया हुआ अन्न पेट तो भर देगा, परंतु शांत कभी नहीं रख सकेगा।

दूसरी बात, जो अन्न या भोजन खा रहे हैं, उसे बनाया किसने है?

हम भारतीयों के घर का केंद्र रसोईघर होता है। इसलिए नहीं कि वहां भोजन पकता है, बल्कि इसलिए कि वहां की देखरेख, वहां का मैनेजमेंट मां के हाथों में होता है।

बनाने वाले की मानसिकता अन्न में उतरकर अपना प्रभाव छोड़ती है। इसलिए प्रयास ऐसे करें कि घरों में भोजन मां, बहन, बेटी, पत्नी या परिवार की ही कोई स्त्री ही बनाए।

इस बात से विज्ञान भी सहमत है कि भोजन बनाने वाले की हथेली से जो संचार होता है, वह अन्न में उतरकर अपना प्रभाव छोड़ता है।

आजकल तो घरों में सबसे ज़्यादा टेंशन रसोईघर में ही देखी जाती है। छोटी-छोटी बातों पर बर्तन खड़क जाते हैं। यह ठीक नहीं है।

भोजन बनाते समय मूड कभी ख़राब नहीं करें। प्रसन्न भाव से पकाया भोजन जो भी खाएगा, ख़ुश रहेगा।

रसाईघर में मूड अच्छा रखने का सबसे अच्छा तरीक़ा है मन को थोड़ा भक्ति में लगा दें।

माता-बहनें अपना जो भी पसंदीदा भजन अथवा मंत्र हो, उसे गुनगुनाएं, उसका मानसिक जप करें। ऐसा करते हुए जो भोजन तैयार होगा, उसमें एक अलग ही स्वाद, अलग ही ऊर्जा होगी।

तीसरी बात, यह भी ध्यान रखें कि अन्न किस रूप से ग्रहण किया जा रहा है।

अब तो अन्न के भी कई रूप हो गए हैं। बर्गर, पिज़्ज़ा, डोसा, समोसा, वेज-नॉनवेज जैसी कई वैरायटियां घर के किचन में प्रवेश कर गई हैं। जो

भी हो, अन्न का रूप पवित्र और सात्विक होना चाहिए। चौथी बात, भोजन बनाते और खाते समय विचारों के प्रति सावधान रहें। भोजन बनाते समय भाव काम करता है, खाते समय वातावरण प्रभाव छोड़ता है।

भोजन सदैव शुद्ध वातावरण में ही करें। उस दौरान सदस्यों में आपस में चर्चा क्या हो रही है, इस पर भी ध्यान दीजिए।

जिह्वा भोजन को अंदर करती है और उसी समय शब्दों को बाहर फेंकती है। भोजन करते समय यदि कर्कश शब्द बोले जा रहे हैं, तो उसका प्रभाव और पाचन की केमिस्ट्री बिगड़ जाएगी। भोजन, भोजन नहीं होकर विष बन जाएगा। ऐसा विष जो आपको मारेगा तो नहीं, परंतु अशांत अवश्य कर देगा।

हमारा शरीर शुभ है। इसका मान करिए। यही फ़िजिकल हेल्थ का सही रूप होगा।

शरीर के मान का सबसे अच्छा तरीक़ा है भोजन बनाते और खाते समय प्रसन्नचित्त रहें। फिर देखिए, किस प्रकार आप शरीर से स्वस्थ और मन से प्रसन्न रह सकेंगे...

जब राम और लक्ष्मण गुरु विश्वामित्र के साथ वन में विचरण कर रहे थे तो मार्ग में सबसे पहले ताड़का मिली। पैरों की आहट सुनते ही वह क्रोध करके उनकी ओर दौड़ी। तब-

एकहिं बान प्रान हरि लीन्हा। दीन जानि तेहि निज पद दीन्हा।

(राचमा-1/208/3)

राम ने एक ही बाण से ताड़का के प्राण हर लिए। फिर दीन समझकर अपना दिव्य स्वरूप दे दिया।

राम ने अपने अवतार कार्य का श्रीगणेश एक स्त्री के वध से किया था। विश्वामित्र ने ताड़का को दिखाते हुए कहा था- राम, वैसे तो क्षत्रिय धर्म है कि स्त्रियों का वध नहीं किया जाए, लेकिन इस विचार से कहीं तुम्हारे हाथ नहीं रुक जाएं, इसलिए कह रहा हूं कि धर्मघातिनी स्त्रियों का वध अधर्म नहीं होता।

नहि ते स्त्रीवध कृते घृणा कार्या नरोत्तम।

(वारा/बाकां/25/17)

यहां हमें विचार करना चाहिए कि दुर्गुण देह-भेद नहीं करते। स्त्री हो या पुरुष, वे सब पर समान रूप से असर करते हैं।

ताड़का को मारने के बाद राम उसके पुत्र सुबाहु का वध करते हैं। फिर मारीच को बिना फल का बाण मारकर सौ योजन दूर फेंक देते हैं।

## 5. उम्र (परशुराम)

फ़िजिकल हेल्थ/वेलनेस में एक महत्त्वपूर्ण तत्व है उम्र। जीवन में यदि कोई अवरोध नहीं आए तो सामान्य रूप से मनुष्य चार उम्र से गुजारता है - बचपन, युवावस्था, प्रौढ़ावस्था और बुढ़ापा।

हर उम्र का अपना एक अनुशासित आचरण है। शरीर को उम्र का और उम्र को शरीर का सम्मान करना चाहिए। लेकिन, हम लोग घालमेल कर जाते हैं।

यहां बहुत सावधान रहिए। उम्र और शरीर का ताना-बाना बिगड़ा कि बीमारी को प्रवेश का रास्ता मिला। फिर, फ़िजिकल वेलनेस खतरे में...

आगे के प्रसंग में एक पात्र आएंगे - परशुराम, जो हमें बहुत कुछ सिखाकर जाएंगे।

विश्वामित्र के साथ राम की जो वनयात्रा हुई थी, उसमें सबसे महत्त्वपूर्ण घटना थी राम का जनकपुर पहुंचना। इस यात्रा के दौरान ही जनकपुर में राम का सीता से विवाह हुआ था। राम ने विश्वामित्र का वन आबाद किया था, तो विश्वामित्र ने उनका घर बसा दिया।

विश्वामित्र रामकथा के ऐसे पात्र हैं जिन्होंने कथा को बालकांड में महत्त्वपूर्ण मोड़ दिया था।

यहां से धीरे-धीरे कथा अपने उद्देश्य की ओर बढ़ती है...

दोनों भाई विश्वामित्र के साथ जनकपुर पहुंचे।

बिप्रकाजु करि बंधु दोउ मुनिबधू उधारि।
आए देखन चापमख सुनि हरषीं सब नारि।

(राचमा- 1/ दो-221)

दोनों भाई मुनि विश्वामित्र के साथ गौतम ऋषि की स्त्री अहिल्या का उद्धार करते हुए जनकपुर में धनुष-यज्ञ देखने आए हैं। यह सुनकर सीताजी की सखियां और अन्य सारी स्त्रियां प्रसन्न हो गईं।

## • धनुष भंग

परशुरामजी ने बालकांड में राम की ख्याति को उजागर कर दिया था। इसके पहले राम को उस रूप में कोई नहीं जानता था। बस, उनकी इतनी ही पहचान थी कि दशरथ के पुत्र और अवध के राजकुमार हैं।

सीता के स्वयंवर में जैसे ही शिव-धनुष भंग किया, राम को देख उपस्थित सारे राजा बोलने लगे एक राजकुमार कैसे सीता को ले जा सकता है? यहीं से राम को नई पहचान मिली।

शिव-धनुष पर अन्य सारे राजा अपनी शक्ति परख़ चुके थे। धनुष भंग करना तो दूर, कोई हिला भी नहीं सका था उसे। लेकिन, राम ने एक ही प्रयास में उठाकर उसे भंग कर दिया था।

उसी समय वहां परशुराम का प्रवेश हुआ। इस दृश्य पर तुलसी लिखते हैं-

भृकुटी कुटिल नयन रिस राते। सहजहुं चितवत मनहुँ रिसाते।
(राचमा- 1/267/3)

परशुरामजी की भौंहें टेढ़ी और नेत्र क्रोध से लाल हैं। सहज ही देखते हैं तो भी ऐसा जान पड़ता है, मानो क्रोध कर रहे हों।

हर उम्र का अपना दायित्व, जीवनशैली और रुचि होती है। परशुराम अपनी बाल और युवा अवस्था में अद्भुत पराक्रमी थे। पिता के वध का बदला लिया था सहस्रार्जुन का वध करके।

राजाओं के अनुचित आचरण के विरूद्ध बहुत बड़ी शस्त्रक्रांति की थी उन्होंने। फिर भी परशुराम अवतार के बाद राम अवतार को आना पड़ा।

परशुराम अनाचार की एक अति को मिटाने में हिंसा की दूसरी अति कर गए थे। रावण जैसे अत्याचारी को अनदेखा कर दिया, इसीलिए उसे देखने (अंत करने) राम को आना पड़ा।

इस प्रसंग से हम भी सीखें कि पिछली उम्र के दायित्व इतने अच्छे से निभाए जाएं कि वृद्धावस्था आने तक शांत रहें, स्वस्थ रहें। फ़िजिकल हेल्थ के लिए यह आवश्यक है।

यहां परशुराम का क्रोध हमें सावधान कर रहा है। क्रोधरूपी दुर्गुण से हर उम्र में बचे रहें। वरना क्रोध नाम की बीमारी हमारी रचनात्मक ऊर्जा को पीकर ख़त्म कर देगी। प्रभाव सीधा फ़िजिकल हेल्थ पर पड़ेगा।

परशुराम बहुत पराक्रमी थे। 21 बार धरती को क्षत्रियों से मुक्त कर दिया था उन्होंने। जैसे ही सीता की स्वयंवर सभा में आए, सारे राजा भय के मारे चुप हो गए।

चेहरे से बरसता परशुराम का क्रोध देख सभी अपना-अपना परिचय देते हुए प्रणाम करने लगे। साथ ही इस बात की सफ़ाई भी कि धनुष हमने नहीं तोड़ा।

उसी समय लक्ष्मण के भी क्रोध की सीमा टूट जाती है और परशुरामजी के साथ बहस शुरू हो जाती है। इशारों-इशारों में राम अनुज लक्ष्मण को शांत करते हैं।

स्वयंवर की शर्त थी कि जो भी शिव-धनुष तोड़ देगा, उसका विवाह सीता से होगा।

इस शिव-धनुष की भी अपनी एक कहानी है। आइए, थोड़ा इसे भी समझ लेते हैं।

उस काल में दो धनुष बड़े दिव्य व चर्चित थे। शिव-धनुष और विष्णु-धनुष।

शिव-धनुष आज राम के हाथों टूटकर धरती पर पड़ा था और विष्णु का धनुष परशुराम के कंधे पर था। ये दोनों ही धनुष विश्वकर्माजी ने ब्रह्माजी ने कहने पर बनाए थे।

त्रिपुरासुर को मारने के लिए एक धनुष शिवजी को दिया गया। शिव ने उसे मार दिया। देवताओं में चर्चा शुरू हो गई कि किसका धनुष शक्तिशाली है। विष्णु का या शिव का?

धनुष की शक्ति जानने के लिए शिव और विष्णु में युद्ध हुआ। विष्णु ने शिव के धनुष पर प्रहार किया तो उसकी डोरी टूट गई। शिव बड़े दुखी हुए और वह धनुष इक्ष्वाकु वंश के राजा देवरात को दे दिया। देवरात के

पास से वह जनकजी के पास आ गया, जिसे स्वयंवर सभा में शिव-धनुष के रूप में रखा गया और राम ने भंग कर दिया।

विष्णु ने अपना धनुष मुनि ऋचिक को दे दिया था। ऋचिक के पुत्र जमदग्नि और जमदग्नि के पुत्र परशुराम हुए। इस प्रकार विष्णु का धनुष दादा से पिता और पिता से पुत्र यानी परशुराम के पास आ गया।

इसी धनुष से परशुराम ने क्षत्रियों का संहार किया था और सदैव उनके कंधे पर रहता था।

स्वयंवर सभा में ही परशुराम ने राम की परीक्षा लेना चाही। अपना धनुष राम को देते हुए कहा- यदि तुम बलशाली हो, तो इसकी प्रत्यंचा चढ़ाकर दिखाओ।

राम धनुष लेने आगे बढ़े ही थे कि वह स्वयं रामजी के पास आ गया। यह देख परशुराम समझ गए विष्णु का अवतार राम के रूप में धरती पर आ चुका है...

## • गर्व भंग

राम ने परशुराम का क्रोध समाप्त करने के लिए स्वयं पहल की थी। वे जानते थे परशुराम के मनोविज्ञान को। परशुराम ने जीवन में बहुत धोखा खाया था।

जब किसी के साथ धोखा होता है, तब बाद में या तो वह सबको संदेह की दृष्टि से देखने लगता है, या अत्यधिक सावधान हो जाता है।

ऐसे ही जीवन में जब अपमान मिलता है, तब मन में या तो बदले की भावना जाग जाती है, या फिर निराशा आ जाती है, कुंठा जाग जाती है।

धोखा और अपमान जीवन में एक बार घट जाए, ऐसी घटना नहीं है। यह कभी भी हो सकती है और लगातार हो सकती है। तब क्या करेंगे?

जीवन में जब भी किसी से धोखा मिले, ना तो प्रतिशोध की वृत्ति रखें, ना ही अत्यधिक संदेह में डूबें। बस सावधान रहें और अच्छे काम की पहल करें।

यहां पहल की बात इसलिए की जा रही है कि मनुष्य बहुत रिज़र्व होता जा रहा है। चार लोगों के बीच कोई हमें देखकर बात नहीं करे, तो हमारे मन में विचार आता है- हम क्यों पहल करें।

किसी की मदद करने की नौबत आए तो हमारा मन कहता है – हम क्यों पहल करें।

मान–अपमान की झंझट हो और माफ़ी मांगने की बात आए तो हमारा ही मन कहता है– हम क्यों पहल करें।

'हम क्यों पहल करें' जब इस तरह की वृत्ति मन में उतर आती है तो हम बोझिल होने लगते हैं। इसलिए चाहे कितना ही धोखा मिले, अपमानित हों, लेकिन पहल करना मत छोड़िए।

जब भी किसी काम के लिए कोई पहल करने उतरें, उसमें प्रेम, सम्मान, आश्वासन, प्रोत्साहन और समर्थन का भाव ज़रूर रखें। परशुराम प्रसंग में राम ने ऐसा ही किया था।

पहल करने का मतलब यह नहीं होना चाहिए कि अपने अहंकार को दिखाने के लिए प्रदर्शन मात्र कर रहे हैं। इसमें एक धार्मिक भावना जोड़ लीजिए कि परमात्मा ने हमें अवसर दिया है, योग्य माना है जो हम पहल करके किसी अच्छे काम को पूरा करने जा रहे हैं।

पहल की वृत्ति को जैसे–जैसे बढ़ाएंगे, पाएंगे कई लोगों के लिए आप बहुत महत्त्वपूर्ण होते जा रहे हैं। यह भी आपकी बड़ी उपलब्धि होगी।

राम–लक्ष्मण से क्षमा मांगने के बाद परशुराम राजा जनक की सभा से चले गए।

यहां एक बात हमें भी समझना चाहिए कि राम का विवाह धनुष टूटने के बाद हुआ।

धनुष अहंकार का प्रतीक है। यह देह की तरह है। जैसे धनुष पर प्रत्यंचा चढ़ाई जाती है, वैसे ही हम अपनी देह पर वासनाओं की, अपने संकल्प की प्रत्यंचा चढ़ाते हैं।

विवाह जैसी पवित्र डोर में बंधने से पहले अहंकार के धनुष की डोर को तोड़ना पड़ता है। जब तक अहंकार का धनुष नहीं टूटता, स्थितियां विवाह के अनुकूल नहीं हो सकतीं।

देह का एक महत्त्वपूर्ण काम विवाह करना भी होता है। लेकिन विवाह से पहले अपने शरीर से अहंकार नाम की बीमारी समूल मिटा दीजिए। यह भी फ़िज़िकल वेलनेस होगी।

अहंकार मनुष्य के स्वभाव में ही शामिल है। पुरुष को पुरुष होने का अहंकार है। वह स्वयं को बड़ा और स्त्री को छोटा मानता है।

स्त्री को स्त्री होने का अभिमान है। अब तो वह भी किसी भी मामले में अपने आपको पुरुष से कम नहीं समझती।

दांपत्य जीवन में यही अहंकार झंझट बन जाता है। इस झंझट को पहले ही समाप्त कर दीजिए। राम ने अहंकार का धनुष तोड़ा, तब गृहस्थी बसा पाए थे।

जो लोग अहंकार और देहाभिमान के साथ विवाह करेंगे, उनके वैवाहिक जीवन में कलह, अशांति उतरना स्वाभाविक हो जाता है।

परशुराम बहुत ही प्रतिभाशाली थे, लेकिन जब जीवन में राम आए, उसके बाद ही जान पाए कि मैं संपूर्ण हो गया हूं।

जब तक परमात्मा नहीं मिलता, सब यही समझते हैं कि हम बड़े हैं। जीवन में परमात्मा तब ही उतर पाता है, जब आप पूरी तरह अहंकार रहित हो जाते हैं।

अहंकार गलाना हो तो अपनी प्रतिभा को परमात्मा का छींटा मारना पड़ता है। अपनी योग्यता को परमात्मा का स्पर्श अवश्य कराएं। जिन प्रतिभाओं ने परमात्मा से अलग होकर अपनी योग्यता, क्षमता का उपयोग किया, एक समय बाद वे समाज की मुख्य धारा से ही अलग हो गए।

प्रतिभा यदि परमात्मा से जुड़ जाए तो और अधिक निखर जाएगी। राम-परशुराम का प्रसंग यही सिखाता है।

खुली छतों के चिराग कबके बुझ गए होते...<br>
कोई तो है जो हवाओं का हाथ थामे है।

## 6. भोग-नींद (गृहस्थी)

नींद के दो भाग हैं - सोना और उठना। नींद बड़ा नाजुक मामला है। नहीं आए, कम आए, अधिक आए, असमय आए... ये सब बीमारी के लक्षण हैं। अनियमित नींद (स्लीप डिस्ऑर्डर) फ़िजिकल वेलनेस पर प्रहार है।

यहां फ़िजिकल वेलनेस की बात इसीलिए की जा रही है, क्योंकि 'मैं कर लूंगा' यह सोचकर इस शरीर से हम सब काम कर लेते हैं।

यदि शरीर को परमात्मा से नहीं जोड़ा तो सब बेकार चला जाएगा। शरीर के आगे मन है और मन के आगे है आत्मा।

शरीर के मैंटेनेंस में नींद का भी बड़ा महत्त्व है। आजकल लोगों की लाइफ़ स्टाइल, टाइम टेबल बहुत ज़्यादा बिगड़ गया है।

कई को तो सुबह समय पर उठाने के लिए भी पूरे घर को लगना पड़ता है। ख़ासकर बच्चों को।

यह स्थिति ठीक नहीं है। सोने और जागने के मामले में समय बहुत महत्त्वपूर्ण होता है। इसलिए सोने और उठने पर नियंत्रण रखना पड़ेगा।

24 घंटे में चार प्रहर होते हैं - सुबह, दोपहर, शाम और रात।

इस दौरान चार बार हमारी लाइफ़ एनर्जी चेंज होती है। इन चारों समय जीवन ऊर्जा को मेंटेन रखना पड़ेगा।

सुबह नींद का नियंत्रण हो, दोपहर में भोजन का संतुलन हो, शाम को उदासी से बचें और रात को भोग का संयम रखें। यह हमारी देह का क्रम है, और इसके पालन में ही फ़िजिकल वेलनेस है।

विश्वामित्र जब राम और लक्ष्मण को लेकर जनकपुर पहुंचे तो वहां राजा जनक ने उन्हें अपने महल में बड़े सम्मान के साथ ठहराया था। यहां तुलसीदासजी ने एक प्रसंग लिखा है -

रिषय संग रघुबंस मनि करि भोजनु बिश्रामु।
बैंठे प्रभु भ्राता सहित दिवसु रहा भरि जामु।।
(राचमा- 1/ दो. 217)

रघुकुल शिरोमणि श्रीराम ऋषियों के साथ भोजन-विश्राम करके भाई लक्ष्मण सहित बैठे। उस समय पहरभर दिन रह गया था।

लिखा है- विश्वामित्र और अन्य ऋषि-मुनियों के साथ भोजन करके राम-लक्ष्मण ने विश्राम किया।

यहां विश्राम का अर्थ नींद नहीं है। भोजन के साथ भी विश्राम होता है और भोजन के बाद भी। भोजन के साथ विचारों का विश्राम हो, भोजन के बाद देह का।

विचारों के विश्राम से मतलब है विचारशून्य होकर पूरी शांति के साथ... आजकल तो लोग भोजन भी शांति से नहीं कर पाते। खाने की टेबल पर भी कोई न कोई विचार मन में चलता रहता है।

कई की तो आदत ही हो गई है कि जब तक सामने टीवी नहीं चलेगा, हाथ में मोबाइल नहीं होगा, उन्हें भोजन का सही स्वाद ही नहीं आएगा।

यह भोजन का बहुत ग़लत तरीक़ा है। योग में जिस प्रकार थॉटलेस ब्रीदिंग (सांस) की बात की जाती है, उसी प्रकार थॉटलेस ईटिंग भी होना चाहिए।

सुबह, दोपहर, शाम और रात। इन चार समय पर हमारे शरीर का ऊर्जा लेवल बदलता है। उस समय हमें क्या करना, कैसे करना, इस बात की समझ बहुत महत्त्वपूर्ण हो जाती है।

रामचरित मानस के बालकांड में स्पष्ट संकेत मिलते हैं कि हमारी दिनचर्या कैसी होनी चाहिए।

> राम प्रतोषीं मातु सब कहि बिनीत बर बैन।
> सुमिरि संभु गुर बिप्र पद किए नींदबस नैन।
>
> (राचमा- 1/दो-357)

रात को सोने से पहले राम सब माताओं को संतुष्ट कर प्रणाम करते। फिर भगवान शंकर, गुरु और ब्राह्मणों की चरण वंदना करते हुए अपने नेत्रों को नींद के वश करते थे।

बहुत से लोगों को तो यह भी नहीं पता कि सोना कैसे चाहिए। दिनभर की भागमभाग में कई तो इतने थक जाते हैं कि रात को बिस्तर पर जाकर सीधे नींद का आलिंगन कर लेते हैं।

बुद्धि दौड़ रही, मन भाग रहा, तन थका हुआ, इंद्रियां उलझी हुई रहती हैं और आदमी सो जाता है। फिर सुबह उठते समय हेंगओवर हो जाते हैं।

कई की परेशानी होती है- सुबह सही समय पर नींद नहीं खुलती। उठने में आलस आता है। यह हमारी स्वयं ही खड़ी की हुई समस्या है।

रात को सोएंगे ग़लत तरीक़े से तो सुबह ठीक से उठ कैसे पाएंगे?

गहरी नींद के लिए नींद को नेत्रों से जोड़ना पड़ता है। यह कला बालकांड के राम सिखाते हैं।

तुलसीदासजी ने रामचरितमानस में इसकी बड़ी सुंदर प्रस्तुति के साथ व्याख्या की है।

जीवन के हर क्षेत्र में प्रतिस्पर्धा और भागदौड़ के इस दौर में जिनकी दिनचर्या सधी हुई और संयमित नहीं है, वे लोग घर के भीतर और बाहर दोनों जगह ठगा-ठगा सा, अशांत महसूस कर रहे हैं।

एक अजीब से भय और बेचैनी के वातावरण में जीना पड़ रहा है उन्हें। कई की नींद तो उनकी व्यावसायिक उलझनों ने उड़ा रखी है। भ्रमित से हो गए हैं, क्या करें-क्या नहीं करें। तो इस उलझन में क्या दुनिया छोड़ दें?

बस, यहीं से एक बारीक बात समझना है कि संसार को प्रकृति मानिए। प्रकृति का विकृत रूप संसार हो जाता है और संसार का परिष्कृत स्वरूप प्रकृति होती है।

संसार में कई तरह की उलझनें हैं, नकारात्मकता है, लेकिन प्रकृति सदैव सबके प्रति सकारात्मक ही है।

जब भी अवसर मिले, प्रकृति से जुड़िए। प्रकृति को समय पर सोते और सही वक़्त पर उठते यानी संतुलित जीवनचर्या वाले लोग बहुत पसंद हैं।

### • करते रहें बार-बार...

रात को सोना और सुबह जागना कैसे, अब भी कई लोग नहीं जानते हैं। उनकी अनियमित-असंयमित दिनचर्या का कारण ही यह है।

रात को सोया और सुबह उठा कैसे जाए, इसके लिए हमने एक ड्रिल बनाई है। इसे योग भी मान सकते हैं।

मप्र के उज्जैन नगर में स्थापित विश्व के पहले श्री हनुमान चालीसा ध्यान के केंद्र 'शान्तम' में हनुमान चालीसा पर आधारित जो ध्यान सत्र कराया जाता है, उसमें रात को सोना कैसे, सुबह उठना कैसे, दोपहर का भोजन कैसे करें और शाम की उदासी किस प्रकार मिटाएं, इसके लिए 6-6 मिनट की क्रिया सिखाई जाती है।

चूंकि यहां हमारी चर्चा नींद को लेकर हो रही है, इसलिए अभी रात को सोने का तरीक़ा समझने का प्रयास करते हैं। मात्र 6 मिनट की यह क्रिया आपका जीवन बदल सकती हैं।

अपने शयनकक्ष में एक कोना तय कर लें। सोने से पहले सीधे खड़े हो जाएं। आंखें बंद, पैर के पंजे (दोनों अंगूठे) व जंघाएं चिपकी हुई हों और दोनों हाथ जोड़कर छाती से चिपका लें।

इस मुद्रा में जब सीधे खड़े होंगे तो एक वाइब्रेशन होगा। लगेगा जैसे शरीर हिल रहा है। यह दिनभर की गतिविधियों से उपजी थकान का कंपन है। सोने से पहले इस कंपन को मिटाना है।

इसके बाद निढाल हो जाएं। दोनों हाथों को नीचे लटका दें, शरीर को ढीला छोड़ दें। इतने ढीले हो जाएं जैसे कपड़े को धोकर हैंगर पर टांग देते हैं।

जिस प्रकार गीले कपड़े से पानी की बूंदें टपकने के बाद वह हल्का हो जाता है, वैसे ही स्वयं हल्कापन महसूस करें।

खड़े-खड़े गहरी सांस लें और उस सांस को अपनी नाभि पर लाएं। नाभि को पंपिंग स्टेशन जैसा बनाकर पूरे शरीर में प्राणवायु का संचार करें।

फिर पलंग पर बैठकर होंठ बंद रखते हुए 9... का उच्चारण करें। मस्तिष्क में वाइब्रेशन-सा होगा। 9 की गूंज मस्तिष्क में हमिंग करेगी, जो आपके दिमाग़ को सोने के लिए संकेत देगी।

इसके बाद दोनों भौंहों के बीच देखने का प्रयास करें। ऐसा करने से एक प्रकाश दिखाई देगा उसमें अपने माता-पिता, गुरु या इष्ट की छवि को देखिए। फिर अपने इष्ट का स्मरण करके सो जाएं।

नींद आने से पहले यदि हनुमान चालीसा का मानसिक जप कर सकें तो और भी उत्तम होगा।

अपने नेत्रों में निद्रा उतारने के लिए या निद्रादेवी को अपने नेत्र सौंपने से पहले इतनी तैयारी अवश्य करिए। परिणाम में प्राप्त होगी गहरी नींद, जो फ़िजिकल वेलनेस की पहली शर्त है।

इस क्रिया के पीछे हमारा उद्देश्य यह है कि जो लोग रात को सो ठीक से पाएंगे, उनकी सुबह भी आनंद और प्रसन्नता के साथ होगी।

शरीर का संचालन चार दशाओं (स्थिति) से होता है। हमारे दो प्रमुख अवतार हमें यही सिखा गए।

### • जीने की चार दशाएं होती हैं

1. भाव-दशा 2. आत्म-दशा 3. विचार-दशा 4. संसार-दशा।

सामान्य मनुष्य संसार-दशा में जीता है। विद्वान विचार-दशा में। संत-महात्मा आत्म-दशा में और भगवान भाव-दशा में जीते हैं। श्रीराम और कृष्ण भावदशा में जीते थे।

भगवान कहते हैं- मैं जब-जिसका-जैसा भाव देखता हूं, उसी तरह से निर्णय लेता हूं।

इसीलिए भगवान कभी रावण के हित में निर्णय लेते हैं। कभी भीष्म का सम्मान करते दिखते हैं। कभी अर्जुन को डांट, तो कभी कर्ण को सम्मान देते हैं। यही भावदशा है।

**मांगीलाल** जज था। उसकी अदालत में मुकदमा आया। एक पक्ष की दलील सुनने के बाद मांगीलाल ने कहा- बिलकुल ठीक है।

जज के स्टेनो ने कहा- अभी तो दूसरे पक्ष की दलील बाक़ी है। अंतिम निर्णय तो दोनों पक्षों की दलीलें सुनने के बाद ही होना चाहिए।

दूसरे पक्ष ने अपनी दलील दी। सुनकर जज ने कहा- वाह-वाह... तुम भी एकदम सही हो।

स्टेनो ने फिर कहा- आप यह क्या कर रहे हैं? पहले पक्ष को कह दिया तुम ठीक हो। फिर दूसरे पक्ष ने अपनी दलील दी तो उसे भी कह दिया तुम सही हो। ऐसे में सही फ़ैसला कैसे होगा?

सबको ठीक है या सभी को ग़लत है, वही कह सकता है जो या तो मूर्ख है या फिर परम विद्वान। भगवान भक्त के भाव के अनुसार अपने निर्णय ले लेता है।

यदि भक्त बालभाव से प्रार्थना करते हैं तो भगवान भी उसे पितृभाव से गोद में उठा लेते हैं। जब कोई कहता है कि भगवान तो होता ही नहीं है, तो संकट के समय भगवान भी कह देते हैं- अब तुम ही निपट लो...

रामकथा के बालकांड के माध्यम से हमने फ़िजिकल वेलनेस को जानने का प्रयास किया। स्त्री-पुरुष, भोग-विलास, परिश्रम, खान-पान, उम्र और नींद। शरीर से जुड़ी इन छह बातों को समझा।

अगले भाग में अयोध्या कांड के प्रसंगों पर चर्चा होगी। इसमें जानेंगे फ़ैमिली वेलनेस के सूत्र।

## • किससे बचें-क्या करें

**सात दुर्गुण :-**

1. काम    2. क्रोध    3. लोभ    4. मद

5. मोह    6. मत्सर    7. आलस्य

**बचें :-** आलस्य यानी अकर्मण्यता, निकम्मापन, शिथिलता, ढीलापन, काहिली, सुस्ती, स्फूर्तिहीनता, मट्ठरपन।

आलस्य शरीर के लिए धीमा ज़हर है। शरीर के प्रति किया गया अपराध है। अकर्मण्यता स्वभाव में धीरे-धीरे पसरती है।

हमारे व्यक्तित्व में आलस्य का प्रवेश अपने पूरे परिवार के साथ होता है। सुस्ती, शिथिलता, ढीलापन, काहिली, मट्ठरपन। ये सब आलस्य के परिवार के सदस्य हैं। कार्यों को टालने की आदत छोड़ दें। सद्कार्य तुरंत करें। नींद, भोजन और भोग की अति आलस्य को बढ़ाते हैं। इनका सावधानी और संतुलन के साथ उपयोग करें।

**करें :-** आलस्य से बचने के लिए प्रतिदिन हनुमत हवन किया जा सकता है। यह एक छोटा-सा कर्मकांड है, जो घर में ही आसानी से किया जा सकता है।

**आवश्यक सामग्री :-** एक छोटा हवन कुंड या मिट्टी का हैंडल वाला दीया, गाय के गोबर से बने हुए छोटे-छोटे कंडे, गाय का घी-चम्मच और कपूर-माचिस।

हवन कुंड या मिट्टी के दीये में एक कंडा और उस पर कपूर रख दें। आस-पास बाक़ी कंडे (टुकड़े करके) जमाकर कपूर में अग्नि प्रज्वलित कर दें।

चम्मच के माध्यम से गाय के घी से हनुमान चालीसा की चौपाइयों के साथ दो-दो बूंद आहुतियां देना है। हनुमान चालीसा में 43 पद हैं। एक-एक कर हर पद के साथ 43 आहुतियां हो जाएंगी। हर आहुति के साथ 'स्वाहा' बोलना है। उदाहरण के तौर पर-

जय हनुमान ज्ञान गुन सागर। जय कपीस तिहुं लोक उजागर।।
स्वाहा...

राम दूत अतुलित बलधामा। अंजनी पुत्र पवनसुत नामा।।
स्वाहा...

हनुमान चालीसा में आरंभ में दो दोहे, मध्य में चालीस चौपाइयां और अंत में फिर एक दोहा। यानी कुल 43 पदों के साथ 43 आहुतियां। ध्यान रहे, आहुति कपूर पर नहीं गिरे। अन्यथा अग्नि बुझ सकती है।

साढ़े तीन मिनट में 43 आहुतियां पूरी हो जाती हैं। उसके बाद के एक मिनट में हवन कुंड में प्रज्ज्वलित अग्नि शांत हो जाएगी।

फिर उसकी जो धूनी (धुआं) निकलेगी, उसे अपने घर में, कार्यस्थल पर घुमा दें। इस धूनी से निकलने वाली 200 प्रतिशत पॉजिटिव एनर्जी आसपास के पूरे वातावरण को शुद्ध व चार्ज कर देती है।

हनुमत हवन अपनी सुविधा अनुसार सुबह-शाम कभी भी किया जा सकता है। फ़िजिकल वेलनेस की दृष्टि से इसके परिणाम बहुत प्रभावी हो सकते हैं।

गाय के कंडे गोशालाओं में मिल जाते हैं। या उज्जैन में स्थित ध्यान केंद्र शान्तम् से भी प्राप्त किए जा सकते हैं।

यहां पंडितों द्वारा हनुमान चालीसा बोलते हुए गाय के गोबर के कंडे तैयार किए जाते हैं, जो हनुमत हवन के लिए बड़े उपयोगी हैं।

# 2

# फ़ैमिली हेल्थ (अयोध्या कांड)

अयोध्या कांड रामकथा का दूसरा सोपान (चैप्टर) है। इसकी पूरी कथा को दो भागों में बांटकर समझना आसान होगा।

**एक,** अयोध्या में भरत के ननिहाल से आने के पहले और दो, भरत के अयोध्या आने के बाद।

**भरत के आने से पहले :** भरत के आने से पहले अयोध्या में जो घटनाएं घटीं, उनमें सबसे प्रमुख यह थी कि राजपुराहित गुरु वशिष्ठ से परामर्श के बाद राजा दशरथ ने राजसभा में निर्णय लिया - राम का राज्याभिषेक कर दिया जाए।

बात राजसभा से बाहर निकली और पूरे नगर में हर्ष-उल्लास छा गया।

उसी समय कैकयी ने मंथरा का कुसंग कर लिया। राम को वनगमन करना पड़ा। पुत्र विरह की वेदना में दशरथ ने प्राण त्याग दिए। भरत को ननिहाल से लौट आने की सूचना भेजी गई...

**भरत के आने के बाद :** सूचना मिलते ही भरत ननिहाल से अयोध्या के लिए चल दिए।

अयोध्या पहुंच जाने तक भरत को यहां के घटनाक्रम की जानकारी नहीं थी। आए, राजमहल में गए... माताओं को देखा तो सारा दृश्य ही बदल चुका था।

प्रजा सोचने लगी, यह सब भरत का षड्यंत्र है। स्वयं राजा बनने के लिए अपनी कुटिल चाल से बड़े भाई राम को वनवास करवा दिया... लेकिन, भरत तो भरत थे।

राम के वनवास की बात सुनते ही भरत बहुत दुखी हो गए। निर्णय ले लिया, मैं किसी भी जतन से भैया राम को वापस लाकर रहूंगा। और चल दिए अपने रामजी को लेने वन की ओर।

उधर राम-सीता-लक्ष्मण साधु-संतों से मिलते हुए चित्रकूट पहुंच गए। भरत भी पहुंचे। राम से मिले, बहुत विनती की- भैया, लौट चलें और अपनी अयोध्या का राज संभालें।

राम का तो लक्ष्य ही कुछ और था। ऐसा लक्ष्य जिसकी प्राप्ति वनवास के बिना संभव नहीं थी।

भरत के विनय को राम ने अस्वीकार कर दिया। आखिर में श्रीराम की चरण पादुकाओं के साथ भरत को अयोध्या लौटना पड़ा।

## 1. स्वास्थ्य रामायण क्यों?

आज हम जिस दौर से गुज़र रहे हैं, यह बहुत भागमभाग का समय है। जिस प्रकार से हमारी जीवनशैली हो गई है, इसमें स्वयं स्वस्थ रहना और अपने परिवार को ख़ुश रखना बड़ी चुनौती है।

इस चुनौती का सामना कर पाने की शक्ति प्राप्त होगी योग से। चलकर मंज़िल पर तो दुनिया पहुंचती है, पर रुकने पर मंज़िल चलकर आप तक आ जाए, इसे योग कहेंगे।

जीवन के हर क्षेत्र में प्रतिस्पर्धा और भागमभाग की जीवनशैली ने हमारे सामने कई ऐसे सवाल खड़े कर दिए हैं, जिनके जवाब मिलेंगे इस पुस्तक 'स्वास्थ्य रामायण' में।

रामकथा में सात कांड हैं। स्वास्थ्य के भी सात सूत्र माने गए हैं। यह पुस्तक इन्हीं सात कांड की कथा के आधार पर स्वास्थ्य के सात सूत्र अपने भीतर समाए हुए है।

पहले भाग (बाल कांड) में हमने फिजिकल हेल्थ/वेलनेस के सूत्र समझे थे। इस दूसरे भाग में अयोध्या कांड के प्रसंगों से समझेंगे फ़ैमिली वेलनेस को।

पुस्तक के पृष्ठ-दर-पृष्ठ से गुज़रकर अपने-अपने हिस्से का आसमान लेते चलिएगा।

## 2. फ़ैमिली हेल्थ

पति-पत्नी, माता-पिता, बच्चे और अन्य रिश्तेदार-मित्र। ये चार नाते मिलकर मोटे तौर पर परिवार बनता है। यदि परिवार के स्वास्थ्य को जानना चाहें, फ़ैमिली वेलनेस को समझना चाहें तो थोड़ा इन पर विचार करना होगा।

माता-पिता नाम की संस्था कभी भारत के घरों की विशेषता थी। लेकिन, भारतीय संस्कृति की यह धरोहर अब धीरे-धीरे टूटती जा रही है, बिखरती जा रही है।

इसे पश्चिमी संस्कृति का प्रहार मानें, या बदलते दौर का प्रभाव कि ना चाहते हुए भी भारतीय घरों में पति-पत्नी और माता-पिता नाम की संस्था का स्वरूप, उसकी पहचान ही बदल गई है।

परिवार और उसके स्वास्थ्य यानी ख़ुशहाली में पति-पत्नी (जो कि बाद में माता-पिता बनते हैं) की बड़ी भूमिका होती है। पति-पत्नी के रिश्ते पर गौर करें तो पाते हैं इन दिनों इनमें अंडर करंट बहुत टेंस है। ऐसे में इस रिश्ते के भी मायने बदल गए।

पहले अन्य रिश्तेदार, सगे-संबंधी एक अलग ही भूमिका में होते थे। एक-दूसरे के अटैचमेंट में फ़ैमिली वेलनेस दिखती थी। लेकिन, अब धीरे-धीरे इनकी परिभाषा भी बदल गई।

काम-धंधे, नौकरी के कारण लोग दूर जाकर बसने लगे। वहां उनका जो फ्रेंड सर्कल, जो ग्रुप बना, वे लोग रिश्तेदारों से ज़्यादा निकट और महत्त्वपूर्ण हो गए।

संतानों को तो आजकल इस तरह पाला जा रहा है कि माता-पिता उन्हीं पर बहुत अधिक फ़ोकस्ड हो गए। इसके बाद भी अधिकांश अभिभावक संतानों को लेकर परेशान हैं, बेचैन हैं, अशांत हैं।

आर्ट ऑफ़ पेरेंटिंग (लालन-पालन की कला) समस्या-सी हो गई है इस दौर में। बच्चों का लालन-पालन कर उन्हें योग्य बनाना हर माता-पिता के लिए बड़ी चुनौती है।

कई तो समझ ही नहीं पा रहे हैं कि उनके बच्चों के मन में चल क्या रहा है और वे करना क्या चाहते हैं। इन सब बातों का सीधा असर पड़ रहा है परिवार की सेहत यानी फ़ैमिली हेल्थ पर।

फ़ैमिली वेलनेस के लिए सबसे ज़रूरी है फ़ैमिली मैनेजमेंट। अयोध्या कांड में परिवार प्रबंधन के गहरे सूत्र बसे हुए हैं। फ़ैमिली वेलनेस के सही मायने और उसकी आवश्यकता इसके प्रसंगों से समझ में आती है।

## 3. कुछ आप करें, कुछ होने दें...

तुलसी के रामचरित मानस के बालकांड में एक महत्त्वपूर्ण पंक्ति आई है–

'होइहि सोइ जो राम रचि राखा।।'

(राचमा– 1/51/4)

जीवन में हमारे चाहने, नहीं चाहने से कुछ नहीं होता। होता वही है, जो ईश्वर चाहता है।

लाख सोच लें कि हम ऐसा कर लेंगे... हमारे साथ ऐसा हो जाए, वैसा नहीं हो... लेकिन, हमारे हाथ में कुछ नहीं।

परमशक्ति की इच्छा के बिना इस संसार में अच्छा-बुरा कुछ नहीं होता। अयोध्या कांड के प्रसंग इसके उदाहरण हैं।

राजा दशरथ ने तय किया राम को राजा बना दिया जाए। परंतु नहीं बना सके। भरत जब राम को मनाने वन में गए, तो लक्ष्मण ने सोचा सेना के साथ हम पर आक्रमण करने आ रहे हैं। पर उल्टा निकला।

भरत ने सोचा था किसी भी तरह से रामजी को मना लूंगा, उन्हें वापस लेकर आऊंगा, लेकिन ऐसा नहीं हो सका। भरत को ख़ाली हाथ लौटना पड़ा।

भरत और अयोध्यावासियों के जाने के बाद राम ने सोचा अब मैं यहीं चित्रकूट में रहूंगा, लेकिन पंचवटी जाना पड़ा।

हम लोगों के साथ भी ऐसे अनेक घटनाक्रम आए होंगे और होते रहेंगे। आज जिस प्रकार का जीवन हम जी रहे हैं, उसमें आए दिन उतार-चढ़ाव, बेचैनी, उदासी, निराशा आकर पसर जाती है।

हम क्या सोचते हैं और क्या हो जाता है। इन स्थितियों से यदि उबरना है, तो बालकांड की इस पंक्ति को मंत्र के रूप में हृदय में बसा लीजिए–
*'होइहि सोइ जो राम रचि राखा...'*

इस पंक्ति और उसके पीछे के भावार्थ को ठीक से समझ लिया, जी लिया तो एक आश्वासन मिलेगा कि जीवन में सबकुछ हमारे चाहे अनुसार नहीं होता। हर घटना हमारे हिसाब से नहीं घटती।

हमारी हर क्रिया के पीछे वास्तविकता यह है कि कर भले ही हम रहे हैं, करवा कोई और (परमशक्ति) रहा है। इसलिए जो हो रहा है, उसे होने दें। उसे स्वीकार करें।

चलिए, अयोध्या कांड के राम के माध्यम से समझने का प्रयास करते हैं *'होइहि सोइ जो राम रचि राखा।'* ख़ास तौर पर फ़ैमिली हेल्थ के मामले में।

जीवन में जो सोचा-जो चाहा, वैसा यदि नहीं हो, तब क्या करें? यह राम से सीखिए।

आप-हम सभी के साथ कई बार ऐसा हुआ होगा, आगे भी होगा कि सोचा कुछ, हो कुछ और गया। तो क्या निराशा में डूब जाएंगे? अपने आपको अवसाद में पटक लेंगे?

यहां अयोध्या कांड के राम का चरित्र बड़े काम का है। वे सिखाते हैं ऐसी स्थिति में क्या किया जाए। जीवन में कई बार दो स्थितियां बन जाती हैं- अनचाहा और अभाव। इन दोनों को भी समझना होगा।

अभाव का भी अपना ही आनंद होता है।

वनवास के दौरान राम ने यही आनंद उठाया था। कुछ नहीं था उनके पास। ऐसे में ही पूरे चौदह बरस आनंद में गुजार दिए।

इस दौर में हम लोग थोड़े टफ़ टाइम से गुज़र रहे हैं। अपनी-अपनी महत्त्वाकांक्षाओं में क़ैद-से होकर रह गए हैं। आवश्यकताओं से ज़्यादा शौक पर ध्यान है। नई पीढ़ी करियर और टास्क के चक्कर में परेशान है।

जब महत्त्वाकांक्षाएं और शौक पूरे नहीं होते तो हम निराश हो जाते हैं। अपनी तुलना दूसरों से करने लगते हैं। यहीं यह सूत्र काम आता है कि अभाव का आनंद क्या होता है।

जो नहीं मिला, उसके लिए इतने बावले भी नहीं हो जाएं कि जो मिला है, उसका भी आनंद नहीं ले पाएं। यह सोच फ़ैमिली हेल्थ के लिए औषधि जैसी है।

सच तो यह है कि हम लोग इतने सुविधाभोगी हो गए हैं कि ज़रा-सी कोई कसर रह जाए तो परेशान हो जाते हैं। स्वयं ही बेचैनी को आमंत्रित कर लेते हैं। फिर परिणाम सामने आता है क्रोध, अवसाद और चिड़चिड़ेपन के रूप में।

फ़ैमिली वेलनेस की दृष्टि से यह स्थिति बिलकुल ठीक नहीं है। हमें किसी अभाव में भी धैर्य के साथ जी लेना याद होना चाहिए।

जीवन में हर तरह का समय आता है और गुज़र जाता है। परिवर्तन प्रकृति का नियम है। एक-सा समय किसी का नहीं रहता।

कोई वस्तु या सुविधा नहीं मिल पा रही है या कम मिल पा रही है तो उसके लिए परेशान भी नहीं होना है। हो सकता है जो आज नहीं है, वे सारे सुख कल मिल जाएं।

आज जो और जितना मिल पा रहा है, उसी से संतुष्ट होकर ख़ुश रहने का प्रयास कीजिए। यही अभाव का आनंद है, जो हमारी फ़ैमिली वेलनेस को भी बढ़ाता है।

इसी तरह जीवन में अनचाहे को भी स्वीकार कर लेना एक कला है, जो राम से सीखी जा सकती है। सबको सीखना भी चाहिए।

नापसंद को भी पसंद बनाकर प्रसन्नता के साथ जीना सिखाता है अयोध्या कांड के राम का चरित्र। फ़ैमिली वेलनेस के लिए यह बहुत ज़रूरी है।

घर-परिवार में हर काम, हर बात आपके पसंद की ही हो, ऐसा ज़रूरी नहीं और संभव भी नहीं। घर में जितने सदस्य होंगे, उतनी ही च्वाइस भी होंगीं।

ऐसी स्थिति में घर को अखाड़ा बनाने के बजाय नापसंद को भी पसंद बनाकर स्वीकार कर लेने में ही समझदारी है। आपका मान तो बढ़ेगा ही, परिवार में प्रेम भी बना रहेगा। यही सूत्र राम सिखाते हैं।

## 4. वासना की प्रतीति में जीना

अयोध्या कांड की विशेषता है कि इसमें सत्य के साथ बहुत खिलवाड़ किया गया है। हम लोग भी ज़िंदगी में अधिकांश समय सत्य की जगह वासना की प्रतीति में जीने लगते हैं।

वासनाएं हमारे लिए कुछ चीज़ें, कुछ बातें तय कर देती हैं और हम उसे ही सत्य मान लेते हैं। जबकि यथार्थ होता कुछ और है।

चलिए, इस सूत्र को एक छोटी-सी कहानी से समझने का प्रयास करते हैं।

**एक** आदमी किसी अजनबी देश पहुंचा। वहां की भाषा नहीं जानता था। एक बड़े-से महल (होटल) में लोगों को आते-जाते, खाते-पीते देखा तो सोचा कोई दावत है। भूखा था, सो खुद भी जाकर उसने खाना शुरू कर दिया।

कुछ देर बाद वेटर ने आकर बिल थमाया तो और ख़ुश... अरे वाह... दावत भी और लिखित धन्यवाद भी। इतना स्वागत? बड़े अच्छे लोग हैं इस देश के।

वेटर बिल चुकाने को कहे, आदमी बार-बार झुककर धन्यवाद दे। आख़िर में वेटर उसे मैनेजर के पास ले गया। आदमी फिर ख़ुश। वाह, ना केवल सेवक ने धन्यवाद दिया, बल्कि मालिक से भी मिलवा रहा है।

भाषा नहीं समझ पाने से दृश्य और क्रिया के अर्थ बदल रहे थे।

कुछ देर जद्दोजहद के बाद मैनेजर ने कहा- इसे कोर्ट ले जाओ। ले गए। आदमी ने सोचा- क्या बात है, कमाल ही हो गया। शायद मुझे इस नगर के सम्राट से मिलवाने ले जा रहे हैं।

कोर्ट ले गए तो मजिस्ट्रेट भी परेशान। यह आदमी तो मूर्ख लगता है। कुछ सुनता-समझता ही नहीं। दंड दिया- इसके गले में 'मैं धूर्त हूं' की तख़्ती लटकाकर गधे पर उल्टा बैठाकर नगर में घुमाया जाए।

आदमी ने सोचा - आज तो पूरी तरह ही झांकी जम गई। लगता है पूरे नगर को दिखाना चाहते हैं कि मैं कितना अच्छा अतिथि हूं। बड़ा प्रसन्न, अकड़कर गधे पर बैठा गया।

मन में सोचने लगा काश, मेरे देश का एक भी आदमी मुझे इस हाल में देख लेता तो बात वहां तक और मेरे घर भी पहुंच जाती कि यहां इस देश में मेरा कैसा भव्य स्वागत हो रहा है।

उसी समय भीड़ में उसके देश का एक आदमी दिख गया। गधे पर सवार आदमी फुलकर कुप्पा हो गया। आवाज़ देने लगा- सुनो... सुनो... लेकिन भीड़ में दिखे आदमी ने सोचा- यह तो मेरे देश का बड़ा अपमान है। गर्दन नीची कर धीरे से निकल गया।

इधर यह आदमी सोचने लगा- ईर्ष्या की भी हद होती है। पराये देश में मेरा स्वागत होता देख इसे अच्छा नहीं लगा। मेरी ख्याति, मेरी प्रसिद्धि बर्दाश्त नहीं कर सका, तो भाग गया।

यही है वासना की प्रतीति में जीना। हो कुछ और रहा है, लेकिन आदमी अपनी ही दुनिया बनाकर, अपने ढंग से, अपनी ही कल्पनाओं में जी रहा है।

वासनाओं के नियंत्रण के लिए कुंजी है समय का सदुपयोग। लेकिन समय के मामले में लोग दो तरह से परेशान हैं। **एक** वे लोग हैं जिनकी दिक़्क़त है कि समय कैसे बिताया जाए। दूसरा वह वर्ग है जिसकी समस्या है कि समय कैसे निकाला जाए।

हम सबके पास होते तो चौबीस घंटे ही हैं। पच्चीसवां घंटा परमात्मा ने किसी को नहीं दिया। ऐसे में जिन्हें समस्या है कि समय बिताया या निकाला कैसे जाए, वे दोनों ही वर्ग के लोग सत्संग से अवश्य जुड़ें।

## 5. परिवार में सत्संग

सत्संग का अर्थ किसी संत-महात्मा की कथा-प्रवचन से नहीं है। सत्संग कई ढंग से किया जा सकता है और कई रूप में इसके परिणाम भी प्राप्त हो सकते हैं।

सत्संग में एक तो रुचि को संतुष्टि मिलती है। दूसरा, नई-नई जानकारियां प्राप्त हो जाती है। तीसरा, भ्रम दूर हो जाता है। और चौथा सबसे महत्त्वपूर्ण लाभ यह होता है कि हम मानसिक और आत्मिक रूप से कुछ ऐसा चाह रहे होते हैं, जिसकी खोज सत्संग में जाकर ही पूरी होती है।

अपनी रुचि-अरुचि को थोड़ा सत्संग से जोड़ें। समय का सबसे अच्छा सदुपयोग यही है। सत्संग करने के लिए किसी कथा-पंडाल में जाने की ज़रूरत नहीं है। तैयारी हो तो डायनिंग टेबल पर भी सत्संग हो सकता है।

सत्संग के लिए कोई संत-महात्मा या गुरु ही हो, यह भी ज़रूरी नहीं। माता-पिता संतान के साथ सत्संग कर सकते हैं। पति-पत्नी, भाई-बहन आपस में सत्संग कर सकते हैं। यदि अकेले हैं तो किसी पुस्तक के साथ भी सत्संग किया जा सकता है।

बिना सत्संग हमारी बुद्धि का दुरुपयोग होने की आशंका बढ़ जाती है। संसार से जो धन-वैभव हम अर्जित करते हैं उसको अच्छी बातों से जोड़ने की प्रेरणा सत्संग से ही मिलेगी। अन्यथा संसार तो ऐसे-ऐसे रास्ते भी बता देगा कि हमने जो धन-प्रतिष्ठा अर्जित की है, वह कलंकित भी हो सकती है।

सत्संग हमें लगातार इस बात के लिए जागरूक करता है कि अपने आसपास के वातावरण पर दृष्टि रखिए, सावधान रहिए।

इस दौर में तो लोग मुखौटा ओढ़कर जी रहे हैं। कब-कौन छल लेगा, पता भी नहीं लगेगा। ऐसे में ख़ासतौर पर पारिवारिक सत्संग एक नई दृष्टि देता है कि आप स्वयं को और दूसरों को ठीक से पहचान सकें।

जैसे ही हम सत्संग में प्रवेश करते हैं, भीतर एक क्रांति घटती है, जो होती है स्वयं के निरीक्षण की। सत्संग का परिणाम ही यह है कि वहां से हटने या उठने के बाद हमारे पास एक क्षमता आ जाती है कि भीतर जो विचार प्रवेश कर रहे हैं, उनका निरीक्षण कर सकेंगे।

भीतर उठे विचार इकट्ठे होकर हमारा व्यक्तित्व बनाते हैं। व्यक्तित्व निर्माण के पहले यदि विचारों का निरीक्षण-परीक्षण ठीक से हो जाए, तो हम जीवन की आधी से ज़्यादा बाज़ी जीत चुके होते हैं।

इसलिए समय का कितना ही अभाव हो, कुछ वक्त पारिवारिक सत्संग में ज़रूर बिताएं। ऐसा सत्संग फ़ैमिली वेलनेस को बहुत सपोर्ट करेगा।

## 1. पति-पत्नी

### कैकयी-दशरथ

पति-पत्नी का एकांत दूषित हो जाए, कलहपूर्ण हो तो सीधा असर फ़ैमिली वेलनेस पर होगा। परिवार के केंद्र में यही रिश्ता होता है। अन्य सारे रिश्ते इसी का विस्तार और रूप हैं।

तीन दुर्गुण इस रिश्ते में एकांत के समय में प्रवेश कर गए तो घातक हैं। काम, क्रोध और लोभ।

राम का राजतिलक करना है, यह निर्णय लेने के बाद राजा दशरथ कैकयी के महल में पहुंचे। लेकिन इसके पहले कैकयी दासी मंथरा का कुसंग कर चुकी थी।

**मंथरा (लोभ) :**

रचि पचि कोटिक कुटिलपन कीन्हेसि कपट प्रबोधु।
कहिसि कथा सत सवति कै जेहि बिधि बाढ़ बिरोधु।
(राचमा- 2/दो.18)

करोड़ों कुटिलपन की बातें गढ़-जोड़कर मंथरा ने कैकयी को उल्टा-सीधा समझा दिया और सैकड़ों सौतों की कहानियां इस प्रकार बना-बनाकर कहीं, जिससे कि विरोध बढ़े।

भरत को राज और राम को वनवास मिले, ऐसा लोभ कैकयी के मन में बैठा दिया।

**कैकयी (क्रोध) :**

कोप समाजु साजि सबु सोई। राजु करत निज कुमति बिगोई।।
(राचमा-2/22/4)

कैकयी कोप का सब साज सजकर (कोप भवन में) जा सोई। राज करती हुई वह अपनी दुष्ट बुद्धि से नष्ट हो गई।

राजा के सामने क्रोध कैसे करना, इसका पूरा प्रशिक्षण मंथरा ने कैकयी को दे दिया था।

**दशरथ (काम) :**

बार बार कह राउ सुमुखि सुलोचनि पिक बचनि।
कारन मोहि सुनाउ गजगामिनि निज कोप कर।
(राचमा- 2/सो.25)

राजा बार-बार कहते हैं - हे सुमुखी, हे सुलोचनी, हे कोकिल बचनी, हे गजगामिनी, मुझे अपने क्रोध का कारण तो बताओ।

तुलसीदासजी ने लिखा है कि कैकयी राजा दशरथ से जो व्यवहार कर रही थी, उसे दशरथ कामदेव की क्रीड़ा ही समझ रहे थे। दोनों के बीच एकांत में जब ये तीन दुर्गुण उतरे, तो रामराज 14 वर्ष पीछे खिसक गया।

पति-पत्नी के रिश्ते को इन तीन दुर्गुणों से बचाना होगा, वरना फ़ैमिली हेल्थ पूरी तरह गड़बड़ा जाएगी।

### *मंथरा एक वृत्ति है*

मंथरा कोई व्यक्तित्व नहीं, एक वृत्ति है। घरफोड़ू वृत्ति।

अयोध्या कांड में तुलसीदासजी ने लिखा है कि कैकयी जो राजा दशरथ की सबसे प्रिय रानी और भरत की माता थी, मंथरा का कुसंग किया और एक रात में सारा दृश्य बदल गया। सबकुछ बिगड़ गया। रामराज की कल्पना, सारी योजना धरी रह गई।

को न कुसंगति पाइ नसाई। रहइ न नीच मतें चतुराई।।
(राचमा-2/23/4)

बड़ी मनोवैज्ञानिक बात लिखी है तुलसीदासजी ने यहां। कुसंग करने से किसका पतन नहीं होगा। यदि नीच के मत से चलोगे, तो सारी चतुराई चली जाएगी।

यह अयोध्या का दुर्भाग्य था कि कैकयी जैसी रानी अपनी दासी से सलाह ले रही है।

कथ यस्व ममीपायं केनोपायेन मन्थरे।
(वारा/अयोकां/9/9)

मंथरे, मुझे वह उपाय बताओ जिससे कि मेरे भरत को राज मिल जाए, राम को नहीं।

जिस घर के सदस्यों की सलाहकार ही मंथरा हो जाए, वे सदस्य फ़ैमिली वेलनेस के लिए घातक वायरस का काम करेंगे।

हमारे घरों में भी कुछ सदस्य मंथरा वृत्ति के हो सकते हैं। यदि वे सक्रिय हुए और हम उनके कहने पर चले, तो मानकर चलिएगा, घर में कलह तय है। मंथरा वृत्ति किसी भी समय किसी के भी भीतर अंगड़ाई लेकर अपना काम दिखा सकती है।

मंथरा ने डाहवृत्ति को ख़ूब कुटिलता से जगाया। डाह का यह स्वभाव परिवारों में सहज होता है। अपने सगे भाई-बहनों, संतानों के प्रति भी ईर्ष्या का रस आने लगे, यही डाहवृत्ति है।

कैकयी राम से प्रेम करती थी, राम की माता (कौशल्या) से नहीं। बस, इसी भेद को डाह का रूप दिया था मंथरा ने।

घर-परिवार में मंथरावृत्ति से बचे रहिए। जैसे ही भीतर की मंथरा जागी, हम अपने ही घर तोड़ने लगेंगे। इसीलिए परिवारों में दो तरह की मानसिकता के लोग देखे जाते हैं। एक परपीड़क, दूसरे स्वपीड़क।

### *स्वपीड़ा–परपीड़ा*

परपीड़क वे जो दूसरों को पीड़ा पहुंचाते हैं। उनका काम ही यह होता है, अपनी हरकतों से घर के दूसरे सदस्यों और अन्य लोगों को किसी भी रूप में पीड़ा पहुंचाना। ऐसे लोगों को इसी में आनंद मिलता है। लगभग हम सभी के जीवन में कई बार परपीड़क आए होंगे। हो सकता है कभी हम भी दूसरों के लिए परपीड़क बने हों।

परपीड़क का तो समझ में आता है कि उन्हें दूसरों को तकलीफ़ पहुंचाने में आनंद आता है, लेकिन स्वपीड़क तो खुद, खुद को ही दुखी करते हैं। इनको दुखी करने के लिए दूसरों की ज़रूरत नहीं पड़ती। अपने स्वयं के ही प्रति ऐसी-ऐसी हरकत कर जाएंगे कि खुद दुखी होकर बैठ जाएंगे।

जब देखो, इनका दिमाग़ ख़राब ही रहता है। बिना कारण के उदास हो जाते हैं। फिर दूसरों पर क्रोध करेंगे, चिड़चिड़े हो जाएंगे। उन्हें भी अशांत करेंगे। ये दुर्गुण उनकी आदत में शामिल हो जाते हैं।

इस स्वपीड़क वृत्ति का समापन एक दिन डिप्रेशन के रूप में होता है। आज भारत के कई परिवारों में ऐसे लोग हैं।

कैकयी ने क्या किया था.? स्वपीड़क ही तो बनी थी। दूसरों को तो तकलीफ पहुंचाई ही, खुद ने भी जीवनभर का दुख ले लिया। फिर क्या मिल सका। बाक़ी कथा आप-हम सब जानते हैं।

रामचरित मानस के माध्यम से तुलसीदासजी हमें सिखाना चाहते हैं कि ना भीतर मंथरा को जगाना, ना कैकयी पर जाना। सदैव सावधान रहना इन वृत्तियों से। यहां ज़रा-सी असावधानी हमारी फ़ैमिली वेलनेस को बिगाड़कर रख देगी।

### *वास्तविक खलनायिका*

अयोध्या कांड के नायक भरत हैं और खलनायिका मंथरा। कुछ लोग कैकयी को खलनायिका मानते हैं, लेकिन वास्तविक खलनायिका मंथरा है।

हमारा वंश रिश्तों और व्यक्तियों का मिश्रण होता है। हर वंश में अलग-अलग ढंग से बाहर से लोग आते हैं, रिश्ते जुड़ते हैं और इसी मिश्रण से वंश-वृद्धि होती है।

जो जहां से आया है और जहां जाएगा, वहां की जीवनशैली, संस्कृति से प्रभावित तो होगा ही। इसे समझने के लिए एक उदाहरण का सहारा लिया जा सकता है।

हम अपने घर में बहू लाए। वह किसी और परिवार, किसी और संस्कृति से आई है। इधर हमारे परिवार की अपनी एक अलग ही संस्कृति है, जो पहले से ही अनेक संस्कृतियों का मिश्रण है। इसीलिए कहा जाता है परिवार केमिस्ट्री की तरह होता है।

जिन लोगों ने केमिस्ट्री पढ़ी हो, वे जानते हैं इसमें विभिन्न तत्वों का मिश्रण होता है और उसी से अलग-अलग परीक्षण किए जाते हैं।

परिवार का जीवन गणित से नहीं चलता। गणित में हर बात फ़िक्स है। दो और दो चार होते हैं तो चार ही होंगे। लेकिन, केमिस्ट्री में फ़िक्स जैसी कोई बात नहीं होती।

इस तत्व में यह रंग डालेंगे तो ऐसा बनेगा, वह पदार्थ मिलाएंगे तो यह पदार्थ बनेगा। केमिस्ट्री इसी का नाम है।

घर-गृहस्थी और परिवार का भी ऐसा ही मामला है। परिवार की केमिस्ट्री अच्छी होगी, तो फ़ैमिली वेलनेस भी ठीक-ठाक होगी।

### *कौन थी कैकयी*

अयोध्या कांड की घटनाओं में कैकयी और मंथरा बाहर से आई थीं।

महामंत्री सुमंत जब राम को वन छोड़कर लौटे तो दशरथ अंतिम सांसें गिन रहे थे। कैकयी के प्रति बहुत क्रोधित थे। सुमंत तो कभी कैकयी के सामने बोले नहीं थे, पर आज राजा की व्याकुलता और उसके पीछे का कारण स्वयं कैकयी को जानकर उन्हें भी बोलने का अवसर मिल गया।

सुमंत एकाएक बोल पड़े- कैकयी, तू रानी के नाम पर कलंक है। आज तूने अपनी जात दिखा दी। तेरी मां भी ऐसी थी और आज तू भी अपनी मां की तरह हो गई।

आख़िर एक मंत्री इतनी बड़ी बात कैसे बोल गया? चलिए, यह जानने के लिए थोड़ा कैकयी के वंश में प्रवेश करते हैं।

**कैकय** देश के राजा अश्वपति कैकयी के पिता थे। मां का नाम था शुभलक्षणा। अश्वपति बहुत समीकरणबाज व्यक्ति थे। हर बात में अपना गणित चलाते थे। नफ़ा-नुक़सान देखते थे।

उन्होंने तपस्या कर एक महात्मा से आशीर्वाद प्राप्त किया था जिससे उनमें एक विशेष गुण उतर आया था - पशु-पक्षियों की भाषा को समझ लेना।

एक बार दो सुनहरी चिड़िया (जृंभ नामक पक्षी) आपस में बात कर रही थीं। अश्वपति सुन रहे थे, तो समझकर मुस्करा दिए। इनकी मुस्कान देखकर पत्नी शुभलक्षणा ने पूछ लिया- क्या बात है, मुस्करा क्यों रहे हो.?

अश्वपति बोले- बस, ऐसे ही। मैं पक्षियों की भाषा समझता हूं तो उनकी बात सुनकर मुस्करा दिया। शुभलक्षणा बोली- यदि ऐसा है तो मुझे भी समझाइए। ये आपस में क्या बातें कर रहे हैं।

अश्वपति बोले- तुम्हें नहीं समझा सकता। जिन महात्माजी ने मुझे यह हुनर दिया, उन्होंने कहा है यदि यह भाषा मैंने किसी और को समझाई तो उसी समय मेरी मृत्यु हो जाएगी।

सुनकर शुभलक्षणा बोली-

शंस मे जीव वा मा वा न मां त्वं प्रहसिष्यसि।

(वारा-अयो./35/23)

तुम ज़िंदा रहो या मरो, मुझे इससे कोई मतलब नहीं। मुझे तो जानना है तुमने क्या सुना? भविष्य में तुम मेरी हँसी नहीं उड़ा पाओगे।

अश्वपति ने फिर कहा- ऐसा कैसे हो सकता है? यदि तुम्हें बता दिया तो मेरी मृत्यु निश्चित है। शुभलक्षणा नहीं मानीं। हठ पर उतर आई।

आज कैकयी ने भी ऐसा ही किया। दशरथ से हठ कर गई। आपको चाहे जो भी क़ीमत चुकाना पड़े, मुझे दिया गया वचन आज पूरा करना ही

होगा। तुम मरो तो मरो, पर राम को वनवास दो, मेरे बेटे भरत को राजा बनाओ।

यह कुसंग (मंथरा से) का ही परिणाम था कि रानी के एक अनुचित हठ ने देखते ही देखते एक ही रात में सबकुछ बदल दिया। चक्रवर्ती राजा दशरथ को मृत्यु-वरण के लिए विवश कर दिया।

हमारे वंश में जो सदस्य बाहर से आते हैं, वे अपने आचार-विचार, जीवनशैली, सोच सब साथ लेकर आते हैं।

एक नए परिवार के नियम-क़ायदे, आचार-विचारों से उनका मिश्रण अच्छे से बैठ गया तब तो सबकुछ ठीक, वरना दोनों वंश अशांति की ओर चल पड़ते हैं। फिर, फ़ैमिली वेलनेस की कल्पना सपना बनकर रह जाती है।

अश्वपति उन महात्मा के पास पहुंचे और सारी बात बताते हुए बोले- पत्नी अनुचित हठ कर बैठी है। बताइए, अब मैं क्या करूं?

महात्मा ने फिर वही बात कही - बताना मत, वरना मृत्यु हो जाएगी। पत्नी का त्याग करना पड़े तो कर दीजिए, परंतु पक्षियों का परस्पर वार्तालाप उन्हें मत बताइए।

आख़िर अश्वपति को शुभलक्षणा का त्याग करना पड़ा।

संसार में कैकयी-मंथरा जैसे कई लोग हैं, जो हठ में आकर निष्ठुर हो जाते हैं। वंश-परिवार के हित-अहित से उन्हें कोई मतलब नहीं होता। 'बस, हमारा हठ पूरा हो जाए, बाक़ी का जो हो, सो हो जाए'। उनके आगे-पीछे यही सोच चलती रहती है।

किसी शायर ने बहुत अच्छी बात लिखी है-

*गुल में गर निकहत नहीं तो कुछ नहीं।*
*दिल में गर उल्फ़त नहीं तो कुछ नहीं।*

*हज़ार जौहर हों तो क्या आदमी में,*
*आदमियत नहीं, तो कुछ नहीं।।*

कई बार हम अपने काम-काज, अपनी जीवनशैली में इतने डूब जाते हैं कि ध्यान ही नहीं रख पाते हमारे घर में कोई सदस्य परेशान चल रहा है। यह एक हद तक लापरवाही है।

परिवार का कोई भी सदस्य चाहे जीवनसाथी हो, माता-पिता, भाई, बहन, या फिर बच्चे ही क्यों ना हों, इन पर दृष्टि होना ही चाहिए।

कोई उदास है, तो क्यों हैं? उसकी क्या समस्या है। यह जानना और उसका समाधान देना परिवार में एक-दूसरे के प्रति हर सदस्य का कर्तव्य होता है।

यही कर्तव्यभाव फ़ैमिली वेलनेस को सींचकर समृद्ध करता है।

## 2. माता-पिता

माता-पिता अपनी संतानों के लिए तीन महत्त्वपूर्ण काम करते हैं- शिक्षा, व्यापार (करियर) और परिवार।

यह पूरी तरह शिक्षा का दौर है। आगे आने वाले समय में अशिक्षित व्यक्ति सम्मान से दो वक्त की रोटी भी नहीं कमा पाएगा। इसलिए संतान की शिक्षा के मामले में अपनी हैसियत के बाहर भी जाना पड़े, तो ज़रूर जाइए। उनके करियर के प्रति बहुत सावधान और समर्पित रहें।

शिक्षा और करियर के बाद माता-पिता संतान का परिवार बसाने की सोचते हैं। बेटी हो तो दामाद ढूंढ़ते हैं, बेटा हो तो बहू तलाशते हैं।

यहां दोनों ही स्थितियों में बहुत सावधानी और समझदारी से काम लेना पड़ता है। सही फ़ैसले फ़ैमिली वेलनेस के लिए बहुत ज़रूरी हैं। ग़लत निर्णय परिवार की सेहत बिगाड़ सकते हैं।

जीवन के कठोर सत्य और भविष्य की चुनौतीपूर्ण स्थितियों का सामना करने के लिए बच्चों को ख़ासकर मानसिक और बौद्धिक रूप से तैयार करना माता-पिता की ज़िम्मेदारी ही नहीं, उनका धर्म भी है।

दशरथ (पिता)- बच्चों की शिक्षा के मामले में बहुत सजग रहे। राजा दशरथ की तरह। पुत्रों के जीवन में उन्होंने गुरु वशिष्ठ और विश्वामित्र का सही समय पर प्रवेश करवाया था। जब राम के राजतिलक का विचार आया, तो सबसे पहले राजपुरोहित वशिष्ठ से ही सलाह ली।

नाथ रामु करिअहिं जुबराजू।<br>
कहिअ कृपा करि करिअ समाजू।।

राचमा- 2/3/2

दशरथ कहते हैं- गुरुदेव, राम अब सब प्रकार से सब योग्य हो गए हैं। मैं चाहता हूं अब उन्हें युवराज बना दिया जाए। आपकी आज्ञा हो, तो तैयारी करें।

इस पर गुरु वशिष्ठ ने कहा था-

बेगि बिलंबु न करिअ नृप साजिअ सबुइ समाजु।
सुदिन सुमंगलु तबहिं जब रामु होहिं जुबराजु।।

राचमा- 2/ दो. 4

हे राजन, अब देर नहीं क़रते हुए शीघ्र ही सारी तैयारियां शुरू कर दीजिए। शुभ दिन और सुमंगल तब ही है, जब राम युवराज हो जाएं।

संतान की योग्यता पिता के प्रयासों का परिणाम बन जाती है। शिक्षा एक होश है। एक पढ़ा-लिखा व्यक्ति जानता है उचित-अनुचित, सही-ग़लत, पाप-पुण्य का सही मतलब।

रामचरित मानस के अयोध्या कांड में जो भी प्रसंग आए, जो-जो भी घटनाएं घटीं, कुछ काम ऐसे हुए जो पाप की श्रेणी में आए और कुछ ऐसे भी जो पुण्य की सूची में शामिल हुए।

मंथरा ने जो कुछ किया, वह पाप। भरत ने जो किया, पुण्य। और, राम जो कर गए, वह धर्म है।

पाप-पुण्य की यह झंझट आज भी हमारे घर-परिवारों में बहुत होती है। थोड़ा समझ लिया जाए, पाप-पुण्य होता क्या है।

सीधी-सी परिभाषा है इनकी। वे काम, वे निर्णय जो पूरे होश में और समझ के साथ लिए जाते हैं, पुण्य। वहीं बेहोशी और नासमझी में किए गए कार्य पाप की श्रेणी में आते हैं।

राम, जो कुछ घड़ियों बाद राजा बनने वाले थे, अचानक निर्णय बदला और वन का मार्ग पकड़ना पड़ा। फिर भी प्रसन्न थे, क्योंकि होश में थे।

कैकयी बेहोश थी। तो दूसरों की ख़ुशियां छीनकर खुद भी दुखी हो गई, अशांत हो गई।

घर-परिवार में जब-जब बेहोशी में काम करेंगे या कोई निर्णय लेंगे, निश्चित रूप से पाप होगा। जब-जब होश में रहकर कोई काम करेंगे, वह परिणाम में किसी न किसी रूप में पुण्य लेकर आएगा।

एक बार फिर याद कर लीजिए कि मंथरा एक वृत्ति का नाम है। घर में कलह कराने वाली, घर तोड़ने वाली वृत्ति। मंथरा-वृत्ति यदि माता-पिता के बीच आ जाए तो संतान का अहित निश्चित है।

घर में लड़ते-झगड़ते, कलह करते माता-पिता के शरीर से जो निगेटिव वाइब्रेशन्स निकलते हैं, उन्हें बच्चे कैच करते हैं।

जिन माता-पिता के बीच में मंथरा-वृत्ति का प्रवेश हुआ, क़ीमत बच्चों को और साथ-साथ पूरे परिवार को चुकानी पड़ी है।

मंथरा-वृत्ति को भी समझना होगा। कुछ लोग मंथरा को एक स्त्री के रूप में ही लेते हुए समझते हैं कि स्त्रियां ही ऐसी हो सकती हैं। परंतु ऐसा नहीं है।

मंथरा-वृत्ति पुरुषों में भी उतर सकती है। कई घरों में ऐसा होता भी है। अधिकतर मामलों में कलह की शुरुआत पुरुष की ओर से ही होती है। क्यों? सारा खेल, सारा किया-धरा मंथरा-वृत्ति का होता है।

मंथरावृत्ति है ही ऐसी। स्त्री-पुरुष कुछ नहीं देखती। यदि पुरुष में उतर जाए तो उसे भी उकसा देती है, पूरे घर को कलह में झोंक देती है। एक बार जिसमें उतर गई, समझो उस परिवार का ख़राब दौर शुरू हो गया।

## • भरत (प्रेम-त्याग की मूर्ति)

अयोध्या कांड के प्रसंग हमें यह भी सिखाते हैं कि माता-पिता बच्चों की शिक्षा और करियर के मामले में स्वयं भी समर्थ रहें। तन, मन, धन तीनों से दृष्टि से।

शिक्षा के अभाव में संतान का करियर तो प्रभावित होता ही है, उनके भीतर प्रेम, त्याग और समर्पण जैसे सद्गुण (जो कि फ़ैमिली वेलनेस के आधार है) भी नहीं उतर पाएंगे।

बात फ़ैमिली वेलनेस की की जा रही है, तो अयोध्या कांड से एक बात ज़रूर सीखें कि घरों में भरत जैसा प्रेम, त्याग और समर्पण रखिए। मंथरा की तरह कलहवृत्ति नहीं। भरत परिवार के प्रति इन सद्गुणों का प्रतीक थे।

संसार में जितने भी काम आसान की श्रेणी में आते हैं, उनमें एक है संदेह करना। इसीलिए भरत जैसा त्यागशील व्यक्तित्व भी संदेह के घेरे में आ गया था।

जैसे ही भरत ननिहाल से आए, जानते थे कि राम अधिकांश समय माता कैकयी के पास ही रहते हैं। उनसे मिलने की आस में सीधे कैकयी के महल में प्रवेश किया। बस, यहीं अवधवासियों के भीतर संदेह ने जन्म ले लिया।

लोगों ने कहना शुरू कर दिया- देखो, हम तो जानते थे कि राम को वन भेजने के षड्यंत्र में भरत भी शामिल है। राजा बनना कौन नहीं चाहता। राजसुख किसे पसंद नहीं? स्वयं राजा बनने के लिए कैकयी के साथ मिलकर कुटिलता से राम को वनवास करवा दिया।

संदेह मनुष्य की सोच को कहां तक गिरा देता है, इस प्रसंग से समझा जा सकता है।

कई बार हमारे घरों में भी ऐसा हो जाता है। नीयत बहुत साफ़ हो, सोच बड़ी हो, फिर भी कई लोग परिवारों में संदेह के दायरे में आ जाते हैं। इसी संदेह के कारण कई परिवार तो बिखर तक जाते हैं।

लेकिन, ध्यान रखिएगा, यदि नीयत साफ़ है, सोच में कोई खोट नहीं है और भावना त्याग की है, तो एक दिन इस त्याग का सुपरिणाम दुनिया के सामने अवश्य आएगा। भरत के साथ ऐसा ही हुआ था।

भरत माता कैकयी के महल में गए। राम नहीं मिले। इधर-उधर, अन्य महलों में देखा, और जब सच्चाई सामने आई तो कैकयी को कोसते हुए बहुत दुखी हो गए। एक पुत्र के मुंह से मां के लिए ऐसे शब्द निकल गए, जिनकी किसी ने कल्पना भी नहीं की होगी।

भरत के शब्द थे- 'ये क्या किया तूने? तू मां नहीं, मां के नाम पर कलंक है। जब तक भैया राम वन से वापस नहीं आ जाते, मैं तेरी सूरत तक नहीं देखूंगा।'

यह क्रोध भी राम के प्रति भरत के प्रेम का प्रतीक था।

भरत ने जैसे-तैसे अपने आपको संभाला और निर्णय ले लिया - मैं खुद वन में जाऊंगा अपने राम को लेने। किसी भी प्रकार से उन्हें मनाकर वापस लेकर आऊंगा।

जो पुरवासी अब तक भरत पर षड्यंत्र का आरोप लगा रहे थे, उन्हें राम वनवास के निर्णय का दोषी ठहरा रहे थे, जैसे ही यह दृश्य देखा, भरत की जय-जयकार करते हुए उनके साथ अपने राम को लेने जाने की ज़िद करने लगे।

संसार में ऐसा ही होता है। यही जीवन का सत्य है। हम चाहते कुछ हैं, हो कुछ और जाता है।

*होइहि सोइ जो राम रचि राखा...*

आज कैकयी के साथ भी ऐसा ही घटा था। वह सोच रही थी भरत राजा बन जाएगा और मैं राजमाता कहलाऊंगी। लेकिन, विधाता को कुछ और ही स्वीकार था। राम राज त्यागकर वन में चले गए, इधर भरत को राम के बिना राजसुख मंजूर नहीं था।

सत्य-असत्य का भी बड़ा निराला खेल है। इसे समझना पड़ेगा।

हमारे ही भीतर सत्य है, हमारे ही भीतर असत्य भी। यदि भीतर का सत्य प्रवाहित हो जाए, तो हम व्यक्ति ही कुछ और हो जाएंगे। हमारे भीतर संतत्व जाग जाएगा, व्यक्तित्व में साधुता उतर आएगी।

चलिए, इस सूत्र को एक छोटे-से किस्से से समझने का प्रयास करते है।

**एक** चोर था। सुबह-सुबह एक महल में चोरी करके भागा। पीछे-पीछे गांव के लोग और पुलिस। भागते-भागते छिपने के लिए कोई और जगह नहीं दिखी, तो एक मंदिर में घुस गया।

वहां एक भिक्षुक सोया था। पास में उसके कपड़े टंगे थे। चोर ने फटाफट अपने कपड़े उतारकर वो कपड़े पहने, हाथ में माला ली और मंत्र-जाप की मुद्रा में बैठ गया।

पीछा करते-करते गांव के लोग और पुलिस वाले भी वहां पहुंच गए। देखा कोई साधु बैठा जप कर रहा है तो उसके चरणों में झुक गए, प्रणाम किया और पूछा- महाराज, यहां कोई चोर तो नहीं आया?

सुनकर चोर को बड़ी हैरानी हुई। सोचने लगा मैं एक झूठा साधु और इस बनावटी साधुता में इतनी ताक़त कि जो लोग मुझे मारने के लिए पीछे भाग रहे थे, वे चरणों में झुक गए! यदि इस झूठी साधुता में इतना बल है तो सच्चे संतत्व में कितनी ताक़त होगी।

चोर बोला- हां, एक चोर आया था, पर तुम उसे पकड़ नहीं पाओगे, क्योंकि अब वह मर चुका है। सिपाही बोले रहस्य की बातें नहीं करो बाबा, कृपा कर हमें सीधे-सीधे बताओ। नक़ली साधु बोला, हां, वह चोर सचमुच मर चुका है। तुम ही लोगों ने उसे मार दिया है।

अब भी पुलिस मानने को तैयार नहीं हुई तो चोर को लगा यह क्या है? मैं चोर हूं, इनसे बचने के लिए नक़ली साधु बना हुआ हूं और ये मुझे असली समझकर प्रणाम किए जा रहे हैं?

इससे बड़ी बात यह कि मुझसे ही चोर के बारे में पूछ रहे हैं। और यह भी तय है कि मैं जो बोले दूंगा, ये उसी को सच मान लेंगे। यदि नक़ली साधु के प्रति इनकी इतनी श्रद्धा है तो असली के प्रति क्या होता होगा?

इस बार चोर ने बड़ा दार्शनिक जवाब दिया। बोला- जिस चोर को तुम ढूंढ़ रहे हो, वह तो सचमुच मर चुका है। सच तो यह है कि वह चोर मैं ही हूं। आप लोगों ने साधु समझकर जैसे ही मुझे प्रणाम किया, मेरे भीतर का चोर मर गया।

परिस्थिति ने मेरे भीतर का सत्व उजागर कर दिया है। अब तक मैं झूठा साधु था, लेकिन अब सच्ची साधुता तलाश करूंगा।

चोर सचमुच बड़ा फ़कीर बन गया और लोगों को घटना बताते हुए सदैव कहता था- मैं कोई साधु बनने नहीं आया था, परिस्थिति ने मेरे भीतर संतत्व जगा दिया।

समझने की बात यह है कि मनुष्य में बदलने की संभावना जीवनभर बनी रहती है। सारा मामला संग-कुसंग का है। बुरे के साथ रहेंगे, बुरे हो जाएंगे, अच्छे का संग करेंगे, अच्छे बन जाएंगे।

जीवन में अपने आपको बदलने के कई अवसर आएंगे। अच्छे अवसरों को चूकिएगा मत। कुसंग कभी नहीं करें, अच्छे लोगों से सदैव जुड़े रहें। परिवर्तन प्रकृति का ही विधान है। दुनिया में एक जैसा कभी कुछ नहीं रहता। कल तक यदि आप अच्छे थे तो आज बुरे भी हो सकते हैं। ऐसे ही कल का कोई बुरा आज अच्छा भी बन सकता है।

हम हर दिन बदल रहे हैं। सदैव प्रयास कीजिए यह बदलाव सकारात्मक हो। स्वयं ख़ुश रहें, औरों को ख़ुश रखें। रामचरित मानस का अयोध्या कांड फ़ैमिली वेलनेस के इन्हीं सूत्रों का निचोड़ है।

## • कौशल्या-राम

इन दोनों ही पात्रों ने माता और पुत्र के रूप में अपने आचरण से एक बड़ी बात सिखाई कि विपरीत परिस्थिति में परिवार को बिखरने से कैसे बचाया

जाए। ये दोनों ही संवेदना के शिखर हैं, पर व्यावहारिकता की ज़मीन नहीं छोड़ते।

राम जब माता कौशल्या को नई राज-आज्ञा और अपने वनगमन की सूचना देते हैं, तब कौशल्या ने उन्हें अलग-अलग ढंग से आशीर्वाद दिए हैं।

मां की दुआओं में क्या भंडार होता है, इसका वाल्मीकि ने बहुत सुंदर वर्णन किया है।

कौशल्या की दुनिया लुट चुकी थी, परंतु पुत्र राम पर दुआओं की बारिश किए जा रही थीं।

कहती हैं- राम, तुमने सदैव धर्म के आचरण का पालन किया है। अब वही धर्म तुम्हारी रक्षा करेगा। यदि माता (कैकयी) और पिता (दशरथ) दोनों ने वन जाने को कहा है, तो फिर वन तुम्हारे लिए सैकड़ों अयोध्या के समान है।

देव पितर सब तुम्हहि गोसाईं। राखहुँ पलक नयन की नाईं।।
(राचमा- 2/56/1)

सब देव और पितर तुम्हारी वैसे ही रक्षा करें जैसे पलकें आंखों की रक्षा करती हैं।

यहां पितरों की चर्चा की है मां ने। जीवन में जब भी कष्ट या संकट का आभास हो, अपने पितरों को अवश्य याद करें। उनके आशीर्वाद में बड़े से बड़े संकट को टाल देने की शक्ति होती है।

पितरों की तृप्ति में परिवार की शांति बसती है।

माता कौशल्या ने अपने आशीर्वाद में राम से कहा -

अग्निर्वायुस्तथा धूमी मन्त्राश्चर्षिमुखच्युताः।
उपस्पर्शन काले तु पान्तु त्वां रघुनन्दन।।
(वारा- अयोकां/25/24)

हे रघुनन्दन, स्नान और आचमन के समय अग्नि, वायु, धूप तथा ऋषियों के मुख से निकले मंत्र तुम्हारी रक्षा करें।

यहां 'मंत्र' को रक्षक बताया है मां ने। समझदार माता-पिता समय रहते अपने बच्चों को कुछ मंत्र सौंप देते हैं, जो उनके लिए रक्षाकवच बन जाते हैं।

हनुमान चालीसा की पंक्तियां भी ऐसे ही मंत्र है। इसीलिए उनका जप करने पर एक रक्षाकवच की अनुभूति होती है।

कौशल्या राम का ललाट चूमते हुए कहती हैं- सुख से जाना और सुरक्षित लौटकर आना। फिर वे राम की परिक्रमा करती है और राम उनकी।

कौशल्या विचार करती हैं- पति दशरथ ने मुझे भी कहा था कि जब राम राजा बने तो उसका श्रृंगार तुम ही करना। यह मांग स्वयं कौशल्या ने ही व्यक्त की थी। आज वे सोच रही हैं- मांग किसकी थी और इच्छा किसकी पूरी हुई। जीवन में कब-क्या घट जाए, कोई भरोसा नहीं।

*होइहि सोइ जो राम रचि राखा...*

गृहस्थी में कई बार हमें परीक्षाओं से गुज़रना पड़ता है। हमारे अपने जब हमसे कोई मांग करते हैं, कोई इच्छा व्यक्त करते हैं तो सामने चुनौती आ खड़ी होती है कि इनकी मांग और इच्छा कैसे पूरी की जाए।

हर परिवार में कभी-कभी ऐसा होता है, ख़ासतौर पर पति-पत्नी के बीच।

पति-पत्नी का रिश्ता बाहर से आया हुआ होता है। ये दो अलग-अलग परिवारों से आकर मिले होते हैं। जब इनका मिलन होता है और यदि जीवन की पूर्व की या बाद की घटनाओं में मेल नहीं बैठता, तो तनाव शुरू हो जाता है।

जब एक की कोई इच्छा हो, तो दूसरे को बड़े धैर्य से सुनना और निभाना चाहिए। जो इच्छा को निभाना सीख गया, वह गृहस्थी की नैया पार कर जाएगा। जिसे यह कला नहीं आई, उसकी गृहस्थी कलह में डूब जाती है।

जब भी कोई रिश्ता नया बने ख़ासतौर पर पति-पत्नी का, तो चार बातें ध्यान रखना होगी।

**पहली,** जीवनसाथी की निजता का ध्यान रखें।

सबकी अपनी निजता, मौलिकता, एक मूल स्वभाव होता है। उसकी निजता के साथ कभी छेड़छाड़ नहीं करें।

**दूसरी,** जीवनसाथी के लक्ष्य की प्राप्ति में मदद के लिए सदैव तत्पर रहें।

**तीसरी,** घर के सदस्यों की व्यक्तिगत इच्छा और रुचि का सम्मान करें।

**चौथी** बात, जीवनसाथी की मांग को कभी सीधे इनकार नहीं करें।

इनकार में दो बातें होती हैं- असहमति और विरोध। घरों में असहमति स्वाभाविक है, लेकिन विरोध किसी बात का नहीं होना चाहिए। असहमति का विकृत रूप होता है विरोध। असहमति की स्थिति से निपटने में धैर्य बड़ा काम आता है। जब धैर्य से असहमति का प्रस्तुतिकरण होगा, तो ख़ुशियों में कमी नहीं आएगी। यह भी फ़ैमिली वेलनेस का महत्त्वपूर्ण सूत्र है।

## 3. रिश्तेदार

**वन गमन :-** जीवन में दो तरह की रिश्तेदारी होती है। एक परिवार, दूसरी समाज से।

पहले परिवार में सदस्य एक साथ रहते थे। संयुक्त परिवार अधिक थे। धीरे-धीरे काम-धंधे-नौकरी के कारण लोग एक-दूसरे से दूर रहने लगे और परिवार छोटे होते गए।

नए स्थानों में परिवार के रिश्ते तो मिलते नहीं। तो यहां से एक नई रिश्तेदारी आरंभ हुई मित्रों की, पड़ोसियों की और साथ काम करने वालों की। संकट के समय अब ये नए रिश्तेदार ही काम आते हैं।

फ़ैमिली वेलनेस के लिए ज़रूरी है रिश्तेदारी निभाने की कला। इसमें तीन बातें बड़े काम की है।

**पहली,** रिश्तेदारी निभाने का सामर्थ्य हो। यहां धन से अधिक तन-मन का सामर्थ्य महत्त्वपूर्ण है।

**दूसरी,** सोच सदैव परहित की और

**तीसरी,** हर दृश्य को देखने और बात को समझने की दृष्टि पॉजिटिव हो।

## • घुड़ सवार (इंद्रियों का संयम)

आज के दौर में विचार करने की बात यह है कि राम थोड़े-बहुत समय नहीं, पूरे 14 बरस के वनवास में सफल कैसे हो सके। दरअसल अपनी वृत्ति के कारण।

दो विशेषताएं थीं राम की वृत्ति में। एक त्याग, दूसरी संयम।

जिन दिनों परिवार के सदस्यों में ये दो वृत्तियां उतर आती हैं, मानकर चलिए पूरे घर का वातावरण बहुत अधिक पॉजिटिव हो जाएगा। त्याग फ़ैमिली वेलनेस का सबसे महत्त्वपूर्ण तत्व है।

परिवार की सुख-शांति और सेहत चाहें तो एक-दूसरे के लिए त्याग को सदैव तैयार रहें।

राम के लिए वाल्मीकि रामायण में लिखा है वे बहुत अच्छे घुड़सवार थे और उतने ही श्रेष्ठ धनुर्धर। अच्छा घुड़सवार होना मतलब घोड़े पर अच्छा नियंत्रण होना। घोड़े पर नियंत्रण का सीधा-सा अर्थ है इंद्रियों पर कंट्रोल।

अश्व इंद्रियों का प्रतीक है। राम और कृष्ण दोनों का इंद्रिय नियंत्रण ग़ज़ब का था। आज हमें भी यही सीखना है।

संकट और समस्या का दौर हर परिवार में आता है। जिसने त्याग, संयम और इंद्रियों पर नियंत्रण रखना सीख लिया, वह इनसे लड़कर आसानी से जीत भी जाएगा। हर स्थिति में हर प्रकार के रिश्ते निभा पाएगा।

### • लक्ष्मण-गीता (पॉजिटिव सोच)

अयोध्या कांड में एक और संवाद बहुत अच्छा हुआ है।

जब वनवास आरंभ हुआ, भीलों के राजा गुह ने राम से कहा- आप मेरे छोटे-से गांव में चलिए। राम बोले- मेरा संकल्प है पूरे चौदह बरस किसी भी ग्राम-नगर की सीमा में नहीं जाने का।

गांव के बाहर ही चट्टान पर कुश की चटाई बिछाई और सो गए। गुह ने देखा तो आंखें में आंसू आ गए।

पहरा दे रहे लक्ष्मण से गुह ने कहा- कैकयी ने श्रीराम के लिए वनवास मांगकर अच्छा नहीं किया।

यहां होना तो यह था कि लक्ष्मण, जो कैकयी से बहुत क्रोधित थे, गुह की बात का खुलकर समर्थन करते। कैकयी के लिए खोटे शब्द कहते।

परंतु गुह की इस प्रतिक्रिया पर लक्ष्मण ने जो कहा, उस पर एक पूरी फ़िलोसॉफ़ी निकल आई। रामचरित मानस में इसे लक्ष्मण-गीता कहा गया है।

लक्ष्मण ने कहा था-

काहु न कोउ सुख दुख कर दाता।
निज कृत करम भोग सबु भ्राता।।

(राचमा- 2/91/2)

संसार में कोई किसी को सुख या दुख नहीं देता। सब अपने-अपने कर्मों का फल भोगते हैं।

यदि लक्ष्मण की इस बात के अनुसार चलें तो जिसके जीवन में जो सुख या दुख आते हैं, सब अपने-अपने कर्मों का फल है।

लेकिन, हम इसका उल्टा कर जाते हैं। जीवन में कोई दुख आ जाए, तो उसके पीछे का कारण दूसरों में देखते हैं।

रामकथा में तीन गीता बड़ी मशहूर है।

गीता का सीधा-सा अर्थ है धर्म के, न्याय के, उचित के पक्ष में बोला गया या दिया गया ज्ञान।

महाभारत में कृष्ण द्वारा अर्जुन को सुनाई गीता तो स्थापित हो गई, पर रामचरित मानस में भी प्रमुख रूप से तीन गीता आई हैं- लक्ष्मण-गीता, राम-गीता और पुरजन-गीता।

देखा जाए तो तुलसीदासजी ने मानस के रूप में जिस अनूठे ग्रंथ की रचना की है, इसमें कई अवसरों पर गीता आई है।

एकादश यानी 11 गीता की चर्चा है रामचरित मानस में। मतलब इन तीन के अलावा भी आठ और गीताएं पढ़ने-सुनने को मिलती हैं इस ग्रंथ में। यहां इनका संक्षिप्त परिचय जान लिया जाए।

1. **शिव-पार्वती गीता :** इसका जन्म तब हुआ, जब शिवजी ने पार्वतीजी को रामकथा सुनाई।

   पार्वतीजी ने शिवजी से प्रश्न किया था कि पूर्व जन्म में जब मैं सती के रूप में आपकी पत्नी थी, तब मैंने रामकथा सुनने में रुचि नहीं दिखाई थी। अब आपसे जानना चाहती हूं आख़िर रामकथा है क्या?

   तब भगवान शंकर ने पार्वतीजी को जो रामकथा सुनाई, वह अपने आप में एक गीता बन गई।

2. **जीवनसाथी गीता :** वनवास के दौरान अनुसुइयाजी ने सीताजी को जो ज्ञान दिया था, वह जीवनसाथी गीता कहलाई।
3. **शबरी–गीता :** राम–शबरी के बीच हुए संवाद में राम ने जो ज्ञान–वचन कहे, वह शबरी–गीता बन गई।
4. **सुग्रीव–गीता :** वानर जब सीताजी की खोज में रवाना हुए, तब उनके राजा सुग्रीव ने उन्हें जो संदेश, जो ज्ञान दिया था, वह सुग्रीव–गीता के रूप में स्थापित हुई।
5. **विभीषण–गीता :** विभीषण ने भरी सभा में रावण का विरोध करते हुए सीताजी को लौटा देने की समझाइश के साथ उचित–अनुचित के जो तर्क दिए, वह विभीषण गीता बनी।
6. **धर्मरथ गीता :** युद्ध के मैदान में जब रावण रथ पर सवार होकर आया और राम पैदल थे, तब विभीषण ने चिंता व्यक्त की थी। उस समय धर्मरथ को लेकर श्रीराम ने विभीषण को जो ज्ञान दिया, वह धर्मरथ गीता कहलाई।
7. **भुशुन्डि–गीता :** पक्षीराज गरुड़ कागभुशुन्डि के पास गए और दोनों के बीच संवाद से जो ज्ञान निकलकर आया, वह भुशुन्डि–गीता है।
8. **सप्तप्रश्न गीता :** गरुड़ द्वारा किए गए सात प्रश्नों का कागभुशुन्डि ने जिस प्रकार से उत्तर दिया, वह संवाद भी अपने आप में गीता रूप में सामने आया।

इन एकादश गीताओं में परिवार के स्वास्थ्य यानी फ़ैमिली वेलनेस को लेकर भरपूर संदेश समाया हुआ है। इसलिए रामकथा अवश्य पढ़ी जाए, समझी जाए, जीवन में उतारी जाए।

### • गंगा नदी नहीं, माता है

वनवास के दौरान जब राम–लक्ष्मण और सीता केवट की नाव से उतरे, तो सीता ने मां गंगा को देखा और हाथ जोड़ते हुए कहा–

सियँ सुरसरिहि कहेउ कर जोरी। मातु मनोरथ पुरउबि मोरी।।
(राचमा/अयोकां/102/1)

हे गंगा मां, आप मेरे मनोरथ पूरे कीजिए।

हमारे घरों में भी प्रत्येक सदस्य का अपना मनोरथ होता है। घर की जो केंद्रीय सत्ता होती है मां, वह गंगा से यही तो मांगती है कि मेरे घर के प्रत्येक सदस्य के मनोरथ पूरे हो जाएं।

इच्छा यदि बुद्धि से जुड़ जाए तो अलग परिणाम देती है और यदि मन से जुड़ जाए तो अलग परिणाम सामने आते हैं। मनोरथ का मतलब ही है मन का रथ। दिल की इच्छाएं।

बड़ा तेज़ी से भागता है मन का रथ। जब मांग करने पर उतर आता है, तो क्या-क्या नहीं मांगता। जिस दिन हम गंगा मां से अपने परिवार के प्रत्येक सदस्य के मनोरथ पूरे होने की मांग करते हैं, उस दिन घर में आनंद उतर आता है, प्रसन्नता छा जाती है।

परहित की कामना फ़ैमिली वेलनेस के लिए एक औषधि है।

गंगा मां से कुछ मांगने का अपना अलग ही महत्त्व है। हर वैष्णव परिवार में गंगाजल अवश्य होना चाहिए।

जब कभी बहुत अशांत हों तो किसी बहती नदी के किनारे बैठकर देखिएगा। ख़ासकर गंगा के किनारे। ऐसा कुछ है गंगा के पास कि उसकी लहरों के प्रभाव से आप एकदम शांत हो जाएंगे।

फ़ैमिली वेलनेस के लिए दो बातें बहुत ज़रूरी हैं। पहली, घर में त्याग व संयम से रहें। दूसरी, घर के हर सदस्य के मनोरथ पूरे हों, इसके लिए प्रयास करते रहें। ईश्वर से प्रार्थना करते रहें।

दुनिया में हम भारतीय एक बात में अनूठे हैं कि हमने अपनी रिश्तेदारियां मनुष्य से मनुष्य तक सीमित नहीं रखीं। हमने तो प्रकृति और पशु को भी पूजा है। उन्हें अपना बनाया है, उनसे रिश्ता जोड़ा है।

प्रकृति पंचतत्वों से बनी है। शास्त्रों के अनुसार बाहर के ये पंचतत्व-पृथ्वी, जल, अग्नि, वायु और आकाश हमारे शरीर में भी विराजे हैं। परमात्मा ने बड़े अच्छे ढंग से प्राणी और प्रकृति का निर्माण किया है।

प्रकृति अपने पंचतत्वों के साथ बहुत सहज गति से बहती है। इसे

चलना नहीं, बहना कहेंगे। प्रकृति में ना तो कोई रिसाव है, ना ही घुमाव। सिर्फ़ बहाव है।

हम मनुष्यों को प्रकृति से एक सबक़ यह लेना चाहिए कि जीवन बहाव की तरह होना चाहिए। बहने में एक सहजता है।

जब हम प्रकृति के पांच तत्वों से खुद को ठीक से जोड़ लेते हैं, तब तनाव से मुक्ति मिल जाती है। बहुत सारी चीज़ें आसान होने लगती हैं।

जैसे प्रकृति में फूल खिलते हैं, हवा बहती है, जल अपना काम करता है, अग्नि अपने ढंग से प्रज्ज्वलित होती है।

यदि कोई प्रकृति से पूछे कि तुम क्या करती हो, तो उसका जवाब होगा मैं कुछ नहीं करती, मैं सिर्फ़ होने देती हूं।

पंचतत्व से जुड़ने पर हमारे भीतर यह भाव जाग जाता है कि जीवन में बहुत कुछ होने दिया जाए। यह विचार रिश्तेदारी निभाने में बहुत काम आएगा। जीवन में कई रिश्ते बनेंगे, टूटेंगे। रिश्तों को सहजता से बहने दें।

हम दो भाग में बने हैं। पहला, जो हम हैं और दूसरा, हम जो होना चाहते हैं।

'जो हैं' से 'जो होना चाहते हैं' कि यात्रा में प्रकृति के ये पांच तत्व बड़ी मदद करते हैं। हमें सिखाते हैं कि हम प्रकृति से आएं हैं और प्रकृति सहज भाव में विश्वास रखती है।

जैसे ही यह सहजता हमारे आचरण में उतरती है, रिश्ते निभाना आसान हो जाता है। जीवन में फ़ैमिली वेलनेस उतर आती है।

## 4. संतान

संसार में कौन-से माता-पिता ऐसे होंगे, जिनको राम व भरत जैसी संतानों को देखकर गर्व नहीं होता होगा।

चित्रकूट में राम-भरत वार्तालाप प्रेम और त्याग की ऐतिहासिक पंक्तियां है। दोनों की वाणी परिवार में प्रेम, त्याग, और अपनेपन के भाव की आचार संहिता बन गई। अपने माता-पिता के लिए दोनों नयनाभिराम तो थे ही, अयोध्या कांड के समापन तक सारे जग के लिए लोकाभिराम हो गए।

अपनी संतानों को समय रहते समझा दिया जाए कि परिवार का आधार प्रेम है, ना कि व्यावसायिक दृष्टिकोण।

प्रेम के बिना कोई रिश्ता जीवित नहीं रह सकता। इसके अभाव में बच्चे आपस में उलझकर, झगड़कर ज़िंदगी बिता देंगे और माता-पिता की ऊर्जा इन्हें संभालने, समझाने में ही ख़र्च हो जाएगी।

माता-पिता और गुरु, यदि ये तीन पात्र संतान में ठीक से उतर गए, तो फिर बच्चे जीवन का ऊंचे से ऊंचा पहाड़ भी आसानी से चढ़ जाएंगे।

### • माता

परिवार में कभी-कभी सदस्यों को प्रेरणा देने के लिए भी कड़वी बातें बोलना पड़ती हैं।

जब सुमंत राम के बिना लौटे तो दशरथ पूरी तरह टूट चुके थे। तब कौशल्या ने राजा दशरथ को कुछ कटु वचन कहे थे। कौशल्या के चरित्र और व्यक्तित्व की दृष्टि से यह घटना एक तरह का अपवाद थी।

कौशल्या ने दशरथ से कहा था- आपने अपने सत्य के लिए उस पुत्र का त्याग कर दिया, जिसके रोम-रोम में सत्य बसा है। आपने तो बिलकुल वैसा ही किया, जैसे कोई मछली अपने पिता द्वारा ही खा ली जाए।

'स्वयमेव हतः पित्रा जलजेनात्मजो यथा।'

(वारा- अयो.कां./61/22)

कौशल्या दशरथ से ऐसा इसलिए कह रही थीं कि जो हो गया, सो हो गया। अब धीरज धरते हुए राज-काज संभालिए। प्रजा बेचैन हो रही है। राम का वियोग अपार समुद्र जैसा है। अयोध्या जहाज है और आप इसके कर्णधार। प्रजा यात्री की तरह हैं। ऐसे में यदि आपने ही धीरज छोड़ दिया तो सब डूब जाएंगे।

यहां कौशल्या के कटु वचन के पीछे दशरथ को दी जा रही प्रेरणा ही थी।

हमारे घरों में भी कई बार पिता-पुत्र, मां-बेटे, पति-पत्नी, सास-बहू के बीच ऐसी स्थितियां बन जाती हैं। कभी-कभी एक-दूसरे को कठोर शब्द भी बोलना पड़ते हैं, लेकिन उसके पीछे भाव ईर्ष्या या द्वेष का नहीं,

बल्कि प्रेरणा का होता है। एक-दूसरे के हित के लिए, कभी-कभी ऐसा सब ज़रूरी हो जाता है।

जब भी ऐसी स्थिति बने, सामने वाले की बात को, उसकी भावनाओं को ग़लत अर्थों में नहीं लें। उसके कहे शब्दों में आपका हित कहां जुड़ा है, इसे समझने का प्रयास करें।

कई बार कहने वाला कड़वे शब्द इसलिए कह जाता है कि उनके निहितार्थ में छिपे सत्य को उजागर कर कहीं न कहीं वह आपका हित चाहता है। यहां उसकी भावनाओं के प्रति आपकी समझ फ़ैमिली वेलनेस की दृष्टि से बहुत महत्त्वपूर्ण होगी।

रामकथा में सुमित्रा बहुत कम बोली हैं। वाल्मीकि रामायण में तो उनके दो ही संवाद सुनने को मिलते हैं। एक, लक्ष्मण को राम के साथ वन में विदा करते समय और दूसरा, कौशल्या को सांत्वना देने में।

राम उनके बेटे थे तो कौशल्या कुछ समय के लिए राम की महत्ता भूल गई थीं। सुमित्रा ने बताया था राम पुरुषोत्तम हैं। जब संतान अत्यधिक योग्य हो तो वह सारे संसार के काम आती है। माता-पिता को उसे जग को अर्पित करना पड़ता है।

## • पिता

परिवार में पिता का क्षेत्र अधिक विस्तृत होता है। उसे संतान के प्रति ज़िम्मेदारी पूरी सतर्कता के साथ निभाना पड़ती है।

चित्रकूट में राम-भरत के वार्तालाप में राजा जनक का प्रवेश होता है। उन्होंने यहां पहुंचने से पहले गुप्तचर भेज भरत के मंसूबे जान लिए थे।

नृपहिं धीर धरि हृदयँ बिचारी। पठए अवध चतुर चर चारी।
(राचमा- 2/270/4)

राजा जनक ने धैर्य के साथ हृदय में विचार कर चार चतुर गुप्तचर (जासूस) अयोध्या भेजे। यह जासूसी से जज़्बात पता लगाने का पारिवारिक ढंग है।

घर-परिवार का स्वास्थ्य ठीक रखने के लिए एक परंपरा और चलती है- परीक्षण की, जासूसी की। हमारे भारत के परिवारों की विशेषता है, यहां एक-दूसरे की जासूसी की जाती है। इसमें बुराई भी नहीं है। यहां जासूसी का मतलब है परखना।

परिवार में एक-दूसरे की गतिविधियों पर दृष्टि रखना बुरी बात नहीं। इससे एक-दूसरे पर नियंत्रण बना रहता है, जो फ़ैमिली वेलनेस के लिए ज़रूरी होता है।

रामकथा में जासूसी के कई प्रसंग आते हैं। अयोध्या कांड में ब्रह्माजी द्वारा देवी सरस्वती को भेजा गया था जासूसी करने। ब्रह्मा ने कहा- जाओ, देखो क्या चल रहा है अयोध्या में। जाकर मंथरा की बुद्धि पलट दो।

जीवन में कई बार हमारे निकट के लोग भी परीक्षा ले लेते हैं और हमें देनी भी पड़ती है।

राजा जनक ने यह जानने के लिए कि राम वनवास पर गए तो भरत का आचरण कैसा है, अपने चार गुप्तचर भेज दिए।

सतीदेवी ने राम की परीक्षा ली। नारदजी की परीक्षा लेने कामदेव पहुंच गए। सरस्वतीदेवी ने कुंभकर्ण की, जयंत ने सीता-रामजी की परीक्षा ले ली थी। हनुमानजी ने विभीषण को परख़ा था।

यहां तक कि सीताजी को भी अग्नि परीक्षा से गुज़रना पड़ा था।

और, अंत में तो राम ने हनुमान को भरत की परीक्षा लेने अयोध्या भेजा था कि पूरे चौदह साल बाद मैं अयोध्या की धरती पर लौट रहा हूं, तो परखिए मेरे प्रति भरत का रुख़ क्या है।

तब हनुमानजी ने ब्राह्मण वेश में भरत की परीक्षा ली थी।

हमारे घरों में भी ऐसा होता है। कभी-कभी तो इसमें परिवार के सदस्यों को बुराई दिखने लगती है। परंतु फ़ैमिली वेलनेस की दृष्टि से ये सब ज़रूरी हो जाता है।

माता-पिता यदि बच्चों पर पैनी दृष्टि नहीं रखें तो उनके बिगड़ने, भटकने की आशंका बढ़ जाती है। किसी पर संदेह नहीं करें, परंतु समय-समय पर उनकी गतिविधियों को चैक अवश्य करते रहें।

## • गुरु

बच्चों के जीवन में माता-पिता के समान ही योगदान और महत्त्व गुरु का भी होता है। चित्रकूट में राम को समझाते हुए वशिष्ठ ने कहा था -

पुरुषस्येह जातस्य भविन्त गुरूवः सदा।
आचार्यश्चैव काकुत्स्थ पिता माता च राघव।
(वारा- अयोकां/111/2)

राम, इस संसार में उत्पन्न हुए पुरुष के सदा तीन गुरु होते हैं - आचार्य, पिता और माता।

जब भरत के सारे आग्रह राम स्वीकार नहीं करते, तब भी बीच में वशिष्ठजी बोलते हैं -

एते प्रयच्छ संदृष्टः पादुके हेमभूषिते।
अयोध्यायां महाप्राज्ञ योगक्षेमकरी भव।।
(वारा- अयोकां/113/12)

राम, तुम प्रसन्नतापूर्वक ये स्वर्णभूषित पादुकाएं भरत को दे दो और अपने प्रतिनिधि के रूप में इन्हीं के द्वारा अयोध्या के योगक्षेम का निर्वाह करो।

प्रभु करि कृपा पाँवरी दीन्हीं। सादर भरत सीस धरि लीन्हीं।
(राचमा- 2/315/2)

प्रभु राम ने कृपा करचरण पादुकाएं दे दीं। भरत ने उन्हें आदरपूर्वक सिर पर धारण कर लिया।

चूंकि बात फ़ैमिली हेल्थ की चल रही है, तो यह प्रसंग भी हमारे लिए बड़ी सीख है।

भरत राम की पादुकाएं सिर पर रखकर चले और जब भरद्वाज मुनि के आश्रम में पहुंचे तो उन्होंने उन पादुकाओं में शक्ति उतारी थी। तब

'ततः प्रदिक्षणं कृत्वा भरद्वाजं पुनः पुनः।'
(वारा- अयोकां/113/19)

भरत ने श्रीराम की चरण पादुकाएं सिर पर रखकर भरद्वाजजी की परिक्रमा की थी।

गृहस्थी की सत्ता में भी हमारे पूर्वजों की चरण पादुका रखी हुई है। यह बड़ी प्रतीकात्मक बात है। आज हमारे घर में, वंश में, हम स्वयं में और हमारे बच्चों में जो कुछ भी अच्छा उतरा है, वह पूर्वजों की कृपा ही है।

केवल, व्यवहार, संस्कार, संपत्ति ही नहीं, हमारे रोम-रोम में उनका अंश है। इसलिए अपने घरों में भी पादुकाराज को महत्त्व दें और गुरु से उसे चार्ज करवाते रहें।

परिवार के केंद्र में कोई न कोई गुरु होना ही चाहिए। यदि कोई योग्य गुरु नहीं मिल पाए तो हनुमानजी को ही गुरु बना लीजिए।

तुलसीदासजी ने तो हनुमानजी की गुरु-महत्ता स्थापित करते हुए हनुमान चालीसा की 37वीं चौपाई में लिख ही दिया है-

'जय जय जय हनुमान गोसाईं। कृपा करहुं गुरु देव की नाईं।।'

गुरु हमारे और परमात्मा के बीच में माध्यम का काम करते हैं। जिस पर गुरु के माध्यम से परमात्मा की कृपा हो जाए या परमात्मा के माध्यम से गुरु की कृपा फल जाए, उसकी गृहस्थी के अर्थ ही बदल जाते हैं।

बिना कारण के करते हो कृपा तो कृपा करने में कोताही न हो।
किसी कारण से करते हो कृपा, तो कृपानिधि ऐसी कृपा ही न हो।।

बिना कारण कृपा करने वाले का नाम ही भगवान है। कारण से कृपा तो संसार किया करता है। संसार बनाने वाला तो बस मनुष्य की नीयत देखकर ही कृपा कर देता है।

इसलिए जब भी लगे कि जीवन में कुछ अच्छा नहीं लग रहा है, निराशा घेर रही है, तो भरोसा रखिए उस परमात्मा पर। वो ही बचाएगा सबको।

इसीलिए कहा गया है - *होइहि सोइ जो राम रचि राखा...*

राम और भरत के बीच के संवाद में हां और ना के पीछे भी गहरा संदेश है।

जीवन में एक बात सभी को परेशान करती है, जो है हां-ना का चक्कर।

किसको कितना हां कहें, कितना ना कहें, किस विषय पर कहें? सामने कौन व्यक्ति है, जिसके प्रति सहमति या असहमति व्यक्त की जा रही है? परिवार में ये सारी बातें बहुत महत्त्वपूर्ण हो जाती हैं।

सार्वजनिक या पारिवारिक जीवन में जब भी किसी के प्रति असहमति या सहमति व्यक्त करें, तब थोड़ा सावधान हो जाइए। जब भी ऐसी स्थिति से गुज़रना पड़े तो इसे दो हिस्सों में बांटकर देखें।

पहला भाग यह हो सकता है कि सामने वाला उम्र या ओहदे में हमसे बड़ा हो और उनके सामने हां या ना कहना हो, तब क्या करें?

दूसरे भाग में इसका उल्टा भी हो सकता है। हम बड़े हों और सामने वाला हमसे छोटा हो, तब उसके प्रति सहमति-असहमति कैसे व्यक्त की जाए?

यहां इस बात को ठीक से समझ लिया जाए कि ऐसी स्थिति में केवल रिश्ते और पोजीशन ही काम नहीं करती। इनसे ज़्यादा महत्त्वपूर्ण वह विषय हो जाता है जिस पर सहमति-असहमति व्यक्त की जा रही है।

जब हम छोटे और सामने कोई बड़ा हो तब 80 प्रतिशत ध्यान रिश्ते पर दें और 20 प्रतिशत चिंता विषय की पालें। क्योंकि यहां सामने वाले का अनुभव और अहंकार भी काम कर रहा होता है।

छोटा होने में हमें अपने आप में एक परिपक्वता लाना पड़ेगी। ऐसे में अधिक ध्यान इस तथ्य पर दीजिए कि आपका उनसे रिश्ता क्या है।

मामला घर-परिवार का हो तो उस दृष्टि से देखिए, व्यावसायिक हो तो अपना पूरा करियर ध्यान में रखिए, लेकिन विषय के प्रति गंभीर रहें।

यदि विषय के प्रति पकड़ है, जागरूकता है तो आज नहीं तो कल सामने वाला बड़ा व्यक्ति भी आपकी बात मानने लगेगा। इसमें रिश्ते का भी सम्मान रह जाएगा और विषय भी बच जाएगा।

यदि हम बड़े हों और किसी छोटे के प्रति सहमति-असहमति व्यक्त करना हो तब भी मामला उतना ही गंभीर होता है। क्योंकि छोटों में विवेक और अनुभव की कमी होती है। जब ऐसे लोगों से किसी विषय पर हां या ना कहना हो तो बहुत सावधान रहना पड़ेगा।

ऐसे समय उल्टा कर दीजिए। विषय पर 80 प्रतिशत जागरूक रहिए और रिश्तों पर 20 प्रतिशत सावधान रहिए, क्योंकि विषय की गंभीरता सामने वाले से ज़्यादा आप समझ सकते हैं।

अपने छोटे या बड़े होने पर यदि ग़लती कर रहे हैं, तो कहीं न कहीं इसका असर हमारे भविष्य पर पड़ेगा ही।

जीवन के जिन-जिन विषयों पर आप गंभीर हों, उनमें से एक यह भी तैयारी रखें कि यदि हां या ना कहना है, तो पूरी तैयारी के साथ कहें।

यह प्रसंग बता रहा है भरत पूरी तैयारी से आए थे, और राम तो सदैव तैयार रहते ही हैं।

पारिवारिक जीवन में जब विभिन्न सदस्य एक-दूसरे से बात करें, व्यवहार करें, ख़ासकर पति-पत्नी आपस में संवाद करें तो उस समय गीता घटना चाहिए।

यहां गीता घटने का मतलब है चर्चा स्वस्थ हो, प्रेमपूर्ण हो, समझ से भरी हुई हो और उसमें छल, ईर्ष्या, कपट, कुटिलता का कोई स्थान नहीं हो।

यदि ऐसा नहीं हो पाता है तो सोचिए परिवार का वातावरण क्या होगा, फ़ैमिली वेलनेस की स्थिति कैसे बन सकेगी। फ़ैमिली हेल्थ के लिए परिवारों में आपसी संवाद में गीता घटना चाहिए।

जो लोग स्वीमिंग पूल जाते हैं या कभी गए हों, उन्होंने देखा होगा कि वहां एक जंपिंग बोर्ड होता है। उस पर से उछलकर पानी में कूदा जाता है।

आज लोगों ने अपने परिवार, अपनी गृहस्थी को जंपिंग बोर्ड की ही तरह कर लिया है। बस, उछलकर कूद गए, मस्ती के साथ बाहर आ गए।

घरों को तो धर्मशाला समझ लिया है लोगों ने। जब इच्छा हुई आए, खाया-पीया, सोए और उठकर फिर चल दिए।

कल्पना कीजिए यदि सूखे स्वीमिंग पूल में बैठा दिया जाए तो कैसा लगेगा।

आज कई घरों की स्थिति ऐसी हो गई है। कई बार व्यक्ति अपने ही घर में बड़ा सूखा-सूखा, रूखा-रूखा, उदास-सा बैठा रहता है।

बाहर का सारा वातावरण दूषित, बोझिल होता ही जा रहा है। मतलब बाहर ख़तरा, भीतर बेचैनी। फ़ैमिली वेलनेस की दृष्टि से ये सब विपरीत स्थितियां हैं। फिर क्या करें? यहां ज़रूरत होती है धैर्य की।

जीवन में अब जो स्थितियां बनती जा रही हैं, कौन-कब बीमार हो जाए, कब विदा हो जाए, कौन कब रूठ जाए, किसी का भरोसा नहीं। किसी के वश में नहीं। कुल मिलाकर बात वही आ जाती है -

*'होइहि सोइ जो राम रचि राखा...'*

कुछ लोग अपनी ही नादानी से अपने घर-परिवार की व्यवस्थाएं बिगाड़ लेते हैं। फिर, जब तक संभल पाते हैं, देर हो चुकी होती है। चलिए, इस बात को एक छोटे-से किस्से से समझते हैं।

**मांगीलाल** की पत्नी चंचला करवाचौथ का व्रत करती थी। उसी रात मांगीलाल गांव में एक कुएं के पास से गुज़र रहा था। झांककर देखा तो चांद का प्रतिबिंब दिखाई दिया।

सोच में पड़ गया कि यह तो बड़ी मुसीबत हो गई। चांद यहां कुएं में उलझा पड़ा है और जब तक यह आकाश में नहीं दिखेगा, महिलाएं तो भूखी ही रहेंगीं। कुछ भी हो, इसे निकालकर बाहर करना पड़ेगा।

कहीं से जुगाड़ कर रस्सी लाया, फंदा बनाया और डाल दिया कुएं में। चांद तो नहीं फंसा, चट्टान का कोई टुकड़ा उलझ गया रस्सी में। ख़ूब ताक़त से खींचने लगा। रस्सी टूट गई और मांगीलाल धड़ाम से कुएं में। कुछ देर बाद संभला और आंखें खुलीं तो देखा चांद आकाश में।

मन ही मन सोचने लगा- चलो, थोड़ी चोट लग गई, कोई बात नहीं। चांद को तो कुएं से बाहर कर ही दिया। अब गांव की महिलाओं को भूखा नहीं रहना पड़ेगा।

आज घर-गृहस्थी को लेकर कई लोगों के ऐसे ही हाल हैं। सब कहते हैं- कोई दिक़्क़त नहीं, हमने अपने ढंग से सब सेट कर लिया है।

इस 'सेट' के चक्कर में कभी-कभी परिवार कितना अपसेट हो जाता है, किसी को सुध नहीं।

घर-परिवार में किसी एक की अकल, किसी एक की समझ से काम नहीं चलता। हो सकता है आप बहुत समझदार और अकलमंद हों, लेकिन परिवार में जब किसी मुद्दे पर चर्चा हो, कोई निर्णय लेना हो, तो हर सदस्य को साथ लेकर चलना पड़ता है।

फ़ैमिली वेलनेस में हर सदस्य की सहमति-असहमति, सलाह-मशविरा बहुत महत्त्व रखता है। आप कितने ही समझदार, परिपक्व हो, महत्त्वपूर्ण निर्णयों के मामले में किसी की उपेक्षा नहीं की जा सकती।

सलाह देते रहें, उपदेशक नहीं बनें। अपने व्यवहार से हमेशा पॉजिटिव तरंगें निकालते रहें। परिवार में आनंद और ख़ुशियां अपने आप बिखरती चली जाएंगीं। अयोध्या कांड हमें यही सिखाता है।

## किससे बचें-क्या करें...

**सात दुर्गुण :** 1. काम 2. क्रोध 3. लोभ 4. मद 5. मोह 6. मत्सर 7. आलस्य

**बचें :-** क्रोध यानी अप्रसन्नता, आक्रोश, कोप, गुस्सा, झल्लाहट, चिड़चिड़ापन, खीज, क्षोभ, रोष, प्रकोप।

क्रोध के मूल में अहंकार होता है। अपने अहंकार को गिराएं, तो क्रोध अपने आप गिरेगा। ख़ास तौर पर फ़ैमिली वेलनेस में।

जब परिवार के सदस्यों के बीच हों, तो क्रोध बिलकुल नहीं करिएगा। दरअसल हम अपने रिश्तों को शरीर पर जीते हैं। इसीलिए गुस्सा जल्दी आ जाता है। रिश्तों को आत्मा से जीना सीखिए। क्योंकि हम शरीर, मन और आत्मा से बने हैं।

जैसे हम घर में प्रवेश करते हैं तो जूते-चप्पल बाहर ही उतार देते हैं। ऐसे ही नियम बनाएं, जब भी घर के भीतर प्रवेश करेंगे, अपना क्रोध, अहंकार बाहर ही उतार देंगे और घर में बहुत सहज, सरल व शांत होकर रहेंगे।

**करें :-** परिवार में एक प्रयोग किया जाए, तो क्रोध जल्दी गिरेगा।

जब भी समय मिले, सुबह उठने के बाद, रात को सोने से पहले, पूजा के दौरान कमर सीधी कर नीचे ज़मीन पर बैठ जाएं या कुर्सी का सहारा ले लें।

मेरुदंड बिलकुल सीधा हो। भीतर ही भीतर अपना सारा ध्यान अपनी नाभि, नेवल पोर्शन पर लगाएं। यदि आप माता-पिता हैं, तो नाभि पर अपनी संतानों की छवि को देखें।

गहरी सांस नाभि तक लें। नाभि पर सांस को रोक लें और कुछ पल बाद धीरे-धीरे छोड़ दें।

जब सांस को नाभि पर रोकें, तो कल्पना करिए कि नाभि एक हवन कुंड है, और भीतर आती हुई सांस के साथ कोई मंत्र अवश्य बोलें। हनुमान चालीसा की इन चौपाइयों को सांस में घोल सकते हैं-

सब सुख लहै तुम्हारी सरना। तुम रक्षक काहु को डर ना।। (21)
विद्यावान गुणी अति चातुर। राम काज करिबे को आतुर।। (7)

इनमें से कोई भी चौपाई या दोनों का मन ही मन जप करते हुए सांस में घोलकर भीतर जाती सांस के साथ नाभि पर रखिए और बाहर निकलती सांस के साथ उसे बाहर छोड़िए।

ध्यान रखें, कमर बिलकुल सीधी, आंखें व होंठ बंद रहें और जप मन ही मन हो।

यदि आप संतान हैं, तो माता-पिता की छवि नाभि पर देखें। इसका वैज्ञानिक अर्थ यह है कि नाभि हमारे जीवन का केंद्र है। हम पहली बार अपनी मां से कटकर इस संसार में यहीं से आए हैं। आज भी हमारे प्राण यहीं बसते हैं।

जब हम अपनी संतान, माता-पिता की छवि को यहां रखकर उन्हें याद करते हैं तो अपनी आत्मा और उनकी आत्मा से जुड़ जाते हैं।

यहीं क्रोध गिरता है और हम परिवार में अक्रोध की स्थिति के साथ जीना सीख जाते हैं।

# 3

# सोशल हेल्थ
# (अरण्य कांड)

**रामचरित** मानस के अरण्य कांड का कथासार बहुत घुमावदार है। सबसे पहले देवराज इंद्र का पुत्र जयंत आया, सीताजी के चरण पर चोंच मारी। भगवान ने उसे दंड दिया।

श्रीराम-सीता-लक्ष्मण वन में अत्रि-अनुसुइया से मिलते हैं। विराध का वध करते हैं। सुतीक्ष्ण और अगस्त्य ऋषि से संवाद होता है। पंचवटी में शूर्पणखा का आना, लक्ष्मण द्वारा नाक-कान काटना...

खर-दूषण से युद्ध के बाद रावण के दबाव में मारीच का स्वर्णमृग बनना। सीता-हरण, जटायु-रावण युद्ध। राम द्वारा जटायु का उद्धार। शबरी के आश्रम पहुंचना...

राम जब ऋषियों के आश्रम में जाते हैं तो वहां के दृश्य देखकर बहुत दुखी होते हैं। शपथ लेते हैं कि पूरी पृथ्वी को राक्षसों से रहित कर दूंगा। ऐसा ही उन्होंने किया भी।

राम का वन-गमन सफल इसलिए हुआ, क्योंकि वे एकांत साधना जानते थे।

इस दौर में जबकि जीवन के हर क्षेत्र में भागमभाग मची हुई है, अधिकांश लोगों की दिनचर्या बदल गई है। लगभग सभी बहुत व्यस्त हैं। ख़ूब काम कर रहे हैं। अपने-अपने तरीक़े से धन-यश कमा रहे हैं, लेकिन अशांत हैं। यही अशांति हमारी सोशल हेल्थ ख़राब कर रही है।

सोशल वेलनेस चाहें तो संसार की इस भाग-दौड़ से दूर थोड़ा एकांत में उतरना होगा।

राम ने अरण्य कांड में जिस प्रकार से एकांत साधा, वैसा ही हम मनुष्यों को भी साधना चाहिए। अकेलेपन और एकांत में अंतर है। अकेलापन हम दूसरों से मिटाते हैं। एकांत खुद के भीतर मिलता है।

अरण्य कांड के कथा-प्रसंगों को पढ़कर कुछ अलग हो जाएं। मन में नई, पॉजिटिव सोच उत्पन्न करें और थोड़ा शांत हो जाएं... ये ही सब मिलकर हमारे लिए सोशल वेलनेस की स्थिति बनाएंगे।

## स्वास्थ्य रामायण क्यों?

इस पुस्तक का शीर्षक 'स्वास्थ्य रामायण' क्यों दिया गया, पुनः इस पर चर्चा कर ली जाए।

दरअसल इस दौर में जबकि जीवन की गाड़ी बहुत तेज़ी से दौड़ रही है, लगभग हम सबकी दिनचर्या प्रभावित हुई है। खान-पान, सोने-उठने का समय, आहार-आचार-विचार सबकुछ बदल-सा गया है। योग-ध्यान के लिए किसी के पास समय नहीं है।

ऐसे में स्वास्थ्य पर ध्यान देना बहुत ज़रूरी हो गया है। हमारे ऋषि-मुनियों ने तो उत्तम स्वास्थ्य को ही सबसे बड़ा सुख बताया है। यह सुख कैसे प्राप्त किया जाए? यही सूत्र इस पुस्तक में समाए हुए हैं।

रामकथा के सात कांड हमें स्वास्थ्य के सात सूत्र देते हैं। बालकांड के माध्यम से हमने फ़िजिकल हेल्थ, अयोध्या कांड में फ़ैमिली हेल्थ की बात की। अब अरण्य कांड के प्रसंगों से सोशल हेल्थ- वेलनेस को समझेंगे।

## सोशल वेलनेस

हम रामकथा के तीसरे सोपान अरण्य कांड के प्रसंगों से गुज़रते हुए सोशल हेल्थ की बात कर रहे हैं।

इन दिनों हमारे सामाजिक जीवन में चार बड़ी समस्याएं (जिन्हें बीमारी भी कह सकते हैं) हैं।

अशिक्षा, नशा, अश्लीलता और कुरीतियां (भेदभाव)।

अरण्य कांड के राम हमें समझाते हैं कि इन चार बातों पर लगातार चिंतन करना होगा। समाज इन बीमारियों से मुक्त होना चाहिए।

रामचरित मानस में एक बहुत ही सुंदर दृश्य से तुलसीदासजी ने अरण्य कांड का आरंभ किया है।

राम ने अपने हाथों से फूल चुने और उन फूलों से भांति-भांति के गहने बनाकर स्वयं ही सीताजी का श्रंगार किया।

एक बार चुनि कुसुम सुहाए। निज कर भूषन राम बनाए।।
राचमा- 3/0/2

यह दृश्य देख-सुनकर किसी को भी आश्चर्य हो सकता है कि राम ऐसा भी कर सकते हैं! भगवान ने ऐसा क्यों किया? इसलिए कि वे पहला प्रहार समाज की सबसे बड़ी बुराई, भेदभाव पर करना चाहते थे।

स्त्री-पुरुष का भेद घरों में हो या समाज में, इसे स्वीकारा नहीं जा सकता। समाज में जो स्थान, जितना सम्मान पुरुष का होता है, वही स्थान, उतना ही सम्मान स्त्री को भी मिलना चाहिए। यही सोशल वेलनेस का पहला सूत्र है।

राम ने तो वनवास के दौरान भी सीता को मान देने में कोई कमी नहीं छोड़ी थी। स्वयं अपने हाथों से फूल चुनकर उनका श्रंगार करना स्नेह और नारी सम्मान का प्रतीक है।

यही दृश्य देखकर देवराज इंद्र का पुत्र जयंत भ्रम में पड़ गया था, और भगवान की परीक्षा लेने की ग़लती कर गया।

काग रूप में आया और सीताजी के पैर में चोंच मारकर भाग गया।

सीता चरण चोंच हति भागा। मूढ़ मंदमति कारन कागा।।
राचमा- 3/0/5

वैसे तो वह देवराज का बेटा था, परंतु स्वयं ईश्वर की परीक्षा लेने का अपराध कर बैठा, और दंड का भागी बना। इसीलिए तुलसीदासजी ने उसे मूढ़, मंदमति तक कहा।

राम का मानना था कोई कितना ही बड़ा व्यक्ति हो, किसी भी सत्ता का हिस्सा हो, यदि अपराध किया है, तो उसे दंड मिलना ही चाहिए।

जयंत ने शिक्षा का दुरुपयोग किया। रावण नशे में डूबकर काम-वासना के इतना ग्रसित हो गया कि सीता जैसी शक्ति के हरण का अपराध कर गया।

शूर्पणखा तो थी ही कामुकता और अश्लीलता की खान। अपनी हवस शांत करने के लिए राम जैसे शीलवान पुरुष (साक्षात भगवान) के संयम को चुनौती देने की भूल कर दंड का पात्र बन गई।

ऐसे ही शबरी से मिलकर, उसके जूठे बेर खाकर भगवान ने समाज में छोटे-बड़े, ऊंच-नीच का भेद मिटाने का संदेश दिया था।

जब तक समाज से ये चार बुराइयां समाप्त नहीं हो जातीं, सोशल वेलनेस हमसे दूर ही रहेगी।

*होइहि सोइ जो राम रचि राखा...*

जब हम स्वास्थ्य की बात करते हैं, तो रामचरित मानस की यह पंक्ति प्रेरणा बन जाती है।

*होइहि सोइ जो राम रचि राखा। को करि तर्क बढ़ावै साखा।।*

राचमा- 1/51/4

इसका निहितार्थ है हमें अपने प्रयासों में कोई कमी नहीं छोड़ना है। बाक़ी परिणाम ऊपर वाले के भरोसे छोड़ दिए जाएं। होगा वही, जो ईश्वर चाहेगा।

अरण्य कांड के प्रसंग हममें प्रतिकूल घटनाओं का धैर्य से सामना करने और उनसे निपटने का आत्मविश्वास जगाते हैं। यहीं से राम का वास्तविक वनवास आरंभ हुआ था।

अरण्य का मतलब होता है जंगल। जंगल का जीवन प्रतीक है तप, त्याग और निर्भयता का।

कुछ समय के लिए ही सही, हम सबका जीवन अरण्यमय होना चाहिए।

हमारे कंफ़र्ट जोन का जो भोग-विलास, सुख-सुविधाएं हैं, इसके बीच से तप का मार्ग निकले, यही अरण्य कांड है।

अरण्य कांड में भगवान हमें पांच बातों का संकेत देते हैं।

1. प्रकृति से जुड़ें
2. जड़ वस्तुओं से चेतन जैसा व्यवहार करें
3. किसी को सुनें तो पूरे ध्यान से सुनें

4. अपेक्षा रहित हो जाएं और
5. अकर्ता का भाव रखें।

ये पांच बातें अरण्य कांड के अनुशासन में आती हैं, जो हम सबके जीवन में भी उतरना चाहिए।

आइए, थोड़ा समझने का प्रयास करते हैं कैसे हम इनका पालन कर सकते हैं, क्योंकि ये ही बातें सोशल वेलनेस के लिए औषधि बन जाएंगी।

## प्रकृति से जुड़ें

हम अपनी योग्यता से, अपनी अकल से, अपने परिश्रम से जीवन में जो भी अर्जित करें, परंतु प्रकृति ने अपने आप ही हमें बहुत कुछ दे रखा है। उसके उपकारों को जीवन का अनमोल उपहार समझकर उनसे जुड़े, उनका उपयोग करें।

कभी किसी वृक्ष के नीचे बैठें। कभी तुलसी के पौधे को स्पर्श करें। पौधे लगाएं, वृक्षों का मान करें। जल बचाएं, धरती मां को प्रदूषित होने से बचाएं।

हर मौसम, हर ऋतु को स्वीकार करें, उसका सम्मान करें, आनंद लें। यही सब प्रकृति से जुड़ना और उसका सम्मान करना है।

## जड़ वस्तुओं से चेतन-सा व्यवहार

यह कला सभी को आना चाहिए। चूंकि हम यंत्रवत काम करते हैं तो जड़ वस्तुओं के प्रति बहुत कठोर हो जाते हैं। कई बार चीज़ों को कैसे भी इधर-उधर फेंक देते हैं। यह ठीक नहीं है। हर वस्तु का मान करना सीखिए।

घर के बर्तनों को इस प्रकार उठाएं या रखें जैसे वे प्राणवान हैं। अपना पेन, कपड़े या अन्य कोई भी वस्तु हो, सबके प्रति चेतन-सा व्यवहार करें। यहां तक कि जूते-चप्पल भी ऐसे उतारें जैसे उनमें प्राण हैं।

सुन-पढ़कर थोड़ा अजीब लग सकता है, परंतु यह तय है कि यदि ऐसा करेंगे तो पाएंगे आपके भीतर एक सकारात्मक परिवर्तन हो रहा है।

विचारों की नकारात्मकता समाप्त हो रही है, एक पॉजिटिव एनर्जी का संचार हो रहा है। व्यक्तित्व में निखार आ रहा है। करके देखिए। परिणाम सामने होंगे।

## जब भी किसी को सुनें, पूरे ध्यान से सुनें

यदि बोलना पसंद करते हैं, तो सुनने की भी आदत डालिए। एक अच्छा श्रोता ही श्रेष्ठ वक्ता हो सकता है। इसलिए जब-जिसको-जो भी सुनें, पूरे ध्यान से सुनिए।

जब पति-पत्नी या परिवार के अन्य सदस्य आपस में बात करें तो एक-दूसरे को अच्छे से सुने, उन्हें समझने का प्रयास करें। किसी को आधी-अधूरी बात सुनकर नहीं टालें। ना ही सामने वाले की बात पूरी तरह समझे बिना कोई प्रतिक्रिया दें।

हम लोग सुनने का अभिनय करने में बड़े माहिर हैं। सामने वाले को लगता है ये मेरी बात बहुत ध्यान से, गंभीरता के साथ सुन रहे हैं। पर कई बार ऐसा होता नहीं है।

हम शरीर से तो वहां होते है, पर मन से पता नहीं कहां-कहां भटक रहे होते हैं। बाहर से अभिनय करते हैं, भीतर से ग़ायब हो जाते हैं।

ऐसा कभी मत कीजिए। जिसको जितना अच्छे से सुनेंगे, उसके मन में आपके प्रति उतना ही अधिक सम्मान पैदा होगा। फिर वह भी आपको वैसे ही सुनेगा। आपकी बातों को गंभीरता से लेगा।

## अपेक्षा रहित हो जाएं

जीवन में कभी किसी से कोई अपेक्षा मत कीजिए। अपेक्षा कई बार दुख, निराशा और अशांति का कारण बन जाती है। इसलिए सदैव भाव प्रसन्नता का रखें और जो हो रहा है, उसे होने दें।

## अकर्ता का भाव रखें

कोई भी काम हो, अपने भीतर ऐसा भाव पैदा कर लें जिसमें यह स्वर समाहित हो कि 'कर मैं रहा हूं, करवा कोई और रहा है।' डुइंग है, पर डुअर नहीं है। यही अकर्ता का भाव है।

एक दिन सुबह से यह तय कर लें कि आज जो भी करेंगे, वह हम नहीं कर रहे बल्कि कोई हमसे करवा रहा है। यह किसी भी प्रकार से आलस्य नहीं होगा। यह निष्कामता है।

हमारा सामाजिक जीवन लेन-देन पर टिका होता है। एक-दूसरे के सहयोग के बिना किसी का काम नहीं चल सकता। इसमें चूक मत करिए। यहां चूके तो कई तरह की बीमारियां (समस्याएं) खुद आमंत्रित कर लेंगे।

ये पांच बातें हमारी सोशल हेल्थ को मज़बूत करने के लिए ज़रूरी हैं। यहीं से जीवन में सोशल वेलनेस उतरना शुरू होगी।

अब सौजन्य सम्मान नहीं, अपराध बनता जा रहा है। मुफ़्त की चीज़ों के प्रति सावधान हो जाएं।

पिछले दिनों हमारे सामाजिक और राष्ट्रीय जीवन में लगातार कुछ ऐसी घटनाएं घट रही हैं कि हमें इस अक्ल का उपयोग कर लेना चाहिए कि अब कोई मुफ़्त में कुछ भी दे तो नहीं लेंगे।

जब कोई मुफ़्त में कुछ देता है तो हम समझते हैं तो सौजन्य काम कर रहा है, लेकिन उसके पीछे दबे पांव अपराध आ रहा होता है।

यह घोर लेन-देन का युग है। इसमें रिश्ते-नाते, अपनापन, सब स्वार्थ की भेंट चढ़ते जा रहे हैं। 'मुझे क्या मिलेगा' की भावना के बिना कोई किसी के लिए कुछ नहीं करता। धन कहां से उगाया जाए, वसूला जाए सारी अक्ल इसी में झोंक दी जा रही है।

जिस सुविधा पर आपका अधिकार नहीं हो, जिसे भोगने के लिए आप योग्य नहीं हों, यदि वह तश्तरी में रखकर दी जा रही है तो समझ लीजिए यह एक ग़लत सौदा है। देने वाला एक दिन आपसे इसकी क़ीमत ज़रूर वसूलेगा।

अब तो धार्मिक लोगों के दानखाते भी पुण्य की कमाई के लिए खोले जाते हैं। फिर सामाजिक और राष्ट्रीय जीवन में कोई आपको क्यों कुछ मुफ़्त देगा। इसलिए मुफ़्त की खैरात के प्रति अत्यधिक सावधान रहें, वरना लंबे ठगा जाएंगे।

लोभ अच्छे-अच्छों से बुरे काम करवा जाता है। प्रलोभन पर नियंत्रण रखना अपने आप को भविष्य में सुरक्षित रखने जैसा है। दूसरे द्वारा दी गई सौजन्यता के प्रति बिलकुल उदारता नहीं बरतें, सख़्त हो जाएं। मुफ़्त की भावनाओं को अपने भीतर प्रवाहित नहीं होने दें, वरना जितना मिल रहा है, इससे अधिक की क़ीमत चुकाना पड़ सकती है।

इसलिए अपने आपको आत्मा से जोड़िए। आत्मा का अगला क़दम ही परमात्मा है।

आइए, समाज की चार बीमारियों (अशिक्षा, नशा, अश्लीलता, कुरीतियां) को थोड़ा गहराई से समझते हैं।

## 1. शिक्षा

इस दौर में यह एक रोग है कि शिक्षा के नाम पर समाज को दो भागों में बांट दिया जाए। ग़रीब की शिक्षा-अमीर की शिक्षा को अलग-अलग रूप दे दिया गया। शिक्षित व्यक्ति का सामाजिक और पारिवारिक जीवन आदर्श होना चाहिए।

अरण्य कांड के आरंभ में दो दृश्य एक साथ आए हैं - एक, श्रीराम द्वारा सीता को श्रंगारित करना दूसरा, जयंत द्वारा पैरों में चोंच मारकर उन्हें प्रताड़ित करना।

ये दोनों घटनाएं बताती हैं कि किसी पढ़े - लिखे व्यक्ति का अपना पारिवारिक और सामाजिक जीवन कैसा होना चाहिए, क्योंकि हमें समझना है सोशल वेलनेस को।

### • सीता का शृंगार

श्रीराम के वनवास की घटना को अवधवासियों ने बहुत त्रासदी माना था, लेकिन राम वन्य जीवन को अंतस में जीना चाहते थे। ऋषितुल्य जीवन जीने को ललायित थे। इसलिए आनंदित थे।

नियम यह चला आ रहा था कि प्रतिदिन सीता स्वयं फूल चुनतीं और श्रीराम की सेवा में अर्पित करतीं। लेकिन इस दिन क्रम पलट गया। उस दिन जो लीला राम ने की, सारी प्रकृति चकित हो गई। विलक्षण विभूति का विचित्र आचरण था वह।

राम ने फूल चुने, यहां तक तो ठीक था। इसके आगे जो दृश्य बना, उसे देख-समझकर रामभक्त विस्मय से चकित और प्रसन्नता से पुलकित हो जाते हैं।

सीतहि पहिराए प्रभु सादर। बैठे फटिक सिला पर सुंदर।
(राचमा-/3/0/2)

सुंदर स्फटिक शिला पर बैठे प्रभु ने आदर के साथ वे गहने सीता को पहनाए।

देखकर सीता को भी संकोच हुआ। सोचने लगीं, आज सेवा का क्रम क्यों बदल गया।

पति-पत्नी के बीच दायित्व का बदलाव होते रहना चाहिए। अधिकांश पुरुष यह मानकर चलते हैं कि कुछ सेवाएं स्त्रियों को ही करना है। हम करेंगे तो हमारी पुरुषोचित गरिमा भंग हो जाएगी। यह संकीर्ण सोच का संकेत है।

राम बता रहे हैं तेरा-मेरा, छोटा-बड़ा का यह भेद शिक्षित व्यक्ति को मिटा देना चाहिए। अन्यथा समाज बंट जाएगा, परिवारों में भेद उत्पन्न हो जाएगा। यहां तक कि पति-पत्नी के बीच भी दरार डाल देने का काम कर जाएगी ऐसी शिक्षा। फिर, जीवन में सोशल वेलनेस कैसे आ पाएगी?

हर काम का एक सही समय होता है, हर रिश्ते की एक निश्चित उम्र होती है। इसीलिए कुछ काम समय रहते कर लेना चाहिए। समय निकल जाने पर किया गया काम सही परिणाम नहीं दे सकता।

गृहस्थी में भी कुछ बातों का समय तय होता है। घर-गृहस्थी में एक रिश्ता बहुत महत्त्वपूर्ण होता है पति-पत्नी का। विवाह के फेरों से आरंभ होता है और किसी एक की मृत्यु पर इसका समापन हो जाता है। कई घरों में ऐसा भी हो जाता है कि किन्हीं दूसरे कारणों से भी यह रिश्ता बीच में ही दम तोड़ देता है। तब दो में से किसी एक की मृत्यु के पहले ही पति-पत्नी के रिश्ते की मृत्यु हो जाती है।

कहीं इसे तलाक़ का नाम दे दिया जाता है तो कहीं कुछ और रूप में रिश्ते की इतिश्री मान ली जाती है।

कुछ युगल ऐसे भी होते हैं, जो एक-दूसरे के प्रति असंतोष के चलते किसी सामाजिक या पारिवारिक मजबूरी में घुट-घुटकर जीने लगते हैं, परंतु रिश्ते को तोड़ नहीं पाते।

ऐसे में वे साथ रहकर भी दूर होते हैं। यह स्थिति ठीक नहीं मानी जा सकती। सोशल वेलनेस की दृष्टि से तो बिलकुल नहीं।

पति-पत्नी का रिश्ता गृहस्थी का केंद्र होता है। जब इस रिश्ते में तनाव आने लगे, और इसे टूटने से बचाना चाहें, तो एक-दूसरे की अच्छाइयों को देखने की कोशिश करें। जीवनसाथी में जो भी श्रेष्ठ है, उसे ढूंढ़-ढूंढ़कर निकालें। इसके लिए हमें अपनी पॉजिटिविटी बढ़ाना होगी।

किसी के भीतर अच्छाई देखना आसान काम नहीं है। लेकिन यदि जीवनसाथी की अच्छाइयां निकालने में सफल रहे तो टूटते रिश्ते बच सकते हैं।

एक उम्र के बाद जीवनसाथी की कमियों को नजरअंदाज़ कर सिर्फ़ उसके भीतर की अच्छाइयां, उसके श्रेष्ठ को खोजने का प्रयास करें।

यदि उद्देश्य और दृष्टि सिर्फ़ अच्छाई ढूंढ़ने की है, तो मानकर चलिए, आप जीवन के उत्तरार्द्ध में बैकुंठ का निर्माण कर रहे हैं।

स्वयं फूल चुनकर अपने हाथों से सीता का श्रृंगार कने वाले इस दृश्य से राम हमें समझा गए कि मान रखिए पति-पत्नी के रिश्ते का।

## • जयंत का अपराध

पढ़े-लिखे, प्रतिष्ठित लोग भी भ्रमवश शिक्षा का दुरुपयोग कर अपराध कर जाते हैं। इंद्र का पुत्र जयन्त राम की परीक्षा लेने का अपराध कर गया। परमात्मा के प्रति जिज्ञासा हो तो शिक्षा सार्थक, लेकिन संदेह हो तो अपराध बन जाती है।

जयंत को भ्रम हो गया था कि मैं देवराज की संतान हूं तो कोई भी अपराध कर सकता हूं। लेकिन यहां यह भूल बैठा कि यह अपराध वह संसार की किस शक्ति के प्रति कर रहा है।

जैसे ही जयंत ने सीता के चरणों पर चोंच का प्रहार किया, राम ने घास के तिनके को अभिमंत्रित कर ब्रहास्त्र के रूप में उस पर छोड़ दिया। जयंत घबराकर भागा। आगे-आगे जयंत, पीछे-पीछे राम का ब्रह्मास्त्र।

जयंत भागता फिरा, मदद की गुहार लगाता रहा, परंतु किसी ने उसकी सहायता नहीं की। यहां तक कि पिता इंद्र ने भी उसे राम-विरोधी जानकर शरण देने से इनकार कर दिया।

अंत में नारद मिले। संत का हृदय तो बड़ा कोमल और दयावान होता है। उन्होंने युक्ति बताते हुए कहा - जाओ, जिसके प्रति अपराध किया है, उन्हीं से क्षमा भी मांगो।

जयंत फिर राम के पास गया और अपना अपराध स्वीकार करते हुए क्षमा की याचना की। तब राम ने दंडस्वरूप उसे एक आंख की दृष्टि से वंचित कर छोड़ दिया।

इस दृश्य से राम पूरी मानवता को संदेश देना चाहते थे कि कोई कितने ही बड़े व्यक्ति की संतान हो, समर्थ और अधिकार संपन्न हो, उसे अपराध की स्वतंत्रता नहीं दी जा सकती। जो भी अनुचित कृत्य करेगा, उसे दंड अवश्य दिया जाएगा।

आज भी अपराध करने के बाद समर्थ लोग नीचे धरती की अदालत में भले ही छूट जाएं, पर ऊपर वाले की अदालत में उचित फ़ैसला होकर रहता है।

कितने ही योग्य हों, धनी हों, समर्थ हों, बलवान हों, ख्याति प्राप्त हों, ग़लत काम मत करिएगा। वरना जयंत की तरह एक दिन ऊपर की अदालत में जाना ही पड़ेगा। किए का दंड भोगना ही पड़ेगा।

हमारे शास्त्रों में एक बड़ा अच्छा शब्द आया है – लीला। लीला का अर्थ होता है जो हो रहा है, उसके पीछे भी बहुत कुछ है, जो हम देख नहीं पाते। उसे देखने के लिए गुरु की कृपा, एक विशेष दृष्टि की ज़रूरत होती है।

यह दौर हर दृष्टि से बड़ा चुनौतीभरा है। आप या परिवार के सदस्य बीमार भी होंगे, भयभीत होंगे, स्वास्थ्य जगत की अव्यवस्था के शिकार होंगे। धन की दृष्टि से कमज़ोर हो सकते हैं। जीवन में और भी कई तरह से परेशानियां आ सकती हैं। तो क्या निराशा में डूब जाएंगे। हौसले से टूट जाएंगे?

यहां आवश्यकता होगी धैर्य की, साहस की और तुलसी की इस पंक्ति पर भरोसे की कि –

*होइहि सोइ जो राम रचि राखा...*

ऐसे समय यह चौपाई आपके लिए मंत्र बन जाएगी। जीवन में कई बार भगवान परीक्षा लेते हैं। आप देते रहिए।

पूरी ईमानदारी, साफ़ नीयत और स्वच्छ भावनाओं से अपने काम करते रहिए। परिणाम ईश्वर की मर्ज़ी पर छोड़ दीजिए। होगा वही, जो वह चाहेगा।

जीवन में जब भी विपरीत समय आए, भरोसा उस पर रखिए। मनुष्य जीवन मिला है तो समस्याएं तो आएंगी ही। यदि ईश्वर के प्रति भरोसा मज़बूत है, तो उसका समाधान भी वे ही देंगे।

भयभीत नहीं हों, किसी समस्या, किसी बीमारी को हावी नहीं होने दें। भय भी अपने आप में एक बीमारी है। अच्छे-भले लोगों को कमज़ोर कर देता है। कोई बीमारी नहीं हो, तो भी बीमार-से हो जाते हैं।

एक नेताजी कुछ लोगों को साथ लेकर पागलखाने में निरीक्षण करने गए। देखा एक कोठरी में बहुत मोटा, बड़ी तोंद वाला क़ैदी खड़ा था। साथ के लोगों ने उस भयंकर दिखने वाले आदमी से ठिठोली शुरू कर दी। नेताजी ने बैरक में हाथ डाल उसकी तोंद पर अंगुली लगा दी।

वह विशालकाय क़ैदी आवेश में आ गया और पैरों में डली जंजीर तोड़कर लोहे की सलाखें तोड़ने लगा। यह देख नेताजी भागने लगे। पागल क़ैदी भी बाहर आ गया। आगे-आगे नेता, पीछे-पीछे क़ैदी।

भागते-भागते सामने खाई आ गई। नेताजी को लगा अब तो गए काम से। या तो इस खाई में गिर जाऊंगा या यह पागल मार डालेगा।

हनुमानजी के भक्त थे तो हनुमान चालीसा पढ़ने लगे। इतने में पागल पास आ गया। नेताजी को लगा अब या तो यह मेरा गला दबा देगा या धक्का देकर खाई में गिरा देगा।

पागल क़ैदी पास आया, अपनी अंगुली उठाई, और नेताजी के पेट पर लगाकर वापस भाग गया।

कई लोगों के साथ बीमारियां ऐसा ही कर रही होंगी। अकारण ही भय सताने लगता है। इस भय को भगाकर ज़िंदगी के प्रति उत्साह और होश पैदा कीजिए।

जिसने भी जन्म लिया है, उसे एक दिन जाना भी है। फिर किस बात का भय?

आज समाज में शिक्षित व्यक्ति ज़्यादा डरा हुआ है। अरण्य कांड यही सिखाता है कि थोड़ा निर्भय हो जाएं। सोशल वेलनेस का एक तरीक़ा यह भी है।

यहां प्रश्न उठता है कि निर्भय कैसे हुआ जाए? चार बातों को ठीक से समझ लेंगे तो जीवन में निर्भयता उतर आएगी।

पहली, मन को विचारशून्य कर दें। दूसरी, बुद्धि को अतर्क में ले आएं। तीसरी, चित्त को शुद्ध करें। और चौथी बात, शरीर को संयमित रखें।

इन चार बातों को अच्छे से समझकर जीवन में उतार लीजिए, निर्भयता आ जाएगी।

## • सीता ने समझाया

जब पहाड़ पर चढ़ना हो तो शरीर को थोड़ा आगे की ओर झुकाना पड़ता है। ऐसा करने से थकान कम होती है। बीमारी का दौर भी चट्टान की तरह आता है। इससे निपटना हो तो थोड़ा झुक जाएं। यानी नियमित और व्यवस्थित हो जाएं।

जीवन का पहाड़ चढ़ने के लिए थोड़ा झुककर, विनम्र होकर, ख़ामोश होकर, समझ और धैर्य के साथ चलना होगा।

चलिए, अरण्य कांड के राम और सीता से सीखते हैं धैर्य और समझ क्या होती है।

एक बड़ा अच्छा प्रसंग आया है अरण्य कांड में। सुतीक्ष्ण ऋषि से मिलने के बाद अगस्त्य के आश्रम में जाते हुए मार्ग में सीता ने श्रीराम से कहा - मैं कुछ उपदेश देना चाहती हूं। यह सुनकर लक्ष्मण भी चौंक गए। राम ने कहा - ठीक है, कहिए।

सीता ने श्रीराम से कहा- आपने कामजनित व्यसन तो छोड़ दिया। आपमें भोग-विलास भी नहीं है। आपके भीतर संयम है, लेकिन एक अधर्म आपसे अवश्य हो रहा है।

जब मनुष्य के जीवन में काम उतरता है तो उससे तीन व्यसन पैदा होते हैं। पहला, वह मिथ्या भाषण करने लगता है। दूसरा, परस्त्री गमन करता है। और तीसरा, वह दूसरों से क्रूरता करता है।

मैं जानती हूं आप कभी मिथ्या भाषण नहीं करते। यह भी जानती हूं कि आप कभी कामजनित होकर परस्त्री गमन भी नहीं करेंगे। लेकिन, एक क्रूर आचरण आपसे हो रहा है। आप इन जंगली जीव-जंतुओं का शिकार क्यों करते हैं?

हम लोगों को देश धर्म का आदर करना चाहिए। अहिंसामय आचरण का पालन करना ही हमारा कर्तव्य और धर्म भी है।

व्याविद्धमिदमस्मा भिर्देश धर्मस्तु पूज्यताम

वारा- 3/9/27

सीता के मुख से उपदेश सुन राम को अच्छा लगा। वे बोले - हम क्षत्रिय हैं। शस्त्र हमारा आभूषण है। आप किस क्रूरता की बात कर रही हैं?

सीता एक कथा का उदाहरण देते हुए कहती हैं-

एक मुनि बहुत तपस्वी थे। उनकी तपस्या देखकर इंद्र को चिंता हुई कि कहीं ये मेरा आसन तो नहीं लेना चाहते।

इंद्र ने प्रकट होकर मुनि से कहा- आपकी तपस्या से मैं प्रसन्न हूं। अब तप करना छोड़ दें। आप जो चाहते हैं, मैं दे दूंगा।

मुनि ने कहा- मुझे आपसे कुछ नहीं चाहिए। मैं तपस्या नहीं छोड़ सकता। तप मेरी मस्ती है और मैं यह मस्ती करता रहूंगा।

इंद्र को लगा यदि इसने तपस्या बंद नहीं की तो हो सकता है कि ये मेरी सत्ता ही ले ले। उन मुनि को भेंट में एक तलवार देते हुए कहा- इसे अपने पास रखिएगा। जब समय आएगा तो मैं इसे वापस ले लूंगा।

सिद्ध संत थे। इंद्र की दी हुई तलवार अपने पास रखने लगे। धीरे-धीरे तलवार ने प्रभाव दिखाना शुरू कर दिया। मुनि के मन में हिंसा उतर आई। कभी-कभी तो किसी को मार देने की इच्छा होने लगती।

इस उदाहरण के माध्यम से सीताजी कहती हैं, जड़ वस्तुएं भी अपना प्रभाव रखती हैं। आपके शस्त्र अकारण आपसे हिंसा करवाते हैं।

यहां सीता ने राम को जंगली जीवों का शिकार करने से रोका था। सीता ने पूछा- आपको मेरे उपदेश से बुरा तो नहीं लगा?

इस पर राम ने कहा था- अपने लोग सदैव ही हित में उपदेश देते हैं। फिर बुरा किस बात का?

मम स्नेहाश्च सौहार्दादिदमुक्तं त्वया वचः।
परितुष्टोअस्म्यहं सीते न हनिष्टोअनुशास्यते।।

वारा- 3/10/20

सीते, तुमने स्नेह और सौहार्दवश मुझसे जो बातें की हैं, इससे मैं बहुत संतुष्ट हूं। क्योंकि जो अपना प्रिय नहीं हो, उसे कोई हितकर उपदेश नहीं देता।

मैं तुम्हारा मान करता हूं। तुमने बहुत अच्छी बात कही। लेकिन, मेरा भी उत्तर सुन लो।

मैं एक क्षत्रिय हूं। मैं ये शस्त्र इसलिए नहीं छोड़ सकता, क्योंकि मैंने शपथ ली है कि इस धरती की रक्षा करूंगा और राक्षसों से ऋषि-मुनियों

को बचाऊंगा। इसलिए यह सब तो मुझे करना ही है। लेकिन, इतना अवश्य कहता हूं कि अब इन जीवों का वध नहीं करूंगा।

सोशल हेल्थ का मतलब ही यह है कि अपने विचार, अपनी नीति लागू करने का अधिकार सबको होना चाहिए। सीता ने भी राम को ज्ञान दिया था।

## 2. नशा (अपराध)

इस समय हमारे समाज में एक बहुत बड़ी बीमारी है नशावृत्ति। शराब, सिगरेट, तंबाकू, अफ़ीम, भांग, चरस। ये सब नशे के रूप हैं।

एक सर्वे रिपोर्ट के अनुसार दुनियाभर में एक अरब स्मोकर्स हैं। भारत का स्थान उसमें सातवां है। यहां लोगों ने इसे बुराई नहीं, फ़ैशन मान लिया है।

शराब का दुनिया में दूसरा सबसे बड़ा उपभोगी है भारत। पहला स्थान चीन का है। फिर भी हमारा दावा विश्वगुरु बनने का है। अच्छी बात है, लेकिन इस आंकड़े पर भी ध्यान दिया जाना चाहिए।

दुनिया में शराब पीकर हंगामा करता हुआ हर पांचवां व्यक्ति भारतीय होता है। देश में बड़ी संख्या में लोग पियक्कड़ हो चुके हैं। इस आंकड़े में लगातार बढ़ोतरी होती जा रही है। अब तो यहां स्त्रियां भी धड़ल्ले से नशा कर रही हैं।

मनोवैज्ञानिकों का मानना है महिलाएं ऐसा पुरुष जैसा होने के लिए करती हैं। वहीं पुरुष बेसुध होकर शक्तिशाली दिखाने के लिए नशा कर रहे हैं।

सोशल वेलनेस बनाए रखने के लिए समाज को नशे से बचना होगा। अरण्य कांड के आगे के प्रसंग हमें समझाएंगे क्यों और कैसे बचा जाए इस नशावृत्ति से।

### ● चिंतन-चर्चा

जीवन में यदि नशा ही करना हो तो और भी बहुत-सी चीज़ें हैं इसके लिए। एक नशा चिंतन और चर्चा का भी हो सकता है। अच्छे लोगों में बैठें, उनसे सत्संग करें, अच्छे विचार जीवन में उतारें।

राम-सीता-लक्ष्मण अगस्त्य मुनि के आश्रम में पहुंचे। जब सारे ऋषि-मुनि राक्षसों के आतंक से पलायन कर गए थे, तब अगस्त्य मुनि निर्भय होकर यहीं रहे।

राम के हृदय में अगस्त्य मुनि के प्रति विशेष भाव था। राम ने इनसे अपने जीवन और अभियान का सबसे महत्त्वपूर्ण प्रश्न पूछते हुए कहा था -

अब सो मंत्र देहु प्रभु मोही। जेहि प्रकार मारौं मुनिद्रोही।
राचमा- 3/12/2)

अब आप मुझे वही सलाह दीजिए कि किस प्रकार मैं मुनियों के द्रोही राक्षसों को मारूं।

नशा राक्षसवृत्ति का प्रिय शगल है। यह मनुष्यता को असुर वृत्ति में रूपांतरित कर देता है।

अगस्त्य ऋषि राम को एक दिव्य धनुष, श्रेष्ठ बाण, दो तरकस, एक म्यान-तलवार देते हैं। सुपात्र के हाथों शस्त्र देना ही चाहिए।

अगस्त्य मुनि राम को पंचवटी में निवास की सलाह देते समय यह भी ध्यान रखते हैं कि सीता को वहां अच्छा लगेगा।

जटायु से भेंट कर राम पंचवटी पहुंचे। दस वर्ष बिताते हुए अनेक आश्रम देखे थे, परंतु अब यहीं कुटिया बनाकर रहने का मन बना लिया। राम ने लक्ष्मण से कई प्रकार से भक्तियोग पर चर्चा की।

ऐहि बिधि गए कछुक दिन बीती। कहत बिराग ज्ञान गुन नीति।।
राचमा- 3/16/1

इस प्रकार वैराग्य, ज्ञान, गुण, ज्ञान और नीति की बातें करते हुए कुछ दिन बीत गए।

इन पंक्तियों पर ध्यान देना चाहिए। श्रीराम, सीता और लक्ष्मण आपस में बातचीत करते हैं। लक्ष्मण प्रश्न पूछ रहे हैं, राम उत्तर देकर उन्हें हर प्रकार से संतुष्ट कर रहे हैं।

आज हमारे घर का वातावरण बिलकुल ऐसा ही होना चाहिए। बड़े-बूढ़ों के साथ बच्चे बैठें। जब तीन पीढ़ियां एक साथ बैठती हैं तो पूरी प्रकृति प्रसन्न होकर कृपा बरसाने लगती है।

कोई सत्संग सुनें, कोई रचनात्मक काम करें। परिवार में कोई उदास हो तो उसकी उदासी का कारण जान उसे दूर करने का प्रयास करें। ऐसी गतिविधियां गृहस्थी को कलह और उपद्रव से बचाती हैं।

राम, लक्ष्मण और सीता में जो चर्चा होती थी, उसका आधार वैराग्य, ज्ञान, गुण और नीति था। परिवार में आपसी संवाद में जब ये चार बातें शामिल हों तो फिर कलह की कोई गुंजाइश नहीं रहती।

घरों में या समाज में सदस्य जब आपस में चर्चा करें, तो उसका आधार वैराग्य होना चाहिए। वैराग्य का मतलब यह नहीं कि सबकुछ छोड़कर वन में चले जाएं।

वैराग्य का अर्थ होता है जो भी हमारे पास है, उसका उपभोग सही ढंग से किया जाए। वस्तुओं के सदुपयोग का विवेक वैराग्य है।

आज लोगों में नशे की लत और उसके दुष्परिणामों का एक कारण यह भी है कि परिवार में ज्ञान, गुण, नीति और वैराग्य की बातें नहीं होतीं।

ज्ञान से आशय है कुछ अच्छी बातें, अच्छे संदेश बच्चों व जीवनसाथी को दिए जाएं। बच्चों को अपने कुल के रीति-रिवाज, संस्कारों से परिचित अवश्य करवाते रहें। इससे उनके भीतर सामाजिकता की भावना का विकास होगा। यह भी एक प्रकार की सोशल वेलनेस होगी।

परिवारों में सद्गुण कैसे बढ़ें, संस्कार कैसे उतरें, इसके लिए उनसे जुड़े कोई प्रसंग, कोई दृश्य बच्चों को बताते रहें।

हर परिवार, समाज और कुल की अपनी नीतियां होती हैं। यहां नीतियों से मतलब है रीति-रिवाज, परंपराएं। परिवार के बड़े-बूढ़ों का दायित्व बनता है कि घर के बाक़ी सदस्यों को अपनी नीति-रीतियों से परिचित करवाते रहें।

ये बातें सुनने में सामान्य लगती हैं, परंतु सीधे-सीधे हमारी सोशल वेलनेस को प्रभावित करती हैं। जितना इनको समझेंगे, जीवन में उतारेंगे, सामाजिक स्वास्थ्य की दृष्टि से उतने ही अधिक समृद्ध और शांत रहेंगे।

वैराग्य, ज्ञान, गुण और नीतिगत वार्तालाप के साथ राम-लक्ष्मण-सीता के वन में दिन बीत रहे थे। ऐसी ही चर्चा के दौरान लक्ष्मण ने श्रीराम से प्रश्न पूछा था कि माया क्या होती है? यहां राम ने माया की बड़ी सुंदर व्याख्या की है।

हमारे शरीर में दस इंद्रियां हैं। पांच कर्मेन्द्रियां, पांच ज्ञानेंद्रियां। पांचों ज्ञानेंद्रियों के अपने-अपने विषय हैं। जैसे आंख का विषय है दृश्य, नाक का गंध, कान का श्रवण, जिह्वा का रस और त्वचा का विषय स्पर्श है।

ये विषय जहां तक आपको ले जाएंगे, वहां तक माया ही माया है। माया के चक्कर में व्यक्ति अशांत हो जाता है। इसलिए इसे समझकर चलना होगा।

एक राजा को ठीक से नींद नहीं आती थी। किसी ने बताया कि मालिश से अच्छी नींद आ जाती है, तो उसने एक मालिश वाला रख लिया। मालिश करने वाला ख़ासा हृष्ट-पुष्ट था। जब भी राजा की मालिश करने लगता, मालिश करते-करते खुद ही सो जाता था।

एक दिन राजा ने उससे कहा- भाई, तुम मालिश कर मुझे सुलाने आते हो, लेकिन मैं तो जागता रहता हूं और तुम बड़ी मस्ती से सो जाते हो। तुम्हें कोई फ़र्क़ भी नहीं पड़ता। तुम्हें नींद कैसे आ जाती है? मालिश करने वाला बोला- क्या करूं महाराज, आपकी मालिश करते हुए थक जाता हूं और मुझे नींद आ जाती है।

यह बात राजा ने अपने मंत्री को बताते हुए कहा मालिश के बाद नींद तो मुझे आना चाहिए, लेकिन समझ नहीं आता कि यह खुद कैसे सो जाता है। मंत्री ने कहा- महाराज, कल देखते हैं, वह कैसे सोता है। अगले दिन शाम को मंत्री ने मालिश वाले की झोपड़ी में सोने के सिक्कों से भरी एक थैली रख दी। उसमें 99 सिक्के थे।

मालिश वाले ने थैली देखी तो सोच में पड़ गया। फिर सिक्के गिनने लगा। थैली में 99 सिक्के निकले। उसने सोचा एक और होता तो पूरे 100 सिक्के हो जाते। सोचने लगा यह थैली आई कहां से और ये सिक्के किसने डाले होंगे। सोचते-सोचते ही रात बीत गई। मालिश वाले को नींद नहीं आई।

अगले दिन जब राजा की मालिश करने पहुंचा तो थका हुआ था, क्योंकि नींद पूरी नहीं हो पाई थी। राजा ने कहा- आज तेरे हाथों में वह ताक़त नहीं है। तू कुछ उलझा-उलझा, बैचेन-सा दिख रहा है। क्या बात है?

मालिश वाला सीधा-सादा आदमी था तो राजा को थैली और सिक्कों के बारे में सब सही-सही बता दिया।

बोला- मैं सोचता रहा कि एक सिक्का और होता तो पूरे 100 हो जाते। इस चक्कर में रातभर सो नहीं सका। इसीलिए अब भी थका हुआ हूं।

राजा समझ गया, यह ज़रूर माया का चक्कर है। मंत्री ने 99 के फेर में डाला और इसकी नींद उड़ गई। यही माया है।

## • चालाक-चंचल शूर्पणखा

राम-सीता-लक्ष्मण तीनों आपस में सत्संग करते, शांति से रहते, और इसी तरह दिन बीते जा रहे थे।

पंचवटी में लक्ष्मण द्वारा बहुत ही रमणीय पर्णशाला का निर्माण किया गया। श्रीराम ने यह देखकर लक्ष्मण को हर्ष के साथ अपनी बांहों में भरते हुए कहा था -

भावज्ञेन कृतज्ञेन धर्मज्ञेन च लक्ष्मण।
त्वया पुत्रेण धर्मात्मा न संवृतः पिता मम।।

वारा- 3/15/29

लक्ष्मण, तुम मेरे मनोभावों को तत्काल समझ लेने वाले, कृतज्ञ और धर्मज्ञ हो। तुम जैसे पुत्र के कारण मेरे धर्मात्मा पिता अभी मरे नहीं हैं। तुम्हारे रूप में वे अब भी जीवित ही हैं।

बहुत बड़ी और गहरी बात यहां श्रीराम ने लक्ष्मण के लिए कही थी। यह पारिवारिक संबंधों की गहराई और समझ का मामला है।

फिर, एक दिन ऐसा मोड़ आया कि जीवन की गति बदल-सी गई। उस मोड़ पर खड़ी थी रावण की बहन शूर्पणखा। चालाक तो थी ही, चंचल-कुटिल स्वभाव की होने के साथ काम-रोग से ग्रस्त भी थी।

रावण ने शूर्पणखा को भोग-विलास के लिए दंडकारण्य में छोड़ रखा था। यही राक्षसवृत्ति है। वह पहुंच गई पंचवटी।

नयनाभिराम राम का रूप उस दुष्ट नारी के लिए नशा बन गया। अपनी कामेच्छा की पूर्ति के लिए राम को पाना चाहती थी और उसके इस दुष्विचार में रुकावट लगी सीता।

उसने आक्रमण किया सीता पर। राम ने आदेश दिया लक्ष्मण को।

सीता और शूर्पणखा के बीच आ गए लक्ष्मण।

> लछिमन अति लाघवँ सो नाक कान बिनु कीन्हि।
> ताके कर रावन कहँ मनौ चुनौती दीन्हि।।
>
> (राचमा/3/दोहा 17)

लक्ष्मण ने बड़ी फुर्ती के साथ उसे बिना नाक-कान की कर दिया। मानो उसके हाथ रावण को चुनौती दी हो।

नशा किसी भी चीज़ का हो, बुरा ही होता है। शूर्पणखा पर काम का नशा छाया हुआ था। उसके कटे हुए नाक-कान में नशा करने वाले अपना परिणाम देख सकते हैं।

शूर्पणखा राम के सामने वेश बदलकर आई थी। अपने आप को सुंदर बनाकर अश्लीलता की सीमा लांघते हुए। उसने राम से कहा था इस संसार में मेरे समान सुंदर अन्य कोई नारी नहीं है, और ना ही तुम्हारे समान कोई पुरुष है। लगता है हम दोनों को एक-दूसरे के लिए ही बनाया गया है।

शूर्पणखा विधवा थी। उसका पति था विद्युतजिह्व, जो रावण के हाथों मारा गया था। फिर भी असत्य का सहारा लेकर राम से कह रही थी कि मैं कुंवारी हूं।

रावण ने शूर्पणखा को जंगल में बहुत अधिकार दे रखे थे। भोग-विलास के लिए पूरी तरह स्वच्छंद थी वह। यही कारण था कि राम और लक्ष्मण जैसे शीलवान पुरुषों से भी भोग की बातें कर रही थी वह।

राम और लक्ष्मण की असहमति व अरुचि के बाद शूर्पणखा ने अपना विकराल रूप दिखाया और सीता को खाने दौड़ी। तब राम के इशारे पर लक्ष्मण ने उसके नाक-कान काट दिए।

कटे नाक-कान लेकर वह अपने भाई खर-दूषण और त्रिशिरा के पास गई। एक-एक कर तीनों राम से प्रतिशोध लेने पहुंचे। युद्ध हुआ और राम ने तीनों का वध कर दिया। अकंपन नाम का राक्षस बचकर भागता हुआ रावण के पास पहुंचा और सारे घटनाक्रम की सूचना दी।

जब मनुष्य कोई ऐसे काम करता है, जो उसकी मर्यादा के बाहर हों, तो टिप्पणी की जाती है कि वह तो पशु हो गया। कई बार ऐसा देखने में आता है।

ख़ासतौर पर जब अपराध करने पर उतर आए तो मनुष्य पशु जैसा या उससे भी निकृष्ट व्यवहार करने लगता है।

मनुष्य और पशु में क्या अंतर है? वैसे सामान्य रूप से देखा जाए तो दोनों के बीच सबसे बड़ा अंतर मज़बूरी का होता है। पशु मज़बूर होता है, मनुष्य अपने पुरुषार्थ से स्वयं की इच्छा का जीवन जी सकता है। पशु के पास अंतःकरण की जानकारी नहीं होती, मनुष्य इसकी जानकारी रख सकता है।

हम मनुष्य तीन चीज़ों से बने हैं- शरीर, मन और आत्मा। हमारे भीतर एक अंतःकरण है, जिसमें चार बातें हैं - मन, बुद्धि, चित्त और अहंकार।

जो मनुष्य इन चार बातों को ठीक से नहीं जान पाया, उसके लिए कहा जा सकता है कि वह भी पशु के ही समान है।

मृत्यु शाश्वत सत्य है। एक न एक दिन पशु की भी होना है और मनुष्य की भी। मनुष्य अपनी बुद्धि से जीवन को अलग रूप दे सकता है।

शास्त्रों में पशु को तिर्यक कहा है। इसका अर्थ होता है पशुओं का शरीर धरती के समानांतर होता है। यदि कोई पशु ज़मीन पर है, तो उसके शरीर में सिर, हृदय, पेट और इंद्रियां एक सीध में रहेंगी। मनुष्यों में इनका क्रम लंबा और ऊपर से नीचे होता है।

पशु में चूंकि यह समानांतर होता है, तो इसका यह अर्थ लिया जा सकता है कि पशु में इन सबका मूल्य एक जैसा है। उसके लिए सिर, हृदय, पेट और इंद्रियां कोई अंतर नहीं रखतीं। वह सबका एक ही उपयोग करता है। लेकिन मनुष्य में क्रम ऊपर से नीचे है।

सबसे पहले आता है सिर यानी बुद्धि। तो बुद्धि की प्रधानता होगी। वह श्रेष्ठ रहेगी। उसके नीचे हृदय, जहां संवेदनाएं होना चाहिए। बुद्धि और संवेदनाएं एक-दूसरे से नियंत्रित रहें, संतुलित रहें।

इसके बाद पेट, जिसमें कामनाएं हैं। मनुष्य की कामनाएं कभी तृप्त नहीं होतीं। पेट आज भरता है, कल फिर मांगता है।

उसके बाद का क्रम है इंद्रियां, जिनके पास भोग-विलास है। मनुष्य के लिए ये क्रमवार है, लेकिन पशु इन सबका एक जैसा उपयोग करता है।

मनुष्य यदि अपने अंतःकरण के प्रति जागरूक है, तो वह अपनी इंद्रियों, अंगों का सही उपयोग करेगा। नशा ना सिर्फ़ मनुष्य को आसुरी वृत्ति में धकेलता है, बल्कि पशुतुल्य भी बना देता है।

आज समाज में यह बीमारी देखी जा सकती है कि मनुष्य होकर भी लोग पशु जैसा व्यवहार कर रहे हैं।

## 3. अश्लीलता

हमारे भारतीय समाज ने कभी कल्पना भी नहीं की होगी कि तकनीकी का एक भाग हमारे जीवन में अश्लीलता नाम की एक प्रकार से लाइलाज बीमारी फैला देगा।

कम्प्यूटर और मोबाइल से निकले इस ज़हर ने नई पीढ़ी को पूरी तरह अपनी जद में ले लिया है। 20 करोड़ से अधिक अश्लील वीडियोज अपलोड हैं सोशल मीडिया पर।

हमारे 8–10 साल के बच्चों को वह सब बता दिया इन गजेट्स ने, जो पुरानी पीढ़ी को 20–21 की उम्र में भी मालूम नहीं होता था।

इस अश्लीलता का जनक है रावण और शूर्पणखा। सभ्य समाज के दुश्मन थे ये दोनों। आज अश्लीलता सोशल हेल्थ की दुश्मन है।

राम अकेले लड़े थे खर–दूषण और त्रिशिरा जैसे राक्षसों से। यहां राम का 'अकेले' लड़ना बड़ा प्रतीकात्मक है।

अश्लीलता जैसी बुराई से अकेले ही युद्ध करना होगा। यानी एकांत साधकर ही इस बीमारी से बचा जा सकेगा।

अश्लीलता का विस्तार और विकृत रूप है देह व्यापार। नशे और अश्लीलता की वृत्ति ने समाज की माता–बहनों को असुरक्षित तो कहीं मज़बूर–सा कर दिया है।

हम उस भारतीय समाज में जी रहे हैं, जहां हज़ारों महिलाएं देह व्यापार में लगी हुई हैं। सोशल वेलनेस की दृष्टि से यह समूचे समाज पर एक बदनुमा दाग़ है। लाइलाज बीमारी है।

### • अकंपन-शूर्पणखा-मारीच

खर–दूषण आदि राक्षस राम के हाथों मारे जा चुके थे। एक गुप्तचर बचा था अकंपन। भागता हुआ पहुंचा रावण के पास। उसका काम था जानकारी देना, परंतु रावण को एक कुटिल सलाह भी दे गया।

बोला- राम-लक्ष्मण को जीतना कठिन है। एक बात उन्हें कमज़ोर कर सकती है। उनके साथ जो सुंदर स्त्री है, उसका हरण कर लिया जाए।

'सुंदर स्त्री' शब्द ही रावण की काम-उत्तेजना का उत्प्रेरक रहा था। उसके मन-मस्तिष्क में उथल-पुथल मच गई। हालांकि अकंपन ने अधर्म के अंत का बीज बो दिया था। सुनकर रावण का चिंतन अश्लील हो चुका था।

हठधर्मी तो वह था ही, 'सुंदर स्त्री' शब्द सुनते ही कामपीड़ित भी हो गया। सीधा पहुंचा मामा मारीच के पास।

वही मारीच, जिसे ताड़का वध के समय राम ने बिना फर का बाण मारकर सौ योजन दूर फेंक दिया था। रामबाण के प्रभाव से उसके भीतर भक्ति जाग गई थी।

वह राम का त्रस्त भक्त था। इसीलिए रावण ने उसे अपना विश्वस्त माना और उस 'सुंदर स्त्री' के हरण की योजना में साथ देने का प्रस्ताव रख दिया।

रावण के मुंह से सीता-हरण का प्रस्ताव सुन मारीच बोला- महाराज, जिस किसी ने आपको यह सलाह दी है, अवश्य ही वह आपके प्राण और लंका के अमन का शत्रु होगा।

आप ऐसा जो भी विचार कर रहे हैं, उसे त्याग दीजिए। उसके परिणाम को मैं समझ सकता हूं। आपने राम के नाम को सुना है, मैंने राम के बाण को भुगता है।

यहां मारीच बहुत प्रभावशाली ढंग से बोला था। सुनकर रावण महल में लौट गया, लेकिन पतन मार्ग पर आगे बढ़ता गया।

रावण जैसे दुराचारी का पतन निश्चित हो चुका था। उसका विनाश-काल निकट था, इसीलिए बुद्धि भ्रष्ट होती जा रहा थी। वह कुछ और चाह रहा था, विधाता को कुछ और मंजूर था।

*होइहि सोइ जो राम रचि राखा...*

रावण की हठधर्मिता कुछ भी चाह ले, होना वही था जो विधाता ने पहले ही तय कर रखा था।

रावण बड़ा बेचैन था। उसी समय उसके महल में शूर्पणखा पहुंच गई। अपने वाक्चातुर्य से उसने रावणरूपी सत्ता को उकसाने में कोई कसर नहीं छोड़ी।

कहती है एक बहुत सुंदर स्त्री मैं तुम्हारे लिए ला रही थी। लेकिन उसके साथ के दो युवकों ने मेरा यह हाल कर दिया।

रावण शब्दनिपुण शूर्पणखा के प्रभाव में आ चुका था। वासना का उपासक विषय-भोगी एकदम से उठ खड़ा हुआ।

फिर मारीच के पास पहुंचा। लेकिन इस बार विनम्रता के अभिनय के साथ। झुककर अभिवादन किया। मारीच ने मन ही मन सोचा।

नवनि नीच कै अति दुखदाई। जिमि अंकुस धनु उरग बिलाई।
भय दायक खल कै प्रिय बानी। जिमि अकाल के कुसुम भवानी।।
(राचम- 3/23/4)

नीच का झुकना भी अत्यंत दुखदायी होता है। जिस प्रकार कि अंकुश, धनुष, सांप और बिल्ली का झुकना। इसी प्रकार दुष्ट की मीठी वाणी भी भय देने वाली होती है, जैसे बिना ऋतु के फल।

रावण कई प्रकार से मारीच को मनाने का प्रयास करता है। जब मारीच बार-बार समझाने का प्रयत्न करते हुए सीताहरण का विचार छोड़ देने को कहता है, तब रावण धमकी देते हुए कहता है- लगता है तुम लंकेश के आदेश की अवहेलना का परिणाम नहीं जानते।

मुझे अधिक तर्क सुनने की आदत नहीं है। अब या तो सीताहरण की योजना में मेरा साथ दो, या फिर मरने के लिए तैयार हो जाओ।

मारीच अंतिम प्रयास करते हुए कहता है- सीता का अपहरण धर्म का अपहरण होगा। लेकिन, अकंपन और शूर्पणखा रावण के कानों में अश्लीलता और वासना का ऐसा मिश्रण उड़ेल चुके थे कि अब वह स्वयं के हित-अहित की बातें भी नहीं सुन पा रहा था।

मारीच ने जब समझाया तो रावण उल्टा वाक्य प्रहार करते हुए कहता है- मैं राजा हूं। मुझे समझाने का प्रयास मत करो। राजा सम्मान का भूखा होता है। उसकी बात का खंडन नहीं किया जाए।

तस्मात् सावमंर्द तु यद्वाक्य मान्या: पूज्याश्चव नित्यदा।।
वारा- 3/40/14

सभी अवस्था में सदा ही राजा का पूजन और सम्मान करना चाहिए।

रावण इतना मोह और कामग्रस्त था कि सीताहरण के लिए मारीच को एक बहुत बड़ा आश्चर्यजनक प्रस्ताव दे डाला।

राज्यस्यार्ध प्रदास्यामि मारीच तव सुव्रत।।

वारा- 3/40/23

रावण कहता है मारीच, इस कार्य को पूर्ण करो। मैं तुम्हें अपना आधा राज्य दे दूंगा।

मारीच समझ गया, अब मृत्यु निश्चित है। रावण का प्रस्ताव स्वीकार नहीं किया तो इसके हाथों मरना है, और मान लिया तो राम के बाणों से नहीं बच पाऊंगा।

फिर विचार किया कि इस दुष्ट के हाथ मरने से तो अच्छा है कि स्वयं भगवान के हाथों मारा जाऊं।

अपनी मृत्यु तय समझ मारीच ने रावण की बात मान ली और स्वर्ण मृग बनकर सीता के सामने जा पहुंचा।

यहां एक महत्त्वपूर्ण सूत्र हमें मारीच भी दे गया कि कैसे हम अपनी मृत्यु को भी आनंदमय बना सकते हैं।

सीता ने देखा तो समझ नहीं पाई कोई मायावी मृग भी इतना सुंदर हो सकता है। राम से आग्रह किया- हे रघुवीर, मुझे इसकी खाल ला दीजिए।

सत्यसंध प्रभु बधि करि एही। आनहु चर्म कहति बैदेही।।

राचमा- 3/26/3

राम मायावी मृग के पीछे दौड़ते हुए वन की गहराई में चले गए। फिर एक पल ऐसा भी आया कि मृग कहीं छुप गया और राम थककर एक वृक्ष के नीचे बैठ गए।

यहां हमारे लिए सूत्र की बात यह है कि मायावी मृग रूपी दुर्गुण भक्ति को तो ठग ही लेता है, स्वयं परमात्मा को भी थका देता है। अपने भक्तों का हित करने के लिए भगवान थक गए।

दुर्गुण ऐसा ही करते हैं। भक्तिरूपी सीता को ठगा और भगवान राम को थका दिया।

### • शक्ति, भक्ति और शांति का अपहरण

रावण साधु बनकर पहुंचा, सीताजी ने साधु वेश का मान किया, और शक्ति का अपहरण हो गया।

संत पुरुष का सम्मान हमारे देश की संस्कृति है। यहां तब भी साधु वेश का बहुत मान होता था, आज भी ख़ूब होता है।

तुलसीदासजी को रावण की यह हरकत अच्छी नहीं लगी थी। उन्होंने लिखा था –

जाकें डर सुर असुर डेराहीं। निसि न नीद दिन अन्न न खाहीं।
सो दससीस स्वान की नाइ। इत उत चितइ चला भड़िहाइ।।
(राचमा/3/27/4)

जिस रावण से देवता और सारे असुर डरते थे। उसके भय से रात को सोते नहीं थे और अन्न भी नहीं खाते थे, वही दस सिर वाला रावण आज कुत्ते की तरह इधर-उधर ताकता हुआ चोरी करने चला था।

कुछ कुत्तों की आदत होती है भाड़ में मुंह डालकर भाग जाना। रावण ऐसे ही कुत्ते की तरह कभी इधर देखता, कभी उधर ताकता था। इसलिए तुलसीदासजी ने उसे भाड़ का कुत्ता तक लिख दिया।

बुरे कर्म मनुष्य को भी पशु के समान बना देते हैं। रावण जैसा विद्वान-भक्त भी अपनी विद्वत्ता और भक्ति को भूल शक्ति की चोरी करने चल दिया था।

सीता का अपहरण कर जब रावण उन्हें अपने महल में लाया तो कहता है- सीता, यह विश्वविजेता रावण का महल है।

मैंने आज तक किसी के आगे अपना सिर नहीं झुकाया। आज मैं तेरे पैरों में अपने दस मस्तक रख रहा हूं। तुम मुझे स्वीकार कर लो।

जब माथे पर काम जागता है तो क्या-क्या नहीं कराती यह काम-वासना। एक विश्वविजेता अकेले में सीता के पैरों में गिरकर कह रहा है- मेरा प्रस्ताव स्वीकार कर लो, रानी बन जाओ मेरी।

सीता के पास तो अपने सतीत्व का तप था। रावण जैसे दुराचारी का प्रलोभन या धमकी उन्हें कहां डिगा सकती थी। रावण को फटकार लगा दी।

रावण कहता है– मैं तुम्हें बारह मास का समय दे रहा हूं। यदि तुमने मेरी बात नहीं मानी तो मेरे रसोइए तुम्हें काटकर मेरा भोजन बना देंगे।

सीता मन ही मन मान चुकी थीं कि यदि इस दुष्ट की क़ैद में रही, तो जीवित रहने का कोई अर्थ नहीं है। वे आत्मघात की बातें करने लगीं।

ब्रह्माजी ने देखा रावण के अत्याचार से पीड़ित सीता तो प्राण दे देंगी और राम अवतार का उद्देश्य पूरा नहीं हो सकेगा। तब उन्होंने इंद्र को बुलाकर कहा था– देवराज, आप एक दिव्य खीर तैयार कर सीता को दीजिए।

इंद्र ने ऐसा ही किया। लंका गए और सीता को अपना परिचय देते हुए कहा – इस खीर को खाने से आपके शरीर में दिव्यता और शक्ति आएगी।

सीताजी ने खीर ग्रहण की और उसी के प्रभाव से जीवित रहीं।

सत्यप्रतिज्ञ और तपस्वी लोगों के जीवन में जब भी मुसीबत आती है, ईश्वर किसी न किसी रूप में सहायता के लिए पहुंच जाते हैं।

किसी शायर ने बहुत अच्छी बात लिखी है–

*क़दम चूम लेती हैं खुद आकर मंज़िलें...*
*मुसाफ़िर गर हिम्मत न हारे।।*

जीवन में समस्याएं, परेशानी, चुनौतियां... ये सब आती रहती हैं। लेकिन यह भी तय है कि पीछे-पीछे इनका समाधान भी चला आता है। हिम्मत नहीं हारना है, मंज़िल खुद आप तक चलकर आ जाएगी।

इधर सीता के विरह में व्याकुल दोनों भाइयों ने सीता को ढूंढ़ना शुरू कर दिया। शबरी के आश्रम पहुंचने से पहले मार्ग में कबंध नाम का राक्षस मिला। उसने बताया एक ऋषि के शाप से मैं यहां जंगल में हूं। राम ने उसे शाप से मुक्ति दे दी।

इस उपकार के प्रति कृतज्ञ भाव से कबंध ने बताया आगे मार्ग में आपकी भेंट वानरों के राजा सुग्रीव से होगी। उनसे मैत्री होने पर वे सीताजी की खोज में आपकी सहायता करेंगे।

'आगे जाकर आपको सुग्रीव मिलेंगे' ऐसा राम को राक्षस कबंध ने कहा था। इसका उल्लेख वाल्मीकि रामायण में आता है।

तुलसी रामायण में उल्लेख आता है कि यह बात राम को शबरी ने बताई थी।

तुलसीदासजी समाज की कुरीतियों के प्रति बहुत सचेत थे। इसीलिए यह बात उन्होंने शबरी से कहलवाई, क्योंकि वे शबरी के चरित्र को स्थापित कर भेदभाव की बुराई को समूल मिटाना चाहते थे।

यहां एक बात सामने आती है कि रावण जैसे लोग धोखा देने के लिए क्या-क्या नहीं करते। अकेले में सीता के पैरों में गिरता है और कुछ ही पल बाद उनको धमकी देने से भी नहीं चूकता।

इसी तरह रावण जब मारीच के पास गया, तो पहले उसे प्रणाम किया। यह देखकर तो स्वयं मारीच भी चौंक गया था। लेकिन, बाद में वही रावण उसे मृत्युदंड की धमकी देने लगा था।

दोहरा आचरण इसी को कहते हैं। इस वृत्ति से बचकर, संभलकर चलें।

जीवन में एक बात याद रखिए कि जब भी कोई दुष्ट व्यक्ति प्रणाम करे तो सावधान हो जाएं। प्रणाम करते हुए उसका जो अहंकार घायल होता है, उसका बदला वह आपसे ग़लत काम करवाकर लेता है।

रावण जैसे नीच वृत्ति के लोगों से तो दूर रहना ही अच्छा है। पास जाने का प्रयास करेंगे तो ठग लिए जाएंगे सीता की तरह।

आज जिस प्रकार से अश्लीलता की बीमारी समाज में पैर जमा चुकी है, हमें हर हाल में इससे बचना होगा। ख़ासकर नई पीढ़ी को इस ज़हर से बचाना होगा।

बदलते दौर का अहसास उम्र सभी को करवाती है। गुज़रती पीढ़ी ने भी वह संधिकाल ज़रूर देखा होगा जिसमें बचपन से किशोर अवस्था और किशोर अवस्था से युवा अवस्था में क़दम पड़े होंगे।

उम्र के इस संगम में बहुत सी चीज़ें बदलती हैं। सबसे ज़्यादा परिवर्तन दिखाती है देह। शरीर पर उम्र का सबसे बड़ा असर यह होता है कि ख़ून, पसीने और आंसू के मतलब बदलने लगते हैं।

मानसिकता थोड़ी अधिक खुल जाती है। हर एक को अपने भीतर दमखम का अहसास होने लगता है। भीतर की क्षमता मांग करने लगती है कि मेरा उपयोग करो।

देह के आकर्षण के मतलब भी बदलने लगते हैं। ऐसे में यदि इंद्रियों पर संयम नहीं रखा गया, तो ऊर्जा ग़लत दिशा में भी मुड़कर नुक़सान पहुंचा सकती है।

जैसे-जैसे क़दम जवानी की ओर बढ़ने लगते हैं, शिक्षास्थल, घर, ऑफ़िस इन सब जगह संबंधों के मतलब भी बदलने लगते हैं। शरीर में कुछ ऐसी मांगें उठने लगती हैं जिसमें सही-ग़लत का भान चला जाता है। तब शरीर को संभालना भी आना चाहिए।

आजकल युवाओं में नशा (तंबाकू, सिगरेट, शराब) और दूसरों की देह को पाने की जो लालसा बेक़ाबू होती जा रही है, उसके पीछे कारण यही है कि उम्र के बदलाव के साथ एक-दूसरे के शरीर के प्रति आकर्षण तो रहा, परंतु उससे जुड़ी सावधानी कहीं नहीं दिखती।

इसलिए जवानी की दहलीज पर क़दम रखते लोगों को शरीर की गतिविधियों को सांस से जोड़ना सीखना पड़ेगा। अभी हमारा शरीर सांस तो ले रहा होता है, लेकिन सांस से जुड़ा हुआ नहीं रहता।

उम्र के नशे में सांस लेना सिर्फ़ एक क्रिया और इतनी जानकारी मात्र है कि इसके बंद होने पर मौत आ जाएगी। लेकिन शरीर और सांस का संबंध केवल इतना ही नहीं है।

यदि होश में सांस लेने लग जाएं, तो देह को यह अहसास दिला सकेंगे कि इसके भीतर आत्मा जैसी एक पवित्र स्थिति भी है।

आत्मा की अनुभूति जितनी अधिक होगा, शरीर की दिव्यता और तेजस्विता उतनी ही बढ़ जाएगी। अन्यथा शरीर नाम का आवरण तो पशुओं के पास भी होता है।

आत्मा की अनुभूति के अभाव में मनुष्य इस शरीर से पशु की तरह आचरण करने लगता है।

## 4. कुरीतियां

हमारा भारतीय समाज अभी भी कुछ कुरीतियों से जकड़ा हुआ है। बाल विवाह, मृत्युभोज, जातिवाद और हर स्तर पर भेदभाव की ये बीमारियां कमज़ोर करती हैं हमारी सोशल हेल्थ को।

राम ने वनवास स्वीकार ही इसलिए किया था कि कुरीतियों को मिटा सकें। वनवास के दौरान और राजतिलक के बाद भी उनके सारे प्रयास भेदभाव को मिटाने वाले थे।

रामकथा में कुछ घटनाएं विशेष हैं। दो पात्र ऐसे हुए जिन्होंने राम के लिए अपने प्राण दिए थे। एक, राजा दशरथ और दूसरे पक्षी जटायु।

दशरथ की मृत्यु राम के वियोग में, उनके दूर रहते हुए हुई। जटायु को राम ने अपनी गोद में मृत्यु दी थी।

## • शालीन शबरी

शबरी आश्रम पर तुलसीदासजी ने बड़ा प्रसंग लिखा है। वाल्मीकि ने इसे छोटे में समेट दिया। तुलसी ने शबरीजी को मान ही इसलिए दिया है कि राम जिस उद्देश्य से अवतार लेकर आए थे, वह था समाज से भेदभाव मिटाना।

समाज में कोई छोटा, कोई बड़ा नहीं होना चाहिए। स्त्री-पुरुष का भेद पूरी तरह मिट जाना चाहिए। आज जब जीवन के हर क्षेत्र में स्वार्थ पसर चुका है, लोगों की जीवनशैली ऐसी हो गई है कि

मिट्टी भी उठा लेते हैं टूटे हुए घरों की।
गिरते हुए लोगों को उठाने नहीं आते।।

राम-लक्ष्मण ने अपने लगभग दस वर्षों के वनवास में कई आश्रम देखे थे। परंतु शबरी के आश्रम ने उन्हें बहुत प्रभावित किया था।

राम शबरी से बड़ी गहरी बात बहुत सरल शब्दों में करते हैं। इन दोनों के वार्तालाप का हर संवाद समाज के लिए बड़ा संदेश है।

सोशल वेलनेस ऐसे ही आएगी। शबरी के आश्रम से गुज़रकर, उससे कुछ सीखकर।

विकास के बड़े-बड़े राजपथ बनाने के बाद भी आज भारत में कुरीतियों के कई उजाड़ चौराहे हैं।

शबरी ने जब कहा- राम, आप शीर्ष पर हैं और हम नीच-मूढ़ बुद्धि के। हमारा-आपका क्या मेल।

तब राम ने कहा था-

कह रघुपति सुनु भामिनी बाता, मानउँ एक भगति कर नाता।
(राचमा/3/34/2)

हे भामिनी, सुनो। मैं तो केवल एक भक्ति ही का संबंध मानता हूँ।

यहीं राम नवधा भक्ति का अद्भुत संदेश दे गए शबरी को। गुरुदक्षिणा में शबरी ने जानकीजी का पता कैसे चलेगा, इसका संकेत देते हुए कहा था- पंपा सरोवर जाइए। वहां सुग्रीव से भेंट होगी। बाक़ी काम उसी की सहायता से पूरा होगा।

शबरी की सात्विक उपस्थिति से आत्माराम राम आत्मविभोर थे। जब शबरी आश्रम से राम-लक्ष्मण चले तो राम के मुंह से एक शब्द निकला - ''आश्चर्यम''।

प्रहर्षमतुलं लेभे आश्चर्यं मिति चाब्रवीत्।।

वारा- 3/74/30

भेदभाव की इस कुरीति के कारण ही आज भी देश की कई प्रतिभाएं गुमनामी के अंधकार में जी रही हैं। उन्हें प्रकाश-पथ पर लाने के लिए कुरीतियों पर प्रहार करना होगा।

## • नारद को नीति का पाठ

अरण्य कांड के अंत में नारद आते हैं। उनके मन में एक प्रश्न था। राम से पूछा- आपकी लीला को कोई समझ ही नहीं सकता। 'होइहि सोइ जो राम रचि राखा।'

नारद ने कहा- मैं विवाह करना चाहता था, लेकिन आपने करने नहीं दिया। इसीलिए विष्णु अवतार में मैंने आपको शाप दिया था, जिसकी पीड़ा मुझे अब भी है। मैं जानना चाहता हूं आपने ऐसा क्यों किया?

राम कहते हैं- नारदजी, मेरी एक नीति है। जो मेरे भक्त होते हैं, मुझ पर विश्वास करते हैं, जो मेरे भरोसे होते हैं, मैं उनकी रखवाली ऐसे करता हूं जैसे एक मां अपने बच्चे की करती है।

करउँ सदा तिन्ह कैं रखवारी। जिमि बालक राखइ महतारी।

(राचमा- 3/42/3)

राम आगे कहते हैं - महर्षि, उस दिन आप काम पीड़ित थे। मुझे तुम्हारी रक्षा बिलकुल ऐसे ही करना थी, जैसे एक मां अपने बच्चे की करती है। और मैंने वही किया।

सचमुच उस समय विष्णुजी ने नारद की इसी तरह रक्षा की थी।

अरण्य कांड के अंत में नारद ने राम से कहा था मुझे संतों के लक्षण बताइए।

देखिए, संत होना केवल मनुष्य का आवरण नहीं, बल्कि एक वृत्ति है। संत यानी समानता। समाज जिस दिन संतवृत्ति से संचालित होगा, भेदभाव व अन्य कुरीतियों का समापन होगा ही।

राम ने संत के कई लक्षण बताते हुए अंत में बड़ी अच्छी बात बोली। कहा–

दंभ मान मद करहिं न काऊ। भूलि न देहिं कुमारग पाऊ।
(राचमा–3/45/3)

वे यानी संत लोग कभी दंभ, अभिमान और मद नहीं करते। और भूलकर भी कुमार्ग पर नहीं जाते।

गावहिं सुनहिं सदा मम लीला। हेतु रहित परहित रत सीला।
(राचमा/3/45/4)

सदा मेरी लीलाओं को गाते–सुनते हैं और बिना कारण ही दूसरों के हित में लगे रहने वाले होते हैं।

'बिना कारण दूसरों की मदद करने वाले' यह बहुत गहरी बात होकर सोशल वेलनेस का बड़ा महत्त्वपूर्ण सूत्र भी है। जिस समाज में इस वृत्ति के लोग रहते हैं, उसका अहित कोई नहीं कर सकता। यही बड़ी सोशल हेल्थ है।

अरण्य कांड का यह सूत्र कभी मत छोड़िएगा कि ईश्वर हमारी मदद मां बनकर करता है। अपने सद्कर्मों में कोई कमी मत छोड़िए और भगवान पर भरोसा बनाए रखिए। वह सब संभाल लेगा।

हमने तो अपना ख़ून–पसीना मिला दिया।
अब बारिशें लिखेंगी मुकद्दर ज़मीन का।।

हमें कोई कसर नहीं छोड़ना है बीमारियों की मुसीबतों से लड़ने में। बाक़ी सब ऊपर वाला देख लेगा। बीमारियां हमारे क्रिया–कलाप का परिणाम हैं। स्वास्थ्य ईश्वर की कृपा है।

बस, उसके प्रति भाव यह रखिए- ना ग़लत चाहता हूं, ना सही चाहता हूं...

जो तुम चाहते हो, मैं वही चाहता हूं।
प्रभु तेरी हां में ही मेरी भी हां है,
तुम्हारी ना मैं नहीं चाहता हूं।।

हमें भीतर से अपनी तैयारी रखना पड़ेगी। हम भीतर से क्या हैं, यह तय करें।

इस दौर में अरण्य का मतलब है थोड़ा अपने भीतर उतरकर तप, अनुशासन और एकांत का जीवन जिएं। यही हमारी सोशल वेलनेस है।

हमारे भीतर कुछ ऐसा है जो हमें बाहर नहीं मिलेगा। अपने भीतर उतरकर देखिए। हम जो बाहर ढूंढ़ते हैं वह बाहर नहीं मिलेगा। भीतर उतरने पर सबकुछ मिल जाएगा।

कबीरदासजी ने एक पंक्ति कही है -

मोहिं फिर फिर आवत हांसी।
सुख स्वरूप होए सुख को भोगत, जल में मीन प्यासी।।

यह सोच-सोचकर मुझे रह-रहकर हँसी आती है कि पानी में रहकर भी मछली प्यासी है।

हमारे भीतर आनंद का सागर है। फिर भी हम प्यासे हैं। उसका रस नहीं ले पा रहे। यहां कबीर का इशारा समझना होगा। थोड़ा अपने भीतर उतरना होगा।

अपनी आत्मा को स्पर्श करने का प्रयास कीजिए, फिर देखिए, जीवन में किस प्रकार आनंद की बारिश होती है। हम भीतर से जैसे होते हैं, बाहर से सृष्टि भी वैसी ही हो जाती है।

महाभारत की एक बड़ी अच्छी कहानी है।

गुरु द्रोणाचार्य ने विचार किया कि अपने शिष्यों का व्यावहारिक ज्ञान परखूं। उनकी परीक्षा लूं। सबसे पहले दुर्योधन से कहा- जाओ, कोई बहुत अच्छा-भला व्यक्ति ढूंढ़कर मेरे पास ले आओ।

दुर्योधन गया, लौटकर आया और कहा- मुझे कोई अच्छा-भला आदमी मिला ही नहीं।

द्रोणाचार्य ने पाण्डव श्रेष्ठ युधिष्ठिर से कहा- कोई बुरा आदमी ढूंढ़कर मेरे पास लाओ।

युधिष्ठिर भी गए, कुछ देर में लौटकर आए और कहा- गुरुदेव, मुझे कोई बुरा आदमी नहीं मिला। सब चौंक गए कि गुरुदेव ने दुर्योधन से भला आदमी लाने को कहा और युधिष्ठिर से बुरा आदमी लाने को। और, दोनों ही नहीं ला पाए। आख़िर मामला क्या है? हर कोई जानने की जिज्ञासा में था।

तब द्रोणाचार्य ने कहा - दुर्योधन भीतर से बुरा है, तो उसे बाहर कोई भला आदमी मिलना ही नहीं था। यदि आप भीतर से बुरे हैं, तो बाहर भी बुरा ही देखेंगे।

युधिष्ठिर भीतर से भला इंसान है तो उसे बाहर भी सब भले ही दिख रहे हैं। इसलिए उसे कोई बुरा इंसान नहीं दिखा।

यदि भीतर से परमात्मा के रस की अनुभूति कर रहे हैं, अपनी आत्मा से जुड़े हुए हैं, तो बाहर से हमारा दृष्टिकोण, हमारी जीवनशैली बदल जाएगी।

राम ने नारद से कहा था- मुझे वे लोग बहुत प्रिय हैं जो अहंकार रहित हों तथा बिना स्वार्थ के दूसरों की मदद को सदैव तत्पर रहते हों। ऐसे लोग ग़लती से भी कुमार्ग पर पैर नहीं रखते।

नारद मुनि के माध्यम से यह गहरी बात भगवान ने हम मनुष्यों के लिए ही कही है। ठीक है हम संसारी लोग हैं, विज्ञान और तकनीक के युग में जी रहे हैं, परंतु संतवृत्ति का कुछ अंश तो हमारे भीतर होना ही चाहिए। इन्हीं गुणों से, इसी वृत्ति से सोशल वेलनेस निकलकर आएगी।

राम ने मनुष्य से जो अपेक्षाएं की हैं, उसमें हमें ख़रा उतरना है। इस दुनिया में रहते-रहते हम भूल ही गए कि सही क्या है और ग़लत क्या? भगवान सब जानता है।

एक महात्मा बड़े तपस्वी और आचरणशील थे। उनके शिष्य उनका बड़ा सम्मान करते थे। एक दिन महात्माजी का देहांत हो गया। स्वर्ग चले गए। कुछ दिन बाद ही उनके एक शिष्य की भी मृत्यु हो गई।

चूंकि वह भी तपस्वी था, तो उसे भी स्वर्ग में जगह मिल गई। स्वर्ग में जाकर उसने जो दृश्य देखा तो चौंक गया।

वहां वे ही महात्माजी बैठे थे और उनकी गोद में एक सुंदर-सी जवान स्त्री थी। शिष्य ने देखा तो बड़े आश्चर्य के साथ पूछा- गुरुजी, यह क्या है? नीचे धरती पर जो लोग तपस्या करते हैं, उसका पुरस्कार इस रूप में मिलता है क्या?

गुरुजी ने कहा - अरे मूर्ख..., यह स्त्री मेरा पुरस्कार नहीं, बल्कि मैं इसका दंड हूं।

संसार ऐसा ही है। जहां आपको सुख दिख रहा होता है, वहां दुख है। और जहां दुख मानते हैं, उसके पीछे सुख है।

सुख-दुख के इस गणित को समझना पड़ेगा अपने ही भीतर उतरकर। भीतर उतरते ही भाव जागेंगे और दिखने लगेगा सबकुछ बदला-बदला।

फ़कीर लोग कहा करते हैं- मुझसे जो चाहे रूठ सकता है, मैं किसी से ख़फा नहीं होता।

ऐसी फ़कीरी, ऐसा संतोष अरण्य कांड का परिणाम है। सोशल वेलनेस बनाए रखें।

समाज में भेदभाव नहीं हो, अश्लीलता नहीं हो। सावधानी के साथ जीना एक सामाजिक ज़िम्मेदारी है। यदि चूक गए, ज़रा-सी भूल की, तो बीमारियां तैयार बैठी हैं कि कब अवसर मिले और हम प्रवेश करें।

यहां रामकथा के अरण्य कांड से हमने सोशल वेलनेस के सूत्र समझे। आगे किष्किंधा कांड के प्रसंगों से इमोशनल वेलनेस को जानने का प्रयास करेंगे।

## • किससे बचें-क्या करें...

**सात दुर्गुण :** 1. काम 2. क्रोध 3. लोभ 4. मद
5. मोह 6. मत्सर 7. आलस्य

**बचें :-** मत्सर यानी ईर्ष्या, विद्वेष, जलन, डाह, प्रतिद्वंद्विता, कुढ़न, स्पर्धा। ये सब मत्सर के रूप हैं।

समाज में रहते हुए जब हम किसी को आगे बढ़ता देखते हैं, तो कभी-कभी डाहभाव पैदा हो जाता है। किसी की प्रगति से या अपनी असफलता से दूसरों के प्रति ईर्ष्या करने लगते हैं। इस वृत्ति से बचना होगा। सोशल वेलनेस के लिए ज़रूरी है ईर्ष्या का भाव पूरी तरह गिरा दें।

ईर्ष्या भी एक ऐसा धीमा ज़हर है, जो धीरे-धीरे हमारे भीतर फैलकर हमें नकारात्मक बना देता है। समाज में हमारी छवि ख़राब कर देता है। लोग हमारे साथ उठना-बैठना, काम करना पसंद नहीं करते। हमें इस दुर्गुण से बचना चाहिए।

**करें :–** ईर्ष्या का भाव गिराने के लिए गो-ध्यान बहुत उपयोगी है। गोमाता के साथ ध्यान किया जाए। पूरे विश्व में गो-ध्यान का पहला केंद्र मप्र के उज्जैन नगर में शान्तम् के नाम से स्थापित है।

देशभर में कई गोशालाएं हैं। कुछ गो-सेवक बहुत अच्छा काम भी कर रहे हैं। गो-सेवा से बढ़कर सद्कर्म और क्या होगा। लेकिन, अब समय आ गया है कि हम इस बात को समझ लें कि गोमाता के शरीर से जो पॉजिटिव एनर्जी निकलती है, उसके साथ गो-ध्यान करें।

गो-ध्यान से हमारा पूरा व्यक्तित्व इतना पॉजिटिव हो जाएगा कि ईर्ष्या तो गिर ही जाएगी, रोम-रोम आनंद में डूब जाएगा।

गो-ध्यान में पहली बात है गो-दर्शन। किसी भी गाय के सामने खड़े हो जाएं, या बैठ जाएं और उसकी आंख में अपनी आंख डालकर गहराई से देखें।

गाय के नेत्रों को नवजात लोचन कहा गया है। ऐसा कहते हैं श्रीराम और कृष्ण के नेत्र जीवनभर जैसे थे, गाय के नेत्र वैसे होते हैं। एकदम निष्कपट, निश्छल।

नवजात का अर्थ होता है न्यूअली बोर्न बेबी। यानी जिसका अभी-अभी जन्म हुआ हो। किसी बच्चे के जन्म के बाद कुछ महीने तक उसकी आंखों में जो गहराई, जो निश्छलता होती है, ऐसी ही गहराई और निश्छलता गाय के नेत्रों में जीवनभर रहती है।

जब भी किसी गो-माता के सामने जाएं, उनके नेत्रों में अवश्य देखिए। यही गो-दर्शन है।

गो-दर्शन के बाद होता है गो-स्पर्श। इसमें गाय के दो अंगों पर ध्यान दीजिए। पहला, उनकी पीठ का पिरामिड (थुंबा)।

यहां गाय की सूर्य नाड़ी होती है। सुबह जब पहली बार सूरज उगता है, तो उसका ओज-तेज सबसे पहले गाय अपने भीतर उतारती है। जब हम गोमाता के थुंबे को स्पर्श करते हैं तो उनकी सूर्य नाड़ी से हमारा सूर्य स्वर जाग्रत होता है।

हम मनुष्यों के भीतर दो स्वर होते हैं। नाक के दाहिने स्वर में सूर्य स्वर और बांए में चंद्र स्वर। सामान्य मनुष्यों का कोई एक स्वर तेज़ चलता है, दूसरा धीमा। परंतु योगियों के दोनों स्वर संतुलित होते हैं। इसीलिए वे शांत होते हैं। ऐसा हमारे साथ भी हो सकता है। गो-ध्यान के माध्यम से।

गाय के थुंबे को स्पर्श करने, उस पर हाथ फेरने से हमारा सूर्य स्वर जाग्रत हो जाता है।

गो-स्पर्श में दूसरा अंग होता है गाय की गर्दन के नीचे की झालर। इसे गलकंबल कहते हैं। यहां चंद्रनाड़ी का वास होता है। शाम को जब चंद्र उदय होता है, तो उनकी शीतलता का पहला प्रभाव गाय अपनी झालर में ले लेती है।

जब हम वहां हाथ फेरते हैं तो हमारा चंद्र स्वर जाग्रत हो जाता है। फिर हम पाएंगे अचानक संतुलित हो गए, शांत हो गए, प्रसन्न हो गए।

अवसर मिल जाए तो गोमाता की परिक्रमा करें और उनकी पूंछ को अपने माथे पर लगाएं। इन सबके पीछे वैज्ञानिक दृष्टिकोण है। किसी प्रकार का अंधविश्वास नहीं।

गो-दर्शन, स्पर्श और परिक्रमा के बाद गाय के सामने बैठकर ध्यान लगाएं। अद्भुत शांति प्राप्त होगी।

गाय के कंडे और घी में भी बहुत सकारात्मक प्रभाव होता है। इनका भी उपयोग करते रहें।

# 4

# इमोशनल हेल्थ
# (किष्किंधा कांड)

किष्किंधा कांड रामकथा का चौथा सोपान है। इसका कथाक्रम लगभग सभी जानते हैं।

हनुमानजी की श्रीराम से पहली भेंट होती है, सुग्रीव से मित्रता के बाद रामजी बालि का वध करते हैं। सुग्रीव किष्किंधा के राजा बनते है।

सुग्रीव की आज्ञा से वानर सीताजी की खोज में निकलते हैं, संपाति आगे का रास्ता बताता है और हनुमानजी लंका गमन की तैयारी करते हैं। यहीं किष्किंधा कांड समाप्त होकर सुंदर कांड आरंभ होता है।

किष्किंधा कांड के प्रसंगों को तीन भागों में बांट सकते हैं।

पहला हनुमानजी का कथा में पहला प्रवेश, दूसरा बालि वध के बाद रामजी का तारा को समझाना और तीसरा स्वयंप्रभा द्वारा वानरों को सीता की खोज का संकेत देना।

किष्किंधा कांड के प्रसंग हमें समझाते है संकल्प शक्ति को मज़बूत कर सफलता की ओर कैसे बढ़ा जाए। इसमें तीन बातें आती हैं – धैर्य, संयम और इंद्रिय नियंत्रण।

सच्चा वीर वही होता है, जो ख़ौफ को अपने ऊपर हावी नहीं होने दे। जीवन में ग़लतियां सबसे होती हैं। यह दावा कोई नहीं कर सकता कि मैंने कभी कोई ग़लती नहीं की। अपनी ग़लती को स्वीकार कर लेना भी सद्गुण है।

कुछ लोगों का स्वभाव होता है, ग़लती करने के बाद आत्मग्लानि और पश्चाताप की आग में में जलने लगते हैं। फिर प्रायश्चित का सोचते हैं।

प्रयश्चित में किसी प्रकार की मज़बूरी नहीं, बल्कि एक संकल्प होना चाहिए कि अब आगे इस प्रकार की ग़लती नहीं करेंगे।

जब सफलता की यात्रा आरंभ करें तो पहले इंद्रियों को जगाना पड़ता है। जिसकी इंद्रियां जाग जाती हैं उसे हर बात का दूसरा पहलू भी दिखने लग जाता है। यदि प्रकृति को ठीक से देखना और जानना चाहें तो काम इंद्रियों पर करना पड़ेगा।

यहां एक सवाल खड़ा होता है कि इंद्रियों का जागरण-नियंत्रण कैसे किया जाए?

इसके लिए चार बातों को समझना होगा- सदाचार, स्वाध्याय, संयम और संतुलन। ये चार चीज़ें जीवन में उतार लें तो इंद्रियों का जागरण, उन पर नियंत्रण आसान हो जाता है।

हम स्वास्थ्य रामायण के चौथे भाग किष्किंधा कांड के प्रसंगों से गुज़र रहे हैं। इसका विषय है इमोशनल वेलनेस।

एक बार फिर याद कर लिया जाए कि रामकथा के सात कांड हैं और हर कांड के प्रसंगों को स्वास्थ्य के सात सूत्रों से जोड़ा गया है।

पहले भाग (बालकांड) में विषय था- फ़िजिकल वेलनेस। अयोध्या कांड के प्रसंगों से फ़ैमिली वेलनेस को समझा, अरण्य कांड में सोशल वेलनेस, और अब किष्किंधा कांड में समझेंगे इमोशनल वेलनेस को।

## क्या है इमोशनल वेलनेस?

भावनाएं, संवेदनाएं, प्रेम, करुणा और अपनापन। जीवन में इन सबकी उपस्थिति ही इमोशनल वेलनेस है।

संवेदनाएं बाहर का मामला है। बाहर कोई घटना घटती है जैसे किसी को घायल देखा, बीमार देखा, किसी की मृत्यु हो गई या कोई पीड़ादायक घटना को देखकर संवेदनाएं जागती हैं।

इसी तरह भावनाएं भीतर का मामला है। ज़रूरी नहीं है कि बाहर से प्रभावित हों। भावनाएं भीतर ही भीतर हिलोरें लेती हैं। ये यदि निगेटिव हो जाएं तो स्वास्थ्य पर विपरीत असर पड़ता है।

यदि संवेदनाएं और भावनाएं नियंत्रित हो जाएं, संतुलित हो जाएं तो भीतर प्रेम जागता है। प्रेम की कक्षा बड़ी ऊंची है। कई लोगों को तो समझ

में नहीं आता है कि प्रेम होता क्या है। इसीलिए प्रेम को कब वासना का आवरण ओढ़ा दिया गया पता ही नहीं लगा। बहुत से लोगों के लिए तो वासना ही प्रेम है।

इसके बाद बात आती है करुणा की। यदि प्रेम को समझ नहीं सकें तो करुणामयी हो जाइए। प्रेम नहीं कर सकते तो करुणा तो कर ही सकते हैं। दया तो दिखा सकते हैं, दान दे सकते हैं। आप समर्थ हैं तो दूसरों की सेवा कर सकते हैं। करुणा के बिना चित्त में सेवा का भाव नहीं जागता।

करुणा यदि नहीं जाग रही हो तो अपनापन को समझें। अपनापन बहुत सरल है और आसान भी। सामान्य लोग अपने भीतर अपनापन पैदा करें।

भावना, संवेदना, प्रेम, करुणा और अपनापन। यदि ये पांच बातें ठीक से जीवन में उतर आएं तो इसे कहेंगे इमोशनल वेल्थ।

### *होइहि सोई जो राम रचि राखा...*

किष्किंधा कांड का विषय है इमोशनल वेल्थ। इसके साथ ही इस मंत्र को याद रखना है – *होइहि सोई जो राम रचि राखा...*

किष्किंधा कांड की एक प्रमुख घटना है। बालि अपने भाई सुग्रीव को मारने की सोच रहा था। लेकिन रामजी की कृपा से सुग्रीव बच गया और बालि मारा गया।

बालि कोई साधारण वानर नहीं था। ये वो ही बालि था, जिसने रावण को अपनी बग़ल में दबा लिया था। जिसने दुंदुभि राक्षस का नाश किया था। ऐसा बलशाली बालि एक ही तीर में मारा गया! यही प्रभु की लीला है।

श्रीराम ने सुग्रीव के हित के लिए बालि को मारा था। ईश्वर तो हमारा साथ देता है, पर हम चूक जाते हैं सुग्रीव की तरह।

पूरी प्रकृति की दृष्टि से देखा जाए तो ऐसा लगता है जैसे परमात्मा ने मनुष्य और पशुओं के मामले में पक्षपात कर दिया है, लेकिन परमात्मा के पास इस बात का सटीक जवाब है। मनुष्य अपने शरीर से यदि केवल भोग विलास करे, इसे मौज़-मस्ती में ख़र्च कर दे, तो निश्चित ही यह पक्षपात होगा।

यह सब पशु भी करते हैं, पर मनुष्य को भगवान ने बुद्धि और विवेक देकर कुछ विशेष अधिकार दे दिए हैं, जिनसे उसे अपने निजी जीवन में लाभ

उठाने के बाद संसार की सेवा करना है। इसीलिए मनुष्यों को अपने जीवन के आरंभ और अंत में मूल्यांकन करते रहना चाहिए।

हमारा जीवन कोरे काग़ज़ जैसा शुरू हुआ और जब समापन होगा तो इसके सारे पृष्ठ लगभग चितरे जा चुके होंगे। इसलिए हर रात सोते समय, सप्ताहांत में, महीने के आख़िरी में और साल ख़त्म होने पर इस बात का चिंतन ज़रूर किया जाए कि अंत के वक़्त हम क्या होंगे। बीते समय में हमने क्या कुछ ऐसा श्रेष्ठ किया, जिसके लिए परमात्मा ने हमें मनुष्य बनाया है।

ऋषि-मुनियों ने कहा है जब हमारा जन्म होता है तो हमारे साथ ईश्वर भी जन्म लेता है और पर्याप्त समय तक हमारे साथ रहता भी है। यूं कहें कि पूरा बचपन वह हमारा साथ नहीं छोड़ता। फिर जैसे-जैसे हम दुर्गुणों को आमंत्रित करते हैं, उसकी विदाई होने लगती है।

हम इस संसार में बिलकुल निष्कपट आए थे। एकदम कोरे, साफ़-सुथरे। फिर हमने इसमें बहुत कुछ भरना शुरू किया और दुनिया छोड़ते समय कुछ और ही होकर जाते हैं।

याद रखिए, जीवन के समापन पर उस प्रारंभ वाले परमात्मा से मिलना ज़रूर होगा, जो जन्म के समय हमारे साथ आया था। उस दिन उसे जवाब देना होगा। उसका सवाल ही यह होगा कि जो धरोहर मैंने तुम्हें दी थी, तुमने उसका सदुपयोग किया या नहीं।

उस दिन जीवन की किताब सद्कर्मों से इतनी लबालब होना चाहिए कि ईश्वर को अपनी ही कृति पर संतोष हो सके।

यही बात हनुमानजी ने अपने राजा सुग्रीव को समझाई थी। यह जन्म, यह देह ईश्वर की ही दी हुई है। उसे कभी निराश नहीं करें।

सुग्रीव ने श्रीराम को वचन दिया था कि मैं अपने वानर भेज सीताजी की खोज में सहायता करूँगा। लेकिन, राजा बनते ही भोग-विलास में ऐसा डूबा कि राम का काम भूल गया। इस पर रामजी को क्रोध भी आया था। लेकिन बीच में हनुमान थे तो उस क्रोध के दुष्परिणाम से बच गया।

सीताजी की खोज में वानर चारों दिशाओं में निकले। सभी में प्रतिस्पर्धा का भाव था। जामवंत, अंगद और अन्य वानर यही सोच रहे थे कि मैं अपने बल-पराक्रम से माता सीता को खोज लूंगा। लेकिन शक्ति की खोज का यश हनुमानजी को मिला।

समुद्र तट पर बैठे-बैठे सारे वानर निराश भाव से सोच रहे थे कि सीताजी की खोज कैसे की जाए? उसी समय जटायु का भाई संपाति आया और बोला मैं तुम सभी को अपना आहार बनाऊंगा।

वानर पहले ही मुसीबत में थे ऊपर से एक और संकट आ गया। उसी समय अंगद ने जटायु का नाम लिया। संपाति उन सभी के प्रति विनम्र हो गया। जो खाने के भाव से आया था, अब वही वानरों की मदद की बात करने लगा।

जीवन है तो समस्याएं भी आएंगी ही। लेकिन भगवान हर समस्या के साथ समाधान भेज देता है। संसार में ऐसी कोई समस्या बनी ही नहीं, जिसका समाधान न हो।

किष्किंधा कांड का तो गठन ही समस्या और समाधान पर हुआ है। इसलिए जीवन में जब विपरीत चल रहा हो, अप्रिय समाचार आ रहे हों। परेशानी आए, समस्याएं घेरने लगें तो इस मंत्र को ज़रूर याद करिए - *'होइहि सोई जो राम रचि राखा।'*

फिर भी नहीं बिक पाए इस बात का रोना है। एक हाथ में चांदी है, एक हाथ में सोना है। ये दौर मुझे किस मोड़ पर ले आया, उस बात पर हँसता हूं, जिस बात पर रोना है।

## 1. सदाचार

सदाचार का शाब्दिक अर्थ है- सद+आचार। यानी अच्छा आचरण। हमारा आचरण देश, काल, परिस्थिति के अनुसार नियम-क़ायदे के अनुकूल हो। सदाचार का सीधा संबंध स्वास्थ्य से भी है। पथ्य-अपथ्य आदि स्वास्थ्यगत नियमों का पालन भी सदाचार ही है।

किष्किंधा कांड की एक और विशेषता है, जो हमारे जीवन की दृष्टि से बहुत महत्त्वपूर्ण है। इसमें विभिन्न चरित्रों द्वारा एक-दूसरे को समझाया बहुत गया है।

किष्किंधा कांड के आरंभ मे लक्ष्मणजी रामजी को समझाते हैं- भैया, उदास मत होइए, जल्द ही भाभी सीता की सूचना मिल जाएगी।

उधर ऋष्यमूक पर्वत पर परेशान सुग्रीव को हनुमानजी समझाते हुए कहते हैं- बालि के भय से आप बार-बार मरने की बात करते हो? आप

राजा हो। राजा के जीवन में संघर्ष, विपरीत, ये सब स्वाभाविक रूप से आते-जाते रहते हैं।

संसार में जब भी कोई समस्या आती है तो उसका समाधान भी साथ लेकर आती है। आप तो योद्धा हैं। एक न एक दिन मृत्यु को आना ही है। फिर इतने भयभीत और परेशान क्यों?

इधर समस्या की बात हो रही थी, उधर से समाधान भगवान (राम-लक्ष्मण) के रूप में आ रहा था। यही भगवान की लीला है।

हनुमान वेश बदलकर श्रीराम-लक्ष्मणजी से भेंट करते हैं। उनकी वाणी, उनका आचरण और प्रस्तुति देखकर राम ने लक्ष्मण से कहा- यह जिस भी राजा का दूत या मंत्री है, वह बड़ा सौभाग्यशाली है। इसका संवाद का ढंग बड़ा अद्भुत है। एक-एक शब्द बिना छल-कपट के प्रस्तुत किया जा रहा है।

## राम ने हनुमान के लिए यहां सात बातें बोली थीं

> 1. बहुत विनीत है 2. बातें बड़ी काव्यात्मक हैं, 3. इसकी बातों में छल-कपट नहीं है 4. चर्चा के ढंग और शब्दों में गंभीरता है 5. बहुत भरोसेमंद है 6. बड़ा पराक्रमी 7. वाणी में हृदय, स्वर और बुद्धि का परिपक्व समन्वय है।

नानृग्वेदविनीतस्य नायजुर्वेदधारिण।
न सामवेदविदुषः शक्यमेवं विभाषितुम।।

वारा- 4/3/28

जिसे ऋग्वेद की शिक्षा नहीं मिली, जिसने यजुर्वेद का अभ्यास नहीं किया, तथा जो सामवेद का विद्वान नहीं हो, वह इस प्रकार सुंदर भाषा में वार्तालाप नहीं कर सकता।

सचमुच हनुमानजी हर ढंग बड़ा प्रभावशाली था। स्वर का उच्चारण इतना निर्दोष कि हर बात कांच की तरह साफ़-स्पष्ट हो जाती थी।

कहां ऊंचा बोलना, कहां धीमे बोलना है, कहां छोटा होना, कहां बड़ा। कहां मिठास के साथ बोलना, कहां वाणी में शौर्य का भाव घोलना

है... इसकी अद्भुत कला थी हनुमानजी के पास। इन्हें केवल वानर मान लेने की ग़लती नहीं की जाए।

*हर जंगल वीरान नहीं होता, हर वीरान श्मशान नहीं होता।*
*हर सुंदर भगवान नहीं होता, और हर बंदर हनुमान नहीं होता।।*

हमारे लिए सोचने और समझने की बात यह है कि सचमुच हनुमानजी कैसे निराले होंगे। पहली ही भेंट में रामजी को इतना प्रभावित कर दिया कि उनकी सारी समस्याओं का समाधान उन्हें हनुमान में दिखने लगा था।

ईश्वर ने हमें मनुष्य बनाकर इस धरती पर भेजा है तो ऐसा ही चरित्र, व्यक्तित्व और अस्तित्व हम सबका भी होना चाहिए।

## • विधाता की भी परीक्षा

जीवन में कई बार भावनाएं, संवेदनाएं, प्रेम, करुणा और अपनेपन की परीक्षा भी ली जाती है। हम लोग तो स्वयं विधाता की परीक्षा लेने में भी नहीं चूकते।

सुग्रीव ने भी ऐसा ही किया था। दो ढंग से रामजी की परीक्षा ली थी उसने।

श्रीराम ने जब पहली भेंट में सुग्रीव से कहा था कि मैं बालि को मारकर तुम्हें तुम्हारा राज्य वापस दिलवाऊंगा।

तब सुग्रीव ने कहा था– बालि बहुत बलशाली है। उसने दुंदुभि राक्षस को मारकर यहीं पटका था। यह जो पहाड़ देख रहे हैं, उसी की हड्डियां हैं। उसे मार पाना ना इतना आसान है, ना ही हर किसी के वश और सामर्थ्य की बात है।

रामजी ने भी परीक्षा दी। अपने पैर का अंगूठा उस पहाड़ पर लगाया और वह मीलों दूर जाकर गिरा। सुग्रीव ने फिर दूसरे ढंग से परीक्षा लेते हुए कहा बालि ने एक बार सात पेड़ों को सात बाणों से गिरा दिया था। भगवान मुस्कराते हुए बोले– बालि ने सात बाणों से सात पेड़ गिराए थे, मैं एक ही बाण से सातों पेड़ गिरा देता हूं। और ऐसा कर भी दिखाया।

सुग्रीव समझ गया रामजी सक्षम हैं बालि को मारने में। यही भगवान की विशेषता है कि भक्त उनकी परीक्षा भी ले, तो वे टालते नहीं, बल्कि मुस्कराकर परीक्षा देते हैं।

मांगीलाल और चंचला में लड़ाई हो गई। आपस में बातचीत भी बंद। चंचला को अगले दिन सुबह-सुबह कहीं जाना था फ़्लाइट से। चूंकि बातचीत बंद थी, तो मांगीलाल के लिए पर्ची पर लिखा- सुबह 5 बजे उठा देना, फ़्लाइट पकड़ना है।

सुबह चंचला उठी तो 8 बज रहे थे। हड़बड़ाकर गुस्से में पति मांगीलाल को उठाने लगी। मांगीलाल तो नहीं उठा, लेकिन पास की टेबल पर एक पर्ची रखी हुई थी, जिस पर लिखा था- 5 बज चुके हैं, उठ जाइए।

सुग्रीव ने श्रीराम की परीक्षा ली, इससे भी बड़ी बात यह है कि राम ने परीक्षा दी। राम अजातशत्रु हैं।

कोशिश करिए कि अजातशत्रु बन जाएं। इसके दो अर्थ हैं- पहला, आप हमेशा शत्रुओं को पराजित करते हैं। यह सांसारिक अर्थ है। इसका दूसरा आध्यात्मिक अर्थ है कि आपका कोई शत्रु ही नहीं होता।

लेकिन संसार कहता है जिसका कोई शत्रु नहीं होता, उसका फिर कोई मित्र भी नहीं होता। दरअसल शत्रुता और मित्रता का संबंध यदि उद्योग, कर्म से जोड़ें तो अर्थ दूसरे होंगे। यदि इसमें भावना की बात करें तो मतलब बदल जाएंगे।

चलिए, एक रूपक पर विचार करते हैं।

हमारे शरीर के कई हिस्से हैं। हाथ-पैर, मन-मस्तिष्क अन्य इंद्रियां। ऊपर से देखें तो इन सबके काम अलग-अलग हैं, लेकिन सब मिलकर परिणाम शरीर को देते हैं। मतलब कहीं न कहीं एक-दूसरे के हित में लगे हैं।

यदि विभिन्न अंग एक-दूसरे को नुक़सान पहुंचाने की वृत्ति से सक्रिय हो जाएं तो शरीर के लिए अहितकारी होता है। इसी बात को संसार से जोड़ा जाए।

जब अपने कार्यस्थल पर हों, तो साथियों के बीच ऐसा ही भाव रखें। जितने भी वरिष्ठ और अधीनस्थ लोग हैं उन्हें अपने शरीर के अंग मानकर व्यवस्था का हिस्सा बन जाएं। यही ख़ूबी राम में थी।

हमारे शास्त्रों में लिखा है - *उदारचरितानां तु वसुधैव कुटुंबकम्।।* जिनका हृदय उदार है, उनके लिए सारा संसार ही कुटुंब है।

मनुष्य और पशुओं में यही फ़र्क़ है। वे भी मिल-जुलकर रहते हैं, पर उसे झुंड कहते हैं। हम जब मिल-जुलकर रहते हैं तो शास्त्रों ने इसे कुटुंब

कहा है। अपने कार्यालय को भी कुटुंब मानकर चलें, तब आप अजातशत्रु हो जाएंगे।

जैसे हमारे एक घर में कई घर शामिल होते हैं, हर सदस्य का अपना-अपना घर है। फिर भी कुटुंब का भाव सबको एक कर देता है। ऐसे ही अपने कार्यस्थल पर सबको एक मानकर चलें।

श्रीराम का वन परिवार बढ़ रहा था। सुग्रीव और बड़ी संख्या में वानर उनके परिवार के सदस्य बन गए थे। केंद्र में थे हनुमान।

अपने कुटुंब में इमोशनल वेलनेस को स्थापित करना हो, तो हनुमानजी से जुड़े रहिए।

## 2. स्वाध्याय

स्वाध्याय का सीधा अर्थ होता है स्वयं का अध्ययन करना। यानी अपने आप को जानना। जीवन में अच्छा-बुरा, ऊंच-नीच चलती रहती है। स्वयं पर भरोसा कर हर परिस्थिति में प्रसन्न रहना, आशावान बने रहना ही स्वाध्याय है।

उदासी बाहर का मामला है। ख़ुशी मूलरूप से हमारे भीतर ही मौजूद होती है। स्वयं ख़ुश रहें और दूसरों को भी ख़ुश रखें, यही स्वाध्याय है।

किष्किंधा कांड में एक बड़ी घटना घटती है जो आज भी स्वास्थ्य की दृष्टि से हमारे बड़े काम की है। श्रीराम द्वारा बालि के वध के बाद उसकी पत्नी तारा (जो पंच प्रातः स्मरणीय स्त्रियों में से एक है), ख़ूब रोई थी।

जब किसी का कोई प्रिय व्यक्ति संसार से चला जाता है, तो ऐसे समय तो मनुष्य का विवेक भी जाता चला जाता है। यहां तो तारा का सुहाग ही छिन गया था। उसका रुदन स्वाभाविक था।

ऐसे में कई बार कई लोग भगवान को कोसने लगते हैं। यह ठीक नहीं। मृत्यु जीवन का अंतिम-शाश्वत सत्य है। जिसका जन्म हुआ है, एक दिन उसे जाना भी है। कब जाना, कैसे जाना, यह हम मनुष्यों के वश में नहीं। इसलिए विधि के विधान को चुनौती देने का प्रयास कभी मत कीजिए। जो-जब होना है, होकर रहेगा।

बालि वध के बाद श्रीराम ने उसकी पत्नी तारा को जिस प्रकार समझाया, वह प्रसंग आज हमारे बड़े काम का है। जीवन में यदि किसी प्रिय

व्यक्ति से बिछड़ना पड़ जाए तो किष्किंधा कांड के इस प्रसंग को ज़रूर याद कर लीजिएगा।

बालि का शव पड़ा हुआ था। पत्नी तारा रुदन कर रही थीं और भगवान ने बड़े ही सुंदर ढंग से उससे वार्तालाप किया था।

नाना बिधि बिलाप कर तारा।
छूटे केस न देह सँभारा।।

राचमा 4/10/1

तारा अनेक प्रकार से विलाप करने लगी। बाल बिखरे हुए और देह की भी सुध नहीं रही।

तारा का विलाप देख राम स्वयं भी द्रवित हो जाते हैं। वे जानते थे तारा बहुत समझदार स्त्री है, इसे बहुत समझाने की ज़रूरत नहीं है। लेकिन उसके माध्यम से रामजी संसार को संदेश देना चाहते थे कि मृत्यु के प्रति अज्ञानी मत बने रहिए।

तारा बिकल देखि रघुराया। दीन्ह ज्ञान हरि लीन्ही माया।।

राचमा 4/10/2

तारा को विकल देखकर भगवान उसके समीप गए। समझाया और उसके आसपास जो माया थी, उसे हटा दिया।

छिति जल पावक गगन समीरा। पंच रचित अति अधम सरीरा।।

राचमा 4/10/2

भगवान समझा रहे थे– तारा, तुम जिस व्यक्ति के शरीर के लिए रो रही हो वह शरीर अब नहीं रहा। शव हो चुका है। इसके भीतर जो आत्मा थी, वह स्थानांतरित हो गई है।

हमें भी देह और आत्मा के इस अंतर को समझना होगा। शरीर के भीतर आत्मा रहती है। हम आत्मा हैं, शरीर नहीं। किसी की मृत्यु के बाद सारा रोना ही इसी बात का है कि हमने अपने आपको शरीर मान लिया है।

रामजी तारा से कहते हैं यह शरीर पंचतत्वों से बना है। पृथ्वी, जल, अग्नि, वायु और आकाश। जब शरीर से आत्मा निकल जाती है तो हर तत्व अपना–अपना हिस्सा वापस ले लेता है।

शरीर को तो एक दिन पंचतत्वों में विलीन होना ही है। प्रिय से प्रिय व्यक्ति का शव भी कोई ज़्यादा अपने पास नहीं रखता। अपने-अपने विधान के अनुसार गति देकर उसे छोड़ना ही पड़ता है। रामजी की बात तारा को समझ आई और उसने अपना विलाप रोक दिया।

गीता के दूसरे अध्याय में भगवान कृष्ण ने एक श्लोक कहा है -

नैनं छिन्दंति शस्त्राणि, नैनं दहति पावकः।
न चैनं क्लेदयन्त्यापो, न शोषयति मारुतः।।

गीता 2/23

प्रहार इस शरीर पर ही हो सकता है। आत्मा को ना शस्त्र काट सकता है, ना अग्नि जला सकती है, ना जल भिगो सकता है और ना ही हवा सुखा सकती है। आत्मा को कुछ नहीं होता। जो भी होगा, इस देह का ही होगा।

घर में यदि किसी सदस्य या अपने किसी परिचित की मृत्यु हो जाए, तब गीता के दूसरे अध्याय में 10वें से 30वें श्लोक तक (21 श्लोकों में) श्रीकृष्ण ने मृत्यु की बड़ी सुंदर व्याख्या की है। इसको समझना होगा।

अपने प्रियजन की मृत्यु का प्रसंग इमोशनल हेल्थ के लिए चुनौती बन जाता है।

प्रसंग सुनाते-सुनाते शिवजी ने पार्वतीजी से कहा-

उमा दारु जोषित की नाईं। सबहि नचावत रामु गोसाईं।।

राचमा 4/10/4

उमा, भगवान राम सबको कठपुतली की तरह नचाते हैं। उन्हीं की यह सब लीला है।

'होइहि सोइ जो राम रचि राखा...'

जन्म के साथ ही हम सबकी मृत्यु का दिन भी तय हो जाता है। फिर भी परिवार या समाज में जब किसी की मृत्यु हो जाती है तो हमें लगता है असमय चला गया, जल्दी जला गया...

यह सब सिर्फ़ लगता है। यही संसार की रीत है। ऊपर वाले का खेल कुछ और ही है। जो भी आया है, एक दिन उसे जाना ही पड़ेगा। सबकुछ तय है।

भागवत में उल्लेख आता है श्रीकृष्ण किस तरह संसार से गए। रामायण में बताया गया है राम कैसे विदा हुए।

ये दोनों ही अवतार अपनी लीला पूर्ण कर एकदम साधारण मनुष्य की तरह गए थे। चूंकि हम लोग संसार में रहते हैं, तो इन लीलाओं को समझ नहीं पाते।

ईश्वर की प्रत्येक लीला हमें आत्मा तक जाने की प्रेरणा देती है। श्रीराम यही समझा रहे थे तारा को।

हम जीवनभर कई वस्तुओं का उपयोग करते हैं। कुछ हमारे अधिकार की होती हैं, कुछ पर दूसरों का अधिकार रहता है।

सामाजिक जीवन वस्तुओं के परस्पर उपयोग से चलता है। इसीलिए कभी-कभी हम यह भूल कर जाते हैं कि कुछ वस्तुओं के बिना मेरा काम चलेगा ही नहीं।

सांसारिक वस्तुएं परिवर्तनशील हैं। इन पर ज़िद के साथ टिक जाना भीतर और बाहर से व्यथित कर देता है। अध्यात्म की भाषा में इन्हें असत् कहा है। इनकी सत्ता दिखते हुए भी होती नहीं है। वहीं परमात्मा को सत् कहा है।

असत् की कोई सत्ता नहीं होती और सत् का कोई अभाव नहीं होता। हमारे भीतर एक आत्मा है जो कभी नहीं बदलती।

यदि अपने भीतर एक ध्वनि सुनना चाहें तो सुनी जा सकती है, जो है- मैं वही हूं। यानी आप बचपन में वही थे, जवानी में भी वही हैं, और बुढ़ापे में वही रहेंगे।

यहां बात की जा रही है आत्मा की, जो कि सत् है। लेकिन हमारे बचपन, जवानी और बढ़ापे में असत् यानी बाहर की चीज़ें बदलती रहीं।

मित्र, खिलौने, वस्तुएं, शरीर का रूप-रंग यह लगातार बदला है। उसके बावजूद आप गहराई में महसूस कर सकते हैं- मैं वही हूं।

सांसारिक चीज़ें समय रहते हुए उपयोगी और अनुपयोगी हो जाती हैं। मिल जाती हैं तो हम ख़ुश हो जाते हैं, नहीं मिली तो दुखी...

जितना अपनी आत्मा पर टिकेंगे, उतना ही आश्वस्त रहेंगे कि वस्तु मिले-ना मिले, हमारा होना तय है। उस होने का जो आनंद है, उससे बाहरी चीज़ों को नहीं जोड़ें।

इससे हमारा रक्षातंत्र मज़बूत होगा और संसार में रहते हुए बाहरी भोग-विलास के आक्रमणों से सुरक्षित रहेंगे। इमोशनल वेलनेस हमें स्वयं से जोड़ेगी।

जो कुछ पावै सहज में सोई मीठा जान। कड़वा लागे नीम सा जामे ऐचा तान।।

सहज मिले सो दूध सम, मांगा मिले सो पानी। कहत कबीर वह रक्त सम जामे ऐचातानी।।

कबीरदासजी कहते हैं- जो सहजता से मिल जाए वही मीठा है। जिसमें खींचतान है, मारामारी है, झूठ है, जुगाड़ है वह नीम के समान कड़वा है। जो सहजता से मिल जाए वह दूध के समान है और जिसमें बहुत खींचतान है वह रक्त के समान है।

## • क्या और कितना मांगें...

भगवान से क्या और कितना मांगा जाए, यह भी समझने की बात है। इस दुनिया में बहुत ज़्यादा मांगने से कुछ नहीं होता। मिलेगा वो ही जो आपके हिस्से का होगा।

ऐसा जीवन जीने के लिए अभ्यास करना पड़ता है। अपने भीतर भावनाएं, संवेदनाएं, प्रेम, करुणा और अपनापन उतारना पड़ता है। यही इमोशनल वेल्थ है।

एक बार एक संत तीर्थ यात्रा पर निकले। उनके साथ गांव के कुछ लोग भी जा रहे थे। उसी गांव में एक चोर भी रहता था। जब उसने देखा कि साधु और बाक़ी लोग तीर्थ यात्रा पर जा रहे हैं, तो बोला- बाबाजी, मैं भी आपके साथ चलूंगा।

बाबाजी तो संत थे। मना कैसे कर सकते थे। उन्होंने चोर को संकेत दिया कि तुम्हारे बारे में सब लोग जानते हैं कि तुम चोर हो। चोरी और तीर्थ दोनों एक साथ नहीं हो सकते। इस यात्रा पर जाने के लिए तुम्हें अपनी चोरी की आदत छोड़नी पड़ेगी।

चोर ने बाबाजी की बात मान ली और तैयार हो गया। लोगों ने कहा- महाराज, यह चोरी किए बिना नहीं मानेगा। बाबा ने कहा- नहीं, इसने वचन दिया है, अब चोरी नहीं करेगा।

यात्रा शुरू हो गई। चलते-चलते रात हो गई तो सभी लोग एक धर्मशाला में जाकर ठहर गए। अगले दिन लोगों ने शिकायत की कि महाराज, चोरी तो नहीं हो रही, लेकिन सबकुछ अस्त-व्यस्त ज़रूर हो रहा है। इसका सामान उसके बैग में, उसका सामान मेरे बैग में मिल रहा है।

अगले दिन भी ऐसा ही हुआ। किसी और का सामान महाराज की पेटी में से निकला और महाराज का सामान दूसरे की पेटी से। सब परेशान होने लगे। आख़िर में उस चोर को पकड़कर पूछा तो उसने स्वीकार किया कि कर तो मैं ही रहा हूं।

जब पूछा गया कि तू यह सब क्यों कर रहा है? चोर ने कहा – मैंने वचन दिया था कि चोरी नहीं करूंगा। लेकिन, हेराफेरी तो कर सकता हूं। यह तीर्थयात्रा तो दो-तीन माह में ख़त्म हो जाएगी। उसके बाद मुझे गांव जाकर फिर यही सब करना है। जो आदत बन चुकी है, वह आसानी से छूट नहीं सकती।

संसार में कई लोगों की आदत होती है इसका उधर, उसका इधर करने की। फिर परेशान होते हैं।

राम कहते हैं तारा, यह देह तो नश्वर है। जिसको भी मिली है, एक दिन इसे नष्ट होना ही है। फिर परेशान क्यों होना? प्रकृति के इस विधान का मान तो सबको करना है।

आज के दौर में भावनाएं और संवेदनाएं दम तोड़ती जा रही हैं। किसी को किसी की फ़िक्र नहीं। सब अपना-अपना साधने में लगे हैं। तथ्य के पीछे का भाव इस किस्से से समझते हैं।

मांगीलाल और पत्नी चंचला के बीच ख़ूब झगड़ा होता था। बात तलाक के लिए अदालत तक पहुंच गई। जज ने पूछा – तुम लोग तलाक़ क्यों लेना चाहते हो?

मांगीलाल ने बताया- यह बहुत ही संवेदना और भावनाशून्य महिला है। इसमें इमोशन्स नाम की कोई चीज़ नहीं। पत्नी बनकर रहने के लायक़ नहीं है यह। मैं इसके साथ नहीं रह सकता।

चंचला से पूछा- तुम्हें क्या दिक़्क़त है। बोली- ये भी ऐसे ही हैं। एकदम निष्ठुर, पत्थर दिल। जज ने पूछा – ऐसा क्या हुआ? कोई उदाहरण दो।

चंचला ने कहा - इनको बहुत अधिक गुस्सा आता है। कल तो हद ही हो गई। बच्चे को पालने से उठाया और मुझ पर फेंक मारा। उसकी मृत्यु हो गई।

जज ने पूछा - आख़िर बच्चा मर कैसे गया? चंचला ने कहा- जैसे ही इन्होंने बच्चा मुझ पर फेंका, मैं नीचे झुक गई और बच्चा दीवार से टकरा गया। मर गया।

ये सब शरीर के रिश्ते हैं। जब तक शरीर पर टिके रहेंगे, ऐसा ही होता रहेगा। जिस दिन आत्मा पर टिकना सीख गए, मृत्यु भी आनंदमय हो जाएगी।

तारा को समझाने हुए रामजी ने हमें भी समझा गए कि यह शरीर तो कभी भी साथ छोड़ देगा। थोड़ा भावनाओं-संवेदनाओं पर टिककर आत्मा को स्पर्श करना होगा। आत्मा का स्पर्श ही इमोशनल हेल्थ है।

बालि वध के बाद श्रीराम सुग्रीव को किष्किंधा का राजा और अंगद को युवराज बना देते हैं।

सुग्रीव ने वचन दिया था- राजा बनने के बाद मैं सीताजी की खोज में अपने वानर भेजूंगा। लेकिन सत्ता मिलते ही वह सद्कर्म भूल गया।

राजकाज मिलते ही लोग रामकाज भूल जाते हैं। सुग्रीव ने भी ऐसा ही किया। चार मास की अवधि बीत जाने पर भी जब नहीं आया, तो राम क्रोध में आ गए।

लक्ष्मण को किष्किंधा भेजा। तब तक हनुमान सुग्रीव को समझाते हुए सचेत कर देते हैं।

लक्ष्मण के साथ सुग्रीव और हनुमान श्रीराम के पास आकर सीता की खोज के अभियान पर चर्चा करते हैं। सुग्रीव की आज्ञा पाकर वानर-दल निकल पड़ता है।

## 3. संयम

जीवन में स्वस्थ और प्रसन्न रहने के लिए संयम बहुत ज़रूरी है। भोज का संयम, नींद का संयम, क्रोध पर नियंत्रण और सबसे बड़ा भोग का संयम। यहां यदि चूक गए, तो भीतर की प्रसन्नता खो देंगे, और असर सीधा स्वास्थ्य पर होना ही है।

जब वानर सीताजी की खोज में निकल रहे थे, तो सुग्रीव ने आदेश दिया कि एक माह की अवधि देता हूं। जो भी सीताजी की सूचना लिए बिना लौटेगा, उसे मृत्युदंड दूंगा।

एक तो मृत्यु का दबाव, दूसरी ओर सीताजी कहीं नहीं मिल रही थीं। ऊपर से भूख-प्यास ने वानरों को व्याकुल कर दिया। ऐसा लग रहा था पानी के बिना सभी के प्राण ही निकल जाएंगे।

उसी समय हनुमानजी ने देखा एक गुफा में परिंदे जा रहे हैं। सोचा, वहां अवश्य ही पानी का स्रोत होगा। साथी वानरों को लेकर गुफा की ओर चल दिए।

आगें कै हनुमंतहि लीन्हा। पैठे बिबर बिलंबु न कीन्हा।।
राचमा 4/23/4

सबने हनुमानजी को आगे कर लिया और बिना देर किए गुफा में घुस गए।

गुफा के भीतर पहुंचे तो देखा एक देवी आंखें बंद कर ध्यान लगाए बैठी थीं। स्वयंप्रभा के रूप में अपना परिचय देते हुए उन्होंने सभी को जलपान करवाया।

वानरों ने सीताहरण की कहानी बताते हुए कहा हम सीताजी की खोज कर रहे हैं। स्वयंप्रभाजी ने आश्वासन दिया- वे अवश्य मिलेंगी।

यहां वानरों के सामने फिर एक समस्या आ खड़ी हुई। स्वयंप्रभाजी ने बताया- इस गुफा का एक नियम है कि जो अंदर आ जाता है, फिर वह जीवित बाहर नहीं जा सकता। घबराए वानर एक-दूसरे को देखने लगे।

उसी समय स्वयंप्रभाजी ने समाधान भी बता दिया। बोलीं- एक रास्ता है। यदि आंखें बंद कर लोगे तो बाहर जा सकते हो।

वानरों ने सोचा मरने से तो अच्छा है आंखें बंद कर लें। स्वयंप्रभाजी की बात मान ली। जैसे ही आंखें बंद कीं, तुलसीदासजी ने लिखा -

मूदहु नयन बिबर तजि जाहू। पैहहु सीतहि जनि पछिताहू।।
राचमा 4/24/3

तुम लोग आंखें मूंद लो और गुफा को छोड़कर बाहर चले जाओ। सीताजी को पा जाओगे। पछताओ नहीं, यानी निराश मत होओ।

स्वयंप्रभा के माध्यम से हम लोगों के लिए भी यह बहुत बड़ा संदेश है। जीवन में जब कभी संघर्ष का दौर आए तो निराश नहीं होना चाहिए। धैर्य और साहस के आगे बड़े-बड़े संकट टल जाते हैं।

यहां आंख मूंदने की बात बड़े काम की है। सीता की खोज यानी शक्ति, भक्ति और शांति की खोज। आंखें बंद करना यानी ध्यान-मेडिटेशन। मेडिटेशन से ही इमोशनल वेलनेस समझ भी आती है और बढ़ भी जाती है।

स्वयंप्रभा ने कहा था-

निमीलयत चक्षूंषि सर्वे वानर पुंगवा।
नहि निष्कृमितुं शक्यम्निमीलित लोचनैः।।

वारा. 4/52/27

श्रेष्ठ वानरों, तुम अब अपनी-अपनी आंखें बंद कर लो। आंखें बंद किए बिना यहां से निकल पाना असंभव है।

स्वयंप्रभाजी ने वानरों से आंखें बंद करने को कहा, इसके पीछे भी गहरा दर्शन है।

आंख से दुनिया देखी जाती है। मतलब बाहर के संसार में जीने के लिए आंखें काम आती हैं। लेकिन, यदि आंख को ही देखना हो तो फिर कुछ आध्यात्मिक क्रियाएं करना होंगी।

अपनी ही आंख को देख लेने वालों के लिए परमात्मा की अनुभूति आसान हो जाती है। यहां परमात्मा का व्यापक अर्थ है शांतिमय जीवन।

बाहर की आंख का संबंध प्रतीति से है। प्रतीति यानी संसार। यह प्रतीत होता है, पर सदैव रहता नहीं है। अपनी आंख को देखना यानी भीतर की आंख। इसका संबंध प्राप्त से है। प्राप्त यानी परमात्मा।

प्राप्त की सत्ता सदैव रहती है। शरीर और संसार दिखते हैं, इनकी प्रतीति होती है, पर इनकी स्थायी सत्ता नहीं है। ये प्रतिपल बदल रहे हैं। जिसमें बदलाव है उसे नाशवान मानना ही होगा।

शरीर और संसार प्रतीति हैं तो जीवात्मा-परमात्मा प्राप्त हैं। ये नित्य हैं, इन्हें देखा जा सकता है, लेकिन अपनी ही आंख को देखने का अभ्यास करना होगा। इसी से हम स्वयं में स्थित हो जाएंगे। हमारी बाहरी सक्रियता जारी रहेगी, पर भीतर से स्थिर, शांत और विश्राम में रहेंगे।

बाहर की आंखें हमें ईश्वर के विश्वास में उतारती हैं। विश्वास बढ़ने पर वासना गिरती है। श्रद्धा विचार गिरा देती है, और विचार गिरते ही हम ध्यान में उतर जाते हैं। थोड़ा अपनी आंख को स्वयं ही देखने का प्रयास करें।

यह ऐसा होगा कि बिना मरे चिता जली, बिना गढ़े क़ब्र बनी। खुद ही ख़त्म करके खुद ही को पा लेना। इसलिए चौबीस घंटे में नींद के अलावा भी थोड़ी देर आंख बंद करने का अभ्यास करें।

यहां बड़ी बात यह है कि वानरों ने स्वयंप्रभाजी की बात मान ली थी। फिर उसका परिणाम भी मिला।

हर बात का, हर समस्या का समाधान निकल जाता है। बस, तरीक़ा ढूंढ़ना पड़ेगा। अपने भीतर उतरकर अपने आपको जानने का प्रयास करते रहिए। कर्ताभाव हमेशा हमारे भीतर ही रहता है।

एक महात्माजी अपने शिष्य के साथ बैठे थे। एक अन्य शिष्य आनंद, कुछ दूरी पर एक पेड़ के नीचे बैठा था।

एक वेश्या आनंद पर मोहित थी। वहां आई और उसको आकर्षित करने के लिए कुछ भाव-भंगिमाएं प्रदर्शित करने लगी।

महात्माजी और उनका शिष्य दूर से यह सारा दृश्य देख रहे थे। शिष्य महात्माजी से बोला- यह वेश्या आनंद को पथभ्रष्ट कर देगी और कहीं वह अपनी सिद्ध स्थिति से गिर नहीं जाए। आप कुछ कीजिए। महात्माजी ने कोई जवाब नहीं दिया।

आनंद जब भंगिमाओं से प्रभावित नहीं हुआ तो वेश्या तंत्र-मंत्र करने लगी। कभी चूड़ियां बजाती, कभी कपड़े से आवाज़ करती। कभी कुछ तो कभी कुछ करके आनंद को प्रभावित करने का प्रयास कर रही थी। कुछ समय के बाद उसे लगा कि अब कुछ नहीं हो सकता तो उठकर वहां से चली गई।

उसके जाने के बाद आनंद भी उठकर पीछे चल दिया। तभी महात्मा समझ गए कि अब कुछ करना पड़ेगा। खड़े हो गए।

शिष्य बोला- मैं आपसे पहले से कह रहा हूं कि कुछ करिए। तब तो आपने कुछ किया नहीं, और अब जब वह जाने लगी तो आप खड़े हो गए?

महात्माजी ने कहा - जब वेश्या सभी क्रियाओं से आनंद को उठाने का प्रयास कर रही थी, तब आनंद ध्यानमग्न था। यानी साक्षीभाव में था। साक्षीभाव यानी स्वयं को देखना।

वेश्या के वहां रहते हुए उसकी क्रियाओं का आनंद पर कोई प्रभाव नहीं पड़ रहा था। जब वह उठकर चली गई तो उसकी स्मृति वहां छूट गई। अब आनंद भी उठ गया है तो वह कर्ताभाव में आ गया। अब उसके पतन का ख़तरा है।

जीवन में कर्ताभाव और साक्षीभाव का अंतर समझना पड़ेगा। प्रतिदिन अपने भीतर साक्षीभाव पैदा करिए। साक्षीभाव का मतलब है अपने ही साथ हो रही घटनाओं को सामने खड़े होकर देखना।

आप ही दृश्य और आप ही दृष्टा। यही साक्षीभाव है। साक्षी भाव जितना परिपक्व होगा उतना ही आप शांत हो जाएंगे। इमोशनल हेल्थ इसी को कहते हैं।

लेकिन इसका मतलब यह भी नहीं कि कर्ताभाव को पूरी तरह विस्मृत ही कर दें। कर्ताभाव तो होना ही चाहिए। घर में कोई बीमार हो जाए, किसी पर कोई संकट आ जाए, तो अपने कर्तव्य में कोई कसर मत छोड़िए। सारे प्रयास, सारी व्यवस्थाएं कीजिए और अपने आपको करता हुआ देखिए।

स्वयंप्रभा के कहने पर गुफा में वानरों ने आंखें बंद कीं और जब खोलीं तो अपने आपको समुद्र के तट पर पाया।

## 4. संतुलन

जीवन संतुलन का नाम है। अति किसी भी चीज़ की ठीक नहीं। अपने आहार को संतुलित रखिए। विचारों में संतुलन बनाए रखिए।

यहां तक कि परिवार में रिश्तों के निर्वहन में भी संतुलन बहुत महत्त्वपूर्ण होता है। जीवन का कोई भी क्षेत्र हो, संतुलन मांगता है। अति के परिणाम सदैव बुरे ही होंगे।

सीताजी की कोई सूचना नहीं मिली थी। दल का नेतृत्व कर रहे युवराज अंगद ने कहा अब तो मर जाना ही श्रेष्ठ है, क्योंकि ख़ाली हाथ लौटकर गए तो महाराज सुग्रीव जीवित नहीं छोड़ेंगे।

सीता यानी शांति, शक्ति और भक्ति। भक्ति के मार्ग में भी बाधा आती ही है।

दुनिया की वस्तुएं मिलती हैं उद्यम करने से। परिश्रम, क्रिया-कलाप ये सब ज़रूरी हैं संसार पाने के लिए, लेकिन परमात्मा को पाना हो तो थोड़ा अंदाज़ बदलना होगा।

ईश्वर सब में है। संसार की प्रत्येक वस्तु में, व्यक्ति में, काल में और हर जगह बसा है वह। इसलिए उसे पाना हो तो उद्यम से अधिक लालसा रखना पड़ेगी।

ईश्वर का निर्माण नहीं करना है। उन्हें कहीं से लाना नहीं है। उन्हें बदलना नहीं है। वे सब जगह हैं। बस, पाने की लालसा ही पर्याप्त है।

दुनिया की भौतिक वस्तुओं को पाना हो तो इसका क्रम होगा- पहले लालसा करें, फिर परिश्रम। फिर भी भाग्य अपना काम करता है, और उसी के सहारे वह वस्तु मिलती है। ईश्वर को पाना हो तो उसकी चाहत ही काफ़ी है। उद्यम तो यहां भी करना पड़ेगा, लेकिन इसमें ईश्वर स्वयं सक्रिय हो जाता है।

परमात्मा उद्योगजन्य नहीं है। जो भी वस्तु उद्योगजन्य होगी, वह नाशवान भी होगी। लेकिन परम सत्ता सदैव से है, अविनाशी है।

संसार में रहते ख़ूब उद्योग करें, पर यह बाहर की गतिविधि होगी। भीतर लालसा पैदा करें। भीतर और बाहर का संतुलन सुख के साथ शांति भी प्रदान करेगा।

केवल उद्यम ऐसा है, जैसे हथेली पर जलता दीया रखकर चलना। कितना बचाएंगे दुनिया के झोंको से। वहीं ईश्वर की लालसा ऐसी है, जैसे भीतर दीया जलाना। यह लौ नहीं बुझती, बल्कि इसकी रोशनी से बाहर का दीया बुझने पर भी प्रकाशमान रहेगा।

इसलिए परिश्रम संसार के लिए और लालसा रखें संसार बनाने वाले के लिए।

अंगद को व्याकुल-घबराया देख बाक़ी वानर भी भविष्य के परिणाम की कल्पना में घबराने लगे। यहां हनुमान थोड़ा आगे आए और बोले- अंगद, मनुष्य की बुद्धि की आठ विशेषताएं होती हैं और मैंने देखा है वे सारी विशेषताएं आप में हैं।

पहली विशेषता होती है दूसरों के कथन को सुनने की अभिलाषा।

दूसरी विशेषता उसे सुनने की क्षमता।

तीसरी सुनने के बाद उसका तात्पर्य समझने की क्षमता।

चौथी तीव्र स्मरण शक्ति।

पांचवीं विशेषता है उस कथन के पक्ष में तर्क रखने की क्षमता।

छठी विपक्ष में तर्क रखने की क्षमता।

सातवीं उस कथन का मर्म जानने की दृष्टि और

आठवीं विशेषता है सद्‌बुद्धि, यानी विवेक।

बुद्धि की ये आठ विशेषताएं हनुमानजी ने बताई हैं। हनुमान कहते हैं अंगद, इन आठों विशेषताओं के होने के बाद भी आप ऐसी निराशा की बात कर रहे हैं!

मैंने देखा है आप राजपुरुष हैं और राजनीति के चार उपाय माने गए हैं।

किष्किंधा कांड में हनुमानजी ने अंगद को राजनीति के चार उपाय में प्रवीण बताया।

पहला प्रत्यायन (सुलह कराना)। राजनीति में ज़रूरी है दो लड़ते हुए लोगों के बीच सुलह भी कराना चाहिए। यह महत्त्वपूर्ण कला है।

यदि आप राजपुरुष हैं या राजनीति में हैं तो कई बार ऐसा होगा कि आपके लोग आपस में लड़कर आपके पास आएंगे और दोनों आपके प्रिय होंगे।

ऐसे में दोनों के बीच सुलह कराना आपकी बड़ी ज़िम्मेदारी है।

दूसरा उपहार देना। सामने वाला हमसे प्रसन्न रहे, इसके लिए कोई भेंट देना। अपने लोगों को प्रसन्न करने के लिए कोई उपहार अवश्य देते रहें। ध्यान रखें, भेंट या उपहार का स्वरूप रिश्वत नहीं हो।

तीसरा शत्रुओं में मतभेद पैदा करने की अक्ल। यह एक कुशल शासक का गुण माना जाता है। राजनीति की दृष्टि से यह बहुत महत्त्वपूर्ण है।

चौथा आवश्यकता पड़ने पर हिंसा और बल का प्रयोग करने में संकोच नहीं करना।

आठ विशेषताएं और चार उपाय बताकर हनुमानजी ने अंगद की निराशा दूर करने का प्रयास किया।

राम द्वारा बालि के वध और किष्किंधा का राजकाज मिलने के बाद सुग्रीव भगवान का काम भूल गया, तो हनुमान ने सुग्रीव के पास जाकर उन्हें भी चार विधियों (साम, दाम, दंड, भेद) से समझाया था।

निकट जाइ चरनन्हि सिरु नावा।
चारिहु बिधि तेहि कहि समुझावा।।

राचमा 4/18/1

बुद्ध्या दृष्टांगया युक्तं चतुर्बल समन्वितम्।
चतुर्दशगुणं मै ने हनुमान् वालिनः सुतम्।।

वारा 4/54/2

हे बालिपुत्र अंगद, आपमें उपरोक्त सभी विशेषताएं हैं। आठ गुणों वाली बुद्धि है। चार प्रकार के बल हैं, और आप चौदह गुणों से संपन्न हैं। फिर इस तरह निराश क्यों हैं? हनुमानजी की बात सुन अंगद की सारी निराशा चली गई।

जीवन में कभी-कभी अच्छे-समर्थ लोग भी उदास हो जाते हैं, निराशा में डूब जाते हैं। तब उन्हें समझाना पड़ता है। जीवन में हनुमान हों तो यह काम आसान हो जाता है।

हनुमान के समझाने पर अंगद थोड़े निश्चिंत हो गए थे। लेकिन, कुछ ही देर बाद संपाति का प्रवेश हो गया। संपाति को मन का प्रतीक मानें।

अच्छे से अच्छे शिकारी को भी दिक़्क़त पड़ती है जब उसका शिकार तेज़ी से भाग रहा हो। यदि आप शिकारी हैं तो शिकार की गति रोकिए या उसकी गति को पकड़िए। और यदि स्वयं शिकार हों तो अपनी गति बढ़ाइए।

व्यावहारिक दुनिया में लोग इसी फ़ार्मूले से काम करते हैं। लगातार तीर चलाना पड़ता है, सतत तीर चल रहे होते हैं और हर बार तीरों से बचना भी है। दुनिया की दोड़ में शिकार कब शिकारी और शिकारी कब शिकार बन जाए पता ही नहीं चलता।

तेज़ गति से भाग रही इस दुनिया के जो दुख हैं, उसका निदान थोड़ा भीतर उतरकर ढूंढा जा सकता हैं। जैसे ही अपने भीतर उतरने का प्रयास करेंगे, पहली भेंट मन से होगी। इसकी तेज़ गति का तो क्या कहना।

संपाति को मन के रूप में देखें तो कई बातें समझ में आ जाएंगीं। यदि उसकी चाल को समझ लिया, पकड़ लिया तो संभवतः बाहर के संसार में भी असफल नहीं रहेंगे।

मन हमारे भीतर तीन तरीक़े से होता है। म्यूज़ियम, लाइब्रेरी और मेमोरी बैंक। इन तीनों रूप में वह स्मृतियों, विचारों को संभालता, देता, लेता है।

म्यूज़ियम में पुरानी वस्तुएं रहती हैं। स्मृति जितनी पुरानी होगी, बोझ उतना ज़्यादा होगा। यह भारीपन भी हमें थकाता है।

लायब्रेरी में किताबें तो बहुत हैं, पर आपको अपने काम की चीज़ छांटना नहीं आया तो समय ख़राब होना ही है।

मेमोरी बैंक के रूप में मन गति से लेन-देन करता है। हम शिकारी हैं और इस तेज़ दौडते शिकार यानी मन को क़ब्ज़े में करना ही होगा, वरना सही-ग़लत का भ्रम बाहर की तरह भीतर भी बना रहेगा।

सारे वानर समुद्र के किनारे सीताजी की खोज के उपाय पर मंथन कर रहे थे, उसी समय वहां संपाति का आगमन होता है।

बड़ा बलवान गिद्ध था संपाति। आते ही बोला- आज तो भगवान ने मेरे लिए भरपूर भोजन भेज दिया है। तुम सारे वानरों को खा जाऊंगा।

वानर फिर घबराए। यह क्या? अब एक और समस्या आ गई? रामकथा का किष्कंधा कांड सोपान ही समस्याओं और उनके समाधाान का है। बार-बार समस्याएं आती हैं और हर बार समाधान मिल जाते हैं।

जैसे ही संपाति ने भक्षण की बात की, अंगद ने कहा - आप हमें खाने की बात कर रहे हैं? तुमसे अच्छे तो जटायु थे, जिन्होंने श्रीराम के हित में, सीताजी की रक्षा के लिए अपने प्राण गंवा दिए।

संपाति जटायु का भाई था। अंगद के मुख से भाई का नाम सुनते ही चौंक गया। बोला - जटायु के साथ क्या हुआ, मुझे विस्तार से बताओ। मैं आप लोगों की सहायता करूंगा।

मैं अपनी गिद्धदृष्टि से देख रहा हूं कि सीताजी कहां हैं, लेकिन बूढ़ा हो गया हूं तो वहां जा नहीं सकता। सीताजी सौ योजन समुद्र पार लंका में हैं।

संपाति के मुख से सीताजी का पता जानते ही वानर समुदाय में हर्ष छा गया। पता तो चल गया वे हैं कहां, लेकिन अब नई समस्या यह थी कि लंका जाएगा कौन?

जीवन इसी का नाम है। एक समस्या से निपटो कि दूसरी तैयार खड़ी मिलती है। आज अधिकतर लोगों के जीवन में यही सब चल रहा है।

यहां फिर वही बात आती है कि जीवन है तो समस्याएं आएंगीं ही। लेकिन हर समस्या अपने साथ उसका समाधान लेकर चलती है। इस (लंका जाना) समस्या का समाधान भी वहीं मौजूद था।

चर्चा शुरू हो गई। सौ योजन समुद्र पार कर कौन जा सकता है। सारे वानर अपने-अपने सामर्थ्य की सीमा बताने लगे।

मयंद ने कहा मैं साठ योजन दूर तक जा सकता हूं। द्विविद ने सत्तर योजन की बात कही। कोई अस्सी, कोई नब्बे योजन का साहस दिखाने लगे। तब दल के सबसे बूढ़े सदस्य जामवंत ने कहा मैं 90 योजन तक जा सकता हूं।

चूंकि जामवंत बूढ़े थे तो अपने जमाने की अन्य बातें भी करने लगे। बोले - जब भगवान ने वामन अवतार लिया था तो मैंने उनकी 21 बार परिक्रमा की थी। उस समय मुझमें इतनी ताक़त हुआ करती थी।

समुद्र मंथन के समय जब देवता और दैत्य एकत्रित हुए थे तब मैंने ही संसार की जड़ी-बूटियां एकत्र करके समुद्र में डाली थीं।

बुढ़ापा ऐसा ही होता है। हर बात में अपने जमाने की कोई बात निकाल ही लेता है। उनके ये ही अनुभव युवा पीढ़ी के लिए मार्गदर्शक बन जाते हैं।

अंगद ने कहा मैं सौ योजन जा तो सकता हूं, लेकिन लौटकर वापस आने की कोई गारंटी नहीं। सभी ने अपनी-अपनी सीमाएं बता दीं। समस्या खड़ी थी, परंतु समाधान नहीं मिल पा रहा था।

उसी समय जामवंत ने हनुमान को देखा, जो सबसे पीछे बैठे थे आंखें बंद किए। समझ गए एक हनुमान ही हैं जो यह काम कर सकते हैं।

जामवंत ने हनुमानजी को प्रेरित किया। फिर उनकी ओर देखते हुए बोले-

कहइ रीछपति सुनु हनुमाना।
का चुप साधि रहेहु बलवाना।।

राचमा 4/29/2

हनुमान, आप सब प्रकार से समर्थ होने के बाद भी क्यों चुप बैठे हैं? सुनते ही हनुमान ध्यान-मुद्रा से एकदम जाग उठे। विशाल पर्वताकार हो गए।

बाक़ी साथियों की चिंता को समझते हुए उन्हें प्रेरित करने के लिए चार बातें बोले।

1. बिना रुके मेरू पर्वत के एक हज़ार चक्कर लगा सकता हूं।
2. समुद्र का सारा जल एक पैर से हिला सकता हूं। सारे संसार को इसके जल के छींटे से भिगो सकता हूं।
3. उड़ते हुए गरुड़ की एक हज़ार परिक्रमा लगा सकता हूं।
4. पूरी लंका को उखाड़कर कहीं और दूर ले जा सकता हूं।

यह मेरा बड़बोलापन नहीं, आप सभी साथियों को मेरा आश्वासन है। मैं जाऊंगा, माता सीता को श्रीराम का संदेश देकर वापस आऊंगा।

हनुमानजी ने इतनी बड़ी बात किसके भरोसे की थी। श्रीराम यानी भगवान के भरोसे पर। भगवान भरोसे का दूसरा नाम है।

जीवन में कितना ही बड़ा संकट आ जाए, ईश्वर से विश्वास कभी मत उठने देना। अड़चन में भगवान सहायता करते हैं।

जिस दिन हम पूरी तरह भगवान के भरोसे हो जाते हैं, उस दिन हमारी इमोशनल हेल्थ बहुत स्ट्रांग हो जाती है।

प्यास सता रही थी तो स्वयंप्रभाजी आ गईं। सीताजी की जानकारी नहीं मिल रही थी, तो संपाति आ गए। यही तो भरोसे का खेल है।

भगवान पर भरोसा नहीं करके कभी-कभी हम ज़िंदगी को उलझा लेते हैं। छोटी-सी चिंगारी को बड़ा अलाव बना बैठते हैं।

कितनी सी बात का, कितना है फैलाव।
चिंगारी भी यूं लगे, जैसे जले अलाव।।

किष्किंधा कांड के प्रसंगों से हमने यही समझा कि इमोशनल वेलनेस को कैसे साधा जाए। थोड़ा स्वाध्याय करें, अपने भीतर उतरें, मेडिटेशन करें, कॉस्मिक एनर्जी को लाइफ़ एनर्जी से कनेक्ट करें।

ध्यान को कभी चैक नहीं करें। कुछ लोग ध्यान करते हैं और शीघ्र ही उसके परिणाम के बारे में सोचने लग जाते हैं। फल और छिलका कभी अलग नहीं होते। ऐसा ही ध्यान और शांति का मामला है। ध्यान करते समय शांति मत तलाशना। कुछ नहीं तलाशने का नाम ही ध्यान है।

यदि मेडिटेशन किया है तो शांति मिलना ही है। लेकिन इसके प्रयोग बिलकुल मत कीजिए। ऐसे प्रयोग कभी-कभी भारी भी पड़ जाते है

मैक्स प्लांक नाम का एक वैज्ञानिक था। उसने अपनी जीवनी में लिखा है कि मैं प्रयोग कर रहा था मनुष्य के शरीर और मन का। मनोविज्ञान और शरीर विज्ञान पर एक साथ काम कर रहा था।

प्रयोग यह था कि क्या मन के प्रभाव शरीर पर पड़ते हैं और क्या शरीर से मन प्रभावित होता है। उन्हीं दिनों उसे एक स्त्री से प्रेम हो गया।

एक बार उसके साथ बैठा था। एकदम से प्रेमिका खड़ी हुई और बोली- मुझे तुम्हारे साथ बातचीत या कोई भी व्यवहार नहीं रखना। कोई संबंध नहीं रखना।

वैज्ञानिक ने पूछा- क्या हुआ? ऐसी बातें क्यों कर रही हो?

प्रेमिका बोली - कुछ दिन से देख रही हूं कि जब भी तुम मेरे पास बैठते हो तो मेरा हाथ पकड़कर मेरी नस टटोलते हो। लगता है कि तुम मेरे साथ प्रेम नहीं करते हो। तुम प्रेमपूर्ण नहीं हो। इसके पीछे तुम्हारा कोई गणित चल रहा है।

वैज्ञानिक ने कहा - तुम्हारी बात बिलकुल ठीक है। मैं तुम्हारे पास बैठता हूं तो तुम्हारी नस से यह चैक कर रहा होता हूं कि तुम्हारे शरीर और मन पर कैसा प्रभाव पड़ रहा है।

वह स्त्री गुस्सा हो गई और बोली - तुम वैज्ञानिक होकर प्रेम कर रहे हो। प्रेम में भी विज्ञान लगाकर बैठे हो। ऐसे तो तुम्हारे और मेरे संबंध नहीं रह सकते। वह उठी और चली गई।

यहां हमारे समझने की बात यह है कि जब भी ध्यान करने बैठें तो गणित नहीं लगाएं। यह दिल का सौदा है। जो लोग समीकरण से, गणित से ध्यान, मेडिटेशन करते हैं, उनकी इमोशनल वेलनेस गड़बड़ा जाती है। किष्किंधा कांड के प्रसंग हमें यही सिखाते और समझाते हैं।

जब भी हम भगवान के भरोसे का जीवन जीते हैं तो खुद को एक आश्वासन मिलता है।

*न अनमोल है, न बेमिसाल है।*
*इस जिस्म के अंदर तो रामजी का माल है।।*

हमें यही महसूस करना है कि यह सबकुछ ईश्वर का दिया हुआ और उसी के लिए है। स्वास्थ्य रामायण का उद्देश्य यही है।

एक बात तो तय है कि यदि आप भीतर उतर गए, अपने आनंद से जुड़ गए तो शरीर से निकलने वाली तरंगें पूरे घर-परिवार को आनंदित कर देंगी। इसलिए ख़ुश रहें और ख़ुश रखें।

पुस्तक के इस भाग में हमने किष्किंधा कांड के विभिन्न प्रसंगों को जीवन से जोड़ा। आगे सुंदरकांड के प्रसंगों को जीवन से जोड़ेंगे, जिसका विषय होगा प्रोफ़ेशनल वेलनेस।

हनुमानजी की सफलता की कहानी है सुंदर कांड।

**● किससे बचें-क्या करें...**

**सात दुर्गुण :** 1. काम 2. क्रोध 3. लोभ 4. मद 5. मोह 6. मत्सर 7. आलस्य

**बचें :-** काम यानी भोग, विलास, वासना, हवस, कामातुर, कामांध, इंद्रियासक्त, कामेच्छा। ये सब लक्षण हैं बुरे विचार-बुरी आदतों के, जो लगभग सभी में होती हैं।

हम मनुष्य तीन गुणों से बने हैं - सत, रज और तम। ये सारी बातें हमारे तमोगुण को हावी कर देती हैं। ये प्रकट नहीं होतीं, भीतर ही भीतर चलती हैं।

मनुष्य के भीतर काम रेंगता है उसके रक्त में। यहीं से हमारी इमोशनल वेलनेस प्रभावित हो जाती है।

सच तो यह है कि भावनाएं शुद्ध होना चाहिए, प्रेम की ओर बहना चाहिए। लेकिन, जब काम जागता है तो वासनाएं सक्रिय होती हैं और भावनाएं दूषित हो जाती हैं।

यदि पुरुष हैं तो मन में स्त्रियों के प्रति काम-चिंतन चलता रहता है। स्त्री हैं तो पुरुष के प्रति अपवित्र विचार जाग जाते हैं। आज की भाषा में इसे सैक्स ओरिएंटेड लाइफ़ कहते हैं।

ख़ास तौर पर नई पीढ़ी तो सक्सेस और सैक्स में उलझकर रह गई है। इसीलिए उनकी इमोशनल वेलनेस बहुत डगमगा रही है।

बुरे विचारों से बचने के लिए बुरे दृश्य देखना बंद करना पड़ेगा। जो

लोग लेपटॉप-मोबाइल का ज़्यादा उपयोग करते हैं, उनको तो बहुत अधिक सावधान रहना होगा। इनमें तो हर दूसरा दृश्य अश्लील, अप्रिय भरा हुआ है।

प्रयास करिए, जहां और जिस भी माध्यम से गंदे विचारों का प्रवेश हो रहा हो, उनसे दूरी बना लें।

फिर भी यदि गंदे विचार मन में प्रवेश कर ही जाएं तो एक गिलास शुद्ध पानी पीएं, कमर सीधी, आंखें बंद रखें और जल्दी-जल्दी ईश्वर का नाम या कोई मंत्र जपने लग जाएं। इससे भी अश्लील चिंतन नियंत्रित हो सकता है।

**करें :-** जिन्हें गंदे विचारों को भीतर आने से रोकना है, वे दिनभर में कभी भी एक प्रयोग कर सकते हैं। मंत्र और चक्र का प्रयोग।

हमारे शरीर में सात चक्र हैं। पहला मूलाधार- मेरूदंड के सबसे निचले सिरे पर। उससे कुछ अंगुल ऊपर स्वाधिष्ठान। नाभि में मणिपुर। हृदय पर अनाहत। कंठ में विशुद्ध। दोनों भौंहों के बीच आज्ञा। और, सबसे ऊपर मस्तिष्क के बीचोबीच सहस्रार चक्र।

जैसे ही मन में ग़लत विचार उठें, कोई मंत्र पकड़ें। ऊँ शब्द भी ले सकते हैं। या हनुमान चालीसा की 21 वीं चौपाई- राम दुआरे तुम रखवारे। होत न आज्ञा बिनु पैसारे।।

इस चौपाई का भाव है आप (हनुमानजी) रामजी के द्वारपाल हैं। आपकी आज्ञा के बिना कोई प्रवेश नहीं कर सकता। आप मेरे जीवन में भी चौकीदार बनकर दुर्गुणों का प्रवेश रोक दीजिए।

इस चौपाई या जो भी आपका प्रिय मंत्र हो, उसे सांस में घोलें और सबसे पहले प्रथम चक्र मूलाधार पर रखें। धीरे-धीरे ऊपर उठाते हुए एक-एक कर सातों चक्रों पर रखें। कल्पना करें कि ऊर्जा अगरबत्ती के धुएं की तरह ऊपर उठती जा रही है।

जब सातवें यानी सहस्रार चक्र तक पहुंच जाएं तो उसे देखने का अपना अलग ढंग है। बंद आंखों में ही पुतलियां धीरे-धीरे ऊपर उठाएं और मस्तक के बीचोबीच देखें। जैसे छतरी खोलकर देखते हैं।

इस प्रयोग से ऊर्जा नीचे से ऊपर उठेगी और अच्छा परिणाम यह आएगा कि बुरे विचार अपने आप गिर जाएंगे। आपका रोम-रोम पवित्र होकर खिल उठेगा। आप इमोशनल हेल्थ की दृष्टि से संपन्न होंगे।

# 5

# प्रोफ़ेशनल हेल्थ (सुंदरकांड)

सुंदरकांड रामकथा का पांचवां सोपान (चैप्टर) है। इसका कथासार लगभग सभी जानते हैं। हनुमानजी लंका जाने के लिए समुद्र पर छलांग लगाते हैं।

मार्ग में मैनाक पर्वत सहित तीन राक्षसियां सुरसा, सिंहिका तथा लंकिनी के रूप में बाधाएं आती हैं। इन सबसे निपटते हुए पवनपुत्र हनुमान लंका में प्रवेश करते हैं।

विभीषण से भेंट होती है। उन्हें समझाते हैं। सीताजी से मिलकर श्रीराम का संदेश देते हैं। अशोक वाटिका उजाड़ते हैं। रावण के पुत्र अक्षयकुमार सहित कई योद्धाओं का वध करते हैं। मेघनाद बंदी बनाकर उन्हें रावण के सामने ले जाता है।

रावण पूंछ जलाने का आदेश देता है। राक्षस पूंछ में आग लगाते हैं। उसी आग से हनुमान लंका जलाते हैं। समुद्र में कूदकर पूंछ की आग बुझाते हैं।

फिर सीताजी के पास जाकर उन्हें आश्वस्त करते हैं कि रामजी लेने आएंगे। वापस रामजी के पास लौटकर सीताजी की सूचना देते हैं।

उधर विभीषण रावण को समझाता है। रावण उनको लात मारकर लंका से निकाल देता है। विभीषण श्रीराम की शरण में आ जाते हैं।

राम समुद्र से लंका जाने का मार्ग मांगते हैं। समुद्र सेतु निर्माण की युक्ति बताता है। इसी मार्ग से रामसेना लंका प्रवेश की तैयारी करती है। यहीं सुंदर कांड समाप्त होकर कथा लंका कांड में प्रवेश करती है।

## स्वास्थ्य रामायण क्यों?

पुस्तक के पिछले भागों में हम पढ़-समझ चुके हैं कि रामकथा के सात कांड हमें स्वास्थ्य के सात सूत्र देते हैं। इन्हीं सात सूत्रों का समावेश पुस्तक में किया गया है, और इसीलिए इसका शीर्षक दिया है 'स्वास्थ्य रामायण'।

स्वास्थ्य की दृष्टि से देखा जाए तो अच्छे और बुरे दोनों अनुभवों का समय हम मनुष्यों के जीवन में बना ही रहता है।

मेडिकल साइंस ऐसी-ऐसी खोज कर चुका है कि अब शायद ही कोई बीमारी ऐसी हो, जिसका निदान चिकित्सा जगत में नहीं हो। लेकिन, इसका दूसरा पहलू यह भी है कि नई-नई बीमारियां और उनके दुष्परिणाम भी सामने आ रहे हैं।

कई बार हम स्वयं अपनी ही ग़लतियों से ऐसी स्थितियां निर्मित कर लेते हैं कि जीवन संकट में पड़ता दिखने लगता है। फिर अपने आपसे पूछते हैं यह बुरा दौर कब और कैसे जाएगा।

बीमारियों से लड़ने और उसके निवारण में मेडिकल साइंस तो अपना काम करता ही है, बुरे दिन बिताने के लिए हमें एक आध्यात्मिक शक्ति की भी ज़रूरत होती है।

रामकथा के सुंदर कांड में ऐसे कई प्रसंग आते हैं, जिनका संबंध स्वास्थ्य से है, और आज भी हमें स्वास्थ्य के प्रति सावधान रहने की सीख देते हैं।

बालकांड का हमारा सूत्र था फ़िजिकल वेलनेस। अयोध्या कांड फ़ैमिली वेलनेस, अरण्य-सोशल वेलनेस, किष्किंधा-इमोशनल वेलनेस। सुंदरकांड का सूत्र है प्रोफ़ेशनल वेलनेस।

## प्रोफ़ेशनल वेलनेस

हमारे व्यावसायिक जीवन में स्वास्थ्य कैसे उत्तम रहे, रामकथा के सुंदरकांड के माध्यम से हम इस पर बात कर समझने का प्रयास करेंगे।

सरकारी आंकड़ों पर भरोसा किया जाए तो हमारे देश में एक लाख लोगों की देखरेख के लिए दस डॉक्टर हैं। यानी एक डॉक्टर के भरोसे 10 हज़ार लोगों की ज़िंदगी।

ऐसे में व्यवस्था से क्या उम्मीद की जाए। हर व्यक्ति को अपने खुद के स्वास्थ्य की, सुरक्षा की व्यवस्था बनाना पड़ेगी। यही प्रोफ़ेशनल वेलनेस है।

व्यावसायिक रूप से आप स्वस्थ हैं, इसका क्या अर्थ है? जीवन में यदि सुख के साथ शांति भी हो, सक्रियता के साथ सेवा हो, आपकी शिक्षा, योग्यता, अनुभव परहितकारी हो तो इसे प्रोफ़ेशनल वेलनेस माना जाएगा।

समय, शांति और परिवार। जिसके जीवन में ये तीन बातें हों, जमाने की भागदौड़ और व्यस्तता के बाद भी उसके साथ प्रोफ़ेशनल वेलनेस होगी। लेकिन, लगता है आने वाले 15-20 सालों में तीनों चीज़ें बहुत महंगी होंगी। यदि ये तीन चीज़ें अपने लिए नहीं बचाईं तो आपकी प्रोफ़ेशनल वेलनेस इलनेस में बदल जाएगी।

समय को बचाइए, इसे सम्मान देने के साथ बहुत वेल्यूएबल समझिए। ये वेल्यूज ही शांति बन जाएंगी। और परिवार बचाकर रख लिए तो व्यावसायिक जीवन आनंदमय होगा ही। यही है प्रोफ़ेशनल वेलनेस।

प्रोफ़ेशनल वेलनेस का सबसे बड़ा आधार होगा व्यावसायिक जीवन और पारिवारिक जीवन में संतुलन। गृहस्थी परमात्मा का प्रसाद है। शिक्षा, योग्यता, डिग्रियां और धन कितना ही कमा लें, यदि घर-परिवार में शांति नहीं तो जीवन सफल नहीं माना जा सकता।

आप कितना ही काम करें, परिश्रम करें, प्राथमिकता अपनी गृहस्थी, अपना परिवार होना चाहिए। प्रतिस्पर्धा के इस दौर में लोग बहुत परिश्रम करते हैं, धन भी कमाते हैं, लेकिन परिवार को भूल जाते हैं।

जिस परिवार में रहते हुए ख़ुश रहना सीखा, जिन लोगों के साथ रहकर सुख-दुख बांटे, कई बार ऐसी स्थिति आ जाती है कि उम्र के एक पड़ाव पर जाकर वो ही परिवार बोझ लगने लगता है।

70-80 साल के वृद्ध लोग नई पीढ़ी के लिए समस्या लगने लगते हैं। इसलिए उम्र और परिवार को समझ के साथ जीना होगा।

हर उम्र में गृहस्थी का स्वाद बदल जाता है, क्योंकि उम्र धीरे-धीरे सबकुछ खोने लगती है। गृहस्थी में जब उम्र बढ़ती है तो दो दिशाओं में अलग-अलग खींचती है।

एक दिशा होती है भूतकाल की, दूसरी होती है भविष्यकाल की। जब व्यक्तित्व दो दिशाओं में खिंचने लगता है तो शरीर कांपने लगता है, हौसले

टूटने लगते हैं। बूढ़े लोगों को वर्तमान बड़ा लंबा लगने लगता है। भविष्य का भय, बीते कल की यादें बुढ़ापे को बोझिल बना देती हैं।

आजकल घरों में आदमी के पास सबकुछ है, लेकिन एक मामले में बड़ा कंगाल है। वह है वक़्त। अपनों के लिए तो आज किसी के पास समय नहीं है।

समय का भी अपना स्वाद होता है। परिवार में कुछ सदस्य ऐसे होते हैं जो कुछ मिनटों में ही संतुष्ट हो जाते हैं। दूसरी ओर किसी के साथ दिनभर बिताओ, तो भी तृप्ति नहीं मिलती। इसलिए इस दौर में कम समय में तृप्त होना सीखना होगा।

यदि पत्नी पति से उम्मीद करे कि वह मुझे उतना ही समय दे, जितना कि मेरे माता-पिता ने मुझे दिया था, तो यह थोड़ा असंभव-सा है। जितना समय हमने हमारे माता-पिता को दिया, ज़रूरी नहीं कि उतना ही हमारे बच्चे भी हमें दे सकें।

इसीलिए समय के मामले में स्वाद बदलना आवश्यक है। प्रियजनों के साथ समय के स्वाद को जो लोग समझ लेंगे, उनकी गृहस्थी स्वस्थ हो जाएगी।

*होइहि सोई जो राम रचि राखा...*
इस पुस्तक का भाव है
*होइहि सोई जो राम रचा राखा...*

राचमा- 1/51/4

यह रामचरित मानस के बाल कांड की पंक्ति है, जिसका अर्थ है- होता वही है, जो भगवान चाहते हैं। जो ईश्वर ने पहले से ही रच रखा है, वह होकर रहेगा।

अशोक वाटिका में सीताजी त्रिजटा से कहती हैं अब तक ना तो राम आए, ना उनका कोई संदेश। मन तो कहता है मर जाऊं। रावण जैसा दुराचारी मुझे स्पर्श कर सके, उससे पहले मैं यह जीवन समाप्त कर लेना चाहती हूं।

उसी समय हनुमान एक प्रकार से सीताजी को जीवन का नया भाव, नई उम्मीद देते हैं।

ऐसा हम सबके जीवन में भी होता है। कई बार ऐसी परिस्थितियां, ऐसे दृश्य, ऐसी समस्याएं आ खड़ी होती हैं कि जीवन बोझ लगने लगता है। मन में आत्मघात तक का विचार जन्म ले लेता है।

ऐसे समय भगवान के प्रति भरोसा ही एकमात्र सहारा होता है। जब-जहां स्वयं का वश नहीं चले, सबकुछ ईश्वर पर छोड़ दें। नीयत साफ़, भाव अच्छे हों तो भगवान आकर सब संभाल लेते हैं।

श्रीराम की हनुमान से पहली भेंट तो किष्किंधा कांड में होती है, लेकिन हनुमान का पराक्रम सुंदरकांड से सामने आता है।

इससे पहले हनुमान भगोड़े राजा सुग्रीव के मंत्री से अधिक कुछ नहीं थे। जैसे ही उन्हें रामजी मिले, उनका जीवन बदल गया। लंका जाकर लौटे तो एक ही रात में संसार उन्हें रामदूत हनुमान के नाम से जानने लगा। रामभक्त के रूप में पूजे जाने लगे।

## शोर-शून्य का समन्वय

सुंदरकांड दो भागों में बंटा हुआ है। पहला शोर और दूसरा शून्य। इसके पहले भाग में ख़ूब शोर मचा है और दूसरे भाग में मौन है। यानी पहले हनुमानजी ने ख़ूब धूम मचाई, बाद में एकदम मौन हो गए।

प्रोफ़ेशनल लाइफ़ की दृष्टि से देखा जाए तो मौन एक साधना, एक प्रकार का योग है। जितना अधिक मौन साधेंगे, वेलनेस की संभावना उतनी ही अधिक रहेगी।

तुलसी के मानस और वाल्मीकि रामायण में थोड़ा-सा फ़र्क़ है। कुछ प्रसंग अपने-अपने हिसाब से आगे-पीछे, ऊपर-नीचे कर दिए गए हैं। वाल्मीकि जी ने सुंदरकांड जल्दी समाप्त कर दिया। कथा का कुछ हिस्सा जो तुलसीदास जी ने सुंदरकांड में रखा है, वह वाल्मीकि रामायण के लंका कांड में मिलता है।

हमें इस उलटफेर के चक्कर में नहीं पड़ना चाहिए। हमारा उद्देश्य होना चाहिए कथा-प्रसंगों को समझना और उनसे सीख लेकर अपनी प्रोफ़ेशनल वेलनेस को बनाए रखना।

## जलाई पूंछ, जल गई लंका

जैसे ही मेघनाद हनुमान को पकड़कर रावण के पास लाए, पूरी लंका में कौतुक मच गया। रावण ने सोचा वानर को सबसे प्रिय अंग पूंछ होता है, तो क्यों ना इसकी पूंछ ही जला दी जाए।

कपि कें ममता पूँछ पर सबहि कहउँ समुझाइ।
तेल बोरि पट बाँधि पुनि पावक देहु लगाइ।।

राचमा- 5/24/0

यहां रावण का दांव उल्टा पड़ गया। जैसे ही पूंछ में आग लगाई, हनुमान ने अपना कौतुक शुरू कर दिया। देखते ही देखते सोने की लंका (विभीषण का घर छोड़कर) राख़ के ढेर में बदल गई।

यह हनुमान का रावण के अहंकार पर सीधा प्रहार था।

सुंदरकांड हनुमानजी की सफलता का सोपान है। ख़ासकर आज की युवा पीढ़ी के लिए तो सफलता की कुंजी है यह।

साथ ही इस बात का सबक़ भी कि जीवन में कितनी ही बड़ी सफलता अर्जित कर लें, कितने ही बड़े व्यक्ति बन जाएं, अपने भीतर के इमोशन्स, भीतर की मानवीयता को कभी समाप्त नहीं होने दें।

महान दार्शनिक टॉलस्टाय एक जगह लिखते हैं कि मेरी मां नाटक देखने की बड़ी शौकीन थी। उनके साथ वे भी जाया करते थे। नाटक में कोई मार्मिक दृश्य आता तो मां ख़ूब रोती थीं।

एक बार ऐसा ही मार्मिक नाटक देखकर बाहर निकले तो उन्होंने देखा मां की आंखों से आंसू बह रहे थे। बाहर ख़ूब ठंड थी। ऐसी बर्फ़बारी हुई कि उनकी गाड़ी का ड्राइवर बर्फ़ में दबकर मर गया था।

टॉलस्टाय को बड़ा दुख हुआ कि यह ड्राइवर जो हमें रोज़ लाता-ले जाता था, आज मर गया। उन्होंने तुरंत ड्राइवर की लाश को बर्फ़ में फेंका, नया ड्राइवर लिया और घर आ गए।

टॉलस्टाय सोच रहे थे मेरी मां जो नाटक में ज़रा-सा मार्मिक दृश्य देखकर ख़ूब रोती हैं, वह आज अपनी आंखों के सामने ड्राइवर को मरता देख बिलकुल नहीं पसीजी! यह कौन सी मानवता है, कैसी भावनाशून्य दृष्टि है?

प्रोफ़ेशनल वेलनेस को हम चार भागों में बांटकर समझ सकते हैं।

1. शिक्षा-योग्यता 2. सक्रियता-सेवा 3. सुख-शांति
4. बचाना (स्वास्थ्य, समय, परिवार, शांति)

## 1. शिक्षा-योग्यता

प्रोफ़ेशनल वेलनेस के ये दो महत्त्वपूर्ण सूत्र हैं। अब व्यावसायिक शिक्षा बहुत आवश्यक है। बिना पढ़ा-लिखा व्यक्ति आने वाले समय में दो वक़्त की रोटी सम्मान से नहीं कमा पाएगा।

केवल शिक्षा से भी काम नहीं चलेगा। शिक्षा को योग्यता में बदलना पड़ता है। शिक्षा एक सद्कर्म है और योग्यता संस्कार है। हनुमानजी में ये दोनों बातें हैं।

रावण शिक्षित तो था पर योग्यता का अभाव था उसमें। अयोग्य के हाथों जब शक्ति आ जाए तो वह रावण की तरह उसका दुरुपयोग करने लगता है।

चलिए, समझते हैं सुंदर कांड के हनुमानजी ने अपनी लंकायात्रा में शिक्षा-योग्यता का कैसे प्रयोग किया।

महेंद्र पर्वत से लोगों ने सुंदरकांड को ख़ूब सुना और पढ़ा है। यहां सुंदरकांड की व्याख्या प्रोफ़ेशनल हेल्थ, प्रोफ़ेशनल वेलनेस के साथ की जा रही है। इस दौर में स्वास्थ्य के प्रति जागरूक रहना बहुत ज़रूरी है। इसीलिए सभी को स्वास्थ्य रामायण की आवश्यकता है।

हनुमान जब लंका जाने के लिए छलांग लगाने वाले थे, तब जाकर महेंद्र पर्वत पर चढ़ गए।

सिंधु तीर एक भूधर सुंदर। कौतुक कूदि चढ़ेउ ता ऊपर।।
राचमा- 5/0/3

समुद्र किनारे एक सुंदर पर्वत था। हनुमानजी अनायास (खेल-खेल में) ही कूदकर उस पर जा चढ़े।

यहां (महेंद्र पर्वत पर) आत्मयोगी आंजनेय ने गहरी सांस ली।

रूरोध हृदये प्राणानाकाशम्वलीकयन्।
(वारा/सुंकां/1/37)

हनुमान प्राणायाम करके (प्राणों को हृदय में रोक) आकाश की ओर देखते हुए समुद्र लांघने की तैयारी कर रहे हैं।

प्राणवायु को अपनी छाती में रोकने से शांति मिलती है। जब सांस को लगातार भीतर लेकर रोक लिया जाता है तो विचार रुक जाते हैं और मनुष्य शांत हो जाता है। यही प्राणायाम है।

प्रोफ़ेशनल वेलनेस में हनुमान ने पहली बात तो यह सिखाई है कि जो भी करें, आंतरिक प्रसन्नता और शांति के साथ करें।

यदि भीतर से अशांत हैं और कोई बड़ा काम करने जाएंगे तो हो सकता है वह काम हो भी जाए, लेकिन बहुत कुछ मिस हो जाता है।

हनुमानजी जब लंका जाने के लिए उड़े तो मार्ग में सबसे पहले उनकी भेंट मैनाक पर्वत से हुई। मैनाक समुद्र से निकला और बोला- हनुमान, आप कुछ समय मुझ पर विश्राम करिए।

यहां हनुमानजी ने बहुत अच्छी बात बोली थी-

राम काजु कीन्हे बिनु मोहि कहाँ बिश्राम...

राचमा- 5/02

मैनाक को छुआ, प्रणाम किया और आगे बढ़ गए हनुमान। समझने की बात यह कि मन में यदि राम हैं तो तन को क्या ज़रूरत आराम की।

त्वरते कार्यकालो मे अहश्चाप्यतिवर्तते।
प्रतिज्ञा च मया दत्ता न स्थातव्यमिहान्तरा।।

(वारा/सुंकां/1/131)

मेरे कार्य का समय मुझे बहुत जल्दी करने के लिए प्रेरित कर रहा है। यह दिन भी बीता जा रहा है। मैंने वानरों के सम्मुख प्रतिज्ञा ली है कि रामजी का कार्य पूर्ण किए बिना बीच में कहीं नहीं ठहर सकता।

हनुमानजी यह बात मैनाक पर्वत से कहते हैं और हमें इससे इस बात की सीख मिलती है कि समय के प्रति कैसे जागरूक रहा जाता है। यहां हनुमानजी की योग्यता स्पष्ट दिखती है।

फिर मैनाक पर्वत ने हनुमानजी को बताया एक समय हम पर्वतों के पंख हुआ करते थे। उनके सहारे पर्वत आसानी से सभी जगह उड़ सकते थे।

इस बात को लेकर देवता बड़े परेशान थे कि पर्वत उड़ते-उड़ते जहां भी बैठ जाएंगे तो धरती का नुक़सान करेंगे। इनके नीचे पता नहीं कितने जीव दब जाएंगे। तब हमारे पंख काट दिए गए और जो पर्वत जहां था, वहीं गिर गया।

आगे मैनाक ने हनुमानजी से कहा आपके पिता वायुदेव ने दया की और मुझे पंख सहित सागर में डुबो दिया। मैं पंख सहित सुरक्षित बच गया। इसीलिए अभी उड़कर ऊपर आ सका हूं।

मैं आपके पिता का आभार व्यक्त करना चाहता हूं। इसलिए आपसे निवेदन है कृपया मुझ पर विश्राम करिए।

यहां एक बात अच्छे से समझ में आती है कि माता-पिता यदि कोई अच्छा काम करते हैं, उनके उस अच्छे काम का लाभ भविष्य में बच्चों को अवश्य मिलता है।

हनुमान ने मैनाक को धन्यवाद देते हुए कहा- इस समय मैं जिस काम के लिए जा रहा हूं, उस कार्य को किए बिना विश्राम नहीं करूंगा। और, आगे बढ़ गए।

यह प्रोफ़ेशनल हेल्थ है। अपने काम के प्रति ऐसी ही जागरूकता बनाए रखिए।

हनुमान जब से लंका के लिए निकले थे, मार्ग में कई प्रकार की बाधाओं का सामना करना पड़ा था। मैनाक द्वारा रास्ता रोकने के बाद सुरसा ने रोककर खाने की बात कही। उसके बाद सिंहका ने परछाईं पकड़कर अपना आहार बनाने का प्रयास किया।

लंका के द्वार पर पहुंचे तो लंकिनी ने रोक लिया। कहती है मेरे होते हुए भीतर नहीं जा सकते।

हनुमान बोले- मैं भीतर जाने के लिए ही आया हूं। सोने का पहाड़ (मैनाक) नहीं रोक सका तो सोने का किवाड़ क्या रोकेगा मुझे।

लंकिनी को मुक्का मारा और अति लघु रूप लेकर लंका में प्रवेश कर गए।

यहां हनुमान का सूक्ष्म रूप धरना बड़ा प्रतीकात्मक है। जैसे आत्मा का बोध हो जाए तो जीवन का मोह शरीर में समा जाता है।

लंकिनी हनुमान के मुक्के के प्रहार से मूर्छित हो गई। होश में आते ही कहती है- ब्रह्मा ने मुझे कहा था- जब कोई वानर लंका में आएगा और उससे तेरी हार होगी, तब समझ लेना राक्षसों का विनाश तय है।

इस तरह हनुमान अपने आत्मबल से लंका पर पहली विजय प्राप्त करते हैं।

## ● विभीषण से भेंट

मंदिर मंदिर प्रति करि सोधा। देखे जहँ तहँ अगनित जोधा ।।
(राचमा/सुंकां/4/3)

लंका में हनुमान सीताजी को ढूंढ़ रहे थे। एक-एक महल की खोज की, जहां-तहां असंख्य योद्धा देखे।

तुलसीदास जी और वाल्मीकि जी में यहां भेद है। तुलसीदास ने हनुमान को कई महल दिखाए, फिर विभीषण का महल भी दिखा था। लेकिन वाल्मीकि रामायण में हनुमान को लंका में कई महल दिखाते-दिखाते विभीषण का महल दिखाया, उसके बाद रावण का। रावण का महल भोग-विलास और वासना में डूबा हुआ था।

सयन किएँ देखा कपि तेही। मंदिर महुँ न दीखि बैदेही।।
(राचमा/सुंकां/4/4)

हनुमानजी ने रावण को सोते हुए देखा, परंतु महल में जानकी जी नहीं दिखाई दीं।

रावण के सोने के दृश्य को वासना से डूबा हुआ बताते हुए तुलसीदास जी ने लिखा है- उसके चारों ओर अर्धनग्न अवस्था में स्त्रियां थीं। हनुमानजी उस दृश्य को देखकर समझ जाते हैं यही रावण है।

जानकीजी को देखने के लिए हनुमान को कैसे-कैसे दृश्य देखना पड़े थे। हनुमानजी को वह स्त्रीवन सा लगता है। यही चुनौती है।

अच्छे को पाने जाओ तो बुरा बीच में आ ही जाता है। कुछ अच्छा प्राप्त करने में शिक्षा काम आएगी, पर बुरे को जीतना हो तो योग्यता काम आती है।

हनुमानजी ने विभीषण का महल भी देखा था। तुलसीदास जी ने सोचा होगा वाल्मीकि ने भले ही हनुमान को विभीषण के महल में रोका नहीं हो, लेकिन मैं उनको यहां अवश्य रोकूंगा, क्योंकि मुझे एक भक्त का संसार से परिचय करवाना है। तुलसी रामायण का मूल स्वर ही भक्ति है।

हनुमानजी ने झांककर देखा तो रावण का एक मुंह और दो भुजाएं दिखाई दीं। सुना था रावण के दस मुख और बीस भुजाएं हैं। यह सवाल कई लोग पूछते हैं कि रावण के दस सिर और बीस भुजाएं लेकर कैसे सोता होगा। करवट कैसे लेता होगा?

हनुमानजी ने यह दृश्य देखा तो यह साबित हो गया कि जब कभी रावण युद्ध के मैदान में जाता था, तब आवश्यकता पड़ने पर ही दस शीश और बीस भुजाएं कर लेता था। वरना वह एक शीश और दो भुजाओं के साथ ही रहता था।

लंका में हनुमानजी ने देखा यहां तो हर कोई या तो निद्रा के वश में था या मदिरा के। रावण को भोग -विलास के दृश्यों के साथ देखकर मन ही मन प्रार्थना करते हैं भगवन्, ऐसी कृपा बनाए रखना कि मेरे मन में इस प्रकार की कोई वासना नहीं जाग पाए।

साधु ऐसा चाहिए जैसे सूप सुभाय।
सार सार को गहि ले थोथा देई उड़ाय।।

साधुवृत्ति ऐसी ही होती है। संसार में आप किसी दृश्य को रोक नहीं सकते। आज तो मोबाइल और टीवी अश्लील दृश्यों के साथ आरंभ होते हैं। जो अच्छा है, जो योग्य है और जो आपके क़ाबिल है उसे स्वीकार करिए। अनर्गल, अप्रिय, अश्लील दृश्यों को त्याग दीजिए। हनुमानजी यही सिखाते हैं।

जीवन में हनुमानजी को भी ऐसे दृश्य देखना पड़े थे, तो हमारा क्या है? आज के समय में यदि ऐसा होता है तो हमें विचलित नहीं होना चाहिए।

सबकुछ सामान्य मानकर उसमें से जो अच्छा लगे, उसे ग्रहण कर लें और अनुचित को त्याग दें। यह भी प्रोफ़ेशनल वेलनेस का सूत्र है।

हनुमान ने लंका में बहुत कुछ देख लिया था, परंतु एक बात को लेकर थोड़े निराश-से हो गए थे कि सीताजी कहीं नहीं मिल रही थीं। लेकिन

उनका उत्साह कम नहीं हुआ था। चेहरे की कांति, मन की प्रसन्नता और व्यक्तित्व के आत्मविश्वास को कम नहीं होने दिया था उन्होंने।

जीवन में जब परिस्थितियां विपरीत हों, समस्याएं आकर घेरने लगें, तो हताश नहीं होना चाहिए। उत्साह मनुष्य के परम सुख का हेतु है।

अनिर्वेदः श्रियो मूलमनिर्वेदः परं सुखम्।
भूयस्तत्र विचेष्यामि न यत्र विचयः कृतः।।

(वारा- सुंकां/12/10)

हनुमानजी ने दृढ़ निश्चय कर लिया था कि उदास नहीं होऊंगा। और अधिक उत्साह से वे सारे स्थान देखूंगा जो अभी तक नहीं देखे हैं, पर सीताजी को अवश्य खोज निकालूंगा।

हनुमानजी को अपने आपसे ऐसा क्यों कहना पड़ा कि उत्साह भंग नहीं होने दूंगा? यह प्रसंग हमें भी सिखाता है कि कभी उनको भी निराशाओं ने घेरा था। संघर्ष उनके भी जीवन में आया था।

सीताजी नहीं मिल रही थीं। तब एक बार तो उनके मन में आया- क्या सीताजी की सूचना के बिना ही यहां से जाना होगा। यदि ऐसा हुआ तो किस प्रकार अपने राजा के सामने जाऊंगा। श्रीराम को क्या मुंह दिखाऊंगा?

आजकल हर क्षेत्र में चारों ओर निराशा का वातावरण है। पर हमें टूटना नहीं है। उत्साह बनाए रखना है। इसीलिए तो कहते हैं कि रामकथा उत्साह और श्रीकृष्ण कथा उमंग पैदा करती है। रामकथा से उत्साह आता है और कृष्ण कथा सुनो तो उमंग जाग जाती है। उमंग और उत्साह में थोड़ा-सा अंतर है।

कई प्रकार की निराशाओं-समस्याओं के बीच लंका में हनुमानजी ने खुद को उत्साहित रखा और सीताजी को ढूंढ़ते-ढूंढ़ते अशोक वाटिका पहुंच गए।

प्रोफ़ेशनल वेलनेस में विश्राम के लिए स्थान है, आलस्य के लिए नहीं।

## • सीता दर्शन

यहां भी वाल्मीकि और तुलसी रामायण में अंतर है। तुलसी के मानस की कथा में सीता का पता विभीषण बताते हैं, लेकिन वाल्मीकि रामायण में हनुमान सीधे अशोक वाटिका पहुंच जाते हैं।

रात का अंधेरा था। सीताजी को पहले कभी देखा भी नहीं था। फिर नई समस्या। लेकिन चंद्रमा ने अपना प्रकाश फैला दिया और जब हनुमानजी ने सीताजी को देखा तो दशा देखकर आंखों में आंसू आ गए।

सिर से पैर तक सौंदर्य, संयम और सात्विकता की साक्षात प्रतिमा थीं देवी सीता। लेकिन इतनी उदास जैसे किसी की आशा, निराशा में बदल जाए, समृद्धि बिखर जाए।

हनुमान को पूरा विश्वास हो गया था कि दिव्य मूर्ति जो सामने विराजमान हैं, मां सीता ही हैं।

## ● रावण का प्रवेश

उसी समय अशोक वाटिका में रावण का प्रवेश होता है।

देखिए, जीवन में भक्ति प्राप्ति की उपलब्धि इतने निकट हो, तब भी दुर्गुण बाधा पहुंचा ही देते हैं।

वह मदन-पराधीन रावण भी सीता-दर्शन की लालसा से आया था। बस, दृष्टि का अंतर था। हनुमान की दृष्टि में सात्विकता थी, रावण के नेत्रों में विलासिता भरी थी।

कामातुर रावण अपने शब्दों को बड़ी निर्लज्जता से उछाल रहा था, जिन्हें सुन पाना हनुमान के लिए असहनीय हो रहा था। लेकिन विवशता में धैर्य ही बुद्धिमानी और योग्यता थी उस समय।

हनुमानजी को साफ़ दिख रहा था कि रावण काम से पीड़ित है और सीताजी राम से मोहित। रावण के भीतर का भैरव भड़क रहा था और हनुमान संयम की पराकाष्ठा पर खड़े थे।

सीताजी उत्तर को देने के लिए तत्पर थीं, लेकिन सीधे रावण से चर्चा नहीं करतीं, तो तिनके को माध्यम बनाया।

तृणमन्तरत: कृत्वा प्रत्युवाच शुचिस्मिता।
(वारा/सुकां/21/3)

पवित्र मुस्कान वाली विदेह नंदनी ने तिनके की ओट करके रावण को उत्तर दिया।

तिनका मर्यादा का प्रतीक है या रक्षाकवच?

आज के समय हमें यह सीख लेना चाहिए कि सामना जब दुर्गुणों से हो, तो तप, अनुशासित जीवनशैली का तिनका (कवच) अपने पास रखें।

रावण ने अपने प्रस्ताव को धमकी में बदल लिया, परंतु उसे आभास हो चला था कि ये मेरी पराजय के लक्षण हैं।

रावण सीता को धमकाकर जा चुका था कि मैंने तुम्हें बारह मास की अवधि दी थी। दस बीत चुके, दो माह शेष बचे हैं। यदि अब भी मेरा कहना नहीं माना तो तुझे जीवित नहीं छोड़ूंगा।

हनुमान वृक्ष पर बैठे सोच रहे थे कि इस दुराचारी का गणित कुछ ज़्यादा ही अच्छा है। इसे बिगाड़ना पड़ेगा। इसके बाद धीरे-से श्रीराम की दी हुई अंगूठी सीताजी के सम्मुख डाल दी।

कुछ विस्मय के बाद सीताजी अंगूठी को पहचान गईं और क्षणभर में मानो उनके सारे दुख दूर हो गए। रामकथा के कई प्रसंगों में हनुमान ने ऐसे अनूठे काम किए हैं।

इस प्रसंग में श्रीराम हनुमान और सीता दोनों की परीक्षा ले रहे हैं। भगवान भक्त की परीक्षा लेते हैं। यह संवाद भक्ति करने वालों के बीच में, आस्था रखने वालों के लिए और धर्म के प्रति समर्पित व्यक्तियों में लोकप्रिय, प्रेरणादायक और मान्य है।

जीवन में जब भी विपरीत समय, संघर्ष का दौर आता है, तब मनुष्य दो तरह की गतिविधियां करने लगता है।

बहुत कम लोग होते हैं जो संघर्ष का सामना जमकर करते हैं। अधिकांश या तो टूट जाते हैं, या अपने लक्ष्य की पूर्ति के लिए ग़लत साधनों का उपयोग करने लगते हैं।

दुनिया में सबके मन की हो जाए, सबकी सुविधा के अनुसार काम होता रहे, ऐसा संभव नहीं है।

जीवन प्रतिपल परीक्षा लेने को तैयार रहता है। इसीलिए एक भक्त के जीवन में जब संघर्ष आता है, तो वह मानकर चलता है कि प्रतिस्पर्धा के इस युग में जब दूसरे घोर परिश्रम कर रहे हैं, हम यदि थोड़े भी कमज़ोर साबित हुए तो संघर्ष बढ़ जाएगा।

जीवन में जब भी संघर्ष आए तो इसे मज़बूरी नहीं मानें। संकट और तनाव नहीं समझें। संघर्ष का सामना एक तरह की दृढ़ इच्छाशक्ति है। जीवन में आक्रमक शैली को भी संघर्ष माना जा सकता है।

कुछ ऐसा पाना चाहें जो विशिष्ट है तो उसे प्राप्त करने के लिए भीतर जो माद्दा होता है, उसी का नाम संघर्ष है। इसलिए किसी परेशान व्यक्ति को देखकर उसकी परेशानी को संघर्ष मान लेना ठीक नहीं होगा।

जब संघर्ष में उतरते हैं तो हमें उसके रास्ते भी मिलेंगे, समाधान भी प्राप्त होगा। ऐसा कहते हैं कि जो व्यक्ति जितना अधिक संघर्ष करता है, वह उतना ही गहरा हो जाता है, गंभीर हो जाता है, परिपक्व रहता है।

भगवान भक्त की परीक्षा लेता है, इसका मतलब यह है कि एक बड़ी शक्ति हमसे अतिरिक्त है, जो सिर्फ़ हमारी परीक्षा ले रही है और उसमें हमें पास होना है।

यदि रास्ते सही अपनाए तो वह हमें उत्तीर्ण ज़रूर करेगा।

रामनाम अंकित मुद्रिका एक सहारा है संघर्ष में परमात्मा की ओर से दिया हुआ। इसलिए संघर्ष के दौरान ग़लत रास्ता नहीं पकड़ें।

आजकल ग़लत साधनों का उपयोग चूंकि चरित्र से नहीं जोड़ा जाता, इसलिए बहुत जल्दी लोग ग़लत रास्ता अपना लेते हैं।

संघर्ष तो परिपक्व व्यक्ति का गहना है। जीवन में जब कभी संघर्ष आए, अपना परिश्रम और ईश्वर की कृपा को जोड़ लें।

सही साधनों का उपयोग करें और अपने लक्ष्य के प्रति ख़ूब केंद्रित रहें। फिर संघर्ष में भी आनंद आने लगेगा।

हनुमानजी भी संघर्ष कर रहे थे लंका में, पर पूरे आनंद के साथ।

## 2. सक्रियता-सेवा

यह सतत् सक्रियता का समय है। ज़रा-से निष्क्रिय हुए कि हाशिए पर पटक दिए जाएंगे। लेकिन यदि सक्रियता केवल भौतिक उपलब्धियों को प्राप्त करने के लिए है, तो इससे दो नुक़सान होंगे।

पहला, आप तनावग्रस्त हो जाएंगे। दूसरा, आपका शरीर रोगग्रस्त हो जाएगा।

जो लोग ख़ूब परिश्रम करते हैं, शरीर एक दिन उनसे इसकी क़ीमत ज़रूर वसूलता है। इसलिए अपनी सक्रियता को सेवा से ज़रूर जोड़िए। सेवा यानी कुछ देने का आनंद।

सक्रियता और सेवा यदि एक साथ चली तो हमारे भीतर हनुमान जैसे गुण उतर आएंगे। हनुमान की सक्रियता अद्भुत है और सेवा निराली।

लंका दहन तो उनकी सक्रियता को नहीं भूले जाने वाला प्रसंग है। ऐसे ही सीताजी का दुख दूर करना हनुमान के सेवाभाव का सर्वोत्तम उदाहरण है।

सीता मानसिक रूप से त्रस्त थीं। अपनी ही स्मृतियों के जाल में उलझकर आत्मघात तक का सोचने लगी थीं। ऐसे में हनुमान ने ही उनको नई आशा, नई चेतना दी थी।

स्मृतियां मनुष्य को मथ देती हैं। कभी-कभी तो ऐसा लगता है कि यादें तूफ़ान लेकर आती हैं।

याद करने पर तो बीता हुआ सुख भी दुख देने लगता है, फिर दुख तो पीड़ा पहुंचाएगा ही।

ध्यान रखिएगा, स्मृतियां बोझ नहीं बन जाएं। अच्छी स्मृतियां अहंकार दे सकती हैं, बुरी यादें उदासी में पटक सकती हैं।

जीवन बहुत संतुलन मांगता है। संतुलन बनाए रखें कि जो अच्छा था, वह ज़रूरत के समय काम आए और बुरा किसी भी प्रकार से रुकावट नहीं बन जाए।

बीता हुआ समय और संसार से चले जाने वाले लोग कभी लौटकर नहीं आते। जीवन में बहुत से लोग ऐसे होते हैं, जो हमें बहुत प्रिय रहे हों, परंतु संसार से चले गए। उनकी यादें तो आती हैं। दुखी भी करती हैं। तब क्या करेंगे?

उनकी स्मृतियों को अपने आगे के जीवन का आधार बना लें। उन्हीं यादों को चाहें तो अपनी ऊर्जा के सृजन का माध्यम बना सकते हैं, और उसी ताक़त से नए-अच्छे काम कर सकते हैं।

स्मृतियां दो काम और करती हैं। पहला तो भ्रम पैदा करती हैं और दूसरा, अज्ञात भय में उतार देती हैं। भ्रम और भय को कभी अपने ऊपर हावी नहीं होने दें। यह काम होगा प्रोफ़ेशनल वेलनेस से।

कई बार स्मृतियों से पैदा हुए भ्रम से बाहर निकल पाना बहुत मुश्किल हो जाता है। ऐसे ही जब कुछ नया करने निकलें, तो वे ही पुरानी यादें हमारे भीतर भय उतार देती हैं कि कहीं कुछ ग़लत नहीं हो जाए। इसलिए पूरी तैयारी रखिएगा कि हमारा आने वाला समय भय और भ्रम से मुक्त रहेगा। हम जो भी करेंगे, पूरे आत्मविश्वास से करेंगे।

हनुमान समझ चुके थे माता सीता पुरानी स्मृतियों के कारण भ्रम में हैं। इसी कारण उनमें श्रीराम की शक्ति के प्रति विश्वास नहीं जाग पा रहा है। इसलिए कुछ ऐसा किया जाए कि इनको भरोसा हो जाए हम क्या कर सकते हैं।

हनुमान के चित्त में उपजे इसी विचार का परिणाम था अशोक वाटिका का विध्वंस और लंका दहन।

## • वाटिका विध्वंस

हनुमानजी ने अशोक वाटिका में रावण के रक्षकों को चुनौती दी थी। प्रहस्त का पुत्र जंबमलि सबसे पहले युद्ध करने आया। हनुमानजी ने पहले उसको मारा। उसके बाद दैत्यों के कुलदेवता के मंदिर (चैत्यप्रासाद) को उजाड़ा।

रावण ने अपने मुख्य मंत्री के सात पुत्रों को भेजा। हनुमानजी ने एक-एक कर सभी को मार डाला। रावण के मस्तक पर चिंता की लकीरें खिंच चुकी थीं। आख़िर यह वानर है कौन? अपने पांच बलवान सेनापतियों को भेजा। हनुमानजी ने दहाड़ते हुए उन्हें भी निपटा दिया।

पहली बार लंका में ऐसा प्राणी आया था जो रावण की सत्ता को लगातार चुनौती दे रहा था।

रावण को अपने छोटे पुत्र अक्षयकुमार के बल-पराक्रम पर बड़ा अहंकार और भरोसा था। उसे भेजा, लेकिन हनुमानजी के पराक्रम और संकल्प के आगे वह भी नहीं टिक पाया।

कुछ ही पलों में उसका भी शव रावण के सामने था।

हनुमान के पास तो श्रीराम के भरोसे की ताक़त थी। भरोसा, एक भक्त का अपने भगवान पर।

हम जैसे अधम दीन यदि तारे नहीं जाएंगे, तो फिर आप दीनबंधु पुकारे नहीं जाएंगे।

गर बिक चुके हैं हम और ख़रीदा है आपने, तो ये गुलाम औरों के हाथ मारे नहीं जाएंगे।

पुत्र अक्षयकुमार सहित रावण के कई योद्धा हनुमान के प्रहारों के आगे ढेर हो चुके थे। आख़िर में मेघनाद को भेजा गया। जब उसने भी वाटिका का विध्वंस और हनुमान का आत्मविश्वास देखा आते ही ब्रह्मास्त्र चला दिया।

हनुमानजी को लगा मैंने इतने लोगों को ठिकाने लगा दिया, परंतु इसने ब्रह्मास्त्र का प्रयोग किया है, तो मुझे ब्रह्माजी का मान रखना होगा।

ब्रह्म अस्त्र तेहि साँधा कपि मन कीन्ह बिचार।
जौं न ब्रह्मसर मानउँ महिमा मिटइ अपार।।

(राचमा/सुंकां/दो-19)

मेघनाद ने जब ब्रह्मास्त्र साधा तो हनुमानजी ने मन में विचार किया कि यदि मैं इसका मान नहीं करता हूं तो इसकी अपार महिमा मिट जाएगी।

हनुमानजी को वरदान था कि वे किसी अस्त्र-शस्त्र से नहीं बंध सकते। वे यह भी जानते थे कि ब्रह्मास्त्र एक बार चलने के बाद वापस नहीं लौटता। या तो सामने वाले को लगता है या कुछ समय बाद उसका प्रभाव नष्ट हो जाता है। इसलिए स्वयं ही उसमें बंध गए। ख़ुशी से झूमते मेघनाद ने हनुमान को रावण के सामने ले जाकर खड़ा कर दिया।

हनुमानजी सोचते हैं मां सीता तो आश्वस्त हो चुकी हैं। अब लंका को संत्रस्त करने का अवसर बनाना होगा। यहीं से रावण की लंका के स्वर्णिम इतिहास में एक नए अध्याय की पृष्ठभूमि तैयार हुई...

## • लंका दहन

रामदूत हनुमानजी अब कुशल रामदूत की भूमिका में आ रहे हैं। मन ही मन विचार किया कि ब्रह्मास्त्र में बंधकर कुछ समय रावण के सामने अभिनय ही कर लिया जाए। इंद्रजीत भी समझ चुका था यह वानर बंधा नहीं है, बंधने का अभिनय कर रहा है।

यहां हनुमानजी का मेघनाद से पहला परिचय हुआ था। मेघनाद के मन में भय बैठ चुका था कि यह वानर बंधकर भी बिना बंधा, स्वतंत्र-सा क्यों लग रहा है। फिर भी अपनी प्रतिष्ठा बचाने के लिए रावण से कहने

लगा- देखिए पिताजी, मैं इस वानर को बांधकर जीवित आपके समक्ष ले आया हूं।

जब हनुमान रावण के सामने आए तो उनका व्यवहार देख सब चौंक गए। ना देह पर थकान, ना मुख पर भय के संकेत।

रावण तो हनुमानजी को देखकर ही समझ गया था कि यह कोई साधारण वानर नहीं है। फिर मंत्री प्रहस्त से कहता है- इससे पूछा जाए यह है कौन और यहां किस प्रकार व किस हेतु से आया है?

प्रहस्त के प्रश्न का उत्तर हनुमान ने इस प्रकार घुमा-फिराकर दिया कि रावण का अहंकार आहत होता दिखने लगा।

हनुमान के विचित्र तर्क सुन रावण ने मत्रियों से कहा- इस तुच्छ-उद्दंड वानर का वध कर दिया जाए।

उसी समय सभा में विभीषण प्रवेश कर गए। उन्होंने रोकते हुए कहा किसी दूत का वध करना धर्मसम्मत नहीं। इसे कोई और दंड दे दिया जाए। तब लंकेश ने हनुमान की पूंछ जलाने का आदेश दिया।

बचन सुनत कपि मन मुसुकाना। भइ सहाय सारद मैं जाना।
(सुंकां/24/2)

रावण के मुंह से पूंछ में आग लगा देने की बात सुनकर हनुमानजी मन में मुस्कराए। अपने आपसे बोले मैं जान गया मां सरस्वती मेरी सहायता कर रही हैं।

मन ही मन हनुमानजी सोचने लगे- मेरी पूंछ में आग लगना लंका के लिए शुभ संकेत नहीं है। पूंछ तो जलेगी नहीं, उल्टे लंका को ही स्वाहा कर दूंगा। चलो, यह भी ठीक रहा। रात के अंधियारे में लंका ठीक से देख नहीं पाया था, अब आग की लपटों में निहारेंगे रावण का राज्य।

यह सब प्रभु का प्रभाव है या मां की महिमा? ऐसा सोचते-सोचते उन्होंने आंखें बंद कर लीं।

दैत्य सोचने लगे इसकी पूंछ में आग लगाई जा रही है और यह आंख बंद किए बैठा गया। शायद मृत्यु के भय से हताश हो चुका है।

हनुमान आंखें बंद कर भगवान का स्मरण करते हुए आभार मान रहे थे कि मेरी योजना में तो लंका को जलाना था ही नहीं, आपने ही सारी व्यवस्था कर दी।

रावण के अहंकार को भस्म कर देने का इससे अच्छा कोई अवसर नहीं हो सकता।

उल्टी ही चाल चलते हैं दिवाने इश्क।
आंखों को बंद करते हैं दीदार के लिए।

उधर जैसे ही हनुमान को बंदी बनाकर पूंछ में आग लगाने की सूचना सीताजी को मिलती है, वे चिंता में डूब जाती हैं।

अग्निदेव का आह्वान कर कहती हैं- मैंने अब तक जो तप किया है, जिस प्रकार अपने पतिव्रत धर्म का पालन किया है, उसके पुण्य में हे अग्निदेव, कृपा कर शांत हो जाइए। सारी लंका को भले ही जला दो, मेरे पुत्र हनुमान के लिए शीतल बन जाओ।

जैसे-जैसे राक्षस पूंछ में तेल-कपड़ा लपेटते, पवनपुत्र अपनी पूंछ का विस्तार करते जा रहे थे। सारी लंका का तेल और कपड़ा ख़त्म हो गया, परंतु पूंछ फिर भी बच गई। हनुमान सबकुछ देख रहे थे, मुस्करा रहे थे।

पूंछ में आग लगाते ही खेल-खेल में हनुमानजी ने लंका की अटारियों पर उछल-कूद मचा दी। देखते ही देखते रावण की सोने की लंका राख़ के ढेर में बदल गई। फिर समुद्र में कूदकर अपने आपको शीतल कर लिया।

देखिए, ईश्वर की कृपा जब होती है, तो सारी परिस्थितियां अनुकूल हो जाती हैं। राम की कृपा से लंकादहन की व्यवस्था हो गई, सीताजी की प्रेरणा से अग्नि शीतल हो गई।

इसलिए अपने कर्म, अपना आचरण इस प्रकार रखिए कि भगवान का आशीर्वाद बना रहे।

हनुमान जब लंका जलाने के बाद माता सीता का संदेश लेकर वापस रामजी के पास आए तो राम ने अकेले में उनसे पूछा- हनुमान, बताओ तुमने लंका क्यों जलाई?

जामवंत ने आपसे कहा था लंका जाकर वहां कोई हंगामा मत करना। बस, सीता को राम का संदेश देना और वापस आकर सीता की सूचना राम को देना है। लेकिन तुमने तो वहां सब उल्टा कर दिया। रावण के बेटे के साथ उसके राक्षस योद्धाओं को तो मारा ही, पूरी लंका भी जला दी?

यहां रामजी के प्रश्न पर हनुमान थोड़ा सावधान होकर बोले - भगवन्, मैंने लंका नहीं जलाई। रामजी ने पूछा - फिर किसने जलाई?

हनुमानजी ने बड़ा ही सुंदर जवाब देते हुए कहा - लंका जली रावण के पापों से। लंका जली है माता सीता के पुण्य से। लंका जली है आपकी कृपा से।

मैं तो ठहरा वानर। रावण के लोगों ने पूंछ में आग लगाई तो स्वभाववश थोड़ी-सी उछल-कूद कर गया। इसमें मेरा कोई योगदान नहीं।

हनुमान का उत्तर सुनकर पत्नी के विरह में दुखी भगवान भी मुस्करा दिए।

प्रोफ़ेशनल वेलनेस का यह एक महत्त्वपूर्ण बिंदु है कि सदैव सक्रिय रहें लेकिन सेवाभाव भी रहे। पूरी लंका यात्रा हनुमानजी की सक्रियता का उदाहरण है। लेकिन उन्होंने दो बड़ी सेवा भी की थी।

पहली सेवा यह कि सीताजी को शांति पहुंचाई। अपनी सक्रियता से भले लोगों के जीवन में शांति उतारने के लिए सदैव प्रयत्नशील रहें।

दूसरी सेवा थी लंका दहन। स्वयं के और समाज से दुर्गुणों का नाश करना बहुत बड़ी सेवा है।

अपने व्यावसायिक जीवन में भौतिक सफलता अर्जित करें, साथ ही दूसरों के दुख मिटाने और और दुर्गुणों का नाश कर अच्छे लोगों की, समाज की, राष्ट्र की सेवा भी करते रहें।

## 3. सुख-शांति

### • लंका से वापसी

हमारे व्यावसायिक जीवन की सारी गतिविधियों का लक्ष्य सुख प्राप्त करना होता है। सुख मिल भी जाता है, लेकिन शांति कहां से लाएंगे?

सुंदरकांड की घोषणा है जीवन सुंदर ही तब है, जब सुख के साथ शांति होगी। आज बड़े-बड़े सुखी-सफल लोग भी अशांत पाए जाते हैं।

हनुमान का लंका जाना और लौटना सफलता की कहानी है। वापसी में वे जिस तरह से व्यवहार करते हैं, एकदम शांत दिखते हैं। यही हमें सीखना है।

बड़ी से बड़ी सफलता हासिल कर लेने के बाद शांत बने रहें। किसी भी परिस्थिति में अशांत नहीं होना है। प्रोफ़ेशनल वेलनेस का महत्त्वपूर्ण सूत्र है सुख के साथ शांति।

जब हनुमान लंका के लिए जा रहे थे, तब उन्होंने महेंद्र पर्वत से लंबी छलांग लगाई थी। बीच में मैनाक पर्वत आया था। वापसी में जब लंका से चले तो अरिष्ट नाम के पर्वत से छलांग लगाई। मैनाक पर्वत को धन्यवाद दिया और महेंद्र पर्वत पर लौट आए।

यह पूरी घटना एक रात और एक दिन में संपन्न होती है। वाल्मीकि रामायण के अनुसार जाते समय घटना का वर्णन करने में दो सौ श्लोक लगे, क्योंकि अनिश्चितता, आशंकाएं रास्ता लंबा कर देती हैं। आते समय वर्णन लगभग चालीस श्लोक में हो गया, क्योंकि उस समय साथ में उमंग और उत्साह था।

हनुमानजी हमें भी यही संदेश दे रहे हैं कि अपने व्यावसायिक जीवन की सफलता में कभी भी अपने आरंभ यानी महेंद्र पर्वत को मत छोडिए और बीच-बीच में जो हमारे सहायक होते हैं, यानी मैनाक पर्वत को धन्यवाद अवश्य दीजिए। यही सफलता की कुंजी है।

आजकल तो लोग ज़रा-सा ऊपर उठे कि भूल जाते हैं इस कामयाबी के पीछे कौन लोग थे। जीवन में कोई भी अकेला सफलता अर्जित नहीं कर सकता।

कई रूपों में कई लोग उस सफलता में साथ होते हैं। इसलिए सफलता के शीर्ष पर पहुंचने के बाद अपने आधार को कभी नहीं भूलें।

एक रात और एक ही दिन में हनुमानजी का पराक्रम दुनिया के सामने आ गया था। लंका जाने के एक रात पहले तक वे डरपोक-भगोड़े राजा सुग्रीव के मंत्री मात्र थे।

रामजी से मिले, कृपा बरसी और संसार के हनुमानजी महाराज हो गए।

सीताजी की खोज में निकलने से पहले श्रीराम ने हनुमान के सिर पर हाथ रखा और उन्हें अपनी अंगूठी दी। पवनपुत्र ने वह रामनाम अंकित मुद्रिका अपने मुख में रख ली थी।

जिसके सिर पर भगवान का हाथ और मुख में रामनाम हो, फिर वह क्या नहीं कर सकता।

प्रणशन राक्षसान् हत्वा नाम विश्राव्य चात्मन:।
(वारा/सुंकां/56/11)

बड़े-बड़े राक्षसों को मारकर अपने महान बल का परिचय देकर हनुमान लंका में ख्याति प्राप्त कर चुके थे।

24 घंटे में पूरे ब्रह्माण्ड में लोग जानने लग गए थे कि विश्वविजेता रावण की लंका में हनुमान ने क्या पराक्रम दिखाया था।

जीवन में अवसर बार-बार नहीं मिलते। जब भी कुछ अच्छा और बड़ा करने का मौक़ा मिले, उसे लपकने में ज़रा भी देर नहीं करें। हनुमानजी का चरित्र यही सिखाता है।

## • जोश और होश

हनुमान जब लंका से लौटकर आए तो सारे वानर प्रसन्न हो गए। आकर जामवंत को बताया मैंने तो माता सीता से निवेदन किया था कि आपको ले चलता हूं, लेकिन माता ने स्वयं इनकार कर दिया। लंका में माता बहुत दुखी हैं। चलिए, उन्हें लंका से ले आकर श्रीराम को सौंप देते हैं।

यह संवाद अंगद भी सुन रहे थे। हनुमानजी के प्रस्ताव का समर्थन करते हुए बोले- हमारे पास मयंद, द्विविद जैसे वानर हैं, जिनको वरदान प्राप्त है कि कोई इन्हें मार नहीं सकता। इसलिए मेरी भी सलाह है सीधे लंका चलकर माता सीता को ले आते हैं।

जामवंती बहुत समझदार और अनुभवी थे। बोले- यह उचित नहीं होगा। ऐसा करने से हमारा सारा किया व्यर्थ हो जाएगा।

विफलं कर्म च कृतं भवेत् तुष्टिर्न तस्य च।
वृथा च दर्शितं वीर्यं भवेद् वानर पुंगवा।।
(वारा/सुंकां/60/18)

ऐसी अवस्था में श्रीराम को संतोष नहीं होगा और हमारा पराक्रम दिखाना व्यर्थ होगा।

हमारे राजा का स्पष्ट निर्देश है कि सीताजी का पता लगाना है, उन्हें लेकर नहीं आना है। श्रीराम ने कहा है वे रावण को मारकर सीताजी को

वापस लाएंगे। अगर हम ऐसा करेंगे तो राम अवश्य ही हमसे दुखी हो जाएंगे।

व्यवसायिक जीवन में कई बार सफलता अर्जित करने के बाद कई काम हम ऐसे कर लेते हैं जिससे सब किया-कराया व्यर्थ हो जाता है।

आम भाषा में इसे कहते हैं 'रायता फैला देना।' मतलब अच्छे-अच्छे व्यंजन बनाए हों, अच्छी थाली सजाई हो और उसमें रायता गिरा दिया।

कर्म का फल अशांति हम ही लोग बना लेते हैं। अशांति का इलाज प्रोफ़ेशनल वेलनेस में है।

इस दौर में प्रोफ़ेशनल फ़ील्ड में पढ़ा-लिखा और बुद्धिमान व्यक्ति ही सफल हो सकेगा। लेकिन अपनी सफलता में उसे शांति भी जोड़ना होगी।

कई बार बुद्धिमान व्यक्ति भी अशांत क्यों हो जाता है, यह सोचने वाली बात है।

जो भी पढ़ा-लिखा है, उसके पास ज़िंदगी की सभी समस्याओं के समाधान होना चाहिए। अशांति भी एक बड़ी समस्या है, लेकिन अच्छे-अच्छे बुद्धिमान भी इसके आगे हार जाते हैं।

पढ़े-लिखे हों या निरक्षर, शांति की खोज का तरीक़ा दोनों के लिए एक जैसा ही रहेगा। दोनों ही वर्गों की चाहत है जीवन में शांति मिले।

वर्षों से हमारे देश की संस्कृति में शांति पर काम हो रहा है। हिंदू धर्म में अवतार परंपरा का एक प्रमुख कारण यही था कि जीवन की सामान्य गतिविधियों को करते हुए भी मनुष्य शांत रहे।

हनुमान शंकरजी का रुद्रावतार हैं। साथ में शांतावतार भी। उनकी जीवनशैली देखें तो एक बात पकड़ में आ जाएगी कि शांति हमारे भीतर ही रहती है।

यह तथ्य जितना साफ़-साफ़ समझ में आ जाएगा, शांत होना उतना ही आसान हो जाएगा, क्योंकि बुद्धि मनुष्य को बाहर की ओर ले जाती है।

बुद्धि का स्वभाव है मुद्दों को तर्क की दृष्टि से देखना। इसमें कोई बुराई भी नहीं है, लेकिन तार्किक होना हमारी मज़बूरी नहीं होना चाहिए।

मनुष्य की आदत पड़ जाती है हर बात को तर्क की कसौटी पर कसना। इस चक्कर में बुद्धि सत्य से दूर हो जाती है और जिसे वह गढ़ती है, उसे ही सत्य मान लेती है।

बुद्धिमानों के साथ यही ख़तरा पैदा हो जाता है कि जो हम सोच रहे हैं या कर रहे हैं वही सही है। संसार अपने ढंग से चलता है और अशांति शुरू होने लगती है, लेकिन जैसे ही हम शांति की खोज में अपने भीतर उतरने लगते हैं, बुद्धि इससे सहमत नहीं होती।

अपने भीतर उतरने के लिए बुद्धि को प्रज्ञा में बदलना पड़ेगा। प्रज्ञा यानी बुद्धि का परिष्कृत रूप। यह परिष्कार चिंतन से नहीं, कुछ समय बिना चिंतन के रहने से आता है।

चौबीस घंटे में कुछ समय विचारशून्य हो जाएं, बुद्धि को प्रज्ञा में बदलने का मौक़ा दें, तो बुद्धि भीतर उतरने का अवसर देगी।

वास्तविक बुद्धिमान वह है जो बुद्धि का उपयोग करते हुए संसार में सफलता भी प्राप्त कर ले और शांति भी बची रहे।

बुद्धिमान व्यक्ति यदि अशांत है, तो यह बुद्धि का बहुत बड़ा अपमान है। रावण और हनुमानजी दोनों ही शिक्षित थे, बुद्धिमान थे, पर दोनों में फ़र्क़ रहा अशांति और शांति का।

## 4. चार बातें बचाना : (स्वास्थ्य, समय, परिवार, शांति)

आगे आने वाले समय में व्यावसायिक क्षेत्र में नए-नए प्रयोग होंगे, प्रतिस्पर्धा बढ़ेगी। सफलता भूख बन जाएगी। सबके पास बड़े-बड़े लक्ष्य होंगे। ऐसे समय जीवन में चार बातें बचाने का लक्ष्य ज़रूर रखें।

हमारी सबसे बड़ी दौलत है स्वास्थ्य। आगे आने वाला समय मानसिक स्वास्थ्य के लिए चुनौती होगा।

श्रीराम के दूत के रूप में लंका जाकर जो भूमिका हनुमानजी ने निभाई थी, वह यह समझाती है कि मानसिक रूप से स्वस्थ व्यक्ति ही पूरा सफल माना जाएगा।

दूसरी चीज़ बचाने की है समय। विज्ञान बहुत कुछ कर सकता है, लेकिन किसी का बीता हुआ समय नहीं लौटा सकता। सही समय की पहचानकर उसका सही उपयोग कर लिया जाए। होते तो सभी के पास 24 घंटे ही हैं। इनमें कुछ समय बचाकर उसका सदुपयोग किया जाए।

विभीषण ने समय को जानकर हनुमानजी की सलाह पर सही निर्णय लिया राम-शरणागति का। राम ने विभीषण को स्वीकार कर समय की समझ

का बहुत सुंदर उदाहरण दिया था। बचाने की बात की जाए तो तीसरे क्रम पर आता है परिवार। परिवार बचाना हमारी प्राथमिकता होना चाहिए।

आज कई विकसित देश भौतिकता के मामले में शीर्ष पर पहुंच गए हैं, लेकिन परिवार बचाने में चूक गए।

राम द्वारा समुद्र से मार्ग मांगना, उसे सेतु बनाकर जीतना परिवार बचाने की कला सिखाने का ही प्रसंग है।

हमारा अंतिम लक्ष्य होना चाहिए शांति। यह सुंदरकांड का पहला शब्द है और अंतिम छंद में तुलसीदासजी ने शांति को बड़े दार्शनिक ढंग से समझाया है।

शांति के बिना हर सफलता अधूरी है। हर हाल में शांत रहना सुंदर कांड का आग्रह है।

## • राम को संदेश (स्वास्थ्य)

सीताजी मानसिक रूप से टूट चुकी थीं। त्रिजटा से आत्मघात की बात करती हैं। यह उदासी, निराशा मानसिक स्वास्थ्य में गिरावट के लक्षण हैं। तब हनुमानजी का प्रत्येक शब्द उपचार बनकर उनका आत्मविश्वास लौटाता है।

इधर श्रीराम भी उदास थे। हनुमान ने जिस ढंग से लंका की जानकारी और सीताजी की सुध की बात सुनाई, वे भी राम के लिए उपचार ही बने।

यहां हमें संदेश मिल रहा है कि शारीरिक स्वास्थ्य तो ज़रूरी है ही, उतना ही महत्त्वपूर्ण मानसिक स्वास्थ्य भी है। परिवार और समाज में हमारी भूमिका हनुमानजी जैसी होना चाहिए। स्वयं भी स्वस्थ रहें, अपने साथ वालों को भी स्वस्थ व प्रसन्न रखें।

जामवंत के समझाने के बाद सब वानर लौटते हैं। श्रीराम को सीताजी का समाचार दिया गया। हनुमानजी ने संक्षेप में कहा माता सीता सुरक्षित हैं और दिन-रात आपका ही स्मरण करती रहती हैं।

यहां हनुमानजी ने ज़्यादा विस्तार से नहीं बताया। वे शब्दों का उपयोग करने में बड़े दक्ष थे। सुखद स्वर में शुभ समाचार भी किस कौशल से दिया आंजनेय ने।

दृष्टा देवीति हनुमद्वदनाद मृतोपम्।

(वारा/सुंकां/64/43)

अर्थात- मैंने देवी सीता का दर्शन किया है।

हनुमानजी ने संक्षेप में कहा- मैंने सीताजी के दर्शन किए हैं। राम यह बात सुन अमृत से भीग गए।

पहली ही भेंट में श्रीराम ने अपने आंसुओं से हनुमानजी को भिगो दिया था। अश्रुजल से हनुमान का अभिषेक किया था राम ने।

*तब रघुपति उठाइ उर लाबा, निज लौचन जल सींचि जुड़ावा।*

राम ने हनुमान को उठाकर हृदय से लगाया और अपने नेत्रों के जल से सींचकर शीतल किया।

हनुमान भी सोचते हैं एक दिन आपने मेरा अभिषेक किया था, आज मैंने आनंद अमृत से आपका अभिषेक कर दिया।

हनुमानजी से सीखा जा सकता है कहां- कितना और कैसे बोलना। प्रोफ़ेशनल वेलनेस के लिए यह गुण भी बहुत ज़रूरी है।

श्रीराम को संक्षेप में जानकारी देते हुए सीताजी की चूड़ामणि देने के बाद हनुमान मौन हो गए थे। उनका सारा पराक्रम रामजी को जामवंत ने बताया था।

व्यावसायिक क्षेत्र में सफलता का एक महत्त्वपूर्ण सूत्र यह भी है कि अपनी प्रशंसा अपने मुंह से कभी नहीं करें। आपका किया हुआ सबको दिखता है।

अच्छा या बुरा, हर काम एक न एक दिन सबकी नजरों में आ ही जाता है। हमारी सफलता उसी में है, जब हमारे किए की प्रशंसा कोई दूसरा करे।

## • विभीषण शरणागति

विभीषण ने रावण द्वारा सीता के हरण का शुरू से ही विरोध किया था। वे जान चुके थे रावण का समय ख़राब आ रहा है। निर्णय लिया भाई को आगाह किया जाए।

रावण को विभीषण ने कई बार समझाने का प्रयास किया।

जिनका हृदय, जिनका मन अच्छा होता है, जो अच्छी बात करते हैं, उनकी सलाह को ध्यान से सुनना चाहिए, मानना चाहिए। परंतु रावण का अहंकार उसे नहीं सुनने देता था।

तुलसीदासजी ने विभीषण को विनम्र बताया है। रावण के चरण पकड़कर विभीषण उसे समझाते हैं। रावण उल्टा उत्तर देते हुए कहता है मेरे नगर में रहकर तपस्वियों की बात करता है? जा, उन्हीं को यह नीति बता।

अस कहि कीन्हेसि चरन प्रहारा। अनुज गहे पद बारहिं बारा।
(राचमा/सुंकां/40/3)

ऐसा कहते हुए रावण ने लात मारी, परंतु छोटे भाई विभीषण ने बार-बार उसके चरण ही पकड़े।

विभीषण द्वारा अत्यंत विनम्रतापूर्वक समझाने के बाद भी रावण उन्हें लात मारकर अपमानित कर देता है। इधर लात खाने के बाद भी विभीषण कहते हैं आप श्रीराम को सीताजी वापस लौटा दीजिए।

तुलसीदासजी ने ऐसा इसलिए लिखा हैं कि मनुष्य भक्ति का अर्थ समझे। एक भक्त को परमात्मा तक जाने के लिए लगातार प्रयास करना चाहिए।

जब राम को सूचना मिली कि रावण का भाई विभीषण शरण में आना चाहता है, हमसे मित्रता करना चाहता है। तब उन्होंने अपने साथियों से पूछा विभीषण के बारे में क्या किया जाए?

सबने अपनी-अपनी मति अनुसार सलाह दी। सुग्रीव बोले-

जानि न जाइ निसाचर माया। कामरूप कहि कारन आया।
(राचमा-5/42/3)

राक्षसों की माया जानी नहीं जाती। यह इच्छानुसार रूप बदलने वाला ना जाने किस कारण आया है।

सुग्रीव ने संदेह करते हुए शरण देने से स्पष्ट इनकार कर दिया और कहा- मुझे तो यह रावण का कोई भेदिया लगता है। इसे बंदी बना लेना चाहिए।

हनुमान सोचते हैं यदि इन्हें बंदी बना लिया तो बड़ी गड़बड़ हो जाएगी। मैं तो स्वयं ही विभीषण को प्रभु श्रीराम की शरण में आने का आमंत्रण देकर आया था, और यहां बंदी बनाने की बात की जा रही है।

सेना के सभी वरिष्ठ साथियों से सलाह लेने के बाद श्रीराम ने अंत में हनुमान से पूछा इस विषय पर तुम्हारा क्या मत है?

हनुमानजी की वाणी-व्यक्तित्व के लिए वाल्मीकि ने बड़ी सुंदर बात लिखी है-

अथ संस्कार संपन्नो हनूमान् सचिवोत्तमः।
उवाच वचनं श्लक्ष्णमर्थवन्मधुरं लघु।
(वारा- लंकां/17/50)

तब सचिवों में श्रेष्ठ और संपूर्ण शास्त्रों के ज्ञानजनित संस्कार से युक्त हनुमान ने श्रवणमधुर, सार्थक, सुंदर और संक्षिप्त वचन कहे।

अब तक हमारे सामने जो प्रस्ताव-सुझाव आए हैं, यह व्यावहारिक क्रम हैं। शरणागत के अंतःकरण की शुद्धता पता लगाने के पूर्व वक्ताओं के विचार विभीषण का सही परीक्षण नहीं कर पाएंगे।

विभीषण के यहां आने का यह सही समय है। वे एक नीच, दुराचारी व्यक्तित्व को त्यागकर एक श्रेष्ठ पुरुष के पास आए हैं।

हमें हनुमानजी की वाणी से समझना चाहिए कि समय रहते सही निर्णय लिए जाएं।

हनुमान कहते हैं आप इस समय इनके लिए श्रेष्ठ आश्रयदाता हैं। इनसे अधिक पूछताछ करेंगे तो इनका मन भी कलुपित होगा। हमारा तो संशकित है ही। कहीं हम एक अच्छा मित्र ना खो दें।

अशक्यं सहसा राजन्भावो बोद्धुं परस्य वै।
अन्तरेण नैर्भन्नैपुण्यं पश्यतां भृशम्।।
(वारा/लंकां/17/61)

उसके सिवाय किसी दूसरे के मन की बात को सहसा समझ लेना असंभव है। बीच-बीच में स्वरभेद से आप अच्छी तरह यह निश्चय कर लें कि यह साधुभाव से आया है या असाधु भाव से।

हनुमान कहते हैं - कोई दूसरा व्यक्ति आपकी शरण में आए तो उसके मन की बात को समझ लेना असंभव है।

विभीषण हमारे शत्रु रावण का भाई है और उनके मन में क्या है, यह हम नहीं जान सकते। लेकिन स्वर-भेद से यह निश्चित किया जा सकता है कि सामने वाले के भीतर क्या चल रहा है।

यहां एक शब्द दिया है हनुमान ने 'स्वर-भेद'। यह बहुत बड़ी मनोवैज्ञानिक बात है। यदि आप स्वर-भेद के जानकार हैं तो किसी अनजान व्यक्ति से बात करने पर यह अंदाज़ लगा पाना आसान हो जाएगा कि सामने वाला झूठ बोल रहा है या सच कह रहा है।

थोड़ा स्वरभेद को समझ लेते हैं।

सबसे पहले तो सामने वाले की वाणी ही सुनी जाती है। वाणी-वाणी में भी भेद होता है। स्त्री की वाणी अलग होती है, पुरुष की अलग। बच्चे की वाणी अलग, वृद्ध की अलग होती है।

किसी की कर्कश, किसी की कठोर तो किसी की वाणी मधुर होती है। वाणी के पीछे शब्द होते हैं, शब्द के पीछे स्वर, स्वर के पीछे विचार और विचार के पीछे सत्य होता है।

सत्य पकड़ना हो तो आपको विचार पकड़ना पड़ेगा। विचार पकड़ने के लिए स्वर पकड़ना होगा।

स्वर पकड़ना हो तो शब्द पकड़ना पड़ेगा और शब्द पकड़ने के लिए वाणी को पकड़ना होगा। उसके बाद समझ में आएगा सामने वाले के मन में चल क्या रहा है।

ऐसा वे ही लोग कर सकते हैं जो ध्यान लगाते हैं। मेडिटेशन से जो लोग अपने विचारों को रोक लेते हैं, उनकी सांस बहुत दिव्य हो जाती है। उनके भीतर एक विशेष प्रकार की ऊर्जा उत्पन्न होती है, जिससे उन्हें अतिरिक्त शक्ति मिल जाती है।

फिर उनके सामने कोई अनजान व्यक्ति भी आता है तो वे उसकी वाणी से उसके मन की बात को समझ लेते हैं। यही ध्यान का प्रभाव होता है।

इसीलिए ध्यानी, योगी, साधु, महात्मा, संतजन के आगे झूठ नहीं टिक सकता। उन्हें सबकुछ समझ में आ जाता है। वे बोलते नहीं हैं, लेकिन जान जाते हैं सामने वाले के मन में क्या चल रहा है।

प्रोफ़ेशनल वेलनेस का यह भी एक ढंग है। कौन, किसको, कब ठग लेता है, पता ही नहीं चलता। इसलिए हर व्यावसायिक व्यक्ति को अपनी व्यस्तताओं के बीच थोड़ा समय योग, ध्यान के लिए अवश्य निकालना चाहिए।

हनुमान की सलाह श्रीराम को सही लगी। उन्होंने समय की ज़रूरत को जान लिया। विभीषण को शरण देते ही काल अनुकूल हो गया।

यहां हम सीखें कि अच्छे निर्णय लेने में समय नष्ट नहीं किया जाए।

भगवान राम विभीषण के आने के बाद उनकी बातें सुनते हैं और अपना आश्रय देते हैं।

## • सागर से सहयोग

राम पूरी तरह से पारिवारिक-श्रेष्ठ मानव थे। जब भी कोई निर्णय लेते, केंद्र में परिवार को रखते थे। उन्हें सागर पार जाना था सबको साथ लेकर। परिवार सागर की तरह है। दोनों गहरे हैं, खारे हैं।

समुद्र में कई नदियां आकर मिलती हैं, ऐसे ही परिवार में रिश्ते-नातों की नदियां आकर मिलती हैं। गृहस्थ जीवन में भी ज्वार-भाटा उठते हैं।

समुद्र लांघना यानी गृहस्थी को सबके साथ मिल-जुलकर जीना। इसके लिए क्या किया जाए, यह सीखें राम से।

समुद्र कैसे लांघा जाए? श्रीराम ने विभीषण से सलाह ली। उनकी सलाह सुन सब चौंक गए। जो विभीषण अभी-अभी शरणागत हुए थे, उन्हीं की सलाह पर राम समुद्र की शरण में चले गए!

विभीषण कहते हैं समुद्र से विनती की जाए।

प्रभु तुम्हार कुलगुर जलधि कहिहि उपाय बिचारि।
बिनु प्रयास सागर तरिहि सकल भालु कपि धारि।।

(राचमा/सुंकां/दो-50)

समुद्र आपके कुल में बड़े (पूर्वज) हैं। वे विचार कर अवश्य ही कोई उपाय बता देंगे। तब रीछ और वानरों की सारी सेना बिना ही परिश्रम के समुद्र के पार उतर जाएगी।

तुलसी रामायण में समुद्र से मार्ग मांगने की बात लक्ष्मण को बिलकुल अच्छी नहीं लगी।

वे कहते हैं- भैया, यह क्या कर रहे हैं आप? हम क्षत्रिय हैं। मार्ग मांगने का काम आलसी-अकर्मण्य लोगों का है। आप तो धनुष उठाइए और सागर का सारा जल सोख दीजिए। मार्ग निकल जाएगा।

सुनत बिहसि बोले रघुबीरा ऐसेहिं करब धरहु मन धीरा।।

(राचमा/सुंकां/50/3)

लक्ष्मण की बात सुनकर श्रीराम मुस्कराते हुए कहते हैं- लक्ष्मण, धैर्य रखो। ऐसा ही करेंगे। बस, अपनी प्रसन्नता बनाए रखो।

आज के इस दौर में हमारे सामने भी कई बार ऐसी परिस्थितियां बन जाती हैं। लक्ष्मण की तरह कुछ सदस्य विरोध कर जाते हैं। उन्हें समझाना बड़ों का काम है।

परिस्थिति जो भी बने, घर के बड़े-बूढ़ों को अपनी प्रसन्नता और धैर्य नहीं छोड़ना चाहिए।

बिनय न मानत जलधि जड़, गए तीनि दिन बीति।
बोले राम सकोप तब भय बिनु होइ न प्रीति।

(राचमा/सुंकां/दो-57)

तीन दिन तक सागर ने राम की विनती पर ध्यान नहीं दिया। तब राम कहते हैं कभी-कभी प्रीति को स्थापित करने के लिए भय का सहारा लेना पड़ता है।

परिवार प्रबंधन के लिए यह पंक्ति बड़ी उपयुक्त है।

समुद्र से निवेदन किए हुए तीन रातें बीत चुकी थीं। मंदमति महासागर ने महाव्रती राम और विनम्रता की उपेक्षा कर दी। सागर मदमस्त हो रहा था और करुणाा सागर आक्रोशित।

शांति और सौजन्य के मूल स्वभाव वाले राम अब तड़प उठे थे। उनकी वाणी गरजी। लक्ष्मण... जाओ, धनुष-बाण लेकर आओ।

राम के मन का उफान लक्ष्मण के लिए आदेश बन गया और समुद्र के लिए संदेश।

समुद्र को संवादों की सरलता नहीं, तीरों के तेवर ही समझ में आते हैं। ऐसा मानकर राम ने धनुष पर बाण चढ़ा ही दिया।

प्रत्यंचा की टंकार से पंचतत्व कांप गए। प्रकृति के अस्त-व्यस्त और संत्रस्त होने का अवसर आ गया था।

राम के शब्दों में चेतावनी उतरी- मेरे तीखे बाण तुम्हारे जल को सोखेंगे और सूखा पथ वानर-भालुओं के लिए राजमार्ग बन जाएगा लंका तक जाने का।

यहां बाण की चमक से पहले वाणी की धमक सुनाई दे रही थी।

भय के लिए प्रीति दिखाना पड़ती है। परिवार में विशेष तौर पर बच्चों के लालन-पालन में यही प्रयोग करना पड़ता है।

सागर ने क्षमा मांगी और राम को पार जाने का उपाय बता दिया। वानर नल-नील के नेतृत्व में यह कार्य पूरा हुआ।

दस योजन चौड़ा और सौ योजन लंबा पुल पांच दिन में बनकर तैयार हो गया। यह सब श्रीराम की लीला का ही प्रसाद था।

सेतु के सहारे सारी वानर सेना पार उतरती है। यहां एक अद्भुत दृश्य निर्मित होता है। राम हनुमान के कंधे पर आरूढ़ होते हैं और लक्ष्मण अंगद के। क्योंकि सुग्रीव ने कहा था-

सुग्रीवस्तु ततः प्राह रामं सत्यपराक्रमम्।
हनुमन्तं त्वमारोह अंगदं त्वथ लक्ष्मणः।।

(वारा/लंकां/22/81)

हे राम, आप हनुमान के कंधे पर चढ़ जाइए और लक्ष्मण अंगद की पीठ पर सवार हो जाएं। क्योंकि यह सागर बहुत विशाल है। ये दोनों वानर आकाश मार्ग से चलने वाले हैं। इसलिए ये आप दोनों को धारण करेंगे।

इस प्रकार राम, लक्ष्मण और सुग्रीव बाकी सेना के आगे-आगे चल दिए।

समुद्र के सेतु पर हनुमान थे, कंधे के सेतु पर श्रीराम बैठे। यह दृश्य बड़ा प्रतीकात्मक है। परिवार के सागर को पार करने में हनुमान का सहारा।

इसीलिए हम सबको विश्वास करना चाहिए कि हनुमान परिवार के देवता हैं। उनके भरोसे गृहस्थी का सागर हम आसानी से लांघ सकेंगे।

## • निर्णय के चार ढंग

कई लोगों की समस्या रहती है कि व्यावसायिक जीवन में स्वस्थ कैसे रहा जाए। सुख के साथ शांति कैसे मिलेगी।

जो लोग जो भी काम-धंधा या नौकरी करते हैं, जब भी कोई नया काम करें तो स्वास्थ्य, समय, परिवार और शांति को दृष्टि में रखकर उसका आरंभ करें।

चार ढंग से अपने निर्णय लेना चाहिए। हनुमान ने लंकायात्रा के दौरान इन्हीं चार ढंग से काम किया था।

**पहला सैद्धांतिक दृष्टि :–** हर कार्य को सैद्धांतिक दृष्टि से करना चाहिए। हरेक काम का एक नियम है, क़ायदा है, उसके अपने तरीक़े हैं। यही सिद्धांत है।

**दूसरा वैधानिक दृष्टि :–** हर काम के कुछ वैधानिक क़ायदे होते हैं। इन्हें क़ानून भी कह सकते हैं। इन्हीं क़ानून–क़ायदों को ध्यान में रखकर कार्य संपन्न कीजिए।

**तीसरा व्यावहारिक दृष्टि :–** हर काम केवल सिद्धांतों से नहीं हो सकता। कहीं–कहीं व्यवहार भी अपनाना पड़ता है। जहां ज़रूरी हो, काम के प्रति व्यावहारिक दृष्टि भी रखिए।

**चौथा मानवीय दृष्टिकोण :–** आज कई लोग हर काम में अपना स्वार्थ पहले देखते हैं। यह ठीक नहीं है। कई कामों के पीछे मानवता का पहलू भी होता है। इसलिए मानवीयता कभी ख़त्म नहीं होने दें।

ज़रूरी ही हो तो पीठ पर लात मार देना, लेकिन किसी के पेट पर लात नहीं मारना। यही मानवीय दृष्टिकोण है।

जीवन में कई बार किसी के भी साथ ऐसी स्थितियां बन जाती हैं कि दो वक़्त की रोटी की व्यवस्था करना भी मुश्किल हो जाता है।

2019–20 का कोरोना काल इसका सबसे अच्छा उदाहरण हो सकता है। क्या विपरीत दौर आया था समूची मानवता के लिए। ऐसे समय में सबकी कोशिश यही होना चाहिए कि मानवीय दृष्टिकोण बना रहे।

जो लोग अपनी प्रोफ़ेशनल लाइफ़ में सैद्धांतिक, वैधानिक, व्यावहारिक और मानवीय दृष्टिकोण रखेंगे, उनके जीवन में प्रोफ़ेशनल वेलनेस ज़रूर आएगी।

यदि ये चार दृष्टिकोण नहीं अपनाए तो आप स्थितियों से संचालित होने लगेंगे। सही समय पर सही निर्णय ले पाने में असमर्थ–से हो जाएंगे।

चुनौती के समय की स्थितियां इतनी विचलित करती हैं कि मनुष्य भ्रम में पड़ जाता है।

एक प्रोफ़ेसर क्लास में अपने विद्यार्थियों को बता रहे थे कैसे हम मानसिक दबाव में आ जाते हैं। एक बॉटल उठाते हुए बोले- मैंने इसमें अमोनिया गैस भर दी है। अब इसको तुम सब सूंघो।

अमोनिया गैस का प्रभाव यह होता है कि सूंघने वाले को चक्कर आ सकते हैं। आंखों में जलन हो सकती हैं। पेट में चली जाए तो छाले पड़ सकते हैं और ज़्यादा सूंघ ली जाए, तो मर भी सकते हैं

जैसे ही विद्यार्थियों ने सूंघा, किसी ने कहा मुझे चक्कर आ रहे हैं। कोई बोला मुझे बेहोशी आ रही है। किसी ने बताया शरीर में आग-सी लग रही है, तो कोई कहता है आंखों में जलन मच रही है।

कुछ देर बाद प्रोफ़ेसर ने कहा- सच तो यह है कि मैंने इस बॉटल में अमोनिया गैस भरी ही नहीं थी, केवल उसकी व्याख्या की थी। बॉटल तो ख़ाली है।

सारे दृश्य के पीछे वास्तविकता यह थी कि सारे विद्यार्थी मनोवैज्ञानिक दबाव में आ गए थे। प्रोफ़ेसर ने कह दिया, उन्होंने मान लिया और सब प्रेशर में आ गए।

चैन आए तो कैसे आए दीवाने को। एक जाता है तो दस आते हैं समझाने को।।

निज भवन गवनेउ सिंधु श्रीरघुपतिहि यह मत भायऊ।  
यह चरित कलि मलहर जथामति दास तुलसी गायऊ।।

सुख भवन संसय समन दवन बिषाद रघुपति गुन गना।  
तजि सकल आस भरोस गावहि सुनहि संतत सठ मना।।

(राचमा/सुंकां/अंतिम छंद)

समुद्र अपने घर चला गया, श्रीरघुनाथजी को यह मत (उसकी सलाह) अच्छा लगा। यह चरित्र कलियुग के पापों को हरने वाला है। इसे तुलसीदासजी ने अपनी बुद्धि के अनुसार गाया है।

श्रीरघुनाथजी गुणों के समूह, सुख के धाम, संदेह का नाश करने वाले और विषाद का दमन करने वाले हैं। अरे मूर्ख (मन), तू संसार का सब आशा-भरोसा त्यागकर निरंतर इन्हें गा और सुन।

### • छह बातें काम की

सुंदरकांड की अंतिम पंक्ति में तुलसीदासजी ने छह बातें बताई हैं।

**पहली,** कलियुग की जो गंदगी है, निगेटिविटी है, वह सुंदरकांड को पढ़ने से हटेगी।

**दूसरी,** सुंदरकांड सुख का भवन है। जीवन में सुख सभी लोग चाहते हैं।

**तीसरी,** यह कांड संशय/कन्फ़्यूजन दूर करता है।

**चौथी,** सुंदर कांड का पाठ और श्रवण डिप्रेशन को मिटाता है।

**पांचवीं,** संसार की आस छोड़ दीजिए और परमात्मा पर भरोसा बनाइए। और

**छठी,** हर समय भगवान का गुणगान करिए। भगवान के यशगान को सुनिए।

अंत में तुलसी ने मन को शठ (मूर्ख) बताया है।

हमारा मन सचमुच मूर्ख ही है। बहुत भटकाता है। काम की बातों में कम, व्यर्थ की बातों में ज़्यादा रुचि लेता है। हमारी सारी अशांति की जड़ है मन।

जब भी लगे, चित्त अशांत है, कुछ भी अच्छा नहीं लग रहा, अज्ञात भय-चिंता सता रही है, तब रामकथा के इस पांचवें सोपान का पाठ अवश्य करें।

विषाद का दमन करने वाला साहित्य है सुंदरकांड। इसके पठन-श्रवण के बाद सारी उदासी विदा हो जाती है।

सुंदर कांड पढ़कर शांत रहें। किसी प्रकार के मनोवैज्ञानिक दबाव में ना आएं। यही प्रोफ़ेशनल वेलनेस है।

भक्त को कभी उदास नहीं होना चाहिए।

हिटलर मनुष्य मनोविज्ञान का बड़ा जानकार था। दुनिया का सबसे बड़ा तानाशाह। एक राजनीतिक दल बनाया था उसने, जिसमें बामुश्किल सात लोग थे, और वे भी क़ाबिल नहीं।

एक दिन हिटलर ने उनसे कहा - जहां भी मेरे विरोधियों की सभा हो रही हो, उस सभा में तुम लोग भी चले जाओ। जैसे ही कोई मेरे विरोध में बोले, तुम लोग उन्हें गालियां दो, हंगामा करो, ज़ोर-ज़ोर से चिल्लाओ।

फिर जहां भी सभा होती, हिटलर भी उनके साथ जाता था। वह इशारा करता और वे सातों हंगामा शुरू कर देते। जब वे चिल्लाते तो अन्य लोग भी चिल्लाने, हंगामा करने लग जाते थे। ऐसे में सारी सभा ख़राब हो जाती थी।

इस तरह हिटलर ने विरोधी लोगों की सभाएं ख़त्म कर दीं। जब खुद सभा करता तो तालियां बजने लगतीं।

उसने उन सात लोगों को सिखा रखा था कि मेरी सभा में जब मैं कोई बात कहूं तो तालियां बजाना शुरू कर देना। तुमको देखकर दूसरे लोग भी बजाना शुरू कर देंगे। ऐसा ही होने लगा। सैकड़ों लोग हिटलर की सभा में ताली बजाते थे।

देखते ही देखते हिटलर मशहूर हो गया। उसने कहा गाली और ताली, ये दोनों काम आदमी से आसानी से कराए जा सकते हैं। बस, उसका मनोविज्ञान समझ में आना चाहिए।

आज का दौर भीड़प्रधान हो गया है। क्या बाजार, क्या सड़कें। देवस्थानों तक पर भीड़ देखी जा रही है। हमें इस भीड़ से अलग हटकर एकांत साधना है। यह सधेगा ध्यान से।

सुंदरकांड के माध्यम से हमने प्रोफ़ेशनल वेलनेस की बात की। पुस्तक के अगले भाग में लंका कांड के माध्यम से इंटेलेक्चुअल वेलनेस पर चर्चा करेंगे।

**• किससे बचें-क्या करें...**

सात दुर्गुण : 1. काम 2. क्रोध 3. लोभ 4. मद
5. मोह 6. मत्सर 7. आलस्य

**बचें :–** लोभ यानी लालच, लिप्सा, तृष्णा, लोलुपता।

ये तत्व हमारी प्रोफ़ेशनल वेलनेस को प्रभावित करते हैं। प्रोफ़ेशनल लाइफ़ में ख़ूब परिश्रम करना है। ईमानदारी से काम करते हुए सफलता हासिल करना है।

चूंकि यह घोर प्रतिस्पर्धा का युग है और हर सफलता के पीछे कहीं न कहीं लोभ की वृत्ति काम कर रही होती है, इसलिए अपने हित में सोचना बुरी बात नहीं है। लेकिन निज हित की यह कामना यदि लोभ, लालच, तृष्णा से जुड़ जाए परहित का भाव विकृत हो जाएगा।

जीवन में थोड़े-बहुत लोभी सभी होते हैं। होना भी चाहिए। लेकिन, जब प्रतिस्पर्धा के दौर में रहें तो अपने लोभ में हिंसा ना लाएं। दूसरों के प्रति अप्रिय विचार नहीं लाएं।

अपना हित साधने में किसी दूसरे का नुक़सान हो जाए, ऐसा नहीं सोचें। अन्यथा लोभ मर्यादा की सीमाएं पार करवा देगा और हो सकता आप कोई अपराध कर जाएं।

लोभ की इस वृत्ति से बचकर रहें। अपनी स्वयं की सफलता पर केंद्रित हो जाएं। दूसरों का हिसाब ईश्वर रखेगा।

**करें :-** लोभ भय भी पैदा करता है। इससे बचने के लिए एक काम दिनभर में कभी भी कर सकते हैं। कमर सीधी, आंखें बंद रखिएगा। हृदय पर जहां अनाहत चक्र होता है, वहां गहरा ध्यान लगाइए। हनुमान चालीसा की 37वीं चौपाई- जय जय जय हनुमान गोसाई। कृपा करहु गुरु देव की नाई।। को सांस में घोलें और अनाहत चक्र पर रख दें।

वहीं से सांस के साथ चौपाई बाहर करें। फिर भीतर, फिर बाहर।

अनाहत चक्र का स्वभाव होता है निर्भयता। इस प्रयोग के बाद पाएंगे दुनिया के सबसे निर्भय व्यक्ति आप ही हैं। फिर, जिसे भय नहीं, उसका लोभ भी जाता रहेगा।

लोभ कभी-कभी भय पैदा कर देता है। भयभीत व्यक्ति बहुत जल्दी डिप्रेशन में गिर जाता है। अनाहत चक्र और इस चौपाई का ख़ूब प्रयोग करें।

परिणाम में पाएंगे आप लोभरहित और भयमुक्त हैं। प्रोफ़ेशनल वेलनेस के लिए यह बहुत ज़रूरी है।

# 6

# इंटलेक्चुअल हेल्थ
# (लंका कांड)

लंका कांड रामकथा का छठा सोपान है। इसमें वनवासी राम अपने अभियान का सबसे महत्त्वपूर्ण कार्य पूरा करते हैं- रावण वध।

सेतु बनाया गया, फिर रामेश्वर शिवलिंग की स्थापना की। श्रीराम सुबेल पर्वत पर अपने साथियों से चर्चा करते हैं।

उधर रावण सभा में मौज़-मस्ती में डूबा रहता है। अंगद को दूत बनाकर लंका भेजा जाता है।

युद्ध आरंभ होता है। तुलसीदासजी के अनुसार सात दिन युद्ध चलता है। रावण की सेना के राक्षस हनुमानजी से बहुत घबराते हैं। पहले दिन हनुमानजी के प्रहार से मेघनाद मूर्छित हो जाता है।

दूसरे दिन मेघनाद द्वारा छोड़ी गई शक्ति से लक्ष्मण अचेत हो जाते हैं। हनुमान औषधि लाते हैं, लक्ष्मण की मूर्छा दूर हो जाती है।

तीसरे दिन रणांगन में कुंभकर्ण आता है। रामजी वध करते हैं। चौथे दिन मेघनाद फिर युद्धभूमि में आकर कई प्रकार से माया व पराक्रम दिखाता है। अंत में लक्ष्मण के हाथों मारा जाता है।

पांचवें दिन युद्ध में रावण का प्रवेश होता है। रावण रथ पर, श्रीराम पैदल। देखकर विभीषण विचलित हो जाते हैं। श्रीराम ने धर्मरक्षा की व्याख्या की।

हनुमानजी के मुक्के से रावण मूर्छित होकर हनुमान की प्रशंसा करता है। फिर लक्ष्मण के प्रहार से रावण मूर्छित होता है। सारथी उठाकर लंका में ले गया। रावण यज्ञ आरंभ करता है।

छठे दिन रामजी ने रावण का यज्ञ ध्वंस करने के लिए वानर दल भेजा। इसी दिन इंद्र ने सारथी मातलि के हाथों राम के लिए अपना रथ भेजा। रामजी ने उस पर चढ़कर युद्ध किया। रावण माया रचता गया, राम हर माया को काटते गए।

सातवें दिन श्रीराम के हाथ रावण मारा गया। राम विभीषण को रावण के दाह संस्कार का आदेश देते हैं। फिर विभीषण का राजतिलक कर लंका का राज उन्हें सौंप देते हैं। सीताजी को लाया जाता है। सारे वानर उनके दर्शन करते हैं।

पुष्पक विमान में बैठकर राम-सीता-लक्ष्मण अयोध्या के लिए प्रस्थान करते हैं। रामजी हनुमान को अयोध्या के हाल जानने के लिए भेजते हैं। गंगाजी की पूजा की जाती है। मित्र निषादराज गुह से मिलते हैं। यहीं लंका कांड का समापन होता है।

लंकाकांड में युद्ध के दौरान रावण और मेघनाद बहुत शोर करते थे, गरजते थे।

आवा परम क्रोध कर मारा। गर्ज घोर रव बारहिं बारा।।

राचमा- 6/75/3

मेघनाद अत्यंत क्रोध से भरा आया और बार-बार भयंकर ध्वनि के साथ गरजने लगा।

इधर राम और उनके पक्ष के लोग बहुत धैर्य, शांति और परिपक्वता के साथ युद्ध कर रहे थे।

इसके पीछे सीधा संदेश है कि जब भी कोई समस्या, कोई विपत्ति आए तो उससे डरें या घबराएं नहीं, बल्कि धैर्य और परिपक्वता के साथ उसका सामना करने की तैयारी रखें।

तजुरबे ने एक बात सिखाई है।
एक नया दर्द ही पुराने दर्द की दवाई है।।

## स्वास्थ्य रामायण क्यों?

श्रीरामचरित मानस में सात कांड हैं - इस पुस्तक में हमने सात कांड की व्याख्या स्वास्थ्य के सात सूत्रों से जोड़कर करने का प्रयास किया है।

| | | |
|---|---|---|
| बालकांड | - | फ़िजिकल वेलनेस |
| अयोध्या कांड | - | फ़ैमिली वेलनेस |
| अरण्य कांड | - | सोशल वेलनेस |
| किष्किंधा कांड | - | इमोशनल वेलनेस |
| सुंदरकांड | - | प्रोफ़ेशनल वेलनेस और |

लंकाकांड में बात की जा रही है इंटलेक्चुअल वेल्थ (बौद्धिक स्वास्थ्य) की।

एक बौद्धिक स्वास्थ्य भी होता है। इसमें तीन बातें हैं- भूतकाल (पास्ट), वर्तमान (प्रेजेंट) और भविष्य काल (फ़्यूचर)। ये तीन बातें मिलकर ही इंटेलेक्चुअल वेलनेस को साध सकती हैं।

जो लोग अपने भूतकाल से अनुभव लेते हैं, वर्तमान में जमकर काम करते हैं और भविष्य के लिए दूरदर्शी होते हैं, वे बौद्धिक दृष्टि से हमेशा स्वस्थ रहेंगे।

इसलिए अपने पास्ट से अनुभव लेकर वर्तमान को साधते हुए भविष्य के प्रति बहुत अलर्ट और विजनरी होना चाहिए। इंटलेक्चुअल वेलनेस मैंटेन करना चाहते हैं तो सबसे ज़रूरी है अपडेट रहना।

टेक्नोलॉजी लगातार बदल रही है। नित नए अविष्कार और उपलब्धियां हासिल हो रही हैं। ऐसे में समय की मांग है नवीनता को अपनाना।

जब हम सफलता की यात्रा पर निकलते हैं तो थोड़ा रिस्क लेना भी ज़रूरी होता है। इसके साथ होमवर्क और रिसर्च यानी शोध की वृत्ति भी रखना पड़ती है।

'मैं कर लूंगा' यह अहंकार की वृत्ति है। इससे दूर रहें। इंटेलेक्चुअल वेलनेस में यह ख़तरा है। आदमी को लगता है सब मैं कर लूंगा, लेकिन यह अहंकार अच्छा नहीं।

अहंकार एक बुराई है। इससे बचने के लिए भगवान का भरोसा रखिए। ऐसा सोचिए, कोई करवा रहा है, हम कर रहे हैं।

लंकाकांड के एक ही प्रसंग में दो घटनाएं बहुत विचित्र भी हैं और बहुत महत्त्वपूर्ण होकर संदेश देने वाली भी। राम का रोना और रावण का हँसना।

मेघनाद ने जब वीरघातिनी शक्ति मारी थी तो लक्ष्मण मूर्छित हो गए। तब राम रोए थे। यह तय माना जा रहा था कि लक्ष्मण प्रात:काल तक अपनी मूर्छा से बाहर नहीं निकल सकेंगे। ऐसे में रामजी का रोना स्वाभाविक था।

उसी समय लंका में रावण लक्ष्मण की मृत्यु-कल्पना में जश्न मना रहा था। जब हनुमानजी संजीवनी लेकर आए और लक्ष्मणजी की मूर्छा दूर हो गई, तो रावण अपना सिर पीटने लगा।

लंकाकांड में युद्ध के दौरान राम के प्रयास बहुत ही ईमानदारी भरे थे। उधर रावण युद्ध के आरंभ से ही बहुत बेईमानी कर रहा था। छल, माया... ये सब उसकी बेईमानी के ढंग थे।

## 1. भूतकाल (अनुभव)

अपने बीते समय में उलझना नहीं है, बल्कि उस दौरान हुई ग़लतियों से सबक़ लेना है। यही इंटलेक्चुअल हेल्थ है।

### • सेतु निर्माण

अस कौतुक बिलोकि द्वौ भाई। बिहँसि चले कृपाल रघुराई।

राचमा- 6/4/1

वानरों द्वारा सेतुबंध का कौतुक देखकर दोनों भाई (श्रीराम-लक्ष्मण) बहुत प्रसन्न हुए और हँसते हुए चले।

रामजी महेंद्र पर्वत पर चढ़कर सेतु को देखते हैं। जब समुद्र को लांघना था तो हनुमानजी महेंद्र पर्वत पर चढ़े थे और समुद्र को बांधना था, तब श्रीराम इस पर्वत पर चढ़े।

लंकाकांड की कथा हम जान चुके हैं। अब उन प्रसंगों को लिया जा रहा है जो हमें स्वास्थ्य के लिए संदेश देते हैं।

### • गिलहरी का योगदान

जब नल-नील समुद्र में सेतु बनाने के लिए पत्थर डालने का काम कर रहे थे, तब गिलहरियां भी आकर इस पुनीत कर्म में अपना योगदान देने का प्रयास करने लगीं।

जब बार-बार पैरों के बीच आकर कौतुक करने लगीं, तो एक गिलहरी को हनुमान ने फटकारकर भगा दिया।

गिलहरी ने कहा- हमने सुना है यहां मानवता की रक्षा के लिए बहुत बड़ा अनुष्ठान हो रहा है। रामकाज को पूर्ण करने के लिए सेतु का निर्माण किया जा रहा है। इसलिए हम भी मुंह में रेत के कण लेकर समुद्र में डाल रही हैं।

हनुमानजी ने हँसकर रक्षा के भाव से उस गिलहरी को उठाया और फेंक दिया, लेकिन वह सीधे श्रीराम के हाथों में पहुंच गई।

राम हनुमान से कहते हैं- मानव जाति की रक्षा के लिए रावण के ख़िलाफ़ मैंने जो अभियान चलाया है उसमें हमें छोटे से छोटे प्राणी का भी योगदान लेना है। इन गिलहरियों को मेरी सहमति है।

यह केवल राम-रावण की लड़ाई नहीं है, यह सत्य की असत्य से, नीति की अनीति से और जीवन व अंधकार की लड़ाई है।

रामजी ने उस गिलहरी की पीठ पर अपनी अंगुलियों से सहलाया, जिससे लकीरें उभर आईं।

ऐसा कहते हैं आज भी गिलहरियों की पीठ पर जो तीन लकीरें दिखाई देती हैं उनमें एक राम की, एक लक्ष्मण की और एक सीता की है।

छोटे से छोटे व्यक्ति को भी कैसे मान दिया जाए, यह श्रीराम के चरित्र से सीखा जा सकता है।

### • गुप्तचरों का आना

रावण अपने दो गुप्तचर शुक और सारण को रामसेना का भेद लेने भेजता है। विभीषण दोनों को पहचान कर पकड़वा लेते हैं।

राम दोनों से बहुत सम्मान के साथ बात करते हैं। पूछते हैं- आप यहां क्यों आए। किसने भेजा है आपको? उन्होंने बताया रावण के आदेश पर हम आपकी सेना का भेद लेने आए हैं।

राम ने वानरों को आदेश दिया- इन दोनों को हमारी सारी व्यवस्थाएं दिखाई जाएं। वानरों ने ऐसा ही किया और फिर श्रीराम के आदेश पर दोनों को वापस जाने दिया।

रावण जैसे दुराचारी के साथ भी राम पूरी ईमानदारी से युद्ध लड़ना चाहते थे। उनके हर कार्य में पारदर्शिता थी।

जीवन का कैसा भी युद्ध हो, ईमानदारी से ही लड़ा जाना चाहिए। नीयत जितनी साफ़ होगी, नियति उतना ही साथ देगी। सफलता उतनी ही शांति देगी।

दोनों गुप्तचर रावण के पास जाकर श्रीराम की प्रशंसा करते हैं। रावण की अहंकार वृत्ति राम की प्रशंसा कैसे सुन सकती थी?

दोनों को जमकर फटकारा। उसके बाद शार्दूल नाम के राक्षस को भेद लेने भेजा। वह भी पकड़ा गया। राम ने उसे भी सम्मान के साथ वापस भेज दिया।

## 2. वर्तमान (पूरी तरह डूबकर रहें)

रावण के निर्णयों और गतिविधियों के प्रति राम सदैव ऐसा निर्णय लेते थे कि रावण को सुधरने का अवसर मिले। राम का मानना था बुरे में अच्छा और अच्छे में बुरा सदैव रहता है।

जीवन में कई बार अच्छे लोग भी ग़लत काम कर जाते हैं। अच्छे होने का मुखौटा अलग बात है और भीतर से अच्छा होना अलग बात है। इस दौर में अच्छी छवि, चरित्र और गतिविधियां भी शस्त्र की तरह उपयोग में ली जाती हैं।

लोगों को समझ में आ गया है कि अच्छे होने के फ़ायदे धन कमाने में भी मिल सकते हैं। इसीलिए बुरे लोग भी वक़्त-बेवक़्त अच्छाई का मुखौटा ओढ़कर अपना काम निकाल लेते हैं।

जब हमारे अपने किसी अच्छे व्यक्ति द्वारा कोई ग़लत काम हो जाए, तो हमें पहला प्रयास यह करना चाहिए कि उसके भीतर की अच्छाई को बचाया जाए। ऐसा व्यक्ति जीवनसाथी, संतान, माता-पिता, मित्र या कोई और रिश्तेदार भी हो सकता है।

जीवन में भूल सभी से हो सकती है। लेकिन, समझदारी इसी में है कि की गई भूल के प्रति दृष्टिकोण सही रखा जाए। मूलरूप से अच्छा आदमी जब कोई ग़लत काम कर जाता है तो बाद में वह दिल से पछताता है और ऐसे समय यदि उसे सहारा नहीं दिया जाए, तो टूट भी सकता है।

यदि किसी के भीतर की अच्छाई बिखर जाए तो समेटने में बड़ी ताक़त लगती है। इसलिए हमें चाहिए कि उस अच्छे आदमी के लिए उसके ग़लत वक़्त पर सहारा बन जाएं। उसे संभाल लें।

संभालने के लिए कुछ संवाद बड़े काम आते हैं। जैसे जो होना था– हो गया... समय की मांग थी। सब भूलो और आगे बढ़ो। भूल कौन नहीं करता, परमात्मा द्वारा परीक्षा ली गई होगी... धैर्य रखो।

इन संवादों के सहारे अच्छे व्यक्ति को ग़लतियों के गलियारों से बाहर निकालकर वापस उसकी अच्छाई तक पहुंचाने का प्रयास करना चाहिए। ऐसा किसी के साथ भी हो सकता है।

जब हम किसी अच्छे व्यक्ति की अच्छाई बचा रहे होते हैं तो उस समय परमात्मा हमारे भीतर अपनी अच्छाइयों को स्थानांतरित कर रहा होता है। लाभ के इस सौदे को हाथ से मत जाने दीजिए।

राम का चरित्र ही ऐसा था। शत्रु द्वारा की गई ग़लती पर भी क्षमा कर देने का साहस था उनमें।

जो लोग अपने वर्तमान में डूबकर कार्य करते हैं, वे राम की तरह सफल भी होंगे। इसे ही इंटलेक्चुअल हेल्थ कहेंगे।

## • छल रावण का

रावण का एक मायावी मंत्री था विद्युतजिह्व। उससे रावण ने माया के सहारे राम का कटा सिर तैयार करवाया। उस सिर को अशोक वाटिका ले जाकर सीता को दिखाता है।

सीता ने जब वह कटा सिर देखा तो विचलित हो गईं। समझ नहीं पाई यह माया है, या हक़ीक़त।

उसी समय मंत्री प्रहस्त पहुंच गया और बोला– आप यहां से चलिए महाराज। राम की सेना लंका में आ चुकी है। युद्ध की तैयारियों को लेकर चर्चा हो रही है।

रावण चला गया। विद्युतजिह्व की माया ख़त्म हो गई और राम का कटा सिर भी ग़ायब।

उसी समय विभीषण की पत्नी सरमा आकर सीता को बताती हैं कि मैंने रावण की कुटिल चाल को देखा है।

राम जीवित हैं, सुरक्षित हैं और युद्ध की तैयारी कर रहे हैं। तुम भयभीत मत होना। वह कटा सिर मायामात्र है।

क्षणभर पहले जो सीता अनहोनी के भय में डूब चुकी थीं, सरमा के मुंह से ऐसे सुखद वचन सुन उनका सारा भय दूर हो गया।

इधर रावण ने भी युद्ध की पूरी तैयार कर ली। लंका के पूर्वी द्वार पर महापार्श्व को तैनात किया। रामजी ने वहां नील को भेजा। पश्चिम द्वार पर इंद्रजीत तैनात हुआ तो राम की ओर से वहां हनुमानजी को भेजा गया।

उत्तरी द्वार पर शुक–सारण और दक्षिण के द्वार पर महोदर को खड़ा किया गया। राम द्वारा वहां अंगद को भेजा गया।

## • आक्रमण सुग्रीव का

राम, सुग्रीव और विभीषण युद्ध की तैयारियों की चर्चा कर रहे थे, उसी समय लंका में रावण दिखाई दिया।

सुग्रीव अचानक क्रोध में आ गए। लंका की ओर छलांग लगाई और रावण से भिड़ गए। कुछ देर रावण से युद्ध कर वापस आए।

राम ने सुग्रीव को समझाया – वानरराज, इस तरह युद्ध नहीं किया जाता। आप राजा हैं और राजा को अति उत्साह व आवेश में आकर इस तरह युद्ध में नहीं कूद जाना चाहिए। रावण आपको बंदी भी बना सकता था। फिर ये युद्ध के पूर्व ही पराजय के लक्षण होते...

संशये स्थाप्य मां चेदं बलं चेमं विभीषणम्।
कष्टं कृतमिदं वीर साहसं साहस प्रिय।।

वारा– 6/41/3

राम कहते हैं– साहसी व्यक्ति को भी ऐसा नहीं करना चाहिए। आपको इस प्रकार आवेश में देखकर मुझे पीड़ा हुई।

यह सच है कि आप और आपके वानर मेरे प्रति कृतज्ञ, और उत्साह से भरे हुए हैं, परंतु इस प्रकार आवेश में आकर अचानक आक्रमण कर देने से युद्ध नहीं जीता जा सकता।

उसके बाद राम निर्णय लेते हैं शत्रु को एक अवसर और दिया जाए। एक बार फिर रावण के पास दूत भेजा जाए। सुग्रीव, हनुमान आदि से विमर्श कर अंगद को दूत बनाकर लंका में भेजा जाता है।

अंगद को भेजने से पहले राम ने उन्हें बताया था कि लंका में तीन राक्षस तीन तरह के दुर्गुणों का प्रतीक हैं। रावण अहंकार का, कुंभकर्ण मोह का और मेघनाद काम का प्रतीक।

हमारे और उन राक्षसों के बीच यह सद्गुण-दुर्गुणों का युद्ध है। इधर त्याग, तप, ईमानदारी, परिश्रम, मानवता व प्रेम के रूप में सद्गुण हैं। उधर अहंकार, मोह और काम के रूप में तीन दुर्गुण हैं।

ऐसा ही एक युद्ध हम मनुष्यों के भीतर भी चल रहा होता है। जब अहंकार, मोह और कामरूपी दुर्गुण हावी हो जाते हैं तो अच्छे-अच्छे सिद्धांतवादी लोग भी ग़लत काम करने लग जाते हैं।

इन दुर्गुणों से निपटने के लिए अपने भीतर त्याग, तप, ईमानदारी, संवेदना, प्रेम, करुणा और अपनापनरूपी सद्गुण उतारना पड़ेंगे। इन दुर्गुणों का मुकाबला इंटलेक्चुअल हेल्थ से ही किया जा सकता है। वाल्मीकि रामायण में अंगद-रावण का प्रसंग केवल 18 श्लोकों में ही बताया गया है। तुलसी ने इसको विस्तार देते हुए 202 पंक्तियों में प्रस्तुत किया है।

शायद तुलसी को लगा होगा कि रावण ने मां सीता के अपहरण का पाप किया है, इसलिए उसका अपमान भी बहुत अच्छे ढंग से ही होना चाहिए। हनुमान तो रावण को डराकर आ ही गए थे। अब अंगद द्वारा भी उसे पूरी तरह अपमानित करवा दिया जाए।

यहां तुलसी की सोच थी कि बुरे लोगों के प्रति उदारता एक सीमा तक ही बरती जा सकती है। उसके बाद वह अपमान और दंड का ही पात्र होता है।

रामकृपा में बड़ी शक्ति होती है। अंगद जैसा युवा वानर भी विश्वविजेता रावण को उसी की लंका में चुनौती देकर आ सकता है।

जौं मम चरन सकसि सठ टारी। फिरहिं रामु सीता मैं हारी।।

राचमा-6/33/5

राम द्वारा अंगद को दूत के रूप में लंका भेजना बहुत अच्छा निर्णय साबित हुआ। अंगद ने रावण के सामने श्रीराम का प्रभाव तो स्थापित किया ही, उसे शठ (मूर्ख) तक कह दिया।

फिर अंगद ने धरती पर अपना पैर जमाते हुए रावण को चुनौती दी कि यदि तुम या तुम्हारे किसी योद्धा ने इसे हिला भी दिया तो मैं श्रीराम की ओर से कहता हूं, वे सीता को हारकर युद्ध किए बिना ही लौट जाएंगे।

जगदातमा प्रानपति रामा। तासु बिमुख किमि लह बिश्रामा।।
राचमा- 6/34/3

श्रीराम तो जगत के आत्मा और प्राणों के स्वामी हैं। उनसे विमुख रहने वाला शांति कैसे पा सकता है।

अंगद के सिद्धांत से यदि चलें तो राम जगत की आत्मा हैं, प्राणों के स्वामी हैं। यहां प्राणवायु का उल्लेख आया है। प्राणवायु का मतलब होता है प्राणायाम।

यदि आत्मा से नहीं जुड़े तो जीवन में कभी शांत नहीं रह सकते। ऐसे लोगों की इंटलेक्चुअल वेलनेस बेकार है जो आत्मा से नहीं जुड़े हैं, जिन्हें शांति नहीं है।

आत्मा से जुड़ने का सबसे अच्छा माध्यम है ध्यान-प्राणायाम।

## • मेघनाद का सर्पबाण

रावण के अहंकार के आगे अंगद की चुनौती कोई प्रभाव नहीं हुआ। आख़िर में युद्ध का शंखनाद हो गया। रावण की ओर से नेतृत्व मेघनाद के पास था।

बार बार पचार हनुमाना। निकट न आव मरमु सो जाना।
राचमा- 6/50/2

हनुमानजी बार-बार मेघनाद को ललकारते, परंतु वह उनके पास नहीं आते हुए दूर-दूर भग रहा था, क्योंकि उनके बल का मर्म जानता था।

घोर गर्जना के साथ मेघनाद ने शक्ति (सर्पबाण) चलाई जिससे श्रीराम और लक्ष्मण मूर्छित हो गए। देखकर सारे वानर चिंतित हो गए। उधर मेघनाद ने राम-लक्ष्मण के मूर्छित होने की सूचना रावण को दी।

रावण ने राक्षसियों को आदेश दिया सीता को रणांगन में मूर्छित पड़े राम-लक्ष्मण दिखाकर लाओ। राक्षसियों ने पुष्पक विमान से सीता को युद्धभूमि का दृश्य दिखाया।

दोनों भाइयों की दशा देख सीताजी बहुत दुखी हो गईं। विलाप करने लगीं।

त्रिजटा समझाते हुए कहती है- आप व्याकुल मत होइए। इस दृश्य में सत्यता नहीं है।

राम-लक्ष्मण भले ही मूर्छित हैं, लेकिन वानरों के चेहरों पर दुख के लक्षण दिखाई नहीं दे रहे। वे चिंतित अवश्य हैं, परंतु उत्साहित भी हैं।

दिव्यं त्वां धारयेन्नेदं यद्येतौ गतजीवितौ।।

वारा- 6/48/25

राम यदि मृत्यु को प्राप्त हो गए होते तो आप विधवा हो जातीं और पुष्पक विमान की विशेषता है कि वह वैधव्य प्राप्त स्त्री को अपने साथ नहीं चलाता।

चूंकि आपको यह विमान लेकर चल रहा है, इसका मतलब है राम जीवित हैं। त्रिजटा के इस आश्वासन के बाद सीता का दुख दूर हुआ।

वाल्मीकि रामायण के अनुसार वैद्य सुषैण सुग्रीव के ससुर थे। उन्होंने कहा- राम-लक्ष्मण की मूर्छा दूर करने के लिए हनुमान को जड़ी-बूटी लेने के लिए भेजना होगा।

हनुमान जाने के लिए तैयार थे। उसी समय आसमान से उड़ते हुए गरुड़ आ गए और दोनों भाइयों को सर्पबाण से मुक्त करा दिया।

राम पूरी सदाशयता और ईमानदारी से युद्ध लड़ रहे थे, इसलिए प्रकृति भी उनका साथ दे रही थी। दूसरी ओर रावण क़दम-क़दम पर छल, माया और बेईमानी का सहारा ले रहा था। इसलिए ना तो प्रकृति और ना ही अन्य कोई शक्ति उसका साथ दे पा रही थी।

इस प्रसंग से हमें भी प्रेरणा मिलती है कि जीवन नैतिकता के साथ जीया जाए। चरित्र से यदि सच्चाई, ईमानदारी, नैतिकता और सत्य चला गया, तो प्रकृति भी साथ देना छोड़ देती है।

इस सूत्र को एक छोटे-से किस्से से समझने का प्रयास करते हैं।

एक बार एक अभिनेत्री मर गई। जीवन में कुछ अच्छे काम किए होंगे तो जगह स्वर्ग में मिल गई। देवदूत ने स्वागत करते हुए कहा- स्वर्ग जाने के लिए इस पुलिया पर चलना पड़ता है।

आगे स्वर्ग का द्वार आ जाएगा। लेकिन, पुलिया पर चलने का एक क़ायदा है। मन में यदि कोई गंदा-निकृष्ट विचार आया तो पुल से नीचे गिर जाओगी।

अभिनेत्री ने कहा ठीक है, मंजूर है। अभिनेत्री आगे-आगे चल रही थी, पीछे-पीछे देवदूत। पुलिया के बीच पहुंचते ही देवदूत धड़ाम से नीचे गिर गया।

इसीलिए कहा गया है अपनी नैतिकता और चरित्र सदैव बचाकर चलें। राम इसी कारण सफलता की ओर बढ़ रहे थे। रावण अशांति और अवसाद की ओर चला जा रहा था।

ज़िंदगी में कुछ घटनाएं ऐसी होती रहती हैं कि मनुष्य को चिंता पालनी पड़ती है। चिंता लंबे समय टिक जाए तो अवसाद में बदल जाती है। अवसाद अपने आपमें एक बीमारी है।

कई लोगों का स्वभाव बन जाता है चिंता पालना। छोटी-छोटी बात पर परेशान होने लगते हैं।

थोड़ा इस पर विचार करें कि जीवन में जब कोई चिंता का मामला आए, तब क्या किया जाए।

**तीन स्थितियां बन सकती हैं –**

1. या तो अपनी चिंता किसी दूसरे पर थोप दें
2. किसी से मदद ले लें
3. किसी के साथ बांटकर अपने आपको थोड़ा हल्का कर लें।

ये तीनों काम नहीं किए तो चिंता चिढ़ बनकर सामने आएगी और यदि चिढ़ने का मौक़ा नहीं मिले, तो फिर कुंठा का रूप लेकर मन-मस्तिष्क में नया तांडव शुरू हो कर देगी।

हम यदि चिंतित हैं, तो हमसे जुड़े लोग हमारी चिंता को चार ढंग से लेंगे।

पहला ढंग होगा- तुम्हारी तुम जानो। दूसरा होगा- अच्छा हुआ, इनके साथ ऐसा ही होना था। तीसरे ढंग में लोग हमसे सिर्फ़ सहानुभूति रखेंगे। इससे अधिक उनकी भूमिका नहीं होगी।

और, चौथा ढंग होगा लोग हमारी मदद तो करना चाहेंगे, लेकिन मदद का ढंग उनका अपना होगा।

चूंकि चिंता में हम डूबे हैं, इसलिए उससे बाहर निकलने का रास्ता भी हमें ही निकालना होगा।

यह तो हुआ चिंता का बाहरी पक्ष। इस सांसारिक पक्ष में चिंता से निपटने के बहुत अधिक साधन नहीं होंगे। इसके लिए आध्यात्मिक तरीक़े पर भी काम करना पड़ेगा।

आध्यात्मिक तरीक़ा यह कि पहले यह स्पष्ट कर लें कि हमारी चिंता में और उसके निपटारे में कितनी भूमिका बुद्धि की है और कितनी मन की।

चिंता को बुद्धि से निपटाएंगे, तो फिर भी निपट जाएगी, लेकिन यहां यदि मन ने अपनी भूमिका शुरू कर दी, तो फिर गड़बड़ियां और बढ़ जाएंगी। मन चीज़ों को तोड़-मरोड़कर प्रस्तुत करने में माहिर होता है।

मन को वर्तमान में कोई रुचि नहीं होती। या तो वह भूतकाल की घटनाओं से परेशान करेगा, या भविष्य की आड़ लेकर डराएगा। परिणाम में हम थक जाएंगे। यहां इंटलेक्चुअल वेलनेस के लिए आत्मा का सहारा लेना होगा।

समझने की बात यह है कि जब भी कोई चिंताजनक स्थिति बने, काम बुद्धिमानी से लिया जाए, मनमानी से नहीं।

राम ऐसा ही करते थे। चिंताओं ने उन्हें भी घेरा, पर वे जानते थे, इनसे बाहर कैसे निकलना है।

## 3. भविष्य (दूरदर्शिता रखें)

राम अपने वर्तमान के प्रति बहुत ईमानदार थे। जो काम करते, डूबकर करते थे। वे भविष्य में भी उसका वर्तमान पकड़ लेते थे।

राम की तो पूंजी ही नैतिकता और ईमानदारी थी। रावण पूरी तरह अनैतिक कामों में डूबा हुआ था। हनुमान का मुक्का दोनों सेनाओं के बीच भयंकर युद्ध चल रहा था। रावण की ओर से अकंपन, प्रहस्त आदि अनेक राक्षस योद्धा मारे जा चुके थे। उसी समय हनुमान और रावण का आमना-सामना हो गया।

हनुमान ने कहा- रावण, तुझे अमरता का वरदान अवश्य मिला हुआ है, परंतु तू मनुष्य और वानरों से नहीं बच सकेगा। देख, मैं भी वानर हूं।

रावण ने हनुमानजी को मुक्का मारा। हनुमान शीघ्र संभल गए। लेकिन, जब हनुमान ने रावण को मारा तो वह धड़ाम से नीचे धरती पर गिर पड़ा, मूर्छित हो गया।

जब होश आया तो हनुमानजी को देखकर कहता है-

अथाश्वस्य महातेजा रावणो वाक्यमब्रवीत्।
साधु वानर वीर्येण श्लाघ्नियोअसि मे रिपुः।
वारा- 6/59/64

महातेजस्वी रावण ने संभलकर कहा- शाबाश वानर..., तू पराक्रम की दृष्टि से मेरा प्रशंसनीय प्रतिद्वंद्वी है। मैं तेरी प्रशंसा करता हूं।

देखिए, अपने बल के अहंकार में जिसने कभी किसी की प्रशंसा नहीं की, वह रावण युद्धभूमि में हनुमान की बड़ाई कर रहा था। इस दृश्य पर तुलसीदासजी ने लिखा है-

मुरुछा गै बहोरि सो जागा। कपि बल बिपुल सराहन लागा।।
राचमा- 6/83/2

मूर्छा टूटने पर रावण फिर जागा और हनुमानजी के बल की सराहना करने लगा।

## • कंधों पर राम

राम को लगा रावण की माया बढ़ती जा रही है तो हनुमान से कहा अब मुझे रावण के सामने जाना ही पड़ेगा। हनुमान ने श्रीराम को अपने कंधों पर बैठाया और पहुंच गए रावण के सामने।

अथारुरोह सहसा हनूमन्तं महाकपिम्।
वारा- 6/59/125

बड़े सौभाग्यशाली थे हनुमान। राम से जब पहली बार मिले तो सुग्रीव से मिलाने के लिए दोनों भाइयों को अपनी पीठ पर बैठाया था और आज युद्ध में भी राम उनकी पीठ पर बैठ गए।

हनुमान बोले- मुझे तो आपके चरणों में रहकर सेवा करने में परम आनंद प्राप्त होता है। इस पर रामजी ने कहा- कब तक चरणों में रहकर सेवा करते रहोगे? एक दिन मेरे मस्तक पर भी बैठोगे।

हनुमान बोले- भगवन, चरणों में रहता हूं तो आपके प्रवचन सुनकर मुझे बहुत शांति मिलती है। मस्तक (अर्जुन के रथ की ध्वजा) पर बैठूंगा और आप कृष्ण अवतार में होंगे तो प्रवचन सुनने को कैसे मिलेंगे।

राम ने कहा- चिंता मत करो हनुमान। तुम्हारे लिए वहां भी प्रवचन कर दूंगा।

यही कारण रहा कि महाभारत में जब कृष्ण अर्जुन को गीता का प्रवचन देते हैं, उस समय रथ की ध्वजा पर हनुमान विराजे होते हैं।

विद्वान भी कहते हैं- अर्जुन को गीता सुनाने का तो एक बहाना था, दरअसल गीता का प्रवचन हनुमानजी को भी सुनाना था।

सचमुच हनुमान को राम का सत्संग बहुत अच्छा लगता है।

लंका में युद्ध के दौरान हनुमान लगातार रावण पर अपने ढंग से प्रहार करते हैं, जिससे रावण घायल हो जाता है।

राम यहां भी दयालुता दिखाते हैं। राक्षसों से कहते हैं रावण को ले जाओ और इसका उपचार करो।

## • कुंभकर्ण

रावण युद्ध में लगातार पराजित हो रहा था। रामसेना से निपटने का जब दूसरा कोई रास्ता नहीं सूझा तो छोटे भाई कुंभकर्ण को नींद से जगाया।

ब्रह्माजी ने रावण को तो वरदान (हम काहू के मारहिं न मरें) दे दिया था, लेकिन कुंभकर्ण के वरदान मांगने से पहले देवताओं ने ब्रह्मा से प्रार्थना की इसे ऐसा कोई वरदान मत दीजिएगा कि हम ही परेशानी से घिर जाएं।

तब ब्रह्मा ने सरस्वती से निवेदन किया। उन्होंने बुद्धि फेरी और कुंभकर्ण का सारा काम उल्टा हो गया।

यहां एक दृष्टि से देखा जाए तो कुंभकर्ण बड़ा सौभाग्यशाली था। सरस्वती जिसकी जिह्वा पर बैठ जाए, उसका कल्याण हो ही जाता है। लेकिन दूसरा पहलू यह कि सरस्वती को मजबूरी में कुंभकर्ण की जिह्वा पर बैठना पड़ा था, ब्रह्मा के आह्वान पर उसकी बुद्धि फेरने के लिए।

सरस्वती ने जिह्वा पर बैठकर कुंभकर्ण की बुद्धि फेर दी। कुंभकर्ण ने कहा- मुझे निद्रा बहुत प्रिय है। इस प्रकार वरदान में ब्रह्मा से नींद मांग ली। सुनते ही ब्रह्माजी ने तथास्तु कह दिया।

कुंभकर्ण को छह माह सोने के बाद एक दिन जागने और फिर सो जाने का वरदान मिला गया।

रावण ने कुंभकर्ण को उठाने के आदेश दिए। राक्षसों ने मिलकर कुंभकर्ण को जगाया। उठते ही मदिरा पान करवाया गया, कई प्रकार के स्वादिष्ट व्यंजन खिलाए।

मदिरा के नशे में ही सही, कुंभकर्ण ने रावण को समझाया कि यह युद्ध उचित और न्यायसंगत नहीं है। सीता का हरण कर आपने ठीक नहीं किया है। इन्हें राम को लौटा दो। लेकिन, रावण ने उसकी कोई बात नहीं मानी। आख़िर उसे भी युद्धभूमि में झोंक दिया गया।

कुंभकर्ण युद्ध करने पहुंचा। रामजी ने सबसे पहले उसके हाथ काटे। बिना हाथ के भी चलते हुए वह रामसेना को तहस-नहस किए जा रहा था। फिर अगले बाण से राम ने उसका मस्तक उतार दिया। सिर कटने के बाद भी उसका उत्पात शांत नहीं हुआ। अंत में उसका वध कर दिया।

इस प्रसंग से हमें संदेश मिलता है कि कुंभकर्ण मोह का प्रतीक था। हाथ और मस्तक कट जाने के बाद भी जो पैरों से चलता रहे, वह मोह है। मनुष्य को हर प्रकार के मोह से बचकर रहना चाहिए।

मोह हमें सदैव भविष्य के प्रति आकर्षित और भयभीत करता है। इससे सावधानी से निपटना इंटलेक्चुअल हेल्थ है।

### • मेघनाद

कुंभकर्ण के मारे जाने के बाद मेघनाद युद्ध करने जाता है।

मेघनाद काम का प्रतीक था। काम एक ऊर्जा है। ऊर्जा यदि नीचे से ऊपर आती है तो संकल्प बन जाती है। ऊपर से नीचे की ओर आती है तो वासना बन जाती है। वासना को मारना बड़ा मुश्किल होता है।

युद्ध मैदान में आते ही मेघनाद ने ब्रह्मास्त्र छोड़ दिया। राम ने लक्ष्मण से कहा हमें ब्रह्मास्त्र का सम्मान करना चाहिए। लक्ष्मण सहित सेना के कई वानर अचेत हो गए।

युद्ध समाप्ति के बाद शाम के अंधेरे में विभीषण और हनुमान अपने योद्धाओं को ढूंढ़ते हैं। घायल अवस्था में मिले जामवंत ने बताया शरीर में इतने बाण लगे हैं कि आंखें नहीं खुल पा रहीं। वाणी से आपको पहचान पा रहा हूं।

हनूमान् वानर श्रेष्ठः प्राणान् धारयते क्वचित्।

वारा–6/74/18

जामवंत ने विभीषण से पूछा– हनुमान जीवित हैं?

इस पर विभीषण ने कहा– हमारे पक्ष के सुग्रीव, अंगद, नील, शलभ, गंधमादन, मय, द्विविद, नल, ज्योतिर्मुख जैसे सभी बड़े–बड़े वानर योद्धा मूर्छित हैं। फिर इन सबको छोड़ आप केवल हनुमानजी का पूछ रहे हैं?

जामवंत कहते हैं –

वैश्वानरसमौ वीर्यै जीविताशा ततो भवेत्।

वारा– 6/74/23

यदि हनुमान जीवित हैं तो हम सबके जीवित रहने की आशा बनी हुई है।

उसी समय सुग्रीव के पीछे खड़े हनुमान कहते हैं– मैं ठीक हूं रीछराज। बताइए मुझे क्या करना है?

जामवंत बोले– हनुमान, कैलाश और ऋषभ पर्वत के बीच एक छोटा–सा पर्वत है, जहां बहुत सी जड़ी–बूटियां हैं। हमारे पास समय बहुत कम है। आप जाओ और शीघ्र जड़ी–बूटियां लेकर आओ।

हनुमान गए। परंतु अंधेरा होने के कारण समझ नहीं पाए कौन–सी बूटी ले जाना है। समय की सीमा थी। पूरा पर्वत ही उठाकर ले आए। किसी भी काम में विलंब हनुमानजी को पसंद नहीं।

हम भारतीय लोगों की आदत है हर काम को विलंब से करना। हनुमानजी समय प्रबंधन के देवता हैं। समय पर काम करने की कला उनसे सीखें।

रात को धड़कन जब तक जारी रहती है, सोते नहीं हैं हम, ज़िम्मेदारी रहती है।

वो देर से पहुंचते हैं अक्सर मंज़िल पर, जिनके पास खुद की सवारी रहती है।।

छल–कपट से काम करने वाले रावण जैसे लोग अपने ही बुने जाल में फंस जाते हैं।

मांगीलाल के बड़े भाई ने उससे कहा– मेरे ससुराल जाकर तेरी भाभी को ले आ। मांगीलाल थोड़ा ऊटपटांग आचरण का था। बड़े भाई ने समझाते

हुए कहा- वहां जाकर कोई उल्टी-सीधी बात मत करना। सिर्फ़ हां और ना में जवाब देना।

मांगीलाल पहुंच गया। भाभी के पिताजी ने आवभगत करते हुए पूछा आपके घर में सब ठीक है? मांगीलाल ने कहा- हां, ठीक है। फिर पूछा आपके भाई साहब नहीं आए? मांगीलाल ने कहा- हां। क्या उनकी तबीयत ख़राब है? नहीं। मुझे सूचना मिली है कि उनकी तबीयत ख़राब है। मांगीलाल- हां।

क्या तबीयत ज्यादा ख़राब है? मांगीलाल- हां। फिर बचने की उम्मीद है कि नहीं। मांगीलाल- नहीं।

भाभी के पिता थोड़ा घबराए। पूछा- बचने की भी उम्मीद नहीं है? मांगीलाल- हां।

बड़े भाई के ससुर अंदर गए और सबको बताया दामादजी की तबीयत बहुत ख़राब है। बचने की कोई उम्मीद नहीं है।

वापस बाहर आकर मांगीलाल से बोले- जब तक तुम लोग पहुंचोगे, आपके भाई की मौत हो जाएगी। ऐसे में तो मेरी बेटी तो समझो विधवा हो गई। अब इसके ससुराल जाने का क्या मतलब? यहीं रहने दो इसको।

सुनकर मांगीलाल दुखी हो गया। वापस घर लौट आया। बड़े भाई ने पूछा- तुम्हारी भाई को लेकर क्यों नहीं आए? मांगीलाल- वे तो विधवा हो गई, इसलिए नहीं आई।

बड़े भाई ने कहा- मैं ज़िंदा हूं तो वह कैसे विधवा हो गई? मांगीलाल- पिछले साल बुआजी भी विधवा हो गई थी, तब भी तो आप ज़िंदा थे।

आज भी कई लोग मांगीलाल की तरह ही काम कर रहे हैं। रावण पक्ष के लोग इसी तरह जाल में फंसकर आपस में ही उलझ रहे थे।

युद्ध फिर शुरू होता है। मेघनाद अपने साथ सीता को भी ले आता है और रथ में उसने सबके सामने सीता का वध कर दिया। सभी वानर दुखी होकर रोने लगते हैं।

हनुमान सोचते हैं कि मेघनाद इस प्रकार सीता का वध कैसे कर सकता है? सब लोग रामजी के पास जाकर सूचना देते हैं।

विभीषण उन्हें समझाते चिंता मत करिए। जिस सीता को आपने मरते देखा है, वह मायावी थी। असली सीताजी अशोक वाटिका में सुरक्षित हैं।

मेघनाद ने कुलदेवी का यज्ञ प्रारंभ किया। उसे वरदान प्राप्त था कि यदि यज्ञ सफल हो गया, तो वह अमर हो जाएगा। राम ने लक्ष्मण को मेघनाद का यज्ञ ध्वंस करने भेजा।

मेघनाद ग़लत, अनुचित कामना से यज्ञ कर रहा था, इसलिए भगवान ने सफल नहीं होने दिया। जब धर्म के नीचे अधर्म पल रहा हो, तो ऐसे धर्म पर प्रहार करना ही पड़ता है।

आप जो भी काम करते हों, वह आपका कर्तव्य है, धर्म है। परंतु उसे ठीक से समझें।

बहुत सारी जानकारियां भर लेने से दिमाग़ भी थक जाता है। फिर जैसे थके हुए लोगों को चलने में परेशानी आती है, ऐसे ही थका हुआ मस्तिष्क अपनी चाल बिगाड़ लेता है।

आजकल जितने काम आसान हैं, उनमें से एक है जानकारी बटोरना। कम्प्यूटर-मोबाइल ने तो इसे और आसान कर दिया है।

ऐसे कई लोग देखे हैं जिन्हें ज़रा-सी कोई बीमारी हुई कि डॉक्टर को दिखाने के बाद स्वयं उसकी स्टडी करने लगते हैं। इस चक्कर में या तो वे डॉक्टर को मूर्ख मान लेते हैं या फिर खुद को परेशान कर लेते हैं। जानकारी तो मिल गई, पर ज्ञान अधूरा ही रहा।

इसलिए यदि परेशान नहीं या कम होना चाहें, तो सबकुछ समझने की कोशिश बिलकुल नहीं करें। यह भी एक बीमारी की तरह है।

दुनिया बहुत बड़ी है। ब्रह्मांड नापने का काम वैज्ञानिकों तक ही रहने दें। आप तो बस, अपने धर्म-कर्म को समझते हुए इंटलेक्चुअल हेल्थ के प्रति बहुत सावधान रहें।

इस दुनिया में बहुत कुछ अनूठा, अविश्वसनीय है, जो हमारी कल्पना से परे है। उसमें अपने आप को व्यर्थ ना कुदाएं, वरना अपना चैन बिगड़ जाएगा।

कई बार ऐसा होता है कि हमसे संबंधित व्यक्ति, स्थिति और वस्तु अचानक अजीब-सा व्यवहार करने लगती हैं। फिर हम जुट जाते हैं उसके रिसर्च में कि ऐसा क्यों हुआ।

छोड़िए, कुछ चीज़ों को होने दीजिए। प्रकृति अपना काम कर रही है। उसे करने दीजिए।

हमारी अच्छी-ख़ासी चलती गाड़ी अचानक बंद हो जाती है, तब हम उस गाड़ी के इंजन में घुसकर रिसर्च करते हैं कि ऐसा क्यों हुआ।

इसी तरह कोई परिचित व्यक्ति अचानक ऐसा व्यवहार कर जाता है जिसकी कल्पना नहीं रहती और हम जुट जाते हैं उसके डीएनए टेस्ट में। कोई परिस्थिति जिसकी हमने उम्मीद नहीं की, अचानक बदल जाती है और हम भाग्य और भगवान को ढूंढ़ने लगते हैं, कोसने लगते हैं। मेघनाद ऐसी ही ग़लती कर रहा था।

ज़िंदगी एक पसरी हुई पहेली है। एक छोर पकड़ेंगे, दूसरा फिसल जाएगा। होने दीजिए कुछ बातों को। उत्सुकता बनाए रखें, संतोष अपने भीतर उतारें और कुछ नया करने का उत्साह कभी नहीं खोएं।

जो होगा, अच्छा ही होगा। परमशक्ति पर किया भरोसा जीवन में स्वाद भर देता है।

लक्ष्मण मेघनाद से युद्ध करने गए तो हनुमान ने उन्हें अपनी पीठ पर बैठाया। फिर लक्ष्मण और मेघनाद में घमासान युद्ध हुआ। मेघनाद मारा गया।

मेघनाद काम का प्रतीक था और काम बड़ी मुश्किल से मरता है। आज हमारे भीतर जो कामऊर्जा है वह मरती नहीं है, उसे मोड़ना पड़ेगा।

काम ऊर्जा यदि ऊपर की ओर उठ जाए तो ध्यान लग जाता है और यही ऊर्जा नीचे की ओर आने लगे तो वासना बन जाएगी।

यह इंटलेक्चुअल वेलनेस होगी कि हम वासना को समझकर इसे नियंत्रित करें।

मेघनाद की मृत्यु के बाद रावण स्वयं युद्ध की तैयारी करता है। युद्ध में आने से पहले वह तलवार लेकर अशोक वाटिका में सीता को मरने जाता है।

सीता कहती हैं- तुमने तो मुझे बारह माह का समय दिया था। अभी तो दो माह शेष हैं। तुम्हारा पौरुष और पराक्रम सब धरे रह गए? तुम आज मुझे इसलिए मारने आए हो, क्योंकि राम और लक्ष्मण को पराजित नहीं कर सकते।

रावण का मंत्री सुपार्श्व बुद्धिमान था। उसने कहा- महाराज, आप वेदों के ज्ञाता हैं। विश्वविजेता होकर एक स्त्री पर प्रहार करेंगे तो उचित नहीं होगा। मंत्री की बात पर सहमत होकर रावण चला गया।

युद्ध के मैदान में आते ही रावण ने विभीषण पर शक्ति छोड़ी। लक्ष्मण ने विभीषण को पीछे कर शक्ति अपने ऊपर ले ली और मूर्छित हो गए।

सुषेण वैद्य ने औषधि मंगवाई। हनुमान संजीवनी बूटी लेने जाते हैं। रावण ने हनुमान को रोकने के लिए कालनेमि को भेजा।

हनुमान को प्यास लगी तो एक आश्रम में रुके। कालनेमि ने साधु का रूप धरकर हनुमान से कहा- जाओ कुंड में स्नान करके आओ, फिर मैं तुम्हें मंत्र दूंगा और रामकथा सुनाऊंगा।

हनुमान ने कहा- कथा सुनाइए। साधु रूपधारी कालनेमि ने कहा- राम और रावण का युद्ध चल रहा है। हनुमान को लगा रामकथा तो बालकांड से शुरू होती है, इन्होंने तो सीधी लंका कांड से शुरू कर दी!

संशय हुआ तो स्नान करने गए। वहां मछली ने बताया यह साधु कपटी है, इसके झांसे में मत आना, अन्यथा संकट में घिर जाओगे।

हनुमान स्नान करके वापस लौटे। साधु ने कहा- पहले दीक्षा ले लो। हनुमान बोले- दीक्षा बाद में लेते रहेंगे, पहले दक्षिणा ले लो।

हनुमानजी ने कालनेमि का वध कर दिया। रावण सोच भी नहीं पाया था कि हनुमान कितने जागरूक हैं।

लक्ष्मण के मूर्छित होने पर श्रीराम का रुदन देखकर वानर सेना का हौसला टूटने लगा था। राम यह लीला इसलिए कर रहे थे कि लोगों को जीवन और मृत्यु का अर्थ समझा सकें। यही हमें समझना है।

हनुमान जड़ी-बूटी लेकर वापस आते हैं, जिसके प्रभाव से लक्ष्मण मूर्छा से बाहर आ जाते हैं।

इस प्रसंग में राम का रुदन बहुत चर्चित है।

जब रोना आए तो क्या करें? यहां पहला सवाल तो यह उठेगा कि रोएं क्यों? रोना कमज़ोर लोगों की निशानी है। साहसी लोग रोया नहीं करते।

रोया कब और क्यों जाए, इसे थोड़ा आध्यात्मिक दृष्टि से समझें। इस बात का उत्तर हमारे पास होना चाहिए, क्योंकि यह संवेदनशीलता के समापन का दौर है। अब कोई किसी से भावनात्मक रूप से जुड़ना नहीं चाहता।

जो कुछ थोड़ी-बहुत संवेदनाएं- भावनाएं नजर आती हैं, उसके पीछे भी देह और धन का चक्कर है।

अध्यात्म में भक्ति का बड़ा महत्त्व है। भक्त होना किसी विशेष धर्म से जुड़ने का मामला नहीं है। भक्ति मनुष्य का स्वभाव है।

भक्त एक आदर्श व्यक्तित्व होता है, जो अपने अलावा किसी और परमशक्ति को स्वीकार करता है, लेकिन अपने परिश्रम और क्षमता में कमी नहीं आने देता।

दुनिया का सबसे बहादुर प्राणी होता है भक्त। लेकिन भक्त की ख़ूबी होती है कि भावनाओं के स्तर पर उसकी आंखों में आंसू आ जाते हैं। याद रखिए, भक्त के आंसू कमज़ोरी नहीं, अपने व्यक्तित्व को धोने, संवारने के कण हैं।

भले ही सबके सामने आंसू ना गिराएं। यह एक प्रकार की सामाजिक मर्यादा है। लेकिन, यदि अकेले में किसी प्रसंग पर आंसू आ रहे हों, तो उन्हें रोकने की कोशिश भी नहीं करें।

आंसू निकलते भले ही आंखों से हैं, उनका जन्म हृदय से होता है।

आंसू एक ही बार में हमारी पांचों ज्ञानेंद्रियों को धो देते हैं। आंख, नाक, कान, जीभ और त्वचा। इन सब पर आंसुओं का प्रभाव पड़ता है।

अपने आंसुओं को भी स्वीकार करने की आदत डालें। आंखों से निकलने वाली ये बूंदें आने वाले समय के लिए हमारी ताक़त भी बन सकती हैं।

इस प्रसंग से राम यही समझाते हैं कि मृत्यु देह की होती है, आत्मा की नहीं। जितना इसे समझ लेंगे, दुख कम हो जाएगा।

जब हम इस संसार से जाएंगे तो साथ कौन होगा? जाना तो सबको अकेला ही पड़ेगा।

साथी, मित्र, यार जलपान तक। अर्धांगिनी भी चल सकेगी मकान तक।

*परिवार के लोग चलेंगे श्मशान तक।*
*बेटा भी फ़र्ज़ निभाएगा अग्निदान तक।।*

जब हम संसार में आए तो दो चीज़ें लेकर आए थे- आत्मा और परमात्मा।

हम इन दोनों को ही कहीं रखकर भूल जाते हैं। जब अंतिम सांस भी पूरी हो जाएगी, तब साथ में आत्मा और परमात्मा भी चले जाते हैं। शरीर अग्नि में लीन हो जाता है, बाक़ी सब यहीं रह जाता है।

महाभारत के युद्ध में जब भीष्म ने अर्जुन को घेर लिया था, तब ऐसा लगा था कि अर्जुन मारा जाएगा।

चारों ओर से आवाज़ उठी- भगवान, बचाओ अर्जुन को। तब श्रीकृष्ण भी चिल्ला उठे- हनुमान, बचाओ अर्जुन को। संकट के समय तो कृष्ण के लिए भी हनुमान ही सहारा थे।

तुलसीदासजी ने हनुमान चालीसा की 21वें चौपाई में लिखा है-

राम दुआरे तुम रखवारे। होत न आज्ञा बिनु पैसारे।

इसके दो अर्थ हैं। पहला, आप रामजी के द्वारपाल हैं। द्वार के भीतर रामजी की सुरक्षा करते हैं। दूसरा अर्थ है- द्वार के बाहर जो रामजी का भक्त आता है, आप उसकी भी रक्षा करते हैं।

यही हनुमानजी की विशेषता है कि वे भगवान और भक्त दोनों की रक्षा करते हैं।

रावण के बेटे, भाई और योद्धा सब मारे जा चुके थे। अगली सुबह रथ पर सवार रावण युद्ध करने पहुंचता है। राम नीचे धरती पर ही खड़े थे।

विभीषण ने आग्रहपूर्वक कहा- भगवन्, आपके लिए भी रथ बुलवा लीजिए।

सुनहु सखा कह कृपानिधाना। जेहिं जय होइ सो स्यंदन आना।

राचमा- 6/79/2

राम कहते हैं- विभीषण, जिस रथ से जीत होती है, वह रथ कोई और ही होता है।

यहां श्रीराम ने धर्मरथ की बड़ी सुंदर व्याख्या की है।

इंद्र ने सारथी मातलि को आदेश दिया- राम के लिए रथ लेकर जाओ। अब राम रथ पर आ गए। सामने रावण रथ पर खड़ा था। राम ने ऐसे तीर चलाए कि रावण और उसका सारथी मूर्छित हो गया।

सारथी को होश आया तो वह रावण और रथ को लेकर रणांगन से भाग गया। बाद में रावण सारथी पर क्रोधित भी हुआ।

अगस्त्य ऋषि ने राम से कहा था- रावण से युद्ध जीतना है तो आपको सूर्योपासना करना पड़ेगी। उन्हें आदित्य हृदय स्तोत्र भी बताया था।

राम ने सूर्य की उपासना की।

सूर्यदेव ने कहा- अब विलंब मत करिए। समय आ गया है रावण के समापन का।

सूर्य की उपासना का सीधा संबंध हमारी इंटलेक्चुअल हेल्थ से है। इसलिए सूर्यदेव को नियमित जल अवश्य चढ़ाएं।

सारथी मातलि ने राम से कहा- रावण आप पर बार-बार प्रहार कर रहा है। यह आपके लिए ख़तरा भी हो सकता है। फिर आप उसे क्यों छोड़ देते हैं?

आपके पास ब्रह्मास्त्र है, इसको अभिमंत्रित करके छोड़िए। मातलि की बात राम को उचित लगी।

राम मुस्कराए और तरकश से सर्प के समान बाण निकाला।

उसकी धार में अग्नि उतरी हुई थी। तेज सूर्य के समान और आकाश जैसा भारीपन था उसमें। वायु के समान वेग वाले बाण को अभिमंत्रित कर श्रीराम ने छोड़ दिया।

सायक एक नाभि सर सोषा। अपर लगे भुज सिर करि रोषा।।

राचमा- 6/102/1

रामबाण चलते ही ऐसा लगा जैसे तीस बाण एक साथ निकले हों। रावण के दस सिर और बीस भुजाएं देखते ही देखते कट गए। नाभि का अमृत कलश फूट गया।

रावण रणांगन में धराशायी हो गया। राम बोले- आज धरती पर एक वीर कम हो गया।

रावण वीर था, विद्वान था। परंतु कोई वीर-विद्वान व्यक्ति भी जब मार्ग ग़लत अपना ले, अनीति के मार्ग पर चल पड़े, तो रावण की तरह उसका बुरा अंत निश्चित है।

एक बार एक संत मंदिर बना रहे थे। मंदिर का नाम था मृत्यु का मंदिर। संत चाहते थे मंदिर में मृत्यु की देवी की एक मूर्ति बनाई जाए ताकि लोग देख सकें कि मृत्यु की देवी कैसी होती है।

मूर्तिकार ने मृत्यु की देवी की बड़ी सुंदर प्रतिमा बनाई। काली और भयानक दिखने वाली मूर्ति के हाथ में एक कुल्हाड़ी पकड़ा दी।

संत ने पूछा- इनके हाथ में कुल्हाड़ी क्यों दी? मूर्तिकार ने बताया- इसलिए कि मृत्यु के हाथ में शस्त्र होना चाहिए।

संत बोले- यदि ऐसा ही है, तो कुल्हाड़ी के स्थान पर मूर्ति के हाथ में चाबी दे दो।

मूर्तिकार ने पूछा- चाबी क्यों?

संत ने बड़ा दार्शनिक उत्तर देते हुए कहा- मृत्यु एक नए जीवन के ताले की चाबी होती है।

मृत्यु से समापन नहीं होता, बल्कि एक नए जीवन का आरंभ होता है।

रावण की देह ज़मीन पर पड़ी थी। राम ने विभीषण से कहा- महाराज, अपने बड़े भाई का दाह संस्कार विधि-विधान से करिए।

विभीषण रोते हुए कहते हैं- मेरा यह भाई बहुत दुराचारी, अत्याचारी हो गया था। मैं अपने हाथों से इसका दाह संस्कार नहीं करना चाहता।

राम यहां बहुत अच्छी बात बोलते हैं।

विभीषण को समझाते हुए राम ने कहा- रावण अब मृत अवस्था में है। किसी की मृत्यु के बाद उससे बैर रखना उचित नहीं। जाने वाला संसार से चला गया। अब इसे क्षमा करते हुए उत्तर-कर्म कीजिए। यह आपका धर्मसंगत कर्तव्य है।

विभीषण ने विधि-विधान से रावण का दाह संस्कार किया। राम ने विभीषण का राजतिलक कर लंका का दायित्व उन्हें सौंप दिया।

रावण जैसे विश्वविजेता का इस प्रकार समापन हमें समझाता है कि यह संसार ईश्वर ने बनाया है। हमें लगता है हमने बनाया।

फिर धीरे-धीरे हमारे भीतर 'मैं' की भावना जाग जाती है। मेरे बच्चे, मेरा कारोबार, मेरा बंगला, मेरा नाम-मेरी प्रतिष्ठा। बस, यहीं से भ्रम शुरू हो जाता है।

यह सारा भ्रम विज्ञान से आता है। शास्त्र कहते हैं, ये सब हमें ईश्वर ने दिया है।

चूंकि हम इस संसार को अपनी इंद्रियों से देखते हैं, अपने राग-द्वेष द्वारा इसकी वस्तुओं में रंग डाल देते हैं। इसी राग के कारण हमें कोई चीज़ अच्छी दिखती है, कोई बुरी।

ईश्वर ने कुछ भी अच्छा-बुरा नहीं बनाया। उसने तो केवल वस्तु बनाई, लेकिन हम ही लोग राग-द्वेष की दृष्टि डालते हैं, तो अपना-पराया शुरू हो जाता है।

जब संसार को देखें, तो मन में एक भाव सदैव बनाए रखिए कि यह संसार तो पहले से ही भगवान बना चुके हैं। हमने सिर्फ़ अपनी इंद्रियों-अपने राग-द्वेष के कारण इसको अपना मान लिया है।

यदि भाव यह रखेंगे कि यह संसार किसी परमशक्ति की रचना है और हम भी इसके हिस्से हैं, तो फिर जीवन का आनंद भी उसी हिसाब से ले सकेंगे।

हमारा परिवार भी ईश्वर ने बनाया है। लोगों को लगता है हमने बसाया है। इंसान तो केवल माध्यम होता है।

जब हम परिवार-समाज में कुछ लोगों के साथ रहते हैं तो किसी से हमारे संबंध अच्छे होते हैं, किसी से ख़राब। ऐसा इसीलिए होता है कि सब यही सोचते हैं कि सब मैंने बनाया है, मैंने किया है।

जब हमारे पास कुछ हो और उसके होने में पत्नी, माता-पिता, भाई, संतान का भी योगदान हो, तो जैसे हम ईश्वर का मान रखते हैं, वैसे ही इन सबका भी मान रखें। जीवन का आनंद बढ़ जाएगा।

बस, यह मानकर चलना होगा क यह संसार परमात्मा ने बनाकर दिया है। हम सिर्फ़ इसके रक्षक हैं और अपना कर्तव्य पूरा कर रहे हैं।

जैसे ही यह भाव जागेगा, जीवन के प्रति दृष्टि बदल जाएगी और समूची प्रकृति का आनंद उठा सकेंगे। यहीं से इंटलेक्चुअल हेल्थ मज़बूत होने लगेगी।

रावण वध के बाद श्रीराम ने हनुमान से कहा - लंका में जाओ और सीता को ले आओ।

सीताजी को आधे रास्ते तक पालकी में बैठाकर लाया गया। चूंकि सारे वानर-भालू उनके दर्शन के लिए आतुर थे, राम ने उन्हें पालकी से उतरवा दिया और बाक़ी मार्ग उन्होंने पैदल चलकर पूरा किया।

इसके पीछे राम का मानना था कि वानरों ने सीता के लिए अपने प्राण दांव पर लगाकर राक्षसों से युद्ध किया है। इसलिए इन सबको सीता के दर्शन होना चाहिए।

वाल्मीकि रामायण के अनुसार लंकाकांड में ही श्रीराम का राजतिलक हो जाता है, परंतु तुलसी ने इस प्रसंग को थोड़ा आगे ले जाकर राम का राज्याभिषेक का प्रसंग उत्तर कांड में बताया है।

रामकथा के कई प्रसंगों को तुलसीदासजी ने वाल्मीकि से थोड़ा अलग ढंग से प्रस्तुत किया है, लेकिन उद्देश्य दोनों का एक ही है – सत्य के पक्ष में, धर्म के पक्ष में कथा बताना।

वाल्मीकि की दृष्टि में राम जीवन की एक उच्चतम अभिव्यक्ति थे और तुलसी की दृष्टि में राम उनके भगवान, उनके इष्ट थे। इसीलिए कई दृश्य अपने-अपने हिसाब से बदले गए हैं।

लंका कांड के प्रसंगों से हमें यह सीखना चाहिए कि जीवन में यदि दुर्गुण पाले तो अंत बुरा ही होगा। ना रावण रहा, ना कुंभकर्ण, ना मेघनाद रहा। क्योंकि इन सबने असत्य के साथ जीवन जिया।

अहंकार, काम और मोह का नशा जीवन को अंधकार में डाल देता है।

योग्यता का दुरुपयोग एक बीमारी है। इन प्रयोगों से इन्टलेक्चुअल वेलनेस को समझें।

एक आदमी शराब पीकर जैसे-तैसे अपने घर पहुंचा। नशे में था तो सीढ़ी पर बैठ गया और सामने से निकलने वाले लोगों से कहने लगा- कोई मेरे घर का पता बता दो, मुझे मेरे घर छोड़ दो।

कुछ लोगों ने बताया भी कि तू तेरे घर की सीढ़ी पर ही बैठा है। पर नशे में था तो किसी की बात मान ही नहीं रहा था।

शोर सुनकर उसकी मां घर से निकली। बोली- बेटा, तू यहां क्यों बैठा है। यह तो तेरा ही घर है, फिर क्यों दूसरों से पता पूछ रहा है?

आदमी बोला- अरे माई, कोई मेरी बात मानने को तैयार नहीं है। तू ही मेरे घर का पता बता दे।

मां ने कहा- यह तेरा ही घर है। तब भी वह मानने को तैयार नहीं। लोग भी तमाशा देख रहे थे। उसी समय मोहल्ले का एक और आदमी शराब पीकर आ गया। उसने पूछा क्या हुआ?

पहले वाला बोला- मेरे घर का पता कोई नहीं बता रहा। दूसरा- अच्छा... यह बात है? तो चल मेरे साथ। मैं तुझे तेरे घर छोड़कर आता हूं।

दोनों एक ऑटो में बैठ गए। ऑटो वाले ने पूरे मोहल्ले का एक चक्कर लगाया और वापस उसी घर के सामने लाकर छोड़ते हुए बोला- यह ले, तेरा घर आ गया।

मां फिर बाहर आई, तो उसके पैर पकड़ लिए और बोला- मां, पता नहीं किसके घर के बाहर पहुंच गया था। किसी ने मुझे घर का पता नहीं बताया।

ये तो भाईसाहब (दूसरे शराबी की ओर इशारा कते हुए) बहुत अच्छे हैं, जो मुझे मेरे घर तक पहुंचा दिया।

देखिए, एक नशेड़ी दूसरे नशेड़ी की तारीफ़ कर रहा है। पूरा रावण पक्ष ऐसा ही था। क्या अच्छा-क्या बुरा, क्या उचित-क्या अनुचित किसी को कोई समझ नहीं। जो रावण कह देता, सब उसे ही सही मान लेते थे।

दुर्गुण और कुसंग का परिणाम यही होता है। दुर्गुण यदि हावी हैं तो हम रावण के पक्ष में खड़े हो जाएंगे। जबकि होना चाहिए राम के पक्ष में।

हममें इतना विवेक, इतनी समझ तो होना चाहिए कि सत्य के पक्ष में खड़े हैं या असत्य के पक्ष में। यही प्रॉपर इंटेलेक्चुअल हेल्थ है।

असत्य भीषण एक बीमारी है, पाप है। सत्य सही मायने में स्वास्थ्य है, वेलनेस है।

आज के इस दौर में सच की कड़वाहट लगातार बढ़ती जा रही है। बोलना तो दूर, कई लोग तो सच सुनना भी नहीं चाहते।

*मेरी महफ़िल में बहुत भीड़ थी साहेब,*
*मैं सच बोलता गया, लोग उठकर चलते गए।।*

लंका कांड के प्रसंगो से की हमने इंटलेक्चुअल हेल्थ को समझने का प्रयास किया। आगे उत्तर कांड के माध्यम से जानेंगे स्प्रिच्युअल वेलनेस के सूत्र।

**किससे बचें-क्या करें...**

**सात दुर्गुण :** 1. काम 2. क्रोध 3. लोभ 4. मद
5. मोह 6. मत्सर 7. आलस्य

**बचें :-** मोह यानी भ्रम, मिथ्या, संशय, अज्ञान, मुगालता, ग़लतफ़हमी, भ्रांति और कहीं-कहीं जादू भी।

ये दुर्गुण योग्यता और बुद्धिमानी को छिन्न-भिन्न कर देते हैं। आप हमेशा भ्रम और कन्फ़्यूजन में ही रहेंगे। इसलिए 24 घंटे में कुछ समय विचारशून्य होने की आदत डालें। अधिक विचार मोह में पटक देंगे।

कोई गुरु या ऐसा विद्वान अपने साथ रखिए कि जब भ्रम और संशय की स्थिति हो, कोई निर्णय नहीं ले पा रहे हों, तो उससे विचार-विमर्श कर सकें। ये माता-पिता, मित्र या जीवनसाथी भी हो सकता है।

**करें :-** मोह से बचने का सरल तरीक़ा यह है कमर सीधी, आंखें बंद कर बैठ जाएं। गहरी सांस भीतर लें। मान लीजिए आप सौ प्रतिशत सांस ले रहे हैं, तो अस्सी प्रतिशत लेकर कुछ पल रुक जाएं और बाक़ी बीस प्रतिशत फिर खीचें।

उसके बाद थोड़ी देर फिर रुकें और ली गई सांस को मुंह से धीरे-धीरे बाहर निकालें।

कुछ देर में ही मोहरूपी दुर्गुण से मुक्त हो जाएंगे। इंटलेक्चुअल वेलनेस को बहुत सपोर्ट मिलेगा।

# 7

# स्प्रिच्युअल हेल्थ
# (उत्तर कांड)

हर अनंत यात्रा का अपना एक इतिहास होता है। अनंत यात्रा यानी संसार छोड़कर देवलोक जाना। मनुष्य को कई बीमारियां ऐसी घेर लेती हैं जो मृत्यु का कारण बन जाती हैं।

जब मनुष्य की अनंत यात्राओं की कथा लिखी जाएगी, तो अनेक बीमारियों की भी चर्चा आएगी।

देह को बीमारियों से बचाना हो, संभालना हो, तो अपनी आत्मा से परिचय कर लीजिए। यह एक आध्यात्मिक दृष्टि है।

हम स्वास्थ्य रामायण के प्रसंगों में चल रहे हैं। बालकांड में हमने फ़िजिकल हेल्थ पर चर्चा की। अयोध्या कांड में उसी बात को आगे बढ़ाते हुए फ़ैमिली हेल्थ पर बात की।

अरण्य कांड में सोशल हेल्थ, किष्किंधा कांड में इमोशनल हेल्थ, सुंदरकांड में प्रोफ़ेशनल हेल्थ, लंकाकांड में इंटेलेक्चुअल हेल्थ और अब उत्तर कांड में स्प्रिच्युअल वेलनेस को जानेंगे। यानी आध्यात्मिक स्वास्थ्य क्या है, इसको समझेंगे।

पूजा, प्रार्थना, सेवा, और योग। ये चार बातें जीवन में सही ढंग से उतरना चाहिए। इसे कहते हैं स्प्रिचुअल वेलनेस। रिलीजन यानी शरीर, स्प्रिच्युअलिटी यानी आत्मा।

इस पुस्तक में चर्चा है –

होइहि सोइ जो राम रचि राखा...

राचमा बाका. 51/4

आरोग्य की दृष्टि से यह पंक्ति एक मंत्र है।

प्रवेश से पहले उत्तर कांड का कथासार जान लें।

उत्तर कांड रामकथा की पूर्णाहुति का सोपान है। श्रीराम ने हनुमानजी को भेजा था भरत के पास। यहां भरत और हनुमानजी की चर्चा होती है। राम चौदह वर्षों बाद अयोध्या में प्रवेश करते हैं। बड़े अनूठे ढंग से सबका मिलन होता है।

राम वानरों और निषादराज गुह को विदा करते हैं। फिर तुलसीदास और वाल्मीकिजी ने अपने-अपने ढंग से रामराज का सुंदर वर्णन किया है। इसमें राम द्वारा प्रजा को उपदेश और फिर देवलोक गमन की कथा आती है।

तुलसी की रामकथा गरुड़ और काकभुशुण्डि के वार्तालाप पर प्रकाश डालती है, तथा समापन शिव-पार्वती संवाद से होता है।

वाल्मीकि उत्तर कांड की कथा में अन्य प्रसंगों का समावेश भी करते हैं। राम द्वारा सीता का त्याग, लव-कुश प्रसंग सहित राम की लीला के अन्य कई अनछुए प्रसंगों को वाल्मीकि ने अपनी काव्य प्रतिभा समर्पित की है।

रामराज में परिवार व्यवस्था अनुकरणीय है। घर-परिवार में एक-दूसरे को संतुष्ट करने और रखने के लिए भौतिक साधनों की ज़रूरत पड़ती ही है। जब ये पूरे हो जाते हैं, तब ध्यान जाता है आपसी व्यवहार पर। जब बात आपसी व्यवहार की आती है तो वाणी और उसक ढंग बहुत महत्त्वपूर्ण हो जाता है।

बोलचाल के ढंग ने कई घरों को जोड़कर रखा और कई को तोड़ भी दिया। रिश्ते निभाने के मामले में शब्द अमृत भी बन सकते हैं और ज़हर भी।

घर में बोले गए शब्द का बौद्धिक महत्त्व उतना नहीं है, जितना आत्मिक है।

शब्दों में अक्ल भले ही नहीं लगाएं, पर भावनाएं ज़रूर उड़ेलें, क्योंकि जब हम अपने परिवार में सदस्यों से बात कर रहे होते हैं तो शब्दों के पीछे के अर्थ केवल शाब्दिक नहीं होते। उसके पीछे अनुभूति भी काम कर रही होती है।

एक प्रयोग हमेशा करते रहें कि आप हृदय से बोलें और सामने वाला हृदय से ही सुने। आपसी संवाद में औपचारिकताओं का पुट कम से कम रखें।

इस बात के प्रति सजग रहें कि हमारे शब्द सामने वाले को दूसरा आनंदित कर पा रहे हैं या नहीं। गपशप ज़रूर करें, पर बकवास बिलकुल नहीं।

आपस में बात करते समय यदि आप श्रोता की स्थिति में हैं तो सामने वाले को महसूस होना चाहिए कि आप ज़िंदा भी हैं और जाग भी रहे हैं।

कई लोगों की शिकायत है कि घर-परिवार में हम जिनसे बात कर रहे होते हैं, वह सुनने वाला वहां मौजूद ही नहीं रहता। सिर्फ़ श्रवण का अभिनय चल रहा होता है। मन कहीं और भटक रहा है।

यदि सुनने वाले से पूछें तो वह कहेगा बोलने वाला भी नाटक कर रहा है। केवल अपना प्रभाव स्थापित करने के लिए, अधिकार जमाने के लिए शब्द फेंके जा रहा है। यह संवाद का अधूरा ढंग है।

सुनने और बोलने के बीच में एक क्रिया और काम कर रही होती है- ख़ामोशी। कई बार ऐसा होता है कि अब आपको मौन धारण करना पड़ेगा।

लेकिन ध्यान रखिए, घरों में ख़ामोशी भी ख़तरा बन सकती है। इसलिए हर ख़ामोशी के पीछे बातचीत को पेंडिंग रखिए।

अभी नहीं बोलेंगे या सुनेंगे, लेकिन इसका यह मतलब नहीं है कि ख़ामोशी के साथ रिश्ते या स्थिति को पैक कर दिया जाए।

बातचीत में विरोधाभास, असहमति का भाव, ये सब स्वाभाविक है। तनाव या विपरीत का समय गुज़र जाए, फिर बातचीत शुरू हो जाएगी।

बातचीत किसी भी हाल में बंद नहीं करें। क्योंकि यही एक माध्यम है जो ग़लतफ़हमी बढ़ा भी सकता है और मिटा भी सकता है। ग़लतफ़हमी गृहस्थी के लिए धीमा ज़हर है।

घर-परिवार में आपस में जब भी बोलें, आत्मा से बोलें। आत्मा से बोले गए शब्द हमारी भावनाओं को, संवेदनाओं को जीवित रखते हैं।

## आत्मा से जुड़ाव यानी स्प्रिच्युअल वेलनेस

चार विषय हैं जिन्हें हम उत्तर कांड में आगे भी पढ़ेंगे। *'होइहि सोइ जो राम रचि राखा'* इस मंत्र को समझने के लिए उन चार विषयों को भी जान लिया जाए, जो हैं- पूजा, प्रार्थना, सेवा और योग।

## 1. पूजा (सत्संग)

रावण बड़ा तपस्वी था। इसलिए ब्रह्माजी से बहुत बड़ा वरदान प्राप्त कर चुका था।

हम काहू के मरहिं न मारें। बानर मनुज जाति दुइ बारें।।
राचमा 1/176/1

वानर और मनुष्य, इन दोनों को छोड़ हम किसी के हाथ नहीं मरें।

वरदान के रूप में इतनी बड़ी उपलब्धि प्राप्त होने के कारण रावण शाप का संग्रह भी करता गया। जितने वरदान नहीं मिले, उनसे अधिक उसे शाप मिले।

### • रावण

वाल्मीकि रामायण के उत्तर कांड में इस पात्र का वर्णन विस्तार और अलग ढंग से किया गया है। अयोध्या के राजा अनरण्य, नल-कुबेर, नंदी आदि ने रावण को सीधे शाप दिए थे। पार्वती, माया, वेदवती, शचि, रंभा आदि महान स्त्रियों सहित बहन शूर्पणखा ने भी उसे शाप दिया था।

भगवान का हिसाब बिलकुल साफ़ होता है। जो भी तपस्या करेगा, उसे वरदान देना ही है। लेकिन, तपस्या यदि किसी दुष्ट ने की है तो उसके लिए वरदान के साथ शाप की भी व्यवस्था कर देते हैं।

रावण दुष्ट तपस्वी था। इसीलिए वरदान से अधिक उसने शाप पाए थे, और वे ही उसे ले डूबे।

रामचरित मानस के उत्तर कांड की कथा में एक विशेषता है। वाल्मीकि और तुलसी रामायण में जो भेद हैं, वे कई जगह रोचक हो जाते हैं।

वाल्मीकि रामायण में उत्तर कांड की कथा का आरंभ रावण से होता है। यही कथा तुलसी रामायण में बालकांड के आरंभ में आती है।

तुलसीदासजी पहले रावणरूपी अंधकार को लाए, फिर रामरूपी प्रकाश का उदय किया। जिस दौर में तुलसीदासजी ने कथा लिखी, वह चुनौती का काल था। वाल्मीकि राम के समकालीन थे, और उन्होंने कथा भी उसी दौर में लिखी। वाल्मीकि राम को श्रेष्ठ बनाते जा रहे थे, तुलसी राम को परमात्मा बना रहे थे। इसलिए उन्होंने कथा का गठन भी ऐसा ही किया।

यहां पाठक यह नहीं भूल जाएं कि हम स्प्रिच्युअल वेलनेस की बात कर रहे हैं।

राम का राज्याभिषेक हुआ। राजसभा में सारे ऋषि-मुनि उपस्थित थे। तभी राम ने अगस्त्य मुनि से पूछा- मैं रावण, इंद्रजीत, कुंभकर्ण आदि रक्षसों को मारकर आया हूं। ये सभी महान विद्वान थे, फिर भी इतने दुराचारी कैसे हो गए?

सुकेश नाम के दैत्य के तीन पुत्र थे- माल्यवान, सुमाली और माली। तीनों बड़े दुष्ट थे। देवताओं से युद्ध में माली मारा गया। सुमाली और माल्यवान लंका छोड़कर भाग गए।

सुमाली ने सोचा इस प्रकार तो राक्षस संस्कृति समाप्त हो जाएगी। बड़ी कुटिलता के साथ विचार किया यदि ऋषि और राक्षस संस्कृति का मेल हो जाए तो उनसे उत्पन्न होने वाली संतान देवताओं को समाप्त करने में सहायक होगी।

उसने अपनी पुत्री कैकसी को ऋषि विश्रवा के पास भेजा। विश्रवा पुलत्स्य ऋषि के पुत्र थे। आचरण से थोड़े कमज़ोर।

कैकसी ने मोहित किया तो विश्रवा ने उससे विवाह कर लिया। एक विवाह उनका पहले हो चुका था, जिससे वैश्रवण नाम का पुत्र था। बाद में वही देवताओं का धनपति कुबेर बना।

विश्रवा से विवाह के बाद कैकसी को पुत्र हुआ, जिसके दस सिर थे। इस कारण उसका नाम दशानन रखा गया। वह बड़ा प्रतिभाशाली था।

नाना सुमाली और माता कैकसी उससे कहा करते थे तेरे भाई कुबेर के पास पुष्पक विमान है, लंका जैसी सोने की नगरी है। ऐसी संपत्ति तेरे पास भी होना चाहिए। इस तरह मां और नाना द्वारा बचपन से ही उसे कुटिलता सिखाई जा रही थी।

एक दिन पुष्पक विमान में बैठकर कुबेर पिता के आश्रम में आया तो दशानन ने कहा- कि मैं आपके जैसा बनना चाहता हूं।

कुबेर ने समझाया कि तुम जो भी बनना चाहो बनो, लेकिन ग़लत काम कभी मत करना। तुम कुछ ग़लत आचरण करने लगे हो। दशानन ने कहा मेरा उद्देश्य तो भगवान शंकर को पाने का है।

कुबेर ने दशानन को बताया, एक बार मैं भी शिवजी के दर्शन के लिए कैलाश पर्वत पर गया था। वहां शिव के साथ पार्वतीजी भी थीं। उनको देख अचानक मेरे मन में कुविचार आ गए।

पार्वतीजी ने मुझे शाप दे दिया। मेरे दोनों नेत्र ख़राब हो गए। बाद में शिव की कृपा से बायीं आंख ठीक हो गई। इसी कारण कुबेर सुंदर नहीं हैं।

जिनके पास बहुत धन होता है वे सुंदर बनने के भी कई तरीक़े अपनाते हैं। परंतु ज़रूरी नहीं कि वे सुंदर हो ही जाएं। सच तो यह है कि तन से सुंदर बनने के लिए पहले मन से सुंदर होना पड़ता है।

मां और नाना की कही वह बात रावण के मन में बैठ गई कि कुबेर जैसी संपत्ति तेरे पास भी होना चाहिए। उसने कुबेर पर आक्रमण कर उसका सबकुछ छीन लिया।

दशानन से रावण बनने के पीछे भी उसकी एक अलग कहानी है।

एक बार रावण ने खेल-खेल में कैलाश पर्वत को हिला दिया। उस समय शिव-पार्वती आपस में वार्तालाप कर रहे थे। अचानक सबकुछ हिलने लगा।

शिव ने अपने पैर का अंगूठा दबाया। कैलाश पर्वत नीचे आया तो उसमें रावण के दोनों हाथ दब गए।

रावण ज़ोर-ज़ोर से चिल्लाने लगा। अपनी वरदान शक्ति से आह्वान किया तो शिवजी प्रकट हुए।

शिव ने कहा- तू बड़ा बलवान है, परंतु आज इतना रोया कि सारा संसार कांप उठा। इसलिए भविष्य में तेरा नाम रावण होगा। (संस्कृत भाषा में रोने को राव कहते हैं)

तस्मात त्वं रावणो नाम। नाम्ना राजन भविष्यसि।।

वारा/उकां/16/37

इस प्रकार वह दशग्रीव से रावण बन गया। अर्थ स्पष्ट है कि जो खुद रोए और दूसरों को भी रुलाए, वह रावण है।

रावण ने शिवजी को प्रसन्न कर वरदान प्राप्त कर लिया था। उसने चारों दिग्पाल (इंद्र, यम, वरुण, कुबेर) को जीत लिया था, लेकिन दो लोगों से हार गया था कार्तवीर्य अर्जुन और वानरराज बालि।

बड़े से बड़ा व्यक्ति भी जीवन में कहीं न कहीं किसी न किसी से हारा हुआ होता है।

सहस्रबाहु अर्जुन ने विश्वविजेता रावण को बंदी बनाकर अपने पास रख लिया था। रावण के दादा पुलस्त्य ऋषि ने सहस्रार्जुन से विनती की थी इसे छोड़ दीजिए। तब जाकर मुक्त हो सका था।

इसी प्रकार वानरराज बालि ने भी रावण को कई दिनों तक अपनी बगल में दबाकर रखा था। बाद में रावण ने क्षमा मांगी, तब मुक्ति मिल सकी।

सहस्रार्जुन और बालि से पराजित होने से रावण का सिर झुक गया था। गर्दन नीचे कर बैठ गया था।

दुष्ट लोग जहां हारते हैं, वहां सिर नीचा कर बैठ जाते हैं, फिर भी उनके मन की कुटिलता समाप्त नहीं होती। इस पर किसी शायर ने बहुत अच्छी बात लिखी है–

ये जो सिर नीचे किये बैठे हैं...
ना जाने कितनों की जान लिए बैठे हैं।।

हम स्वास्थ्य रामायण के जिस भाग से गुज़र रहे हैं, उसके केंद्र में है हमारी स्प्रिच्युअल वेलनेस। आज हम विज्ञान और तकनीक के दौर में जी रहे हैं। इसके कई लाभ हैं, लेकिन नुक़सान को भी नहीं नकारा जा सकता।

टीवी और मोबाइल जैसे आइटम इसी तकनीकी दौर की देन है, जिन्होंने मनुष्य के हर्ष पर सामूहिक विषाद का समय ला दिया है। नतीजे में मिल रहा है तनाव।

क्या बड़े, क्या विशिष्ट और क्या समर्थ। तनाव की महामारी ने सबको समान रूप से जकड़ रखा है। इसके जहरीले डंक हर किसी को डसकर विषाद में पटक देंगे। ऐसे में स्प्रिच्युअल वेलनेस और उसके प्रति जागरूकता बहुत आवश्यक है।

विषाद डिप्रेशन के निकट की स्थिति है। मनोवैज्ञानिकों का मानना है मनुष्य के जीवन में हर्ष और विषाद मन से संबंधित घटनाएं है, मस्तिष्क से नहीं।

जो लोग मन पर काम करते हैं, वे इन दोनों ही स्थितियों को समझकर इनकी जकड़ से मुक्त रहेंगे।

बीमारी कोई भी हो, डॉक्टर तो अपनी जगह उसका उपचार करेंगे, लेकिन उसके जो साइड इफ़ेक्ट्स होते हैं, उनका अंकुरण मनरूपी धरती से होता है। मन का इलाज हमें खुद ही करना होगा।

शास्त्रों में औषधि को मंत्र कहा गया है। डॉक्टर सांसों को बचाता है, गुरु सांसों को जगाता है। डॉक्टर की औषधि मंत्र है, गुरु का मंत्र ही औषधि है।

हमारे यहां कहा गया है –

*'जब मैं भूला रे भाई, मेरे सद्गुरु जुगत लगाई...'*

जब मैंने कोई चूक की, मुझसे कोई भूल हुई, तब गुरु ने जुगत लगाकर मुझे सही मार्ग दिखाया।

जुगत का सामान्य अर्थ है जुगाड़। गुरु के पास जो मंत्र होता है, वह औषधि है। इसीलिए जीवन में गुरु का होना बहुत आवश्यक है।

आपके पास कोई गुरु ना हो, मंत्र ना हो तो हनुमानजी को गुरु और हनुमान चालीस को गुरुमंत्र मानकर जीवन में उतार लीजिए। स्प्रिच्युअल वेलनेस में यह प्रयास बड़ा कारगर साबित होगा।

जिसके पास मंत्र की ताक़त होगी, उसे यह सुविधा होगी कि बीमारियों के साइड इफेक्ट्स ख़ासकर विषाद की अप्रिय स्थिति से बच सकेगा, उसका सामना कर सकेगा।

### • हनुमान कथा

अपनी राजसभा में राम अगस्त्य ऋषि से कथा सुन रहे थे। ऋषि से कहा– मुझे हनुमान के बारे में बताइए। तब अगस्त्य ने राम को हनुमत कथा सुनाई।

तुलसीदासजी ने रावण कथा के बाद रामकथा सुनाई। वाल्मीकि ने रावण कथा के बाद हनुमान कथा सुनवाई।

ये वे ही अगस्त्यजी हैं, जिन्होंने शिवजी को रामकथा सुनाई थी। वे ही अब राम को हनुमत कथा सुनाते हैं।

विस्तरेण यथा तत्वं कथयामर पूजित।।

वारा- 35/13

जिस प्रकार शंकरजी सती के साथ अगस्त्यजी के आश्रम में रामकथा सुन रहे थे, ऐसे ही अब राम उनके मुख से हनुमान कथा सुनते हैं।

अगस्त्य ऋषि ने राम को सारी कथा विस्तार से सुनाई। हम यहां केवल सार ग्रहण कर रहे हैं।

हनुमानजी के जन्म को लेकर अलग-अलग कथाएं हैं, क्योंकि वे लोकदेवता हैं। शंकर सुवन हैं, पवनपुत्र भी हैं, केसरी नंदन और अंजनी के भी पुत्र हैं।

हनुमानजी के जन्म की सभी कथाएं आपस में जुड़ी हुई हैं। जन्म स्थान को लेकर भी भ्रांतियां हैं। यह स्वाभाविक भी है। जिनके जन्म की अनेक कथाएं हों, उनके जन्मस्थान को लेकर मतभेद होना नई बात नहीं है।

अगस्त्य ऋषि कहते हैं- राम, हनुमान जैसा गुणी और ज्ञानी दूसरा कोई नहीं।

11 विचित्र गुण इस संसार में केवल उन्हीं के पास हैं- पराक्रम, उत्साह, बुद्धि, प्रताप, सुशीलता, मधुरता, अनीति-नीति का विवेक, गंभीरता, चतुरता, उत्तम बल और धैर्य। साथ ही उन्हें समस्त शास्त्रों का भी ज्ञान है।

हनुमान को केवल पत्थर पर सिंदूर लपेटी हुई मूर्ति मान लेना बहुत बड़ी भूल है। उन्हें रामसेना का एक साधारण बंदर मान लेना भी ग़लत है। वे परम् विद्वान हैं।

इस प्रकार रामजी के सामने अगस्त्यजी ने हनुमानजी का बड़ा यशगान कर कथा का समापन किया।

राज्याभिषेक के पश्चात राम ने सभी वानरों को बुलाकर विनम्रतापूर्वक अपने-अपने घर लौट जाने को कहा। सुग्रीव, विभीषण, अंगद आदि सहित सभी को सम्मानपूर्वक विदाई दी।

हनुमानजी ने अपने राजा सुग्रीव ने आज्ञा ली कि मैं यहीं रहकर श्रीराम की सेवा करता रहूं।

राम भी चाहते थे हनुमान यहीं रुक जाए, क्योंकि जानते थे कि मेरी विजययात्रा का यदि कोई मुख्य पात्र है तो वह हनुमान ही है। कठिन से कठिन काम तो करते ही थे, हर काम को समय पर भी करते थे।

इस समय तो लोगों की सबसे बड़ी कमी यही है कि कोई काम समय पर नहीं करते। हाथ में काम ले लेते हैं, परंतु दिमाग़ में कुछ और ही चल रहा होता है।

परिणाम में क्या मिलता है। काम में विलंब, ग़लती और अपूर्णता। इसीलिए कहा गया है कि देह से आगे बढ़, मन को क्रॉस करते हुए अपनी आत्मा का स्पर्श करें। इसी में स्प्रिच्युअल वेलनेस है।

बिना सही तरीक़े से किए गए काम के परिणाम क्या मिलते हैं, इस किस्से से समझ सकते हैं।

एक आदमी ने घोड़ा पाल रखा था। एक दिन घोड़ा बीमार हो गया। आदमी घोड़े को डॉक्टर के पास ले गया और समस्या बताई।

डॉक्टर ने दवा के साथ बांस की पोंगली देते हुए कहा- इसमें दवा रखकर एक हिस्सा घोड़े के मुंह में रखना और दूसरे हिस्से से फूंक मारना। दवा आसानी से घोड़े के पेट में चली जाएगी।

आदमी घोड़े को लेकर घर आ गया। पोंगली में दवा रखकर एक हिस्सा घोड़े के मुंह में लगा दिया और दूसरा हिस्सा अपने मुंह रख लिया।

मन स्थिर नहीं था। दिमाग़ में कुछ और ही चल रहा था तो फूंक मारने में देर कर दी। अचानक उधर से घोड़े ने फूंक मार दी और।

आदमी भागा-भागा फिर डॉक्टर के पास गया। सारी बात बताते हुए बोला- दवा तो मेरे पेट में चली गई।

डॉक्टर ने मुस्कराते हुए कहा- फूंक मारने में देर करोगे, तो ऐसा ही होगा। इसलिए जो भी काम करना हो, परफ़ेक्शन के साथ और समय पर करें।

हनुमान सदैव ही अपने काम के प्रति सजग रहते थे। जब लंका के लिए उड़ रहे थे, तब मार्ग में सुरसा मिली थी। सार्वजनिक रूप से यह उनकी पहली परीक्षा थी।

जोजन भरि तेहिं बदनु पसारा। कपि तनु कीन्ह दुगुन बिस्तारा।।
सोरह जोजन मुख तेहिं ठयऊ। तुरत पवनसुत बत्तिस भयऊ।।

राचमा- 5/1/4

सुरसा ने योजनभर मुंह फैलाया। तब हनुमानजी ने अपने शरीर को उससे दोगुना बढ़ा लिया। सुरसा ने सोलह योजन का मुंह किया, हनुमानजी तुरंत बत्तीस योजन के हो गए। फिर,

> सत जोजन तेहिं आनन कीन्हा। अति लघु रूप पवनसुत लीन्हा।।
> बदन पइठि पुनि बाहेर आवा। मागा बिदा ताहि सिरु नावा।।
>
> राचमा- 5/1/5-6

जैसे ही सुरसा ने सौ योजन का मुंह किया, हनुमान ने अति छोटा रूप धारण कर लिया। मुख में घुसकर फिर बाहर निकल आए, और सिर नवाकर विदा मांग ली।

कुछ काम देर से करने से बिगड़ सकते हैं। इसलिए हर काम की गंभीरता को समझते हुए सही समय पर कर लिया जाए। फिर उसके परिणाम भी सुखद ही होंगे।

हनुमान जानते थे, इससे उलझने में समय और श्रम दोनों की बर्बादी होगी। इसलिए समय के मान से 'छोटे-बड़े' होकर आगे बढ़ गए।

यहां हनुमानजी हमें भी बड़ी सीख दे गए कि अब सामान्य का दौर चला गया। यह समय कुछ अलग और अनूठा करने का है।

आज की व्यवस्था में वे ही लोग टिक पाएंगे, जो अपने श्रेष्ठ को सर्वश्रेष्ठ में बदल सकेंगे। इसलिए भविष्य की तैयारी में सर्वश्रेष्ठ पर काम शुरू कर देना चाहिए।

हनुमान अपने पूरे अभियान में श्रेष्ठ को सर्वश्रेष्ठ में बदलते रहे थे। यही उनकी सफलता का रहस्य था।

जब अपने श्रेष्ठ को सर्वश्रेष्ठ में बदलने जाएंगे तो कई तरह से विषम परिस्थितियों से भी गुजरना पड़ेगा। सर्वश्रेष्ठ इस समय गुमशुदा है और गुमशुदा की तलाश एक रहस्यमय काम है।

सर्वश्रेष्ठ माता-पिता बनना है, तो संतान के मामले में घोर चुनौतियां सामने आएंगीं। हमारा थकना, हमारे दुख और हमारी बीमारियां सर्वश्रेष्ठ तक पहुंचने में बाधा हैं।

इन तीनों से मुक्ति पाना होगी। इसीलिए स्प्रिच्युअल वेलनेस पर काम करते रहिए।

ज़िंदगी उम्र से अजीब-सा रिश्ता बनाती है। कभी आयु को अनुमति देती है कि ज़िंदगी पर हावी हो जाए, तो कभी उम्र को थका देती है। जिन्हें सर्वश्रेष्ठ देना है, वे अपनी उम्र के प्रति बहुत सावधान रहें।

उम्र को कम होना ही है। बुढ़ापा आकर रहेगा। इसलिए हर उम्र में जो भी सर्वश्रेठ करने की संभावना हो, उसो उसी समय कर लेना चाहिए।

जीवन है तो दुख भी आएंगे। दुख मनुष्य की गति को रोकते हैं। अपना सर्वश्रेष्ठ देने में बाधा भी पहुंचा सकते हैं। इसलिए दुखों को अलग दृष्टि से लें।

स्प्रिच्युअल हेल्थ में दुखों को देखने और समझने की दृष्टि बदल जाती है।

व्यक्तित्व प्रभावशाली हो, सक्रिय हो तो मनुष्य अपने श्रेष्ठ को प्राप्त कर लेगा। लेकिन जैसे ही श्रेष्ठ से श्रेष्ठतम की ओर बढ़ेंगे, अपने व्यक्तित्व पर भी काम करना पड़ेगा। हमें व्यक्तित्व से हटकर अपने अस्तित्व को जानना होगा। व्यक्तित्व को अंग्रेज़ी में पर्सनालिटी कहते हैं और अस्तित्व को एक्जिस्टेंस।

जीवन की यात्रा में कई बार बिना साथी और कारवां के ही चलना पड़ता है। ऐसे में व्यक्तित्व परेशान हो जाता है। लेकिन, अस्तित्व सिखाता है कि अकेले चलकर भी कारवां बनाया जा सकता है।

अस्तित्व के पास यह संभावना होती है कि वह बेहतर से बेहतर को चुन सकता है। चूंकि अस्तित्व एकदम शुद्ध होता है, इसलिए उसका आग्रह सदैव सर्वश्रेष्ठ ही होगा। व्यक्तित्व तो दबाव में आकर समझौता भी कर सकता है, लेकिन अस्तित्व समझौता नहीं करता। जिन्हें अपने अस्तित्व को पहचानना हो, उसकी ओ चलना हो, उन्हें अपनी दिनचर्या में योग को महत्त्व देना होगा। योग अपने सर्वश्रेष्ठ से मिलाने की मज़बूत सीढ़ी है। योग यानी स्प्रिच्युअल वेलनेस।

## 2. प्रार्थना (सुख-दुख के लिए)

राम का राजकाज का तरीक़ा भी बड़ा निराला था। अयोध्या में उनके कुछ मित्र थे- विजय, मधुमती, काश्यप, मंगल, कुल, सुराजि, कलिय, भद्र, सुमागछ आदि।

इनके साथ बैठकर राम चर्चा करते थे। उनके मित्र विनोद कथाएं सुनाते, हास्य-व्यंग्य की बातें करते थे। उनसे राम का व्यवहार बड़ा मधुर रहता था। राम मित्रों से पूछते थे कि मेरे बारे में प्रजा क्या कहती है। मुझे सच बात बताओ। ये लोग राम के राज-काज और उनसे जुड़े नीति-निर्माण में बड़े सहायक थे।

### ● सीता त्याग

एक बार सीताजी और राम चर्चा कर रहे थे। सीता ने कहा मैं गर्भवती हूं। यह सुनकर राम बड़े प्रसन्न हुए। कहते हैं- आप कभी मुझसे कुछ मांगती नहीं हो। आज जो भी मांगोगी, मैं दूंगा।

सीताजी ने कहा- मैं गंगा तट स्थित ऋषि-मुनियों के आश्रम जाकर उनके दर्शन करना चाहती हूं। राम ने प्रसन्नभाव से सहमति दे दी।

एक दिन मित्रों ने राम को सूचना दी कि राज्य में सबकुछ ठीक चल रहा है, परंतु एक मामले में आपकी आलोचना हो रही है। प्रजा में चर्चा है कि रावण की लंका में बंदी बनकर रही सीता को आपने अपने साथ महल में रखा है। इस बिंदु पर राम बहुत चिंतनशील हो गए।

एक राजा ना तो पति होता है, ना पिता। ना किसी का भाई होता है, ना पुत्र। राजा केवल राजा होता है और प्रजा ही उसका परिवार।

राम ने विचार किया- कदाचित प्रजा की संतुष्टि के लिए पत्नी का त्याग करना पड़ेगा।

भाई लक्ष्मण को बुलाकर कहा- सीता को अपने साथ ले जाओ और गंगा तट के समीप आश्रम में छोड़ आओ।

श्रीकृष्ण की लीलाएं राम से अलग और अनूठी थीं। वे मनुष्य से अवतार बनते दिखते हैं। राम अवतार बनकर आते हैं और धीरे-धीरे मनुष्य बनते जाते हैं। इसलिए मनुष्य के निर्णय समाज के लिए चर्चा का विषय बनेंगे ही।

उत्तर रामायण में राम के कुछ निर्णय आज भी सवालों के घेरे में हैं।

लक्ष्मण ने कठोर हृदय से सीताजी को वन में छोड़ा और बताया भैया राम ने आपका त्याग कर दिया है। सीता बोलीं- यदि श्रीराम का यही निर्णय है, तो मैं उनके साथ हूं, इस निर्णय को स्वीकार करती हूं।

मया च परिहर्तव्यं त्वं हि मे परमा गतिः।।

वारा-उकां 48/13

सीता ने कहा- यदि मेरे कारण श्रीराम को अपयश मिल रहा है, तो मेरा कर्तव्य है उस अपयश को दूर करूं।

ये वे ही सीताजी हैं जो जब सुंदरकांड में हनुमान से मिली थीं, तो राम को लेकर उलाहना दिया था।

कोमल चित कृपाल रघुराई। कपि केहि हेतु धरी निठुराई।।

राचमा-5/13/2

रामजी का चित्त तो बड़ा कोमल है। फिर भी वे इतने निष्ठुर कैसे हो गए।

सीताजी यह बात यहां लक्ष्मण से भी बोल सकती थीं, परंतु कहती हैं यदि यह निर्णय रामजी ने लिया है तो उनके इस कर्तव्य पालन में मैं भी साथ दूंगी।

मां सीता अद्भुत थीं। इस प्रसंग को मनुष्य के रूप में देखा जाए तो आलोचना है, अगर भगवान के रूप में देखा जाए तो लीला है। रामजी को शाप लगा था इसलिए सीता का त्याग हो गया।

जीवन में कई बार प्रारब्ध काम करता है। कई लोग अच्छे-अच्छे काम करते हैं फिर भी उनके साथ अप्रिय घटनाएं हो जाती है। तब वे भगवान से ही शिकायत करने लगते हैं कि हमने तो कभी किसी का बुरा नहीं चाहा, फिर हमारे साथ ऐसा क्यों हुआ?

इसके पीछे का सच यह है कि हम मनुष्यों के जीवन में जो भी अच्छा-बुरा घटता है, उसका कुछ हिस्सा हमारे प्रारब्ध (पिछले जन्मों की कर्म कुंडली या वरदान-अभिशाप) से जुड़ा होता है।

सीता और राम जैसे युगल का बिछोह भी उनके प्रारब्ध का ही परिणाम था। एक बार सीता ने श्रीराम से कहा भी था कि आपने मुझसे विवाह किया है तो इसकी क़ीमत भी चुकानी पड़ सकती है।

आज जगत जननी शायद वही क़ीमत चुका रही थीं।

जीवन में कई बार ऐसा हो जाता है। सबकुछ अच्छा घटते-घटते कुछ चुनौतियां ऐसी आ जाती हैं कि ज़िंदगी बोझ लगने लगती है। लेकिन हमें टूटना नहीं है।

यहां काम आता है आत्मा का स्पर्श। यानी स्प्रिच्युअल हेल्थ।

किसी शायर ने बहुत अच्छी बात लिखी है-

आरजू लेकर घर से निकलते क्यों हो।
पांव जलते हैं तो फिर आग पर चलते क्यों हो।।

कई लोगों का जीवन सचमुच आग पर चलने जैसा होता है। बहुत आसानी से जीवन की कोई यात्रा नहीं हो पाएगी। हर यात्रा कठिन है, चुनौती है, बाधाओं से भरी है।

ऐसी कठिन-विषम परिस्थितियों में अपनी स्प्रिच्युअल वेलनेस बनाए रखें।

लक्ष्मण सीताजी को वन में छोड़कर बहुत दुखी होते हैं। उनके साथ महामंत्री सुमंत भी थे।

लक्ष्मण को दुखी देख सुमंत कहते हैं- आपके पिता महाराज दशरथ को पूर्व से ज्ञात था कि राम जीवन के उत्तरार्ध में पत्नी का वियोग सहेंगे और अपनी संतान से दूर रहेंगे।

यह बात महाराज को दुर्वासा ऋषि ने बताई थी। आज मैं आपको बताता हूं। एक बार गुरु वशिष्ठ के यहां महाराज दशरथ की भेंट दुर्वासा ऋषि से हुई। महाराज ने दुर्वासा ऋषि से कहा, मेरी संतानों के लिए शुभाशीष दें।

इस पर दुर्वासा ने कहा था- हे राजन्, मैं तुम्हारे पुत्रों के लिए शुभाशीष तो दे दूंगा, परंतु बड़े पुत्र राम के जीवन के उत्तरार्ध में बहुत व्यथित कर देने वाली घटना होगी।

दशरथ ने पूछा- ऐसा क्यों होगा? दुर्वासा ने बताया- राम विष्णु के अवतार हैं।

एक बार जब देवताओं और दैत्यों में युद्ध हुआ तो दैत्य भागकर भृगु ऋषि के आश्रम में गए। वहां भृगु की पत्नी, जो दैत्यों की गुरुमाता थी, उन्होंने दैत्यों को आश्वासन दिया मैं तुम्हारी रक्षा करूंगी। जब विष्णु दैत्यों को मारने आए तो ऋषि पत्नी उनके सामने खड़ी हो गईं।

विष्णु ने कहा- मुझे दैत्यों की दुष्टता को ख़त्म करना है, और आप दैत्यों की रक्षा के लिए खड़ी हो गईं? लगता है मुझे आपका भी वध करना पड़ेगा।

ऐसा कहते हुए विष्णु ने दैत्यों की गुरुमाता का वध कर दिया।

यह देख भृगु बहुत क्रोधित हो गए और विष्णु को शाप दे दिया कि एक अवतार के उत्तरार्ध में तुम भी अपनी पत्नी का वियोग वैसे ही सहोगे, जैसे आज मैं सह रहा हूं।

भृगु ऋषि का यही शाप राम-सीता के वियोग का कारण बना।

शाप देने के बाद भृगु को पश्चाताप हुआ। दुखी भाव से उन्होंने विष्णु से कहा भी कि मैंने आपको यह कैसा शाप दे दिया?

तब विष्णु ने कहा था- यही मेरा प्रारब्ध है। यदि मुझे अपने एक अवतार में स्त्री-विरह का दुख भोगना है, तो आप उसके एक माध्यम मात्र हैं।

हम मनुष्यों के जीवन में भी जब कोई घटना घटती है तो वह कहीं न कहीं पिछली किसी घटना से जुड़ी हुई होती है।

इसीलिए ऋषि-मुनियों ने पुनर्जन्म की व्यवस्था दी है। असल में देखा जाए तो यह मनुष्य को एक बहुत बड़ा आश्वासन है परमात्मा की ओर से।

किसी से किसी के प्रति कोई अपराध हो जाए तो उसका परिणाम उसे अगले जन्म में भोगना पड़ता है। यही पुनर्जन्म व्यवस्था का आश्वासन है।

राम की जो लीलाओं पर कई सवाल खड़े होते हैं। राम जीवन के उत्तरार्ध में पत्नी के साथ नहीं रह सके। यहां तक कि उनकी संतानों का जन्म भी वन में स्थित वाल्मीकिजी के आश्रम में हुआ।

आज हमारे जीवन में भी कोई छोटा-बड़ा दुख आ जाए, अपने परिजनों को कोई कष्ट हो, परेशानी आ जाए तो शांति से बैठकर यही सोचें कि हम इस परेशानी से बचने का पूरा प्रयास करेंगे, लेकिन परिणाम जो भी होगा, उसे स्वीकार करेंगे। क्योंकि होगा वही, जो भगवान ने पहले से ही तय कर दिया होगा।

यही स्प्रिच्युअल वेलनेस है।

अध्यात्म का अर्थ होता है आत्मा की निकटता। हम यदि अध्यात्म से जुड़ते हैं तो अपनी आत्मा से भी जुड़ते हैं।

मनुष्य तीन तत्वों से बना है- शरीर, मन और आत्मा। जब हम शरीर से आगे बढ़कर मन को क्रॉस करते हुए आत्मा की ओर चलते हैं और वहां जिस शांति की अनुभूति होती है, वही स्प्रिच्युअल वेलनेस है।

हम अधिकांश समय शरीर पर ही निर्भर होते हैं। सारा कामकाज शरीर से ही करते हैं। इसी में बुद्धि होती है। दिमाग़ भी इसी से संचालित होता है। जीवनभर शरीर से संचालित होते हैं, लेकिन ठोस समाधान नहीं मिल पाता।

इसके लिए आत्मा से जुड़ना ही पड़ेगा। जैसे ही हम आत्मा से जुड़ते हैं, हमारा समूचा आचरण बदल जाता है। व्यक्तित्व खिल उठता है।

## ● आत्मा के साथ सोएं

गहरी नींद स्वस्थ जीवन के उतनी ही ज़रूरी है जितना संतुलित आहार। लेकिन भागमभाग के इस दौर में आज मनुष्य की नींद में भी डर-सा उतर आया है।

सोते-साते भी अज्ञात भय ऐसे सताते हैं कि जाग-जागकर सोना पड़ रहा है, या सोते हुए भी जागना पड़ रहा है। यहां भी हमारा मन ही हरकत करता है।

स्वस्थ और गहरी नींद के लिए ज़रूरी है आत्मा के साथ सोना। संसार को प्रकृति मानिए। प्रकृति का विकृत रूप संसार हो जाता है और संसार का परिष्कृत स्वरूप प्रकृति होती है।

संसार में कई तरह की उलझनें हैं, नकारात्मकता है। लेकिन, प्रकृति सदैव सकारात्मक होती है।

इसलिए जब भी अवसर मिले, प्रकृति से जुड़िए। प्रकृति यानी ईश्वर को सही समय पर सोते और सही वक़्त पर जागते लोग बहुत पसंद हैं।

नींद की तृप्ति शरीर के सुखों को बढ़ा देती है। लेकिन नींद को आत्मा से जोड़िए। यदि मन से जुड़ी, तो नींद और जागरण दोनों एक-दूसरे को ठगते रहेंगे।

मांगीलाल के घर में चूहों ने बहुत उपद्रव मचा रखा था। कंजूस था तो बड़ी हिम्मत करके ख़र्च किया और चूहों को पकड़ने के लिए पिंजरा ख़रीदकर लाया।

चूहों को पकड़ने के लिए पिंजरे में रोटी रखना पड़ती है। कंजूस था तो रोटी की जगह कहीं से रोटी का फ़ोटो लाकर पिंजरे में लगा दिया। उसने सोचा रोटी भी ख़राब नहीं होगी, काग़ज़ से ही चूहों को पकड़ लूंगा।

अगले दिन मांगीलाल ने देखा तो पिंजरा खुला था और उसमें से रोटी का फ़ोटो भी नहीं था। पिंजरे में दूसरा ही काग़ज़ मिला जिसमें चूहे की फ़ोटो बनी हुई थी।

यही कहानी आजकल कई लोगों की है। जो दूसरों को ठगते हैं, दूसरे लोग भी उन्हें ठग रहे होते हैं और उन्हें पता नहीं चलता।

शरीर, दिमाग़, कुटिलता, षड्यंत्र, ये सब मन से संचालित जीवन के अंग बन जाते हैं। कोशिश ऐसी कीजिए कि जीवन को अध्यात्म के रास्ते आत्मा तक ले जा सकें।

*हम जान छिड़कते हैं जिस फूल की खुशबू पर..*
*वह फूल भी कांटों के बिस्तर पर खिला होता है।*

व्यक्तित्व जब खिलता है तो उसमें भूमिका आत्मा की होती है। केवल शरीर से व्यक्तित्व नहीं खिलता। शरीर तो कभी अच्छा होता है, कभी बीमार हो जाता है और एक दिन बूढ़ा होकर कमज़ोर पड़ जाता है।

ख़ूब नाम, दाम, पद-प्रतिष्ठा कमा लें, पर साथ में तीन चीज़ें भी ज़रूर कमाना चाहिए - स्वास्थ्य, शांति और परिवार। यही आपकी स्प्रिच्युअल हेल्थ होगी, जो मिलेगी आत्मा के स्पर्श से।

राम यही सिखाते हैं। उनके जीवन में भी विपरीत समय आया, वनवास पर जाना पड़ा, लेकिन अपने चरित्र, अपने धैर्य और सदाशयता से वनवास भोगकर लोकनायक बन गए।

यदि अयोध्या के राम केवल महलों में रहते तो कभी लोकनायक नहीं बन पाते। आज वे पूजनीय इसीलिए हैं, क्योंकि उन्होंने जनकल्याण का मार्ग अपनाया।

राम राजमहल से निकलने के बाद केवट, गुह, रीछ-वानरों, भीलों और छोटे से छोटे व्यक्ति के राम बने, तब जाकर लोकनायक श्रीराम कहलाए।

जीवन में जब भी विपरीत परिस्थितियां आएं, उनसे निराश नहीं होना है, बल्कि राम की तरह एक नई उम्मीद के साथ समय बिताना है। भविष्य के भय से मुक्ति पाकर नया भविष्य गढ़ने की तैयारी करना है।

## • राजकाज का तरीक़ा

एक दिन रामजी राजसभा में बैठे थे। रामजी कहते हैं चार दिन बीत गए मैंने कोई काम नहीं किया। सीता का विरह है, लेकिन मुझे राजधर्म का कर्तव्य निभाना पड़ेगा।

यहां राम हमें भी सिखा रहे हैं कि दुख कितना भी बड़ा आए, दुनिया रुकती नहीं है। ऐसा तब कर पाएंगे, जब स्वयं सावधान रहेंगे।

यह दौर बहुत सावधानी और सजगता का है। स्वयं सावधान रहें। दूसरों की मत सोचें, वे क्या कर रहे हैं। आम में उसका भी स्वाद रहे और नीम की स्वस्थ रखने की तासीर भी उतर आए।

आम स्वाद के लिए और नीम स्वास्थ्य के लिए जाना जाता है। स्प्रिच्युअल हेल्थ में यही गहरी बात छिपी हुई है।

## • कबीरदास जी से समझें

कबीर वैसे ही थे। एक शब्द में मिठास घोल देते, उसके अगले शब्द में काढ़े-सी कड़वाहट। लेकिन, परिणाम में स्वास्थ्य ही हाथ लगता था।

आज इस प्रतिस्पर्धा के युग में लोगों को समझ में आना ही बंद हो गया है कि ज़िंदगी की मिठास में जो कड़वाहट उतर आती है, उसे कैसे अलग किया जाए।

इसके लिए कबीर के चिंतन को समझने और उसे जीने की ज़रूरत है।

एक जगह उन्होंने कहा था- 'सगरी दुनिया भयी सयानी, मैं ही एक बोराना।'

सभी लोग समझदार हैं, बस, एक मैं ही नासमझ हूं।

इस बात को थोड़ा गहराई से समझें। कबीर का अपना अलग तरीक़ा है। विज्ञान, तकनीक और प्रबंधन के इस दौर में वही काम आएगा।

यह उलटबांसी में जीने का समय है। सही बात को लेकर किसी को सावधानी के लिए राकेंगे-टोकेंगे तो लोग बोराना कहेंगे।

हो सकता तर्क-वितर्क के बीच मतभेद और विरोध में हिंसा भी उतर आए। लेकिन, यदि आप अपनी जगह सही हैं तो फिर दुनिया की फ़िक्र नहीं करें।

सही को सही कहने वाले को तो दुनिया हमेशा टांगने की ही फ़िराक में रहती है। अब तो ज़्यादातर लोग अनुशासनहीनता ही पसंद करने लगे हैं।

भीड़ का उसूल है, या तो हमारे जैसे हो जाओ, या हमारे पैरों के नीचे कुचल जाओ। इस दौर में ऐसा ही सब चल रहा है।

बोराना होने के लिए भरोसा चाहिए। अपने से ऊपर किसी परमशक्ति का भरोसा रखते हुए एक-एक क़दम आगे बढ़ाइए। भीड़ के धक्के तो दिखेंगे, सहारा देने वाले हाथ शायद नहीं दिख पाएं, पर होंगे ज़रूर।

स्प्रिच्युअल हेल्थ यानी आध्यात्मिक स्वास्थ्य यही बात समझाता है।

एक दिन राम भाई लक्ष्मण से कहते हैं- अब मुझे राजकाज को समय देना होगा। प्रजा का हित और अमन इसी में है।

उसी समय महल के बाहर एक श्वान भौंकने लगा। लक्ष्मण ने पूछा तो मनुष्य की आवाज़ में बोला- मैं राम से मिलना चाहता हूं। लक्ष्मण श्वान को राम से मिलवाते हैं।

श्वान ने राम से कहा मेरे मस्तक से रक्त निकल रहा है। राम ने कारण पूछा तो बताया सर्वार्थ सिद्ध नाम के एक भिक्षुक ने क्रोध में मुझ पर प्रहार किया है। यह बहता रक्त उसी का परिणाम है। आप राजा है, उस भिक्षुक को दंड दीजिए। राम ने उस भिक्षुक को बुलवाया।

राम ने भिक्षुक सर्वार्थ सिद्ध से पूछा- आपने इस श्वान पर प्रहार क्यों किया?

भिक्षुक ने बताया कि मैं भिक्षा के लिए जा रहा था। उस समय मार्ग में यह श्वान बैठा हुआ था। इसने मेरी आवाज़ नहीं सुनी तो मुझे क्रोध आ गया।

मैं मानता हूं एक भिक्षुक को क्रोध नहीं आना चाहिए। मैंने ग़लत किया है, इसलिए आप जो दंड देंगे, मुझे स्वीकार होगा।

राम ने श्वान से कहा यह भिक्षुक अपना अपराध स्वीकार कर रहा है। अब तुम ही बताओ, इसे क्या दंड दिया जाए?

श्वान ने भिक्षुक के लिए जो दंड सुझाया, सुनकर सब चौंक गए। उसने कहा- इस भिक्षुक को कालंजर मठ का महंत बना दीजिए।

राम ने भिक्षुक को मठ का महंत बना दिया। लोगों ने उनसे पूछा भी कि यह दंड है या पुरस्कार? राम ने बताया- यह श्वान अद्भुत है। इसके पीछे अवश्य ही कोई रहस्य है।

श्वान से पूछा गया- उस भिक्षुक ने तुम्हारे प्रति अपराध किया था। फिर उसे दंड के बजाय मठ का महंत क्यों बनवा दिया?

श्वान ने बताया पिछले जन्म में उस मठ का महंत मैं था। जो किसी धर्मस्थल का प्रमुख होता है, उसे अपना आचरण दिव्य रखना पड़ता है। चरित्र बचाकर चलना पड़ता है। जिसकी वाणी में सत्यता हो, कर्म में पवित्रता हो, वही किसी धार्मिक स्थान का प्रमुख बना रह सकता है।

मैं चाहता हूं कि यह भिक्षुक भी महंत बन जाए। उसके बाद यह चरित्र से गिर जाएगा और अवश्य ही श्वान बनेगा। तब जो इसकी दुर्गति होगी, वही इसका दंड होगा।

तस्मात् सर्वास्ववस्थासु कौलपत्यं न कारयेत।।

वारा उका. 59/47

श्वान ने राम से कहा, कभी भी मठाधीश का पद ग्रहण नहीं करना चाहिए।

मठ चलाना आसान काम नहीं होता। शक्तिशाली व्यक्ति भी यदि अपनी शक्ति का दुरुपयोग करेगा तो एक न एक दिन उसका पतन निश्चित होगा। इसलिए परमशक्ति से जुड़े रहें।

इसे इस तरह समझें...

यदि आपकी दृष्टि बाहर है, तो दृश्य और उसकी दूरी की एक सीमा होगी। तब बहुत अधिक दूर व स्पष्ट नहीं देख पाएंगे। लेकिन, यदि आंखें बंद कर दृष्टि को अंतरमन तक मोड़ दिया तो बहुत दूर तक-बहुत स्पष्ट देख पाएंगे। यह हमें स्वयं करना होगा। किसी की नक़ल करके अंतरमन का स्पर्श नहीं कर सकते।

दूसरों को देखकर नियम-क़ायदों का हिसाब मत लगाइए। दूसरे क्या कर रहे हैं, क्या पा रहे हैं, यह उनकी दृष्टि और उनके भाग्य का विषय है। हमें तो अपने भाग्य को सौभाग्य में बदलने का प्रयास करना है।

एक बार भगवान कृष्ण से किसी ने पूछा था- आप बार-बार द्वारिका से हस्तिनापुर क्यों जाते हैं.? तब उन्होंने कहा था- अपने भक्तों के लिए।

यहां एक बात स्पष्ट होती है कि भगवान हर पल भक्त के बारे में सोचते हैं, उसकी चिंता पालते हैं, और भक्ति सच्ची हो तो स्वयं ही उससे मिलने चल देते हैं।

फिर, आप किसी मंदिर जाएं-ना जाएं, परमशक्ति से साक्षात्कार हो सकता है। बस, अपनी दृष्टि को भीतर उतारिए।

भगवान के साथ सबसे बड़ी सुविधा ही यह है कि वे भक्त के हिसाब से चलने को तैयार हैं। बशर्त उसकी भक्ति का भाव और तरीक़ा सही हो।

इसलिए कितने ही बड़े और व्यस्त व्यक्ति हों, कुछ समय किसी देवस्थान पर अवश्य बिताएं।

आज कई लोग हैं जो किसी देवस्थान पर जाते हैं तो सही मायने में वहां होते नहीं हैं। शरीर से वहां रहते हैं, परंतु मन से पता नहीं कहां-कहां की सैर करते रहते हैं।

बस, कुछ मांगने की वृत्ति, कोई स्वार्थ या भय उन्हें वहां तक ले जाता है।

किसी स्वार्थ के वशीभूत भीड़ का हिस्सा बनने से तो अच्छा है नियमित योग करें, नीयत साफ़ रखें और अपनी आत्मा को पहचानने का, उसे स्पर्श करने का प्रयास करें। परमात्मा स्वयं चलकर आप तक आ जाएगा।

यही है- स्प्रिच्युअल हेल्थ।

रूस के राजा जार का एक मंत्री था ग्रिगॉरी। कहते हैं संसार की सारी दिव्य शक्तियां उसके पास थीं। परंतु उसने उनका दुरुपयोग शुरू कर दिया था। वैसे ही, जैसे रावण ने किया था।

रूस का राजा भी उसके अधीन-सा था। महामंत्री की नियुक्ति भी उसी की पसंद और सलाह पर होती थी।

विरोध में क्रांति हो गई और ग्रिगॉरी को मार देने का प्रयास किया गया। विष पिलाया, लेकिन उसे कुछ नहीं हुआ, क्योंकि उसने तप करके शक्तियां अर्जित कर ली थीं।

ग्रिगॉरी को दिया गया विष इतना ज़हरीला था कि पीकर पांच सौ लोग मर जाएं। ऐसा विष वह अकेला पचा गया। उसके बाद उसे रस्सी से बांधकर पानी में फेंका गया। ऐसा कहते हैं कि जब उसकी लाश मिली तो रस्सी खुली हुई थी। मतलब उसने रस्सी भी खोल ली थी। लेकिन आख़िर में मरना तो पड़ा।

कितना भी समर्थ व्यक्ति क्यों ना हो, जब अपनी शक्तियों का दुरुपयोग करेगा तो उसका दंड उसे भुगतना पड़ता है। रावण इसका सबसे बड़ा उदाहरण है।

राम भाइयों के साथ राज्य संभालते हैं। उनके प्रति हृदय में बहुत प्रेम रखते और उन्हें कई प्रकार की नीति सिखाते थे।

*राम करहिं भ्रातन्ह पर प्रीती। नाना भांति सिखावहिं नीती।।*

राचमा 7/24/2

एक दिन राम को सूचना मिली कि कुछ महात्मा और च्यवन ऋषि मिलने आए हैं। ससम्मान उन्हें राजसभा में बुलाकर बैठाया गया।

ऋषि-महात्माओं ने राम को बताया लवणासुर नाम का राक्षस हमें बहुत परेशान करता है। हमारी सुरक्षा के लिए कुछ कीजिए।

राम ने तो जन्म ही सद्‌पुरुषों की रक्षा के लिए लिया था। शत्रुघ्न को भेजकर लवणासुर का अंत करवाते हैं और उन्हीं को मधुवन का राज संभला देते हैं।

## 3. सेवा (निरहंकारिता)

शत्रुघ्न जब लवणासुर को मारने जा रहे थे, तब मार्ग में वाल्मीकि के आश्रम में विश्राम किया था। जिस रात को शत्रुघ्न आश्रम में ठहरे थे, उसी रात सीताजी लव-कुश को जन्म दिया।

### • यज्ञ का विचार

*दुई सुत सुंदर सीताँ जाए। लव कुस बेद पुरानन्ह गाए।।*

राचमा 7/24/3

सीताजी को दो जुड़वां पुत्र हुए। नाम रखा गया लव-कुश। वाल्मीकि ने दोनों बालकों को रामायण का पाठ सुनाया।

राम ने राजसूय यज्ञ करने का विचार किया। सारे भाई एकत्र हुए। राम की विशेषता थी, कोई भी बड़ा काम करने जाते तो भाइयों से परामर्श अवश्य लेते थे।

भरत ने बड़े भाई राम से कहा– आपसे तो वैसे ही सभी राजा पराजित हैं। फिर राजसूय यज्ञ करने से क्या लाभ? हो सकता है इसमें कई राजा और उनकी सेना मारी जाए।

इसमें मानवता का बड़ा नुक़सान हो सकता है। तो क्यों ना अश्वमेघ यज्ञ कर लिया जाए।

राम बोले– भरत, तुम मुझसे छोटे हो, परंतु बात बहुत बड़ी कही है।

बालानां तु शुभं वाक्यं ग्राह्यं लक्ष्मण पूर्वज।

वारा– उकां 83/20

यहां राम एक बड़ा सूत्र देते हैं। अपने से छोटा भाई भी यदि ऐसी बात कहे जो उचित हो, तो बड़े भाई को स्वीकार कर लेना चाहिए।

राम को मार्यादा पुरुषोत्तम कहा जाता है। इसीलिए उनके लिए लिखा गया है–

ग्यान गिरा गोतीत अज माया मन गुन पार।
सोइ सच्चिदानंद घन कर नर चरित उदार।।

राचमा– 7/ दो. 25

जो ज्ञान में, वाणी और इंद्रियों में परे हैं। जो अजन्मा है तथा माया, मन और गुणों से परे है, वही सच्चिदानंद भगवान श्रेष्ठ नरलीला करते हैं।

राम हमें भी एक सूत्र की बात सिखा रहे हैं कि यदि मैं भगवान बनकर मनुष्य बन सकता हूं, तो तुम मनुष्य होकर भगवान क्यों नहीं बन सकते।

रामजी ज्ञान, वाणी और इंद्रियों से परे थे और नर की लीला कर रहे थे। हम नर होते हुए भी इन तीन गुणों से परे जा सकते हैं। इसी का नाम स्प्रिच्युअल वेलनेस है।

मनुष्य के भीतर वह सब है जो श्रीराम के भीतर था। मनुष्य जीवन में भी सर्वश्रेष्ठता को प्राप्त किया जा सकता है।

लवणासुर का वध कर शत्रुघ्न जब लौटकर आ रहे थे तो फिर वाल्मीकि के आश्रम में ठहरे। यहां लव-कुश से रामकथा सुनी। अयोध्या आकर राजा राम को बताया कि दो बालक बहुत अच्छी रामकथा करते हैं।

राम ने दोनों बालकों को राजमहल बुलवाया और उनके मुख से कथा सुनी तो समझ गए ये दोनों मेरे ही पुत्र हैं और इनका लालन-पालन वाल्मीकिजी ने किया है।

लव-कुश ने बताया यह कथा हमारे गुरु वाल्मीकिजी ने लिखी है और इसमें चौबीस हज़ार श्लोक तथा एक सौ उपाख्यान हैं।

### ● सीताजी धरती में

राम ने वाल्मीकिजी से सीता को लेकर आने का निवेदन किया। सीताजी वाल्मीकि ऋषि के साथ श्रीराम की सभा में आई। राम ने भरी सभा में सीता से कहा दिया- ये सभी लोग चाहते हैं तुम एक परीक्षा और दो।

सीता धरती माता का आह्वान करते हुए कहती हैं- हे पृथ्वी मां, यदि मैंने कभी किसी परपुरुष का चिंतन किया हो तो मुझे घोर पाप लगे और ना किया हो तो मुझे अपनी शरण में ले लें।

धरती मां सिंहासन लेकर निकलती हैं। सीता को अपनी गोद में बैठाकर वापस चली जाती हैं।

राम सहित उपस्थित सभी लोग, प्रजाजन देखते रह जाते हैं। किसी ने सोचा भी नहीं था कि अयोध्या को एक दिन ऐसा दृश्य भी देखना पड़ेगा।

लेकिन, स्वयं विधाता की इच्छा के बिना किसका वश चल सकता है। संसार में हमारे चाहने-ना चाहने से कुछ नहीं होता। होगा वही, जो ईश्वर ने पहले से तय कर रखा है।

*होइहि सोइ जो राम रचि राखा...*

राम क्रोधित होकर कहते हैं - हे पृथ्वी देवी, आप सीता को इस प्रकार नहीं ले जा सकतीं। वे मेरी पत्नी हैं। आप इन्हें मुझे लौटा दीजिए। वरना मैं युद्ध करने को विवश हो जाऊंगा।

उसी समय ब्रह्मा प्रकट होकर कहते हैं- राम, आप मनुष्य अवतार में हैं और अब इस लीला को समेटने का समय आ गया है। अब आप स्वधाम गमन की तैयारी कीजिए।

ब्रह्माजी की बात सुनकर राम का क्रोध शांत हो गया।

जीवन में कई बार ऐसा हो जाता है। समझ में नहीं आता किससे–क्या कहें और क्या करें।

किसी को अपने अमल का हिसाब क्या देते...

सारे ही सवाल ग़लत थे, जवाब क्या देते।।

राम के जीवन में दो वनवास आए। एक तब, जब वे राजा बनने वाले थे और दूसरा जब राजा बन चुके थे।

मतलब पहला राज्य से दूर रहकर। दूसरे वनवास में राज्य में रहकर। पहले में विरह हुआ सीता का। अब विरह में वनवास हुआ अवध में।

## 4. योग (निरंतर करें)

जो लोग स्प्रिच्युअल वेलनेस को जीवन में उतारना चाहते हैं, उन्हें प्रतिदिन योग अवश्य करना चाहिए।

आठ चरण हैं योग के। यम, नियम, आसन, प्राणायाम, प्रत्याहार, धारणा, ध्यान और समाधि। इसमें ध्यान यानी मेडिटेशन हम सबके लिए बहुत महत्त्वपूर्ण है।

मन के अभाव या नियंत्रण का नाम ध्यान है। मन सक्रिय रहता है सांस के माध्यम से स्मृतियों और विचारों का भोजन खाकर।

हर उस व्यक्ति को जो स्वास्थ्य और शांति की तलाश है, प्रतिदिन कम से कम दो बार विचारशून्य सांस लेने का अभ्यास करना चाहिए।

वैसे तो अपनी सुविधा अनुसार जब–जहां चाहें, यह छोटी–सी क्रिया कर सकते हैं, लेकिन सुबह उठने के 15 मिनट बाद तक और रात को सोने से 15 मिनट पहले तक ध्यान का अभ्यास अवश्य करें।

### • काल आया

एक बार राम अपने भवन में विचार–विमर्श कर रहे थे। उसी समय एक तपस्वी मिलने आया।

उसने कहा मैं ब्रह्मा का पुत्र काल हूं। आपसे एकांत में चर्चा करना चाहता हूं, और शर्त यह है कि जिस समय हम चर्चा करें, अन्य कोई हमारी बात नहीं सुन पाए।

यदि किसी ने हमें चर्चा करते हुए देख लिया या हमारी बात सुन ली, तो आप उसे मृत्यु दंड देंगे।

राम ने लक्ष्मण को बुलाकर कहा– तुम द्वार पर खड़े रहो और जब तक हमारी चर्चा समाप्त नहीं हो जाए, कोई भीतर नहीं आ पाए।

दोनों की चर्चा आरंभ हुई और ब्रह्माजी के पुत्र काल ने राम से कहा समय आ गया है, अब आपको अपनी लीला समेटकर वैकुंठ चलना होगा।

ऐसा ही हम मनुष्यों के साथ भी होता है। ऐसा नहीं है कि काल अचानक ही आकर हमें उठाकर ले जाता है। यदि कोई योग साधता है, नियमित प्राणायाम करता है तो अंतिम सांस से पहले काल उससे संवाद अवश्य करेगा।

यह आध्यात्मिक व्यवस्था है। इसे ही आध्यात्मिक स्वास्थ्य, स्प्रिच्युअल वेलनेस कहते हैं।

जो लोग आत्मा पर टिक जाते हैं, काल भी उनसे बड़े सम्मान के साथ बात करता है।

राम और काल की चर्चा चल ही रही थी कि उसी समय द्वार पर दुर्वासा ऋषि आ गए। लक्ष्मण से बोले – मुझे शीघ्र राम से मिलवाइए।

लक्ष्मण ने बताया भैया राम अभी आवश्यक वार्तालाप कर रहे हैं, आप कुछ समय प्रतीक्षा करिए। दुर्वासा क्रोधित हो गए। शाप देने लगे कि मैं तुम्हारा राज्य और राज्य के सारे लोगों को भस्म कर दूंगा।

लक्ष्मण दुर्वासा ऋषि के क्रोध को जानते थे। विचार किया ये कोई शाप देकर पूरे राज्य की प्रजा का अहित करें, उससे तो अच्छा होगा मैं स्वयं ही दंड पा लूं।

लक्ष्मण भीतर जाकर रामजी को ऋषि के आने सूचना देते हैं। राम ने दुर्वासा ऋषि को अंदर भेज देने को कहा और उनका बड़ा सत्कार किया।

ऋषि दुर्वासा के जाने के बाद श्रीराम ने लक्ष्मण को बुलाकर कहा– मेरा आदेश था कि जब तक मैं भवन में चर्चा करूं, कोई भी अंदर नहीं आना चाहिए। फिर भी तुम भीतर आ गए?

अब मैं तुम्हें दंड देने को विवश हूं और अभी इसी घड़ी से तुम्हारा त्याग करता हूं।

लक्ष्मण प्रणाम करके लौट जाते हैं। सरयू नदी में योग-प्राणायाम के साथ प्राण त्याग देते हैं।

## • देवलोक गमन

इधर राम भी संसार से विदा होने की तैयारी करते हैं। परिजनों, मंत्रियों और प्रजा को बुलाकर कहते हैं - अब मेरे जाने का समय आ गया है।

सुनहुँ सकल पुरजन मम बानी। कहहुँ न कछु ममता उर आनी।।
राचमा 7/42/2

यहां राम ने भक्ति का मान बताया और फिर अंतिम संदेश देते हुए कहते हैं-

बहुत कहउँ का कथा बढ़ाई। एहि आचरन बस्य मैं भाई।।
राचमा 7/45/2

राम कहते हैं- अब मैं इससे अधिक और क्या कहूं। जो मेरा अनुशासन मानता है, मैं उनके वश में हूं।

जाते-जाते राम जामवंत, विभीषण, हनुमान, मयंद, द्विविद से कहते हैं मेरे जाने के बाद तुम पांचों जीवित रहोगे। विभीषण और हनुमान अखंड रहेंगे। जामवंत, मयंद और द्विविद का द्वापर युग में प्रयाण होगा।

श्रीराम हनुमान से कहते हैं- मैं इस संसार की रक्षा के लिए तुम्हें छोड़कर जा रहा हूं। मेरे बाद मेरे भक्तों की रक्षा का भार तुम्हारें कंधों पर होगा।

जब भी कोई सच्चे ह्दय से मुझे याद करे, तुम पहुंचकर उसकी सुध अवश्य लेना।

यावत् तव कथा लोके विचरिष्यति पावनी।
वारा उकां- 108/35

हनुमान हाथ जोड़कर बोले- भगवन्, इस संसार में जब तक आपकी कथाएं चलेंगी, वहां हनुमान उपस्थित रहेगा और यही परंपरा होगी।

अब भी जहां-जहां रामजी के यश की चर्चा होती है, वहां-वहां हनुमान उपस्थित रहते हैं।

रामजी ने सशरीर अपने वैष्णव तेज़ में प्रवेश किया। उनके साथ जो देव थे, सब अपने-अपने स्वरूप में समा गए।

शिवजी पार्वतीजी को कथा सुना रहे थे।

हनुमान सम नहिं बड़भागी। नहिं कोउ राम चरन अनुरागी।।
गिरिजा जासु प्रीति सेवकाई। बार बार प्रभु निज मुख गाई।।
राचमा 7/49/4

हे गिरिजा, हनुमान से बड़ा कोई बड़भागी नहीं है। ना ही उनके समान कोई रामचरण का प्रेमी है। जिनका यशगान भगवान ने स्वयं अपने मुख से किया है।

तुलसीदासजी ने लिखा है –

मो सम दीन न दीन हित तुम्ह समान रघुबीर।
अस बिचारी रघुबंस मनि हरहु बिषम भव भीर।।
राचमा 7/130 क

हे रघुवीर, मेरे समान कोई दीन नहीं है और आप जैसा कोई दीन-दुखियों का हित करने वाला नहीं है। ऐसा विचार कर मेरे जन्म-मरण के भयानक दुखों का हरण कर लीजिए।

कामिहि नारि पिआरि जिमि लोभिहि प्रिय जिमि दाम।
तिमि रघुनाथ निरंतर प्रिय लागहु मोहि राम।।
राचमा 7/130 ख

जैसे कामी को नारी प्यारी लगती है, लोभी को अधिक धन की अभिलाषा होती है, वैसे ही हे रघुनाथजी, आप मुझे निरंतर प्रिय लगते रहिए।

भक्त कहता है- हे भगवान, मैं आपमें डूब जाऊं। आप ही मेरे लक्ष्य हैं...

श्रेष्ठ कार्य करने वाले को धन्य कहा गया है। जिनमें कृतार्थ उतर आए, साधुवाद उतर आए, ऐसे लोग धन्य हैं। हे भरद्वाज, आपने रामकथा पूछी और सुनी। तुम सचमुच धन्य हो। (याज्ञवल्क्यजी ने भरद्वाजजी से कहा था)

अहो धन्य तव जन्मु मुनीसा।

राचमा 1/103/2

इसलिए रामकथा को पढ़ने वाला, सुनने वाला भी धन्य है।

शिवजी ने पार्वतीजी से भी कहा था- वह घड़ी धन्य है, जब सत्संग करने को मिलता है।

यह पुस्तक सत्संग का स्वरूप है। स्वस्थ रहना हमारा जन्मसिद्ध अधिकार है। जीवन के हर क्षेत्र में स्वास्थ्य रामायण के सूत्र काम आएंगे।

किससे बचें–क्या करें...

**सात दुर्गुण :** 1. काम 2. क्रोध 3. लोभ 4. मद
5. मोह 6. मत्सर 7. आलस्य

**बचें :–** मद का सीधा अर्थ है घमंड, नशा, अकड़, हेकड़ी, मादकता, दंभ।

शांत रहने के लिए स्प्रिच्युअल वेलनेस बड़ी आवश्यक है। स्प्रिच्युअलिटी यानी अध्यात्म का अर्थ है अपनी आत्मा को जानना, आत्मा के निकट जीना।

जो आत्मा पर जीता है, वह मद, दंभ, अकड़, हेकड़ी, इन सबसे मुक्त रहता है।

दरअसल मद का अर्थ होता है कि व्यक्ति अपने ही प्रभुत्व की बात सोचता है। अनुचित और दूसरों का अपमान करना उसे अच्छा लगता है। ऐसे लोग अपने किए के दुष्परिणाम के प्रति भी लापरवाह रहते हैं।

कोशिश कीजिए, कभी किसी का अपमान नहीं करें। अपना मद गिराना हो तो हर एक की बात ध्यान से सुनें। पद, योग्यता और ओहदे में किसी से ऊंचे भी हों, तो भी ख़ूब विनम्रता से बात करें। दूसरों को नीचा दिखाने की वृत्ति से बचें।

**करें :–** दो समय हमारे पास ऐसे हैं कि जब यहां काम कर लें तो स्प्रिच्युअल वेलनेस को जीवन में उतार सकते हैं। एक, सुबह उठना। दूसरा रात को सोना।

सुबह उठने के कुछ मिनट बाद तक कोई और काम नहीं करें। ख़ासकर मोबाइल–टीवी से दूर रहें।

उस समय अपने पलंग पर, या बेडरूम के किसी कोने में अपनी सुविधा से या तो नीचे बैठ जाएं, या कुर्सी का सहारा ले लें। आपके मेडिटेशन का जो भी ढंग हो, उसे अपनाएं, किसी भी प्रकार विचारशून्य होने का प्रयास करें।

ऐसे ही रात को सोने से 15 मिनट पहले भी मोबाइल-टीवी से पूरी तरह दूरी बना लें और विचारशून्य हो जाएं।

यहां विचारशून्य होकर क्या करना है, इसकी जानकारी हमारे ध्यान केंद्र शान्तम् जो कि मप्र के उज्जैन नगर में स्थित है, वहां से मिल सकती है।

शान्तम् में हनुमान चालीसा से मेडिटेशन का 24 मिनट का कोर्स सिखाया जाता है। इसमें छह-छह मिनट के चार कैप्सूल हैं। कोर्स के संबंध में विस्तृत जानकारी हमारी वेबसाइट से भी प्राप्त की जा सकती है।

इन दो समय (सुबह उठने के बाद और रात को सोने से पहले) 10 से 15 मिनट स्वयं को दीजिए। अपने आपको बहुत शांत पाएंगे। यही आकर स्प्रिच्युअल वेलनेस जीवन में उतरेगी।

**अंत में**... यदि आप स्वास्थ्य को समझते हैं, तो दुनिया के सबसे समझदार व्यक्ति हैं। यदि स्वस्थ हैं, तो दुनिया के सबसे ख़ुशनसीब इंसान हैं।

आरोग्य अकूत पूंजी का दूसरा नाम है।

स्वास्थ्य - जीने का स्वाद

रामायण - जीने की राह है।

स्वस्थ रहें, स्वस्थ रखें...

# संपादन सहयोग

## राकेश शर्मा

- राजनीति शास्त्र में एम.फ़िल. राकेश शर्मा पत्रकार हैं।
- क़रीब 12 वर्षों तक दैनिक भास्कर (उज्जैन) में दायित्व निर्वहन किया।
- धर्म-अध्यात्म में रुचि के चलते वर्ष 2013 में जीवन प्रबंधन समूह से जुड़े।
- संस्था के मासिक मुखपत्र सहित जीवन प्रबंधन गुरु पं. विजयशंकर मेहता के साहित्य संपादन का दायित्व संभाल रहे।

## अंशु हर्ष

- पिछले चौदह वर्षों से लेखन और साहित्य के क्षेत्र में सक्रिय।
- सिम्पली जयपुर मैगज़ीन व वाइस ऑफ़ जयपुर की प्रकाशक-संपादक।
- अनेक पुस्तकों के लेखन के साथ 'महाभारत के हनुमान' विशेष चर्चित साहित्य।